U0582528

咫尺间

李乔 著

人民出版社

图书在版编目（CIP）数据
今古咫尺间 / 李乔著.
-北京：人民出版社，2011
ISBN 978-7-01-010045-6/
Ⅰ.①今… Ⅱ.①李… Ⅲ.①杂文集-中国-当代
Ⅳ.①I267.1
中国版本图书馆 CIP 数据核字（2011）第 136759 号

今古咫尺间

JINGU ZHICHI JIAN

作　　者：李　乔
责任编辑：张秀平
封面设计：郭　宇

人民出版社 出版发行
地　　址：北京朝阳门内大街 166 号
邮政编码：100706　www.peoplepress.net
经　　销：新华书店总店北京发行所经销
印刷装订：北京昌平百善印刷厂
出版日期：2011 年 10 月第 1 版　2011 年 10 月第 1 次印刷
开　　本：880 毫米×1230 毫米　1/32
印　　张：13.875
字　　数：320 千字
书　　号：ISBN 978-7-01-010045-6/
定　　价：39.00 元

目　　录

自　序

我平生写文章，分两类，一是学术著述，二是文史随笔。前者只有零星成绩，随笔则写了不少。我这些随笔，常常援古证今，今古杂糅，大都贯穿着一个思路：视古今为一脉，把今古综合来看。我看出，今古的距离实在不远，用雅驯一点的话说，就是："今古咫尺间"。

我自认，"今古咫尺间"可算是我的一个史观，是我对历史与现实之间关系的一个看法。我观察到，古人与今人，古事与今事，其实似远而实近，它们之间有太多的相像，有时简直就是一个样。今人是古人的延伸，有时也像是古人的影子。现代人，从一定意义上说，其实都是生活在历史当中的：或是身上带着历史的基因和残物，或是干脆就延续着旧的历史，或是在扬弃旧史的基础上创造新史。古月照今尘，今月照古人，今古确在咫尺之间。

我形成"今古咫尺间"这个思路，与先哲的启发大有关系，特别是因受了鲁迅先生的影响。先生著文，经常援古证今，借古喻今，而且常古人、今人一并论及，有时干脆就说"我们古今人"如何如何。我感觉，在鲁迅心目中，古今的距离是非常之近的。

试看鲁迅的两段话：

试将记五代，南宋，明末的事情的，和现今的状况一比较，就当惊心动魄于何其相似之甚，仿佛时间的流驶，独与我们中国无关。现在的中华民国也还是五代，是宋末，是明季。(《华盖集·忽然想到之四》)

现在官厅拷问嫌疑犯，有用辣椒煎汁灌入鼻孔去的，似乎就是唐朝遗下的方法，或则是古今英雄，所见略同。(《伪自由书·电的利弊》)

在鲁迅看来，“我们古今人”相似或相同的东西实在太多了！民国就像是宋末明末，酷刑更是古今一脉相传，真仿佛今古就在咫尺之间。

鲁迅先生谈古，为的是解决现世问题，他说过：“发思古之幽情，往往为了现在”。戏剧看客动辄“替古人担忧”，鲁迅则是“替今人担忧”，为中华民族的前途担忧。我追摹先生，写历史随笔时，心里也总是装着一个“今”字。因今而思古，谈古为论今。

不仅是鲁迅，我观察，从古以来的许多大学者，都总是把古今融在一起观察和思考。司马迁的“通古今之变”，司马光的为资治而写通鉴，陈寅恪先生以写《柳如是别传》高扬“独立之精神，自由之思想”，陈垣先生以写《通鉴胡注表微》传播抗日思想……他们的“发思古之幽情”，都离不开解决当世问题。他们学问大，但都不做死学问，他们的学问与天下兴亡大有关联。我是历史系毕业的，读过不少史书，也熟悉中国有名的史学家的事迹，我推崇两司马和二陈这样的把天下兴亡装在心里的史学家，我觉得这才是对中华民族有大用的史学家。我写历史随笔，常常想到这些伟大史家。他们的学问，是高山，我只能仰视，但他们关注天下兴亡的情怀，论说天下利病的眼光和方法，我可以学习。虽不能至，然心向往之。

鲁迅先生引古书,说古事,把游荡在现世的古老幽灵捉出来给人们看,其立意是为挖掉封建老根,为改造愚弱的国民性,为使我们民族的思想园地成为一片净土。我觉得,鲁迅的这种立意和法子,今天还用得着,因为,封建遗毒还在。

关于清除封建遗毒问题,小平同志有不少论述,他说:"搞终身制,老当第一书记,谁敢提意见。中国封建主义很厉害,这个问题不解决,就要把人推向反面。"又说:"我们过去的一些制度,实际上受了封建主义的影响,包括个人迷信、家长制或家长作风,甚至包括干部终身制。"(《邓小平年谱》)例证是极多的,举不胜举。庐山会议后,一个爱搞个人独裁的河南某县第一书记说:"马列主义必须加两分秦始皇才能治县……某些人对第一书记制度不满意也不中。"一个县委委员又发挥说:"只有马列主义与秦始皇手段相结合,才能实行合理独裁。"当我在一份杂志上看到这条史料后,脑中油然现出了几个字:"县级秦始皇"。到了十年动乱时期,封建遗毒就更是大发作了。

封建的东西,在我国,韧性是极强的,剪不断,理还乱,纠结一团,至今不绝。马克思曾感叹,"中国真是活的化石"。这话是说清代的中国不长进。话说得有点尖锐,但对我们认识中国社会进步的艰难性,认识封建主义那一套的顽固性,确有启发意义。鲁迅所说的"仿佛时间的流驶,独与我们中国无关",实际与马克思的观察大体相同。这就需要韧性的战斗。我写随笔,常常想起鲁迅挖封建老根的韧性,以及他的战法。

桐城派姚鼐提出,著文要义理、考据、辞章三位一体,曾国藩加了一个经济(经邦济世的古今知识),成为四位一体。这大意是说,写文章要有思想,材料要准确,文字要美,还要有经世的心胸和内容。这几条，我很是认可，觉得可以作为著文的守则，衡文的标准。我写随笔，心里就常悬着这几条要求。

义理，当然是须首重的，思想第一。有思想的随笔最可贵。我办理论版多年，虽未写出理论著作，但学到了一点理论知识，这对提高随笔的思想性有一点用处。我多少懂一点考据，这对使用的材料更准确有帮助。洪迈说，他写《容斋随笔》，是“意之所之，随即纪录”。我却并不那么随意，我用的材料，都是要尽力查考准确的。把文字做美，实在是不容易，古文底子要好，还要有才气。像鲁迅、孙犁、黄裳那样的杂文随笔，真不是一般人能够做出的。何满子、钱伯城、王春瑜、李零诸先生的随笔文字，也是天下不易得。我受先生们文字魅力的吸引和激励，常生模仿的念头，但却总是学不像，常废然而叹。

写有思想性的随笔，必要有经世的心胸。曾国藩“经世致用”的观念，对成就他的文学名声和谋国事功起了很大作用，对后世的志士仁人也有很大影响。自谓“独服曾文正”的青年毛泽东，其文章具有强烈的经世性，大抵就与从曾国藩到梁启超的文章风格的影响有关系。鲁迅的以笔为刀也与曾氏的经世主张相通。《曾国藩家书》虽是平常家信，却溢满经世的心思，思想性、知识性兼具，实际也是一篇篇随笔。我是个报人，职业使我天然地关心世事时势，天然地具有为文经世的本色。这成了我好写随笔且重视随笔的思想性的一个原因，也是一个动力。

这本书里的文章，内容驳杂，颇难归类，勉强分了四类，每类里还是驳杂。随笔古来属于杂学。杂而不专，向来老儒睥睨，讥为齐东野语。但也有学人高看杂学随笔，说是上承诸子私乘，随心言说，汪洋恣肆，其实不得了。浙东史学有一个传统，不尊正宗官史为圣物，而是尚博览，颇看重野史杂记。周氏兄弟好杂览，喜杂学，重野史,便与此乡邦学术风气的熏染有关。这都让我对杂学随笔产生了敬意,也成了我写随笔的一个动力。

其实,我原本也有喜杂览的癖好,特别是喜读有关社会万象的杂书。我对古今社会的许多现象有强烈的追问谜底的兴趣,尤其是对那些曾经影响了我们民族和国家命运当然也包括我个人命运的一切事情感兴趣,我总想知道那到底是怎么回事,究竟为什么会是那样。这就要去读杂七杂八的书,思考各式各样的问题,读了,想了,便有些心得,便写出了这些随笔。

这本书里所收入的文章,都是改革开放以后写的,时间跨度达二十多年。我曾清夜默思,在我求知识、长身体的时候,遇上了"文革",结果弄得满脑子愚昧,还落下羸弱的体质,我叹息生不逢时。但我又庆幸赶上了改革开放的伟大时代,我又感叹生正逢时。若不是赶上改革开放的宽松环境,若不是"解放思想,实事求是,与时俱进"成为中国社会的主流思想,我是写不出这些文章的,写了也发表不出去。这本书,是我这二十多年来精神轨迹的一点记录,同时也记下了一点时代风云。虽是敝帚,亦自珍之。

是为自序。

李乔

2011 年 8 月 29 日

一、王朝侧影

皇帝的自我批评

二十多年前，我在报社图书馆积满灰尘的书架上，翻到了一本路工先生编的《明代歌曲选》，其中有一首小曲《玉抱肚·官悟》，引起了我很大兴趣，特别是最后几句，至今还记得：

一边是富贵荣华，一边是地网天罗。
忠臣义士待如何？自古君王不认错！

这几句小曲，大概是作者在替谏官发牢骚，同时也表达了作者本人对君王的看法。最后一句“自古君王不认错”，给我的印象最深，多年来总是盘桓在脑际，我仿佛听到小曲作者在告诉世人：自古以来，那些进谏的“忠臣义士”（谏官），纵然怎样披肝沥胆地劝谏，君王也不会认错，不会做一点自我批评。默念着这句曲词，我总是在想：口含天宪，乾纲独断的天子，哪会知道自己有什么错？又何须认什么错？

“自古君王不认错”，这句断语，应该说大体是正确的。但细究起来，却并不那么全面。诚然，君王一般来说是不肯认错的，这是他们的常态，这样的事例也一抓一大把，数不胜数；但也确有不少君王曾做过一点自我批评——或是下过罪己诏，或是口头认过错，这也是实情，而这些文字的、口头的自我批评，又并非都是虚伪的。

《北京晚报》最近（2007 年 1 月 11 日）刊登了一篇胡天培先生写的忆旧文章《俞平伯的风骨》，其中提到皇帝做自我批评的事，值得抄录下来：

> 1975 年夏，社科院（当时称学部）文研所的工作人员在农场劳动之余，到京南团河宫参观。我陪同前往。俞先生因年高体弱，在整个参观过程中情绪不高。当来到乾隆皇帝罪己碑前，听介绍说该碑是根据乾隆皇帝为修建团河宫耗资过大而下的罪己诏刻制而成，先生顿时精神一振，挤过人群，走到碑前，仔仔细细看完了整个碑文，很感慨地说了一句："连封建皇帝都知道做个自我批评"。立时全场肃然。在当时的背景下，只有俞先生这样学识渊博的长者，才能机智、委婉而入木三分地说出这句话。

当时为什么全场肃然，作者又为什么以此事作为俞平伯有风骨的例子，经历过那个时代的人们自然都清楚，这里就不去说它了。只说一下俞先生发的那句感慨——"连封建皇帝都知道做个自我批评"。

俞先生这句话，与"自古君王不认错"的意思显然不同，但俞先生说的并没有错。俞先生的感慨，虽然是由看了乾隆的罪己碑而引起的，但却概括了一类历史现象，即不少皇帝曾下过罪己诏或做过口头自我批评。乾隆正是这些皇帝中的一个。

关于皇帝做自我批评，除了乾隆，我从手边的资料中又找到了下面几个例子。

汉武帝是个好大喜功的皇帝，但也是一个勇于认错改过的皇帝。大臣桑弘羊在奏议中指陈朝政之弊，他便下罪己诏，深悔自己的过失；受了方士的蒙骗以后，他又面对群臣“自叹愚惑”。一个雄才大略的皇帝，能这样自责，委实不容易。

明初建文帝是个没坐稳皇帝位子的皇帝，但他勤于政事，也有认错的雅量。有一次，他上朝晚了，御史上书进谏，话说得很不客气，但建文帝非但没有发怒，反而大度地把御史劝谏自己的事宣示天下，让全国百姓都知道自己的过失。建文帝当时在民间的形象，是个仁厚的皇帝，这或许与他知道认错有关。

明成祖是个暴虐之君，但也知道有错自责。对于自己处理过的奏章，他规定必须由六科复查，发现不当，便改正过来，通政司的官员劝他说，这样会损害天子威信，明成祖却说：“改而当，何失也？”意思是把错误改成正确，又会失去什么呢？明成祖虽然暴虐，但建立过很大的历史功绩，寻其原因，能够有错自责，恐怕是其中之一。

正德皇帝是明朝的一个花皇帝，荒淫得很，但临死前也有自悔之词。他向守在病榻旁的司礼太监说；“我的病已无药可医了，请转告太后，还是国事重要，多和阁臣们商量吧。过去的事，都是我一个人的错，与你们这些太监无关。”这个荒淫了一辈子的皇帝，临死前总算承认了自己有过错。

清朝，除了乾隆皇帝下过罪己诏，还有好几个皇帝也下过罪己诏，或是以其他方式自责过。

顺治临终前，下过一个长篇的罪己诏，检讨自己亲政十年的过错，诏文从“朕罪之一”，一直检讨到“朕罪之十四”，严肃自责，情词恳切，被史家认为是一篇奇文。写作时，先是由翰林起草，每写完一部分，立即呈送，一天一夜，三次进览。于此可见顺治的自责心之切。

嘉庆皇帝是个平庸天子，扮演了清朝从极盛而转衰的皇帝角色。白莲教纵横数省，天下扰攘，为此他自责道："官逼民反之语，信非谬也。""予受玺临轩，适逢此患，实予不德所致。"嘉庆虽然平庸，但自责之语却还算有些见识。

咸丰皇帝失政失民，引发了太平天国战事。太平军建都南京后，咸丰下罪己诏说，由于自己"不能察吏安民"，致成祸乱，对此，自己"寝馈难安"，"再三引咎自责"。虽然他已经知道自己的统治酿成了大祸，但为时晚矣，已然是河溃鱼烂，自责又有什么用处呢？

上面所举的，只是手边资料中的几个例子。实际上，中国历史上肯定不会只有这几个皇帝认过错，做过自我批评。我虽然没有能力把中国历史上好几百名皇帝是否做过自我批评都一一统计出来，但我相信，曾经认过错的皇帝，肯定不会只有上面这几个。

皇帝认错，当然不是常态，而且，认错的皇帝，可能有的是出于真心悔恨，有的则是为了敷衍群臣和百姓，收买人心，还有的可能是迫于某种压力；那些临死前才认错的皇帝，大概就像是俗语所说的"人之将死，其言也善"，临死前有了些良心发现吧。但不管怎么说，这些皇帝毕竟认错了，毕竟没有死不认帐，死不认错。作为一个口含天宪、乾纲独断的皇帝来说，这也算是难能可贵了。

中国的君王，最早下罪己诏的，大概是大禹和商汤。《左传·庄公十一年》上说："禹汤罪己，其兴也勃焉。"意思是大禹和商汤有了错便做自我批评，所以使国家兴旺起来。中国历代的皇帝都是讲敬天法祖，效法先王的，所以，禹汤罪己的举动，成了后世皇帝效法的一个榜样，而且居然还渐渐形成了一个罪己的传统。这个传统自然是软性的，稀松的，罪不罪己全要看时局的需要和外界的压力，更要看皇帝个人的"觉悟"和意愿。但不管怎么说，不管这个传统多么软性和稀松，有它总比没它要好，因为它毕竟多少促进了一点皇帝的自我约束。

最后，再点评几句“自古君王不认错”这句君王论。这句曲词，虽然看似不尽全合史实，实际上却有很大的客观真理性，更蕴含着批判专制独裁的意味，因而具有历史批判的力量，同时也具有道德（政治伦理）批判的力量。这是一条“资治通鉴式”的历史教训。俞平伯先生的感叹，从表面看，与这句曲词似不相同，实则与之有着同样的意味。

坑儒辨

焚书、坑儒二事,是阴谋,还是阳谋?似乎很少有人究问。一般笼统的看法,当然认为是阳谋——至高无上的秦始皇,说焚就焚,说坑就坑,何须搞什么阴谋?但若细读有关史料,会发现事情并不那么简单。

焚书,可以肯定是阳谋。这从《史记》、《资治通鉴》等记载中可以明显看出。焚书方案是李斯策划的,方案拟成后正式上奏秦始皇,秦始皇批准后,正式颁焚书令,天下遂大张旗鼓烧书。由此可见,焚书一事,从焚书令的形成,到焚书令的实行,都是地地道道的阳谋。

但坑儒一事,史书的有关记载就值得研究一下了。

《史记·秦始皇本纪》关于坑儒的记载是这样的:“(方士侯生、卢生潜逃后,秦始皇大怒)于是使御史悉案问诸生,诸生传相告引,乃自除犯禁者四百六十余人,皆阬(坑)之咸阳,使天下知之,以惩后。”御史是刑狱之官,诸生即儒者。御史把诸生捉来审问,诸生互相告密,秦始皇便亲自圈了犯禁者460余人,把他们活埋了。活埋以后,又告知天下,以示儆诫。从这段记载看,坑儒应该说也是阳谋。因为所记御史问案,一则是奉旨行事,二则与一般的官府办案无甚差别，不像是秘密行为，不像是阴谋。坑儒之后，又告知天下，更显出不是阴谋，而是阳谋。

但且慢。史书中还有另外一种记载，所记的坑儒一事则完全是阴谋。这一记载见于《史记·儒林列传》之张守节“正义”：

> 卫宏《诏定古文尚书序》云：“秦既焚书，恐天下不从所改更法，而诏诸生，到者拜为郎，前后七百人，乃密种瓜于骊山陵谷中温处，瓜实成，诏博士诸生说之，人言不同，乃令就视。为伏机，诸生贤儒皆至焉，方相难不决，因发机，从上填之以土，皆压，终乃无声。”

记载的大意是，秦始皇焚书以后，为镇服天下而对儒生进行了屠杀，其具体办法是先以官职引诱儒生，再以种瓜之计诳骗儒生，最后将儒生坑杀。这段记载中的坑儒过程，完全是经过精心策划的阴谋诡计，而决不是阳谋。

从《秦始皇本纪》看，坑儒像是阳谋；从《诏定古文尚书序》看，坑儒又是阴谋。那么哪个记载可信呢？我认为，两种说法都有可信度，不宜以一种说法轻易地否定另一种说法。理由是：第一、不能只重视司马迁的记载，不重视卫宏的记载。卫宏是东汉人，《后汉书·儒林列传》中有传；从时代上说，他是晚于司马迁的，但不能因其晚，就说他的记载肯定不可靠。其实他的记载与司马迁的记载一样，其史源都是对前代史料的继承。尽管有可能他的记载的传闻因素重一些。第二、从秦始皇本人的特点看，他是个既搞阳谋，又懂得搞阴谋的君主。他贵为天子，口含天宪，所以杀起人来一般采取的是“明火执仗”的办法。此为阳谋。但他又深受韩非之“术”的影响，有很重的秘密主义的倾向，所以杀起人来也会根据实际需要而采用“密裁”的方式。此为阴谋。第三、从《秦始皇本纪》看,所记载的坑杀过程很简单,只四个字——“阬之咸阳”,而《诏定古文尚书序》所记,则是坑杀的具体过程,因此,有可能两书所记的实际同为一事,后书是对前书所记坑杀事件的具体记述(尽管某些细节未必准确)。也就是说,两书所记并不矛盾。如果真是这样,那么秦始皇坑儒,可以说就是阳谋加阴谋了。第四、两书所记可能实际上反映的是前后两事,也就是说,秦始皇坑儒可能不止一次。因此,两种说法都是真实的。如果真是这样,那么秦始皇坑儒,可能一次是阳谋,一次是阴谋。

秦始皇焚书坑儒,对中国文化后来的发展产生了极其恶劣的影响,其焚、坑的具体操作过程,不论是阴谋,抑或是阳谋,都是非正义的、反文化的歹毒之谋。可以这样说,在焚书坑儒这一点上,秦始皇是理应背负万载骂名的。

荆轲与“两个凡是”

掘坟鞭尸,执事者常是皂隶。主子发一声喊:“打!”皂隶便把阴间的倒霉蛋再拉回阳间来,让他饱餐一顿鞭刑。

评法批儒年代,我有缘当了一回鞭尸的“皂隶”。但依时代潮流,没拿鞭子,用的是秃笔。那个倒霉蛋,是曾经行刺过秦王,后来又被秦王处理掉了的荆轲。

我鞭尸用的罪名很“毒”,记得是:“企图逆历史潮流而动,反对中国统一。”我知道,这个罪名足以让荆轲“永世不得翻身”。但是,这个罪名其实并不是我发明的,我只是奉旨骂贼。

我其实自小崇拜荆轲,敬爱这位大侠。但在“列国必须统一于秦始皇”这个“大义”面前,我必须割爱,必须要对荆轲鞭尸三百。

当时流行一种“两个凡是”的理论,最能让我铁定了心背叛大侠。这个理论就是:“凡是反对秦始皇的,就是反动的;凡是拥护秦始皇的,就是进步的。”在这个标准面前,所有的战国人物,都要接受检验,今人的政治态度,也要以此标准衡量。我是有心要做进步青年的,所以,我必须拥护秦始皇,必须反对谋刺秦始皇的荆轲。

我笃信这“两个凡是”,还特别由于它的逻辑魅力。这个理论，出自姚文元一帮文痞之手，文痞乃有“文”之痞，故而“两个凡是”颇讲逻辑：秦始皇统一了中国；统一中国是历史潮流；所以，反对秦始皇就是逆历史潮流而动，就是反动的。

这个逻辑，真是大手笔，云山雾罩，真假婆娑，当年愚不可及的我，怎么可能摆脱这个逻辑的钳制力呢？多少年以后，我懂得了一点历史主义，这才弄清了这个逻辑其实是个狗屁不通的逻辑。

于是，我觉得对荆大侠的背叛是错了，我开始责问“两个凡是”和它的逻辑。试问：

齐楚燕韩赵魏秦，哪个不想统一中国，做中国的霸主呢？岂能谁最终统一了中国，谁就是大英雄，而先前与之逐鹿者就是破坏统一的罪人呢？这不是典型的“成者王侯败者贼”吗？

假使战国时有某位明事理的先生也笃信“两个凡是”，想有拥戴“统一中国的君王”的积极表现，但他如何知道这个君王就是秦始皇呢？

若是按照“两个凡是”的逻辑，难道齐楚等六国只有在强秦暴秦面前俯首帖耳，列队迎降，才算是拥护统一，合乎潮流吗？

若是按此逻辑，是否屈原也如同荆轲，也该算是反对统一的罪人呢？相反，难道上官大夫、靳尚之流，倒该算是促进了统一的贤者吗？

这些责问，其实也是在问我自己：鞭尸做得对否？在荆大侠面前是否汗颜？

反抗暴秦的荆轲，委实是一个了不起的英雄。中华民族的侠义思想、抗暴精神，荆轲无疑是一个重要的源头。但我竟曾对荆轲施以掘坟鞭尸！思之汗颜。真是抱歉啦，荆大侠！

唐太宗曾言魏征“妩媚”

唐代名臣魏征，以倔强不屈，敢于犯颜直谏著名，但在唐太宗眼里，他还有另一番形象。唐太宗说：“人言魏征倔强，朕视之更觉妩媚耳。”这话说得很有意思，也很耐人琢磨。

明代文学家张岱初看到这句话时颇为不解，说，“倔强之与妩媚，天壤不同，太宗合而言之，余蓄疑颇久”，后来他看到徐青藤的小品画“苍劲中姿媚跃出”，始有所悟，感到“太宗之言为不妄矣”。(《琅嬛文集》卷之五)张岱的不解，恐怕是许多人的感觉，我起初也如是。倔强之人，骨鲠之士，言词行为乃至状貌，确常会给人一种坚韧刚强之感，与妩媚两字似是不着边际的。但实又不然。张岱观画所悟，便是品到了一点倔强与妩媚的统一性。但张岱所见的妩媚与唐太宗所说的妩媚又略有不同，张岱说的“姿媚跃出”，指的是画的形神两个方面，唐太宗说的则主要指人的风神，即魏征的风神气象。

视魏征为妩媚，可见唐太宗是极喜爱魏征的，喜爱得用别的词汇已难以表达。魏征进谏，常冒犯唐太宗，太宗何以竟觉得魏征妩媚？盖因太宗极有雅量，故能于犯颜直谏中看出魏征的美好可爱。人言倔强，我谓妩媚，太宗之外，是绝少有这种雅量的君主的。

由唐太宗视魏征为妩媚，可以得到一点启发，就是：许多倔强威严之士，其实是很妩媚可爱的。就说唐太宗吧，《贞观政要》上说，太宗本是个“威容俨肃”的人，但当他得知臣僚畏惧他的严肃时，便“每见人奏事，必假颜色”，表现出一种柔和平易的样子，其目的是为了能听到谏诤，知政教得失。我想，一个天子，为了求谏而隐去阳刚，显出阴柔，实在是妩媚可爱的。清末怪人辜鸿铭性情倔强孤傲，一次在庆祝慈禧太后生日的宴会上，竟当众吟出大不敬的《爱民歌》：“天子万年，百姓花钱；万寿无疆，百姓遭殃”，致使“座客哗然”。想见他那副傲然吟诗的模样，也一定是很妩媚的。梁漱溟为了坚持己见，敢于犯颜“廷争”，人们多赞其倔强不屈，我觉得还应套一句唐太宗的话评之，就是“视之更觉妩媚耳”。

心有所爱，便以美好言词加之，而不甚顾及这个词语的原意及使用习惯，是常有的事，这可说是聊补所谓“难以用恰当的语言形容”的一个办法。旧时一些女性读者在读了鲁迅的文章之后，想象鲁迅该是个伟岸矫健的男子，便去问郁达夫，郁达夫答道：“鲁迅是中国唯一的美少年。”这话很像唐太宗称赞魏征妩媚。鲁迅是个极倔强、极有骨气的斗士，外表也说不上俊美，但郁达夫却以“美少年”三字加之，这是他景仰和热爱鲁迅的感情难以用常语来表达的结果。这与唐太宗不用常语而用“妩媚”两字表达对魏征的喜爱，属于同一种语言现象。

倔强与妩媚，看来并非如张岱所言，是“天壤不同”，而是有着统一性的。能否从倔强中看出妩媚，取决于观者的内心感受、气度和眼光，如唐太宗的雅量、郁达夫的景仰之情等等。

阿Q与朱元璋

虽说小尼姑骂了阿Q断子绝孙，但实际上，阿Q的子嗣极多，血脉甚是绵长。我在《瓜葛》一文里，就曾考证出红卫兵是阿Q的遗族。近来，我不再查考阿Q的子嗣了，而是查考起阿Q的祖宗来了。

阿Q自称姓赵，又自称是赵太爷的本家，我便想，若往远了追，他或许与稍逊风骚的宋太祖有些瓜葛，但终于很失望，没啥关系。其实这倒也自然，赵太爷连阿Q姓赵都不认可，更甭想赵皇帝是他祖宗了。但是，我却发现，阿Q与朱洪武大有关系。我怀疑，洪武爷朱元璋才是他的本家，是他的嫡祖，虽然洪武爷姓朱。

我有重要的证据这么说。

先要读一读《阿Q正传》第二章《优胜记略》。文中，鲁迅是这样介绍阿Q的：

> 阿Q"先前阔"，见识高，而且真能做，本来几乎是一个"完人"了，但可惜他体质上还有一些缺点。最恼人的是在他头皮上，颇有几处不知起于何时的癞疮疤。这虽然也在他身上，而看阿Q的意思，倒也似乎以为不足贵的，因为他讳说"癞"以及一切近于"癞"的音，后来推而广之，"光"也讳，

“亮”也讳，再后来，连“灯”“烛”都讳了。一犯讳，不问有心与无心，阿Q便全疤通红的发起怒来，估量了对手，口讷的他便骂，气力小的他便打……

对于这段介绍，决不可走马观花，必须细细来读；读了以后，再去对照一下朱元璋的“行状”，便立马可以发现：这个阿Q太像朱元璋了，或是反过来说，那位朱皇帝又太像阿Q了。

对照阿Q，朱元璋也是“见识高，真能做”。他驱逐鞑虏，恢复中华，给汉族人争足了面子，建立起了明朝大帝国，就像阿Q那样，他也“几乎是一个完人”了。此其一。其二，阿Q与朱元璋都有或曾有过一个颅顶的观瞻问题。阿Q的头皮上有几处恼人的癞疮疤，上面无发，发光。朱元璋也曾有过一个无发、发光的脑袋——他微时做过和尚。本来，朱元璋若是终生为僧也便罢了，但他后来造反发了家，当了皇帝，这曾经的秃头便成了心病，因为在一般平民眼里，光溜溜的脑袋总是不大好看的。

朱元璋与阿Q二人的相似之处，不只这两点，还有更重要的，这就是，他们两人都极端地讳“光”讳“亮”，虚荣，护短；而且，谁若是犯了他们的讳，必遭惩罚——阿Q是非打即骂，朱元璋是让你脑袋搬家。

请看朱元璋是怎样讳“光”讳“亮”，并杀掉犯了他的讳的倒霉蛋的。

明人徐祯卿在《翦胜野闻·纪录汇编》卷一三〇中写道：

太祖多疑，每虑人侮已。杭州府学教授徐一夔尝作贺表曰：“光天之下”，又曰：“天生圣人，为世作则”。太祖览之，大怒，曰：“腐儒乃如是侮朕耶！‘生’者，僧也，以我从释氏也。‘光’，则摩顶也。‘则’字音近于贼也。罪坐不敬，即斩之。”

礼臣大惧,因上请曰:"愚蒙不识忌讳,乞降表式,永为遵守。"帝乃自为文,传布天下。

这个"太祖",就是明太祖朱元璋。杭州府学的教授徐一夔,本来做的是马屁文章,一片好意,但不承想犯了朱元璋的讳,竟遭到了杀身之祸。朱元璋杀人的理由和逻辑是:徐一夔你说的那个"生"字,是"僧"字的谐音,僧也就是和尚,你这是在讥笑我当过和尚。你说的那个"光"字,是笑话我的和尚头又光又亮,是羞辱我。"则"字,乃是用谐音骂我是贼。如此这般地辱我骂我,岂不正犯了大不敬我之罪,能不杀你!天子雷霆一怒,百官瑟缩,鉴于前车之覆,礼部大臣赶紧请示避讳条例。这位朱皇帝也真是把此事看得天样大,竟亲自撰写了避讳条文,对哪些是自己所讨厌的字眼,做出了规定,然后传布天下执行。

因犯了朱元璋的秃头之讳而掉了脑袋的,除了徐一夔,还有几个倒霉鬼。清初人陈田在《明诗纪事·甲籤》卷六中,记录了多条明朝文人因著文写诗犯讳而被杀的事,其中就有三人是由于犯了朱元璋的秃头之讳。一个是常州府学训导蒋镇,他在为本府所作的贺正旦表中,写了"睿性生知"一句话,不想犯了忌,被杀头,因为"生知"音近"僧知",僧即和尚。第二个是祥符县学训导贾翥,他在为本县作贺正旦表时,写了"取法象魏"一句,被杀,因为"取法"音近"去发",去发就是剃头当和尚。第三个是尉氏县学教谕许元,他在为本县作贺万寿表时,写了一句"体乾法坤,藻饰太平",被杀,因为"法坤"近于"发髡",而"发髡"就是剃光头。总起来说,这三人被杀,都是因为犯了朱元璋怕听和尚、秃头一类词的忌。其中那位许元先生,似乎又最冤枉,因为他本是好心给朱元璋祝寿的,在贺万寿表里,他写的肯定都是些"敬祝朱元璋万寿无疆"之类的拍马文字,但没想到却被马蹄子踢死了。

在官场中，官吏之间发生倾轧，本是再寻常不过的事，但当事者中若有当过和尚的官员，情况就不同了。在朱元璋的眼里，如果哪个人骂了某个当过和尚的官员，那他一定是在与自己作对，于是骂人者就要倒大霉。清人钱谦益在《列朝诗集·甲集》卷十三《张孟兼传》中，记下了这样一件事：

孟兼出为山西副使，布政使吴印，钟山僧也。孟兼负气凌之，数与之争。上曰："是乃欲与我抗耶？"逮赴京，捶之至死。

传记中的"上"，即朱元璋。这是说，当过和尚的布政使吴印，与副使张孟兼屡次发生争执，朱元璋不问是非曲直，便疑心张孟兼是在欺辱吴印，进而便认为张孟兼的矛头是冲着自己来的，张孟兼因此死于乱棍之下。

经过若干次的"言秃必杀"的教育，大臣们都被训练得像绵羊一样，因此总是战战兢兢地设法避开那类字眼，但是，也有不小心失口误说的时候。《明史·郭兴传》记了这样一件事：大将郭兴的弟弟郭德成一次侍宴酒醉，脱帽谢恩时，朱元璋看到他的头发又短又少，便说："你这个醉疯汉，头发这样少，是喝酒喝的吧？"郭德成答道："臣也很讨厌这样的头发，剃了它就痛快了。"朱元璋听后默然不语。郭德成酒醒后，猛然醒悟到失言了——说了个"剃"字，他非常害怕，于是"佯狂自放，剃发，衣僧衣，唱佛不已"。朱元璋知道后说："原以为他说的是戏言，没想到真的把头剃了，真是个疯汉。"由这件事可以看出，在朱元璋的忌讳和淫威之下，大臣们是怎样战战兢兢地活着。

从上面这几个例子可以看出来，朱元璋真是太在意自己那段当和尚的经历了，他极为自卑地把那段经历当成了自己的"历史问题"，因之，几乎患上了"讳僧症"。据我考量，在与秃头有关的字眼中，朱元璋对“僧”、“生”、“光”、“髡”这几个字眼最为敏感，几乎达到了神经质的程度。而他这种近乎神经质的“讳僧症”，竟成了他大兴文字狱的原因之一。

对比一下朱元璋与阿Q二人的“讳秃”史，还可以得到一个有趣的发现：二人不但在所讳字眼上相似，就是在“讳秃”的过程上，也极为相似，即他们的避讳，都是从少数字眼往多数字眼发展的。阿Q本来是只讳说“癞”的，但后来“光”也讳，“亮”也讳，再后来连“灯”“烛”都讳了。朱元璋也与阿Q相同，开始，大抵也只是讳“僧”，进而便讳“生”，再后来连“光”、“发”、“髡”也讳了。二人竟像是从一个模子里铸造出来的。看官，您说说，这阿Q的祖宗，不是朱元璋又是谁？当然啦，阿Q的祖宗未必就只有朱皇帝一人，据我推测，一定还有不少，且待来日再考。今日的认祖归宗，姑且先认下一位朱皇帝。

阿Q与朱元璋，二人竟如此之像，使我油然生出一种推测，我想，鲁迅先生熟读明史，他写《阿Q正传》时，恐怕脑际中总是晃动着朱元璋的影子的，也许就是把朱元璋做了原型之一的。这也就是说，发现朱元璋是阿Q的祖宗的，鲁迅先生恐怕是第一人。我的这篇小文，不过是给《阿Q正传》做点笺注罢了。

其实，朱元璋与阿Q的相似处，决不仅仅在一个秃头的事情上，二人还有其他不少相似的地方。比如，阿Q梦想中的革命，是乱杀一气，不仅杀赵太爷、秀才、假洋鬼子，连与他同阶级的小D、王胡也杀。朱元璋则是在倒元革命中杀鞑子，倒元革命成功后又杀与他同阶级的革命功臣。又如，阿Q梦想革命成功后，就往自己住的土谷祠里搬运赵太爷家的财宝，像元宝、洋钱、洋纱衫、宁式床什么的，总之所有的财富都归自己，自己也当财主。朱元璋则是革命后当上了口含天宪的洪武爷，威福、子女、玉帛一样不少，整个天下都归了自己。朱元璋与阿Q这种种酷似之处，都在证明着阿Q与朱元璋的血缘关系，证明着朱元璋是阿Q的先祖。

从现有材料看，讳"光"讳"亮"，虚荣，护短，这一宝贝疙瘩似的"国粹"，似乎是朱元璋发明的，但其实并不一定。我猜想，朱元璋大概也是有祖师爷的，不过暂且不清楚罢了。朱元璋实际上也只是一个这一"国粹"的分外钟爱者而已。

朱元璋对此不仅钟爱，还把这种"国粹"传给了阿Q，阿Q又不负祖德，传给了自己的子嗣们。小尼姑曾恨恨地诅咒阿Q断子绝孙，但小尼姑失算了。试看阿Q的子嗣们，那些报喜不报忧，为护短而哪壶不开不提哪壶的人，真可谓乌泱乌泱的，人们满眼满耳所闻见的，几近《红楼梦》里鸳鸯所说的："宋徽宗的鹰，赵子昂的马，都是好话(画)"。这景象，若是让阿Q看到了，那秃小子一定会得意无比：小尼姑的话不灵啦，我阿Q不仅是耀祖光宗，而且是子孙绵绵无绝期呀！

“笔挟风霜”的《点将录》

明末崇祯年间，常熟有个叫秦兰征的秀才，写了一百首宫词，题曰《熹庙拾遗百咏》，咏明熹宗天启年间的宫廷史事，其中有一首云：

星名次第列银光，点将标题当饮章。
圣主青年方好武，卷头先问李天王。

从字面上看，这首宫词冲淡闲适，颇有“白头宫女在，闲坐说玄宗”的韵致。但实则其中包含着一段严酷的历史。

秦兰征诗末有段自注，云：

> 邹之麟用《水浒传》天罡地煞星名，配东林诸人，以供谈谑之资。如托塔天王，则李三才也。天罡星（笔者注：应为天魁星）及时雨，则叶向高也。崔呈秀廉得之，名之曰《点将录》。佳纸细书，与《天鉴录》、《同志录》，同付忠贤。忠贤乘间以达御览，上不解托塔天王为何语，忠贤述《水浒传》溪东西移塔事，上忽鼓掌曰：“勇哉。”忠贤于是匿其书不复上闻。

这段自注，实际是明末阉党迫害东林党人的历史的一个侧影。以魏忠贤为首的阉党，是明末政坛上最歹毒、最丑恶的政治势力，东林党人则是一批较为正直、有骨气的士大夫。阉党势焰熏天，东林党则势力较弱。阉党对东林党人的迫害，既有血腥的肉体消灭，也有流氓无赖式的攻讦陷害。其攻讦陷害的一个毒招，就是编拟东林党人的黑名单。秦兰征诗注中所举的《点将录》、《天鉴录》、《同志录》，就是这种黑名单。实际上，当时各种名目的黑名单还有很多，如《东林朋党录》、《盗柄东林伙》、《伙坏封疆录》、《初终录》、《同心录》、《石碣录》、《伪鉴录》、《蝗蝻录》、《秭稗录》等等。在这诸种黑名单中，最阴险毒辣、最具攻击力的，当是《点将录》。

《点将录》，全名《东林点将录》，即秦兰征诗注中所说的那份"用《水浒传》天罡地煞星名，配东林诸人"的名单。这份名单，一共有 109 位东林党人的名字，每个人的姓名前，都冠以《水浒传》中梁山头领的星宿名和绰号。如名单中的前几位是：

开山元帅托塔天王南京户部尚书李三才

天魁星及时雨大学士叶向高

天罡星玉麒麟吏部尚书赵南星

天闲星入云龙左都御史高攀龙

天杀星黑旋风吏科都给事中魏大中

天勇星大刀左副都御史杨涟

天雄星豹子头左佥都御史左光斗

这当中的第一、二名李三才和叶向高，在秦兰征的诗注中作为例子提到过。在《水浒传》里，"梁山泊英雄排座次"时共有头领 108 人，加上早亡的晁盖，共计 109 人。《东林点将录》中的 109 人，就是按照《水浒传》上的这 109 之数配定的。"点将录"三字中的"将"字，暗指这 109 名东林党人，如同梁山上的 108 将。《点将录》中的东林党人的排序，是阉党按照自己眼中的每个党人的重要程度排列出的，而究竟以哪个梁山头领的星宿名和绰号配给哪个东林党人，《点将录》的作者则是经过仔细推敲后，以牵强比附的手法确定的。

关于《点将录》的作者是谁，秦兰征的诗注中说是邹之麟，但《明史》魏忠贤传和王绍徽传皆说是王绍徽，《四库全书总目》也确定为王绍徽。王绍徽，咸宁人，出身于官宦之家，中过进士，官至吏部尚书，本“以清操闻”，但后来投到了魏忠贤的旗下，认魏忠贤做了干爹。《明史·王绍徽传》记载：“初，绍徽在万历朝，素以排击东林为其党所推，故忠贤首用居要地。绍徽仿民间《水浒传》，编东林一百八人为《点将录》，献之，令按名黜汰，以是益为忠贤所喜。”按照这里所记，王绍徽是亲自把《点将录》献给魏忠贤的，但秦兰征诗注则说，是阉党崔呈秀在市上廉价购得后呈送魏忠贤的。这两种情况，我想可能都有，因为魏忠贤的党羽甚多，他完全可能从不同渠道得到多部《点将录》。从秦兰征诗注中可以看出，《点将录》当时在社会上已经流传开来。

何以说编拟《东林点将录》是个险恶的毒招呢？或许更有疑者问，这份名单以梁山好汉的绰号来称呼东林党人，应属美称，谈何毒招？

那就让我们先来看一下魏忠贤得到这个名单时的反映。据无名氏《遣愁集》一书载，魏忠贤看了这份名单后，非常兴奋，说了这样一句话：“王尚书妩媚如闺人，笔挟风霜乃尔，真吾家之珍也。”大概因为时任户部尚书的王绍徽有妇人相，故魏忠贤说他“如闺人”。魏忠贤的心肠，无疑是绝顶的又黑又硬，又是个惯使毒计的阴谋家，但连他看了这份黑名单以后，都感到“笔挟风霜”，可见这份黑名单端的是厉害。厉害在何处？就在于它用牵强比附的手法，把被人称作“魔君”、“贼人”的梁山头领的绰号，安在了东林党人的头上，以此暗指东林党人都是与梁山"贼人"一样的恶徒邪党。

阉党在这里，实际是袭用了讼师、恶吏借绰号以整人的老谱。鲁迅先生曾说："中国老例，凡要排斥异己的时候，常给对手起一个诨名，——或谓之'绰号'。这也是明清以来讼师的老手段；假如要控告张三李四，倘只说姓名，本很平常，现在却道'六臂太岁张三'、'白额虎李四'，则先不问事迹，县官只见绰号，就觉得他们是恶棍了。"(《华盖集·补白》)历史上的流氓、盗贼，大都有自己的绰号，而他们的绰号，又大都具有凶悍、刁蛮、猥琐的色彩，因而，人们往往一听到这种色彩的绰号，便会猜想绰号的主人决非善类。正因为有此社会心理，讼师、恶吏便得以借此整人。《水浒传》写清风寨的知寨刘高捕获宋江后，宋江不肯吐露真名，只报以张三，刘高为了把他坐实为贼盗，便上报其名为"郓城虎张三"。《点将录》用的正是这种手法。王绍徽这个阉党，把不知从哪里学来的讼师恶吏的手段，也用到了党争上，用到迫害正人君子上了。

梁山头领，我们今天称之为好汉，称为造反英雄，但在明朝人的眼里，特别是在上层阶级眼中，梁山头领都是些贼人、豪猾、草泽无赖。不仅阉党这样看，东林党也是这样看的。对于《水浒传》，明朝廷向来都采取厉禁的态度，认为此书"以杀人放火为豪举"，应当"速令尽行烧毁"。(左懋第为陈请禁毁《水浒传》题本)所以，《点将录》给东林党人冠以梁山头领的绰号，就等于给他们扣上了"恶徒、贼人"的帽子，就是要告诉世人：这伙东林党人，都是像梁山贼人一样的混世魔头，是该杀的逆种。翻开《水浒传》第一回，开宗明义就说108将是洪太尉不慎放走的魔君，再看看"黑旋风"、"活阎罗"、"立地太岁"、"母药叉"、"拼命三郎"、"赤发鬼"、"丧门神"这些充满鬼气和杀气的绰号，确实极易让人产生联想：

名单中的这些东林党人,都是和梁山头领一样的魔头。魏忠贤说这份名单是“笔挟风霜”,真是有眼力的评语,这份名单确实带着一股强烈的阴冷肃杀之气。东林党人看到这份名单后,感受如何,不得而知,但我猜想他们一定是极为恼火和愤恨的,胆小者也许还会心惊肉跳。这份黑名单,实际是阉党下决心清除东林党的一个信号,是一纸向东林党下的战书。这份黑名单的直接后果,就是《明史·王绍徽传》里说的,“按名黜汰”东林党人,东林党人遭到了无情的清洗和迫害。

秦兰征诗注说,魏忠贤曾把这份黑名单给熹宗朱由校看,但这位“好武”的皇帝只问了一下托塔天王是怎么回事(“卷头先问李天王”),完全没弄明白阉党的意思,还傻乎乎地夸奖晁盖“勇哉”,于是魏忠贤赶紧把名单收了起来,不敢再给皇上“御览”了。这位熹宗朱由校,是明史上有名的“至愚至昧”的童蒙皇帝(孟森语),好驰马,好看武戏,又好水戏,更好做木匠活儿,而把政事全推给了阉竖魏忠贤,从而使阉党一手遮天,搞得天下糜烂,更整苦了东林党人。这是皇权专制主义所产生的一个典型恶果。

王绍徽这本《点将录》问世后,因其手法新颖,阴险超群,引来了很多阉党的仿效。一个名叫卢承钦的阉党所拟的黑名单中,把王图、高攀龙等称为“副帅”,把曹于汴、魏大中等称为“先锋”,把丁元荐、沈正宗等称为“敢死军人”,把孙丕扬、邹元标称为“土木魔神”,明显地带有《点将录》的胎记。还有其他许多黑名单,也都是极尽丑诋之能事,拼命把东林党人妖魔化。《东林朋党录》之“朋党”一词,本指结党营私的团伙,孔子说“君子群而不党”,《东林朋党录》之名即暗指东林党人都是小人。《石碣录》之“石碣”,出自《水浒传》里的石碣村,而石碣村正是梁山骨干头领阮氏三雄的家乡。《盗柄东林伙》、《伙坏封疆录》中的“盗柄”、“伙坏”,皆是在骂东林党人如同盗贼匪伙。《蝗蝻录》、《稊稗录》把东林党人贬喻为有害人类的蝗虫、莠草。仅从这些黑名单的名称,便可以看出阉党整人招术的毒辣和下流。

明朝最终在农民造反和清兵的铁蹄下灭亡了,阉党迫害东林党人的那页极端黑暗的痛史,也化作云烟了无踪迹了。但《东林点将录》式的陷人于罪的招术,却并未绝迹。袁世凯曾骂宋教仁是“梁山渠魁”,暗杀宋教仁以后,又称要给宋教仁报仇的国民党人是“天罡地煞等类”。国民党曾给新四军政委项英起了一个绰号,叫矮脚虎王英,意思是骂项英和新四军是匪徒、匪军。“文革”中,各种黑名单大行于世,各种帽子花样翻新,目的都是为了要把好人定为贼人魔君。虽然整人者使用的不是讼师恶吏和阉党起绰号的办法,但所用的借恶名(扣帽子)以“臭”(批臭)人之法,却很是得了《点将录》的真髓。那些“笔挟风霜”的大字报、大帽子,虽然早已销声匿迹,但至今让人想起来都会感到胆边生寒。

写入青史总断肠

张献忠是明末农民起义领袖之一，自号八大王，与自号“闯将”的李自成齐名。但在我心里边，这双雄之中，李自成要比张献忠可爱可敬。我不喜欢张献忠，更说不上敬重，虽然他也是起义领袖。原因就是一个，他嗜杀。关于张献忠之嗜杀，史料上是明明白白记着的，虽然有的史料夸大其词，但要想根本上抹掉张献忠嗜杀之名，恐怕很难。因为毕竟有大量史料讲了实话，记录的是实情。但是，曾经盛行一种倾向：因为张献忠起自寒微，造反有理，便有论者以“两个凡是”的理论为之回护。这“两个凡是”就是：凡是起自寒微者，造反皆有理；凡是寒微者造反，即便是乱杀、乱施酷刑，也有理，可以原谅。这实际是一种左倾教条史观。

造反有理

必须要承认，张献忠确实造反有理。在这一点上，张献忠与李自成一样，都是造那个腐朽无道的朱明王朝的反的英雄。张献忠，肤施县（延安）人，造反以前他的经历，史料记载纷纭，大体说来，他自幼家贫，贩过枣子，干过铁匠，当过流丐，干过捕快，做过边兵，进过大狱，挨过刑杖，是一个生活在社会底层，有游民经历，又有衙门经历的身份复杂的人物。他造反有理，可以从两个方面来看。一是他所参加的农民造反是有理的。他汇入了这个造反的洪流，且成了造反领袖，所以他的造反便当然有理。明末农民造反，那是货真价实的逼上梁山，不得不反。明朝到了崇祯的时候，朝政真是腐败到了极点，皇帝昏庸，阉党横行，“官以财进，政以贿成”，土地高度集中，以致“富者动连阡陌，贫者地鲜立锥”，官府“催比钱粮，血流盈阶”，加之连年天灾，草木枯焦，使得百姓无衣无食，饥寒交迫，以致易子而食，死亡枕籍。张献忠的家乡延安府，更是天灾人祸的重灾区，一切人间苦难都达到了极致。

有一段惊心动魄的历史记录，可以让我们看到明末农民起义不可能不发生，李自成、张献忠们不得不造反。这是见于计六奇《明季北略》卷五、雍正《陕西通志》卷八六、嘉庆《延安府志》卷七二的一段记载。三书文字略有不同，此录《陕西通志》如下：

> ……更可异者，童稺辈及独行者一出城外，更无踪影。后见门外之人炊人骨以为薪，煮人肉以为食，始知前之人皆为其所食。而食人之人亦不数日面目赤肿，内发燥热而死矣。于是，死者枕籍，臭气熏天。……小县如此，大县可知；一处如此，他处可知。
>
> 官司束于功令之严，不得不严为催科。……则见在之民止有抱恨而逃，飘流异地，栖泊无依，恒产既亡，怀资易尽，梦断乡关之路，魂消沟壑之填，又安得不相率而为盗者乎！此处逃亡于彼，彼处复逃之于此，转相逃则转相为盗。此盗之所以遍关中也。

明末老百姓所受的这种奇苦，真令人毛发倒竖，冷汗沾衣！文中所说的“盗”,有可能是李逵,也可能是李鬼,分不清了。反正老百姓被逼得不得不反了。这种造反,焉能没理?实乃顺乎天理,应乎人心,一场伟大革命也。对于历史发展,是有一定推动作用的。正是缘于此,张献忠可以称之为造反英雄。此张献忠造反有理之一方面。

第二方面,是从他造反的直接动因来看。张献忠造反前,当过延安府的“快手”即捕役,常常受到同事的欺侮,有不胜压抑之感,某日,他“拊髀叹曰:嗟,大丈夫安能久居人下耶!”(康熙六年《陕西通志》卷三十《杂记·盗贼附》)于是,决然舍掉捕快这个饭碗,参加到造反大军中去。从张献忠的造反动机看,他不像那些生活惨透了的饥民,是穷则思变,而是觉得自己地位卑微,大丈夫之志不得伸,是“卑(卑职、卑微)则思变”。他的大丈夫之志,固然不敌刘邦看到秦始皇车驾后所说的“大丈夫当如此”那样气派,但也表现了他渴望做人上人的鸿鹄之志。为了自己不久居人下,为了奔更大的前程,他必须造反,必须领导那些饥民去造反!这便是张献忠自己算盘中的造反有理。

张献忠的确造反有理,那么,是否卑微者、社会下层人物造反皆有理?未必。比如,明清时期下层民众的造反活动,相当多的是秘密教门和秘密会党发动的,他们的造反就未必都有理。我的老师、研究中国秘密社会的专家秦宝琦先生,曾举过这样的例子:“清代秘密教门的造反活动,都是在‘末世论’(天盘三副说,龙华三会说和三期末劫说)的鼓动下发生的,其宗旨无非是为了推翻封建的世俗统治,建立以教主为首的封建神权统治。”诚哉斯言。秘密教门的确是造了封建官府的反,但造了反又要干什么?要建立神权的统治。虽然舍得一身剐,敢把皇帝拉下马,但拉下皇帝,却要扶上教主。皇帝毕竟是世俗的统治,这神权的统治,较之世俗统治,无疑是反动落后的。这就好比奴隶主反对地主,虽打击了地主,却是反动的、没理的。秘密教门怎么能推动历史发展呢?看不出来。没推动,这造反就没理。后来,秘密教门蜕变为一贯道、同善社,专门与人民政府作对,造人民政府的反,这其实是他们历史上的造反的延续,宗旨还是要建立他们那个教主统治的社会。这个事实说明,关于造反有理的那个第一个“凡是”——“凡是起自寒微者的造反皆有理”的理论,是站不住脚的。

张献忠的造反,与秘密教门的造反,当然截然不同。张献忠造反虽有个人目的——这一点可以忽略不计,因为共产党以前的造反者大抵如此,但他领导的农民造反却是天公地道,合乎人心、顺乎潮流的,所以是有理的。认定张献忠造反有理,当然并非是那个“凡是起自寒微者造反皆有理”的“凡是”理论在起作用,而是他的造反的确有理。

张献忠式剥皮

张献忠固然造反有理,但并不意味着他胡乱杀人、残酷暴虐也有理。那两个“凡是”的第二条——“凡是寒微者造反,即便是乱杀、乱施酷刑,也有理,可以原谅”的理论,更是站不住脚的。张献忠的残酷暴虐,不仅是违背天理,违背人性之常,而且是有罪的。

这要从鲁迅评论张献忠说起。鲁迅在《晨凉漫记》里说,张献忠看到李自成进了京,清兵进了关,自己只剩下末落一途,便开手杀,杀,杀人……鲁迅说,“他杀得没有平民了,就派许多较为心腹的人到兵们中间去,设法窃听,偶有怨言,即跃出执之,戮其全家(他的兵像是有家眷的,也许就是掳来的妇女)。以杀治兵,用兵来杀……”这是鲁迅看了《蜀碧》一类关于张献忠屠蜀的书,留下的印象。鲁迅是相信张献忠“嗜杀”的,并推测了张献忠嗜杀的原因。鲁迅还把张献忠剥人皮的方法,称为中国剥皮史上的一式——“张献忠式”,与朱元璋的“剥皮实草”和“孙可望式”并列。这“张献忠式”是怎么个剥法呢?《蜀碧》是这样写的:

> 又,剥皮者,从头至尻,一缕裂之,张于前,如鸟展翅,率逾日始绝。有即毙者,行刑之人坐死。

我曾写过一篇谈《蜀碧》的文章,引了这条材料,惊叹刽子手剥人皮,就像庖丁解牛,就像深通现代解剖学一样。现在再看这条材料,我又想到,干这剥皮刽子手的活儿也真不容易,剥了皮却又不能让被剥者马上死掉,否则自己就要被杀。清人李馥荣《滟滪囊》也记载了这一剥皮规矩:“立剥皮惨刑,剥人未竟而气先绝,执刀者死。”前引《蜀碧》所说的“即毙”,即这里所说的皮还没剥完就先断气。这种连刽子手也可能受株连的剥皮规矩,是多么的残毒!

《蜀碧》是清代文人彭遵泗写的,按照有些史家的论史法,彭是封建文人,肯定要站在反动立场上说农民起义的坏话,所以,他的张献忠剥皮之说不可信。我也曾受此论影响,将信将疑。我曾在人民大会堂大厅看过电影《双雄会》,里面的张献忠与李自成一样,是多么伟岸的英雄,怎么能让我相信他会创造出“张献忠式”的剥皮?可鲁迅相信。其实,鲁迅才是最理性的,所以才说出那些虽冷峻却是尊重历史的话。试想,在清朝,哪本书不是文人写的?哪个文人不是所谓“封建文人”?如果他们是“封建文人”就是原罪,他们的书都不可信,那么,也就只有焚书坑儒一途了。

张献忠之剥皮法,也不只《蜀碧》及《滟滪囊》里记着,另一清人欧阳直的《蜀警录》里也记得分明:

> 献忠……又自创为小剥皮法,将人两背膊皮自背沟分剥,

揭至两肩，反披于肩头上，不许亲戚人等与饭食，赶出郊外，严禁民间藏留，多有栖古墓，月余而后气绝者。

比较《蜀碧》所记，其不同者，一曰逾日气绝，一曰月余气绝，总之，这种剥皮法并不是让人立马死掉，而是慢慢痛苦地死掉，其宗旨就在于让受刑者不得好死。

《蜀警录》除记载了张献忠自创“小剥皮法”即鲁迅所说的“张献忠式”之外，还记录了张献忠继承朱元璋惩办叛逆、贪官时所用的“剥皮实草”法，杀戮明朝王公、官吏、乡绅及自己的属下将弁的情节。记云：

初，献贼入蜀王府，见端礼门楼上奉一像，……讯内监，云明初凉国公蓝玉蜀妃父也，为太祖疑忌，坐□谋反，剥其皮。传示各省，自滇回。蜀王奏留□□□楼，献忠遂效之。先施于蜀府宗室，次及□□文武官，又次及乡绅，又次及于本营将弁。由是剥皮之刑繁兴矣。凡所剥人皮，掺以石灰，以实稻草，植以竹竿，插立于王府前。街之两旁夹道累累，列千百人，遥望若送葬俑……

对这段记载中的“列千百人”，我曾怀疑是否夸大，但又苦无反证，所以姑且大体信之。材料所记，真是令人毛骨悚然，剥了皮，又塞上稻草，弄成人形，还立起来展览，真是酷虐到了极点。从这段材料看，是明初重臣蓝玉的亲属被剥了皮，立了像，被张献忠看到了，于是张献忠便照方抓药，大兴起剥皮之风，先是施之于阶级敌人，尔后便扩大到属下将弁。此时，张献忠是按照“朱元璋式”来剥皮的，这是一种守旧的办法，后来，他别出心裁，自创出了“小剥皮法”，即前述的“张献忠式”。这“张献忠式”是鲁迅给他取的专利名称，别人是拿不走的了。

滥杀种种

张献忠之所以留下嗜杀滥杀的名声，我以为不单是指他杀人多，还在于他杀了很多不该杀的人——普通的无辜的老百姓，再有，就是他杀人的名堂多，花样多，残忍酷虐至极。

关于张献忠杀人的人数，史学界曾反复论辩。我的看法是，《明史·张献忠传》里说他“共杀男女六万万有奇”，肯定是不可信的，因为全中国那时也没有那么多人，这是历史人口统计学所证明了的；至于某些方志、笔记里所说张献忠杀人直杀得“流血若奔涛，声闻数里，锦江尽赤，河水不流”，只能看作是一种夸张或形容，是一种文人笔法，不可坐实，但却可从中看出，张献忠确实杀人不少。而究竟张献忠杀了多少人，今天纵然是使用什么样的号称科学的方法，恐怕也不可能弄清楚了。但总归可以下一个结论，张献忠杀人是杀得极多的。清朝初年，“湖广填四川”，大移民。原来的四川人都到哪儿去了？为啥快没了？战乱所致。清军、明军、农民军、民间反清力量，彼此间交错杀戮，直杀得一个四川盆地快成空盆儿了，需要用外地人来填。其中张献忠杀人太多，肯定是一个重要原因。但人们常常回避这一点。我看过几本移民史的书，对此大都语焉不详。我猜测，这大概也与“凡是”有关。

张献忠杀的人，很多很多确实该杀。那些喝老百姓血的王公贵族、贪官污吏、土豪劣绅，不杀不足以平民愤，况且革命不是绘画绣花，杀便杀了，谁让他该死。张献忠不仅是造反有理，杀这些人也有理。然而张献忠并没有及此而止，他的屠刀又砍向了很多很多无辜的老百姓。例如，大顺二年十一月，他布下圈套，借口举行“特科”，命令各府县将生员一律起送成都，结果，到齐后“被歼无遗”，五千多人杀个精光。这就是有名的大慈悲寺屠戮士子事件，又叫青羊宫事件。康熙《四川成都府志》卷一〇、清李馥荣《滟滪囊》等多种书籍记载了此事。这是继秦始皇焚书坑儒以后，又一起集体屠杀儒士的事件。秦始皇才坑了三四百人，张献忠则超过了秦始皇十多倍。张献忠还曾血洗成都，把整个成都杀得几乎无人居住。《圣教入川记》记载了外国传教士亲眼目睹的惨痛情况：

> 一六四五年十一月二十二日，张献忠下令除大西政权官员家属以外，成都“城内居民一律杀绝”。第二天，“各军人皆奉命认真严剿，毫不容情。……各军分队把守城门，余军驱百姓到南门就刑”。“被拘百姓无数集于南门外沙坝桥边。一见献忠到来，众皆跪伏地下，齐声悲哭求赦云：大王万岁！大王是我等之王，我等是你百姓，我等未犯国法，何故杀无辜百姓？何故畏惧百姓？我等无军器，亦不是兵，亦不是敌，乃是守法良民。乞大王救命，赦我众无辜小民，云云”。张献忠听了，“不独无哀怜之意，反而厉声痛骂百姓私通敌人。随即纵马跃入人中，任马乱跳乱踊，并高声狂吼：该杀该死之反叛！随令军士急速动刑。冤乎痛哉，无罪百姓齐遭惨杀。……锦绣蓉城顿成旷野，无人居住，一片荒凉惨象，非笔舌所能形容。”“献忠剿洗成都后，旋即传令晓谕各乡场镇村庄之民，均可移居成都城内为京都居民。”

这是一次真正的屠城，让人想到了屠嘉定，屠南京。中国历史上的屠城，或为内乱，或为外患，但老百姓在屠城时遭殃，则一也。但按照有些人的说法，张献忠的屠城只可叫作“过火行为”，叫“扩大化”。但过火到如此程度，扩大到屠光全城，这不是反人民，与人民为敌又是什么？

张献忠不光杀人多，还杀出了花样，杀出了新名堂，其手段之残忍酷虐，令人不忍闻，闻之则会嗔目发指。“小剥皮法”已经说过了，这里再举几条新的材料。

杀人之名：割手足谓之匏奴；分夹脊谓之边地；枪其背于空中，谓之雪鳅；以火城围炙小儿，谓之贯戏。抽善走之筋，断妇人之足，碎人肝以饲马，张人皮以悬市。

——《蜀碧》

匏奴、边地、雪鳅、贯戏，皆张献忠们给自己的杀人花样所取的名称，完全是杀人取乐，以残酷为戏。抽筋、断足、挖肝、剥皮，更是拿人当牲口一样屠宰。

贼遇病弱者，多割鼻斫手。斫手之令：男左女右。若误伸者，两手俱斫。至小儿幼女，弃道旁，衬马蹄；或掷之空中，以刃迎之。

——《蜀碧》

本是病弱之躯，再割鼻砍手，纵是不死，何以过活？杀戮儿童之法，完全是在做杀人游戏。

忽一日杀从官三百，或言其太甚。献曰：“文官怕没人做耶！”因朝会拜伏，呼獒数十下殿，獒嗅者，引出斩之，名曰“天杀”。

——《蜀碧》

数十条恶狗在殿前人群中嗅来嗅去，多嗅者便斩杀之，这是何等恐怖的场面。杀官如此，民又如何，可以想见。竟曰“天杀”，可见其心理之诡异、险毒。

八月乡试，献忠自出题云“以兵胁蜀”。……倘违期及姓

> 名异者,连坐十家俱死。别罪轻重,轻者割耳、劓鼻、断手足;次重斩首;再重凌迟,或当磔,别定刀数,割肉如鹅眼大,三五百刀之刑,数满者辄舍之;极重者剥皮实草。
>
> ——《滟滪囊》

不过是考试误时或报名环节上有问题,竟遭如此严重的株连和毒刑,竟同于明朝大逆谋反罪的惩罚,何其毒也!套一句“苛政猛于虎”,张献忠是“酷刑猛于明(明朝)”。这些遭刑的士子大概会如那些可怜的捕蛇者,宁愿饲虎也不愿遭此酷刑。这是张献忠又一次“坑儒”事件。

类似上面所引的张献忠花样翻新地残酷杀人的材料,还有不少。每每看这些材料,我总是心生疑问,一个农民起义领袖,能这么残忍吗?能这样肆无忌惮地这样多的杀人吗?但是,遗憾的很,也许是我孤陋寡闻,我没能找到可以推翻这些材料的材料。在我所看到的即使是总想为张献忠说好话的史学家的著作中,也很少有人否定张献忠杀人之多之酷,只不过是想用“扩大化”或“过火”等语一床锦被盖过罢了。我又转念一想,张献忠这么杀人也不奇怪,张国焘、夏曦、李韶九不是也很残酷,也杀了大批党的忠诚战士吗?何况张献忠这么个不怎么样的旧式农民起义领袖了。

从张献忠杀人的数量和手段看,他似乎面对的不是人类,而是鸡犬豕羊之类的家禽牲口,他是在用屠宰牲畜的方法杀人。有位学者说,“乐杀人”者张献忠,与“传说中的魔鬼的化身”(马克思语)可有一比。我觉得,这话说的不错。张献忠如此杀人,是在反人类,用今天国际人权事业的眼光来看,他是犯了反人类罪。从张献忠本人的言论中,也可以看出他由来已久的不把人当人,而是把人当作牲畜来杀的心态。抱阳生《甲申朝事小记》卷七《张献忠记》记微时的张献忠云:“……献忠依丐徐大为活。尝窃邻人鸡,偶见詈之。献忠曰：'吾得志，此地人亦如鸡焉。'其残忍之心，少年已萌。"记录者的评语是有道理的，少年时的张献忠便已萌发了杀伐残忍之心。在少年张献忠的心里，便已悬着一个志向：自己一旦得志，便要杀人如宰鸡，而且不仅是杀掉责骂自己的人，而是整个"此地人"皆"如鸡焉"！

鲁迅在《阿Q正传》中写了阿Q的革命，那革命便是杀、杀，彻底的杀：赵太爷，杀，秀才，杀，假洋鬼子，杀，小D，杀，"留几条么？王胡本来还可留，但也不要了"。这些阿Q要杀的人中，既有阶级敌人，也有阶级兄弟，但统统要杀。张献忠的杀人，就很像这阿Q。他们都是在搞红色恐怖。但阿Q比起张献忠来，可真是小巫见大巫了。有人把张献忠的种种恐怖行为统名之为"革命暴力"，还说列宁有话，"革命没有恐怖不行"。但张献忠那种杀人法儿，可以用"革命暴力"一语来概括吗？列宁所说的"没有不行"的那个恐怖，就是张献忠那种恐怖法儿吗？

"老万岁"

张献忠的刚狠残暴，与他造反前的经历有很大关系。他贩枣、打铁，还算是正当职业；当流丐，偷鸡摸狗，就是游民无赖的勾当了；当捕快时，肯定折磨过人犯；进过大狱，又曾受人折磨。张献忠的这些经历，使他成了一个"豪杰、盗贼之性兼而有之"（赵翼评朱元璋语）的人。在这一点上，他颇像朱元璋。但在杀人上他又和朱元璋有很大区别，朱也杀人，是杀功臣，杀贪官，但不滥杀老百姓，不是杀人狂。张献忠则是杀人狂。在朱元璋和张献忠身上，都有很重的游民气、流氓气，造反前，他们都可以说是流氓无产者。也正是因为他们的这个出身，促成了他们成为造反领袖。

中国历代的造反，往往是由游民或游民习气很重的人发动的，这些人在旧时常被称为“豪杰”或“无赖”、“豪猾”，发动造反以后，大批农民加入，他们便成了人们所说的“农民起义领袖”。史学家吕思勉在《中国近代史·前编》中写道：“历代的乱事，其扩大往往由于多数农民加入，其初起，往往是由此等人发动的。”说的正是这种情况。朱元璋、张献忠的造反情况，大抵如此。实际上，这类造反领袖与广大参加造反的农民，并不是完全一样的。这类造反领袖极易蜕变，朱元璋在驱逐了鞑虏，称帝金陵后不久就蜕变了。张献忠则在占据了成都以后，很快就蜕变了，弄了一大堆后妃和太监，又让人恭避“献”字和“忠”字，做起巴蜀小朝廷的皇帝来了。他原来自称八大王，嫌不够劲，又自称“老万岁”。“万岁”前面加个“老”字，好像显示着要盖过明朝皇帝和历代皇帝，就仿佛他是“老王麻子”，比“王麻子”要厉害一样。

奏章上的“奴才”

明清时，奴仆常被称为“奴才”。清代文人梁章钜在《称谓录》一书中，对“奴才”又有别解，释为“奴仆之所能”，即奴仆的能耐。“奴才”一词，本是古代北方胡人的一句骂人话，意为无用之人，只配为奴，故又写作“驽才”。中原本无此语，“五胡乱华”时，此胡语随之传入。今人骂某某人奴气重、是走狗，常称之为“奴才”，盖古代胡语及明清语之孑遗。

“奴才”一词，虽为奴仆之称，深含鄙意，却在清朝典章制度上，有着一个特殊的位置。清朝有个规定，大臣给皇帝上奏章，如果是满臣，便要自称“奴才”，如果是汉臣，则要自称“臣”；如果是满汉大臣联名上奏，则满臣与汉臣必须一同称“臣”，而不能一同称“奴才”。也就是说，满臣上奏时，根据情况，既可称“奴才”，又可称“臣”，而汉臣则只能称“臣”，不能称“奴才”。汉臣如果自称为“奴才”，就算是“冒称”。满汉大臣联名上奏时必须一同称“臣”的规定，就是为了防止汉臣冒称“奴才”作出的。乾隆三十八年，满臣天保和汉臣马人龙，共同上了一道关于科场舞弊案的奏折，因为天保的名字在前，便一起称为“奴才天保、马人龙”。乾隆皇帝看到奏折后，大为恼火，斥责马人龙是冒称“奴才”。于是，乾隆作出规定,“凡内外满汉诸臣会奏公事,均一体称‘臣’”。这个规定,目的就是不让汉臣称“奴才”,为此目的,宁肯让满臣迁就汉臣也称“臣”。

清朝皇帝何以要在奏章上,作出上面这些规定呢?本来,满族统治者是一向严求汉族人与自己保持一致的,他们强迫汉人剃头发,易衣冠,搞得血雨腥风,都是为了让汉人化于自己,臣服自己,但唯独不肯让汉人也与自己一样称“奴才”,这是为什么呢?

鲁迅先生写过一篇杂文《隔膜》,里面有一段话,实际上回答了这个问题。他说:“满洲人自己,就严分着主奴,大臣奏事,必称‘奴才’,而汉人却称‘臣’就好。这并非因为是‘炎黄之胄’,特地优待,锡以佳名的,其实是所以别于满人的‘奴才’,其地位还下于‘奴才’数等。”这段话里,实际谈到了满臣称“奴才”与汉臣称“臣”的原因。原因之一,是满洲人一向“严分着主奴”;之二,是为了区分满臣与汉臣的不同地位,显示满臣高于汉臣。

满洲人入关前,大体处于奴隶制向封建制过渡的社会,虽然后来占据了中原,但奴隶制的胎记并未完全退去,“严分着主奴”,就是一个明显的表现。下面举个例子,可以清楚地看出,即使到了晚清,满洲人内部仍保持着很浓厚的奴隶制习气。坐观老人《清代野记》记云:“每有旗主,贫无聊赖,执贱役以糊口,或为御者,或为丧车杠夫,或为捎肩者。若途遇其奴,高车驷马,翎顶辉煌者,必喝其名,使下车代其役,奴则再三请安,解腰缠以贿之,求免焉。故旗奴之富贵者,甚畏见其贫主也。”这就叫“严分着主奴”。旗主和旗奴的名分,是早已确定了的,虽然到了晚清有些旗主没落了,贫困了,但遇到自己早先的奴才,仍可以趾高气扬,一如往昔。那些尽管已经发达了的旗奴,一见到往昔的旗主,则仍须毕恭毕敬,现出奴才本相。正是由于满洲人入关后仍保持着“严分着主奴”的惯习，反映到典章制度上，便是满臣奏事时要自称“奴才”。满臣自称“奴才”，不仅表示自己是皇帝的臣子，更表示自己是皇帝的家奴，而汉臣则没有满洲人传统的主奴关系，所以也就只有臣子的身份，也就不能称“奴才”。正因为这个原因，马人龙奏事时自称了“奴才”，便被认为是冒称。

“奴才”与“臣”这两个称谓，谁尊谁卑，在今人看来，无疑是“奴才”低于“臣”。但这种判断，实与清朝的实际情况相差甚远。“奴才”一称，从表面看，似不如“臣”字体面、尊严，实则不然。“奴才”，实际要比“臣”金贵得多。“奴才”，实际是一种满洲人主奴之间的“自家称呼”，非“自家人”的汉人是没有资格这样称呼的——正如赵太爷骂阿Q：你也配！汉臣称“臣”，并不是皇帝为了照顾汉臣的面子，“特地优待，锡以佳名”，而是为了与“奴才”一称相区别，以显示汉臣的地位低于满臣。俗谚云，“打是疼，骂是爱”，清朝皇帝让满臣自称“奴才”，实际是骂中之“爱”，反之，不让汉人称“奴才”，则是因为缺少这份“爱”。

在实行奏章称谓制度的过程中，也出现过特殊的情况，也有汉臣虽然称了“臣”、却遭到皇帝申斥的时候。乾隆三十五年，满臣西宁、达翎阿与汉臣周元理，联名上奏“搜捕蝗孽”一折，二满臣皆自称“奴才”，周元理自称“臣”，按理说，这是符合规定的，但乾隆皇帝却怀疑周元理称“臣”是“不屑随西宁同称，有意立异”，是不服当奴才。实际上，周元理哪敢作如此想？他巴不得能自称“奴才”呢，只是限于规定，只好老老实实地称“臣”。但没想到却受到乾隆的猜疑。乾隆在这件事上，大约是玩弄了韩非子所说的“恃术不恃信”的诡道。规矩本来是他自己定的，但他却出尔反尔，责备臣下，完全不讲信用。这种“恃术不恃信”的诡道，本是中国历代皇帝驾驭臣下的一个宝诀，对于这一宝诀的运用，乾隆皇帝显然是颇为娴熟的。

鲁迅先生一生憎恶奴气，屡屡说到中国人的奴性重。他又常说，中国人做了满洲皇帝二百多年的奴隶。他的这些话，使我不由得产生了一个联想：中国人的奴性之养成，固然与封建专制制度有关，但是否与清朝皇帝特别喜欢奴才有些关系呢？诚然，历代封建皇帝都喜欢奴才，但清朝大概是由于自己的奴隶制基因，尤其喜欢奴才。清朝奏章上的“奴才”的特殊地位，就是清朝皇帝特别喜欢奴才的一个证明。

清朝人的官诀

李鸿章有句名言:“天下最容易的事,便是做官,倘使这人连官都不会做,那就太不中用了。”其实,做官也有做官的诀窍,也需要“修炼”。掌握了官诀,就能仕途畅达,官运亨通,否则不但不能升官,反而可能丢官,掉脑袋。清代官吏“修炼”出不少官诀,这些官诀对于清代的吏治官风起过非常恶劣的腐蚀作用。林同济《文化形态史观》曾举出不少官诀(林氏称之为“宦术”,并认为“宦术的真髓就在‘手腕’两个字”),这些官诀在清代官场上是一应俱全的。其文云:“投桃、报李、拍马、捧场,此手腕也。标榜、拉拢、结拜、联襟,亦手腕也;排挤、造谣、掠功、嫁祸,又手腕也。如何模棱,如何对付,如何吹牛,如何装病,形形色色,无往而非手腕也。一切皆手腕,也就是一切皆作态,一切皆做假。一切皆做假,便做官矣!打官话,说假也,做官样文章,写假也。官场的道德,假道德也。官场的事务,假公济私的勾当也。”下面着重谈谈几种清代官场上颇为流行的官诀。

一、多磕头，少说话

身历乾嘉道三朝的显宦曹振镛是奉行“多磕头，少说话”官诀的典型。曹历任三朝大学士，备受皇帝恩宠，死后还获得“文正”的谥号（文正是对有功尤其是品节端方的官吏的极高赞誉，据说清朝只有 8 个人得此殊荣），并入了贤良祠，真可谓官运亨通，载誉后世。但他获得这样的高位和殊荣，并非因为他干过什么值得称道的政绩，而是因为他精通“多磕头，少说话”的官诀。清人朱克敬《暝庵二识》披露其自白云：“曹文正公晚年，恩遇益隆，身名俱泰。门生某请其故，曹曰：‘无他，但多磕头，少说话耳。’”这便是曹振镛自己概括的“身名俱泰”的秘诀了。《清史稿·曹振镛传》还夸他“实心任事，外貌讷然”，“小心谨慎，一守文法”。实即说他任皇帝驱使，唯唯诺诺，恭顺过人。但就是靠这个，他成了三朝元老，跟着哪个主子都吃香。

曹振镛不仅自己身体力行“多磕头，少说话”的官诀，还向门生后辈提倡，甚至告诫那些专负纠弹之责，本应“多说话，不磕头”的御史也行此官诀。《暝庵杂识》记云：“道光初，曹太傅振镛当国，颇厌后生躁妄。门生后辈有入御史者，必戒之曰：‘毋多言，毋豪意兴！’”这些御史听了曹振镛的话，都“循默守位”，能不说就不说，得过且过。《官场现形记》有一段华中堂向门生贾大少爷传授“多磕头，少说话”官诀的描写，华中堂极像曹振镛（据有人考，华中堂写的是荣禄，但此处关于官诀的描写，与曹振镛毫无二致）。书中写到贾大少爷向华中堂请教关于磕头的问题，华中堂说：“多碰头，少说话，是做官的秘诀。”“应该碰头的地方万万不要忘记不碰；就是不该碰，你多磕头总没有处分的。”书中又写到黄大军机向贾大少爷称赞华中堂的秘诀:“华中堂阅历深,他叫你多磕头,少说话,老成人之见,这是一点儿不错的。”

曹振镛一方面向门生后辈传授磕头秘诀,一方面又向皇帝献钳制大臣之策,使大臣们不得不“多磕头,少说话”。他曾向昏庸的道光皇帝献策说,对臣子们“指陈阙失”的奏章,可“择其最小节目之错误者谴责之”,使臣子们感到天子能“察及秋毫”,便更加恭顺听话了。于是道光帝吹毛求疵,闭塞言路,“奏章中有极小错误,必严斥罚俸降革”。结果,“中外(朝野)震惊,皆矜矜小节,无敢稍纵”。臣子们全成了“多磕头,少说话”的庸碌之辈,所上奏章也“语多吉祥,凶灾不敢入告”,报喜不报忧。太平军起事时,大臣们互相隐讳,直到许多名城被攻克,才不得不上奏。对于造成这种后果的原因,有人指出:“皆振镛隐蔽之罪有以成之。”

对于曹振镛倡导的官诀给吏治、世风带来的恶劣影响,许多有识之士给予了揭露和抨击。朱克敬在抨击曹氏官诀时说:“道光以来,世风柔靡,实本于此。近更加浮滑,稍质直即不容矣。”还有一位正直的无名氏做了四阕《一剪梅》词,讽刺曹振镛之流及恶劣的世风。其一云:“仕途钻刺要精工,京信常通,炭敬常丰(这是说外官打探京城官场消息,贿赂京官)。莫谈时事逞英雄,一味圆融,一味谦恭。”其二云:“大臣经济在从容,莫显奇功,莫说精忠。万般人事要朦胧,驳也无庸,议也无庸。”其三云:“八方无事岁年丰,国运方隆,官运方通。大家襄赞要和衷,好也弥缝,歹也弥缝。”其四云:“无灾无难到三公,妻受荣封,子荫郎中。流芳身后更无穷,不谥文忠,便谥文恭。”真是惟妙惟肖又入木三分!

二、圆滑趋避之术

封建官场常常是不平静的。同僚间勾心斗角，上司喜怒无常，政敌互相倾轧，政局变幻莫测，都是官场上常见的现象。因此，久历官场的人便揣摩出了圆滑模棱、以时趋避的做官诀窍。靠此便可以八面玲珑，左右逢源，谁也不得罪，从而顺利地做官升官。清代官场上这种做官诀窍甚为流行。清初官场上的普遍观念是：圆滑是明智，刚正是狂愚。顾炎武曾引白居易题胡旋舞女的诗形容这种坏风气："臣妾人人学圆转。"晚清吏风败坏，政局多变，圆滑趋避之术更加流行和精微。刘光第曾感叹道："宦途趋避闪烁，何止万端。"

身历咸同光三朝的显宦王文韶是精于圆滑趋避之术的典型。王文韶曾做过很多高官，在地方上做过按察使、布政使、巡抚、总督，在朝廷做过尚书、大学士、军机大臣，可谓官运极佳。他做官的诀窍就是遇事圆滑模棱，明于趋避。《清史稿·王文韶传》说："文韶更事久，明于趋避，亦往往被口语。"因其圆滑模棱至极，所以被人讥为"琉璃球"、"琉璃蛋"、"油浸枇杷核子"。清人何刚德说：王文韶"人极圆通，人以琉璃球目之"。郑逸梅说："王文韶为人柔和宛转，有琉璃蛋之称。"《清朝野史大观》记云："京师士大夫艳传文勤（王文韶）有油浸枇杷核子之徽称，盖甚言其滑也。枇杷核子固滑矣，若再加以油浸之，其为滑殆有不可以方物（想像）者。"在清代官场上，类似王文韶这样的油滑官吏极多，因而该书又说："清代官场，无论京官、外官、大官、小官，皆含有枇杷核子性质，未可专以此谥文勤也。"

王文韶圆滑的一个具体表现是遇到重要问题需要表态时，推三躲四,装聋作哑。李伯元《南亭笔记》讲到一件事,很能说明王文韶的这一特点:王文韶入军机后“耳聋愈甚”,一日,二大臣争一事,相持不下。西太后问王意如何,王不知所云,只得莞尔而笑。西太后再三追问,王仍笑。西太后说:“你怕得罪人?真是个琉璃蛋!”王仍笑如前。王文韶的耳聋半真半假,他常以假聋作为躲事避风头的手段。深知其奥秘的清末大吏梁士诒在给其父的一封信里说:王文韶“有聋疾,而又遇事诈聋”。王文韶圆滑成性,素不与人争,而一旦遇到势大的权臣驳斥自己的意见便特别受不了。有一次在讨论对外政策的御前会议上,他的意见被某权臣驳斥后,竟吓得“汗流浃背,俯首不敢再言”。王文韶对自己的圆滑处世之道不但不羞愧,反而颇为得意,认为自己这样做与世无争,与人无仇,可以稳坐官位。他当军机大臣时,每天凌晨入宫值班,轿前都导以写有很大“王”字的灯笼,使人一望便知是他。有人以革命党正谋炸权贵劝他去掉灯上的字,他说:“我一向与人和平共处,没有仇人,正怕误伤。所以特地把灯上的姓字写得很大,以便人能看到。”可以看出,王文韶很欣赏自己的圆滑处世之道。

《官场现形记》“模棱人惯说模棱话”一节,写了个圆滑模棱的徐大军机,很像王文韶。这位徐大军机“见了上头,上头说东,他也东;上头说西,他也西。每逢见面,无非‘是是是’,‘者者者’。倘若碰着上头要他出主意,他怕用心,便推头听不见,只在地下乱碰头。……后来他这个诀窍被同寅中都看穿了,大家就送他一个外号,叫他做‘琉璃蛋’”。王文韶是杭州人,曾做户部尚书,“有聋疾”,书里写的这个徐大军机也是杭州人,户部尚书,且“两耳重听”,从《官场现形记》的描写看,徐大军机当是以王文韶为原型。

对王文韶这个靠圆滑趋避之术官运亨通的庸吏,正直之士是非常鄙视的,除讥为“琉璃球”之类以外,还有人在其死后撰“挽联”讥之:“承尘集鹏,耳眚闻牛,聪明不愧琉璃,速死毋成覆巢卵;鹿友乘轩,猿公恋栈,相业惟堪伴食,攀髯去作素餐臣。”联中嘲讽王文韶不愧是个“琉璃蛋”,虽官居相位,但不过是个尸位素餐的“伴食宰相”(唐代卢怀慎与姚崇对掌枢密,自以吏道不及姚崇,故每事推让,人谓之“伴食宰相”)而已,此实乃盖棺之论。

清代官场上精于圆滑趋避之术的官僚还有很多。下面再举翁同龢、李盛铎、善耆、徐世昌四人为例。

翁同龢是个经过官场千锤百炼的老官僚,甚精趋避之术。在晚清政治风云中,他首鼠两端,既想替皇帝收回权力,又怕自己担当擅权的罪名,先是保荐康有为,继而又后悔。真正支配他行为的是对个人利害得失的算计。《续孽海花》里梁启超评论他说:“龚师傅(影射翁同龢)太胆小,于官场中趋避之术太工,他只可以做承平良相,决不能做救时名相。”书里的谭嗣同又分析说:“这位老夫子的意思,一来要迎合王爷的意思,二来要脱卸在小翁(指张荫桓)身上,不担责任;三来恐怕我不受羁勒。”可见翁同龢的圆滑狡黠。李盛铎也是个巧于趋避、见风使舵的官僚。他原曾签名参加了保国会,但后来感到对自己不利,便退了出来,并上书劾会,以求自免。他起先奔走的是极端守旧派徐桐之门,为了迎合徐桐厌恶洋货的心理,他砸了自己的鸦片烟枪。但徐桐死后,他又马上转而攀附好讲洋务的奕劻,并一改追随徐桐时砸烟枪的面孔,向奕劻吹嘘自己“深通洋务”。曾任民政部尚书的善耆在清末亲贵中以圆滑见称,他对于光绪帝与慈禧两派,采取骑墙式的两面讨好做法,八面玲珑。清末民初屡任高官的徐世昌经过几十年宦海沉浮,总结出四条秘诀,并自吹靠了这四条在宦海中没有过失败。第一条即“圆通”,即:讲话要留有余地,耐人寻味;做事要容可转圆,随机进退;待人要保持不即不离;干事要八面玲珑,左右逢源,不致左支右绌。另外三条秘诀是“沉稳、柔韧、机警”。

在圆滑成风的清代官场上,一些本来是刚直耿介的有为官吏,也由于腐朽势力和腐朽风气的包围、浸染而奉行起了圆滑模棱的官诀,由“方”变“圆”,成为圆滑世故的庸俗官吏。张集馨就是一个典型的例子。咸丰七年(1857年),张集馨出任甘肃布政使,主管一省的民政和财政。儒家治国平天下的理想,皇上特简外放的知遇之恩,使他任职后很有勤政执法的锐气。但干了不到一年,他就给自己定下一条遇事要“不露圭角”的守则,并在衙署里挂上了一幅自撰的对联,作为座右铭:“读圣贤书,初心不负;用黄老术,唾面自干。”——棱角全无了。张集馨的棱角让谁磨去了呢?是让官场中的腐朽势力磨去的。这个腐朽势力,一是他的顶头上司,一是他身边的关系网。张集馨的顶头上司是兼管甘肃巡抚事的陕甘总督乐斌。此人是个八旗子弟,不但昏庸无能,而且心术不正。张集馨在他手下任职,既难于秉公办事,更不能有所作为,还经常受到他的指责。张集馨为了制止省里一些官僚到官钱铺赊账不还的贪污行为,得罪了不少人,有人就到乐斌面前告黑状。乐斌不但不判明是非,赏善罚恶,反而轻信诬告,指责张集馨。张集馨非常失望,锐气大挫。有的官员贪污被张集馨查出来了,但案子涉及乐斌,难以深究,张集馨“只好模棱”。张集馨身边的关系网,是以乐斌为中心的一群狐朋狗党纠结在一起织成的。什么结拜兄弟、姻亲同乡、门生故吏、心腹幸奴,好多复杂的封建关系,都在这张关系网上盘根错节地交织着。张集馨在处理公务时,经常能感到这张关系网的魔力:常常是办一件事,多方掣肘;触动一个人,群起而护之。张集馨不在这个圈子里,处境就非常孤立,而且时时受到这张关系网的威胁。他在日记里写道:“余孤立其间,刻刻危惧”,“决意引退,避其逆锋”。正是在这种心境之下,他给自己定下了“不露圭角”的守则，挂起了那幅“用黄老术，唾面自干”的对联。就这样，张集馨由一个正直耿介之士，逐渐变成一个平庸、圆滑的官吏，尽管这有违他的初衷。

三、唯上是从

在封建官场上，上司对下僚的好恶，对于下僚的升降安危起着极大的作用。上司喜欢的下僚，就可能升迁得快；厌恶的下僚，则可能官位不保。就像《官场现形记》说的：“凡是做官的，能够博得上司称赞这么一句，就是升官的喜信。”因而下僚对于上司的喜怒好恶极为看重，“得上官一笑则作数日喜，遇上官一怒则作数日戚”。为了让上司喜欢自己，做下僚的大都掌握一条诀窍：唯上是从。即绝对听从上司的，以上司之是非好恶为自己的是非好恶。有不同看法也不说，而只须唯唯称是即可。

清代官场上，这种唯上是从的风气极盛。光绪朝《月月小说·序》云：“一言发于上，‘者者’之声哄然应于下，此官场也。”又有清人撰联云：“著著著，祖宗洪福臣之乐；是是是，皇上天恩臣无事。”这种只知唯唯称是、应声虫式的官僚，充斥于清代官场。英国人威妥马因久在中国，故对中国官场极为熟悉，他在日记中曾记述了自己所亲见的清朝官吏遇事不敢陈说己见，而只知附和上司、唯唯称是的情况。他写道，中国虽事权不归一，但大臣仍不敢各抒己见。在总理衙门中，每当外国使臣发一议论，中国官吏都以目相视——大臣视亲王，新入署的大臣又视旧在署的大臣。如果亲王发言，则众人轰然响应，如亲王不说话，诸大臣便不敢先发言。有一次，威妥马自己到总理衙门办理外交事宜，说了一句“今天天气甚好”，无人敢应，有一姓沈的官吏忍不住应道：“今天天气确实好。”于是王大臣又说：“今天天气确实不错。”此时以下各官轰然响应。由于清朝官吏唯唯称是已成习惯，所以有时对上司所说的话根本不经过脑子就附和，以至闹出笑话。有一长官因嫌属吏办事不利而加以斥责，属吏连说“是、是”，长官又骂属吏为王八蛋，属吏仍连说“是、是”。《官场现形记》也写了这类笑话：某都司侍候洋人时只知说“亦司”（英语“是”），有一次他不慎弄坏了洋人的行李，洋人问他是不是偷懒，他答“亦司”，又问他是不是存心想弄坏行李，他也答“亦司”，结果挨了洋人的打。他很不服气，说：“我们官场上向来是上头吩咐话，我们做下属的人总是‘是是是’、‘着着着’，如今我拿待上司的规矩待他，他还心上不高兴，伸出手来打人，真正是岂有此理！”

下僚有时对上司的意图并不那么清楚，要想迎合上司，就要加以揣摩；同时，迎合上司意图的一个有效方法是套用上级公文中的现成文字。清吴炽昌《客窗闲话》借老幕友之口，道出幕友拟稿办案时以套用上级衙门的公文来迎合上司意图的情况：“吾辈办案，无不叙套，一切留心套熟，则不犯驳饬。”作者继而指出：这种处理公务时事事窥探上司衙门的意图，即“无不叙套”的秘诀，误尽了天下苍生。

清代官场上还流行着一条官诀：“得罪小民，得罪朝廷，不得罪上司和乡绅。”此诀也属唯上是从一类。得罪小民，小民不敢造次；得罪朝廷，天高皇帝远，责罚有时也无力，还能博得个“敢批龙鳞”的名声。得罪了上司可不得了，上司会明里暗里处处整你，使你丢官受罚，身家难保。

做下属的一方面要巴结奉承上司，一方面又要贬低自己，以抬高上司。有一幅趣联，生动地概括了这种情况：“大人大人大大人，大人一品高升，升到三十六天宫，与玉皇上帝盖瓦；卑职卑职卑卑职，卑职万分该死，死到十八层地狱，为阎王老子挖煤。”下官对上官自称“卑职”源于元代，明清积习相沿，上骄下谄，无职不卑。

四、逢迎巴结，不怕难为情

对上司逢迎巴结，并且不怕难为情，是谋官、做官的重要诀窍。《二十年目睹之怪现状》谓清末官场云：“如今晚儿的官场，只要会逢迎，会巴结，没有不红的。……上司喜欢，便是升官的捷径。”书中写到一个叫卜士仁的典史向其侄孙传授此诀，他对此诀的解说非常具体、精到，并以自己的亲身经历现身说法，真可谓精通此诀的权威。他说：做官的第一个秘诀是巴结，人家巴结不到的，你巴结得到；人家做不出的，你做得出。如果你有老婆，上司叫你老婆进去当差，你送了进去，那是有缺的马上可以过班，候补的马上可以得缺。你不要说这些事难为情，你须知他也有上司，他巴结起上司来，也是和你巴结他是一样的。总之大家都是一样，没什么难为情。你千万记着“不怕难为情”五个字的秘诀，做官是一定得法的。如果心中存了“难为情”三个字，那是非但不能做官，连官场的气味也闻不得了。这是我几十年老阅历得来的。晚清小说家海上漱石生（孙玉声）所著小说《如此官场》中的师爷宋锦诗说：“做州县官靠的是巴结上司，牢笼绅宦。只要有这两种手段，做了一年半载，哪有不加官升赏的道理！”

逢迎巴结的方法有多种，使用哪种要看上司“吃”什么。例如：1. 送妻妾“当差”。这是诸方法中最无耻的一种。《二十年目睹之怪现状》、《文明小史》、《梼杌萃编》等书都写到一个候补道为谋官而将妻子送去巴结总督，反映了清代官场中存在的这类情况。有人将以此法得官讥为“肉红”，即以妻妾肉体换来红顶子。又有人做对联讥讽这种无耻求官者:“不怕头巾染绿;须知顶戴将红。”2. 献妓。庆亲王之子载振一次路过天津,看上了色艺双全的歌妓杨翠喜,但碍于官吏不准狎妓的官箴而不敢明目张胆地娶她。道员段芝贵知道后,花了 12000 两银子为杨翠喜赎了身,然后献给了载振。不久,段芝贵便因此而被破格擢升为黑龙江署理巡抚。3. 讨长官爱妓的喜欢。某总督非常喜爱买来的一名幼妓,幼妓想穿苏州式样的鞋,但久觅不得。某候补县丞知道后,觉得这是个巴结总督的良机,便托人做了 20 双苏式绣鞋,撒上香料,缀以珍珠,用锦匣装盛,献给了该妓。该妓大喜,便在总督面前为此候补县丞说好话。不久,这个候补县丞便被提拔为首县县令,以后又擢升道员。道员又称观察,所以时人讥其为“绣鞋观察”,意谓靠献绣鞋当上的观察。4. 迎合长官文雅之好。光绪时,刑部某司员听说本部尚书潘祖荫好尚文雅,便想出献诗以媚的办法。他急就数十首诗,抄得工工整整,于堂上署诺时恭敬地呈上。潘祖荫看后不禁大笑,原来此人狗屁不通,写的都是什么“跟二太爷阿妈逛庙”之类。5. 避讳长官之名。吴趼人《新笑史·避讳》云:“挽近官场恶习,讳及上官,卑谄之俗,令人可笑。”有人献云南宣威火腿给盛宣怀,其礼单上写着:“宣腿若干。”幕友将礼单送给盛宣怀看时,因避讳“宣”字而说道:“有人给您送腿来了。”6. 有的位卑之官为能让权贵注意自己,从而巴结上权贵,便想出献奇巧物品的办法。同治年间,金安清向胜保献奁具首饰百余件,上面皆有“平安清吉”四字,如镜函四角包以黄金,上凿此四字为饰。有人揭露其中奥秘说:此中暗含金安清之名,其意是“欲使贱名常达钧听”。

五、笑骂由人，好官我自为之

谋官只有不怕难为情才能谋到，做庸官、黑官要想做得心安理得，也要不怕难为情。这就必须懂得“笑骂由人，好官我自为之”的官诀，即任凭别人嘲笑责骂也安之若素，照旧做自己的官。清末士人蒋芷侪曾说到他在北京大栅栏某酒馆中听到隔座两人嘲笑清政府通此官诀。甲说：“近来各报纸明目张胆地丑诋政府，而政府却忍受着，真有娄师德唾面自干的风度。我如果当权，一定找个碴把这些报馆全给封了。”乙听后笑着说：“这就是足下所以不能当权的原因。”甲问其故，乙说：“做官须懂官诀，才能希荣固宠。入政府当官的，都懂十二字诀，所谓‘笑骂由他笑骂，好官我自为之’。”这种不顾舆情、我行我素的厚脸哲学，确为很多清代官吏所奉行。如陈夔龙巴结奕劻，做干女婿，众人嗤之以鼻，他却置之不理，直弄得官声扫地。

六、欺上瞒下，一紧二慢三罢休

欺上瞒下是清代官场上普遍流行的做官为吏的诀窍。《歧路灯》里有个仓房老吏说到这一诀窍的种类和“高下”之分：“总是我们住衙门的诀窍，要瞒上不瞒下；做官的，却要瞒下不瞒上；那会做官的，爽利就上下齐瞒。”《官场现形记》又说到“一紧二慢三罢休”的官诀，其中虽包含不少名堂，但精髓则是欺上瞒下。书中写瞿耐庵向马老爷请教做官的法门，马老爷说：“我们做官人有七个字秘诀。哪七个字呢？叫做‘一紧二慢三罢休’。各式事情到手，先给人家一个老虎势，一来叫人家害怕，二来叫上司瞧着我们办事还认真。这便叫做‘一紧’。等到人家怕了我们,自然会生出后文无数文章。上司见我们紧在前头,决不至再疑心我们有什么;然后把这事缓了下来,好等人家来打点。这叫做‘二慢’。……无论原告怎么来催,我们只是给他一个不理;百姓见我们不理,他们自然不来告状。这就叫做‘三罢休’。"这个“一紧二慢三罢休”表现出的是上下齐瞒,马老爷就属于《歧路灯》中仓房老吏所说的那种“会做官的”。

七、稳冷狠

弈技上有“稳冷狠”三字诀,一些清朝官吏认为此诀与官场政术相通,故将“稳冷狠”三字作为居官要诀。某官常对友人说:“居官要诀,惟‘稳冷狠’三字。”有人认为,晚清有名的官吏中,以袁世凯最可当此三字,但其又于三字中的“冷”字稍欠功夫。正是因其不安于“冷”,所以才归于失败。此所谓“冷”,当指冷静不躁;不安于“冷”,是指袁世凯当皇帝的心太切,急不可待,以致落个魂归黄土的下场。“稳”,大概就是徐世昌的四条官诀中所说的“沉稳”,即遇事缄默或回避,不急于表态,沉着观变,不到十拿九稳时不轻易着手,要行动时也要稳扎稳打。“狠”,当是指要敢于下手,无毒不丈夫。

八、套拉拢

《官场现形记》上说:“同人拉拢是没有吃亏的,这叫做做官的诀窍。”实际上,官场中套拉拢决不止于同人之间,而是凡对自己有用者,皆尽力拉拢。其拉拢之法甚多,有拜同乡、拜把子、拜门、结干亲、内眷通往来、留客聚饮、代买婢妾、打麻将时谦让对方等等。这里说说内眷通往来。内眷通往来即支使自己的太太联络同寅的太太。此术之妙处在于“妇人女子之运动,尤捷于老爷之运动”。为了交际,太太的衣服首饰必讲究珍贵,虽老爷无衣无褐,太太则须绮罗摇曳,虽老爷无肉无鱼,太太则可一箸万钱。

也说曾国藩的可怕

诗人流沙河说,曾国藩既可恶又可怕。他写了一篇随笔《可怕可恶的曾国藩》评说之。说曾国藩可恶,不是新论,罗尔纲先生早就给曾国藩定过性,说他是“一个大刽子手、一个大汉奸、一个大恶魔”。这是十几年前说的,不知后来改变了看法没有。流沙河说不过罗尔纲。流沙河的卓见,在他发现了曾国藩的可怕。说曾国藩可怕,是很地道的断语,是不刊之论。流沙河举了不少例子,如“曾国藩把得失荣辱看淡了,打起仗来心不纷,特别可怕”,等等。曾国藩确是可怕,可怕的地方还不少。我也想举出些事例来,为曾国藩的可怕补证一番。

曾国藩有个绰号,叫“曾剃头”,言其杀人如麻。清人姚永朴说,这个绰号源于曾氏无情地诛杀违令者:“公出办军事,有梗令者,诛之不贷,时称为曾剃头。”(姚永朴《旧闻随笔》)一般则认为是因为曾国藩杀太平军和老百姓太多,故民间赠此绰号。这些说法都成立。曾国藩曾这样说过:“既已带兵,自以杀贼为志,何必以多杀为悔。”(《曾文正公家书》卷七《与沅季两弟书》)这是他的杀人宣言。难怪他杀人不手软,不眨眼,宛如剃头。这样的“剃头匠”可怕不可怕?真是可怕。

但我觉得还有比这更可怕的。就是曾国藩治军、处事的一些招术和观念。

“大处着眼,小处下手”,就是很可怕的一招。曾国藩对此有一句总结性的话:“军中阅历有年,益知天下事当于大处着眼,小处下手。”(《曾文正公书札》卷九《致吴竹如》)不只是治军,举凡天下事他认为都该如此。大处着眼,主要指眼中有大的目标,小处下手,按他自己的解释,就是“屏去一切高深神奇之说,专就粗浅纤悉处致力。”(同上)这一“大”一“小”,最要紧的,实质是“小处下手”。

曾国藩怎样从小处下手呢?略举二三例。他制定的湘军营规规定,营中必须有三勤,勤点名、勤操练、勤站墙子(防守营墙);其用意是,勤点名则士兵不能私出游荡,勤操练则士兵体魄强健、技艺娴熟,勤站墙子则日日如临大敌,战时方能镇定。有了这三勤,士兵便人人不懒散,精力旺盛,斗志常存。营规还规定,士兵每逢朔望日必须向长官请安。表面看,请安只是行一普通礼节,实质上则是为了养成士兵“尊上敬长,辨等明威”的心理,以便战时服从号令,为曾国藩、为朝廷效死。罗尔纲先生认为,请安的效果比清廷颁布的军律作用还大。对营中幕客,曾国藩则以不睡懒觉、不撒谎两件事严绳他们。曾国藩认为,能做到不睡懒觉、不撒谎,便是做到了“诚敬”,能“诚敬”,就能负巨艰,当大难。

曾国藩的这些治军办法,都是在粗浅细微处下功夫,极合于老庄所谓“天下大事,必作于细”之旨。靠了这小处下的功夫,曾国藩把湘军练得结结实实的,比起绿营来自然是远胜,对付英勇的太平军也是旗鼓相当而略胜一筹,要不怎么打进天京了呢。你说这“小处下手”厉害不厉害,你说曾国藩可怕不可怕。曾国藩杀人如剃头固然可怕,但他能把士兵都培养成勇猛的“剃刀”就更可怕,把士兵培养成杀人工具的那种方法就尤其可怕。

曾国藩躬亲实务的作风也很可怕。营规规定要三勤,他便亲自去点名、看操、站墙子,给下属作表率。初练湘军时,每逢三、八操演,他都亲自训话,一讲就是两三个钟头。许多营规都是他亲自起草的,什么“禁嫖赌,戒游惰,慎言语”之类,他都要考虑,并写成文字。他还亲自起草了通俗的《水师得胜歌》、《陆军得胜歌》和《爱民歌》,令士兵诵唱。有时打仗他还亲自执刀督战。曾国藩作为一军统帅,如此躬亲实务,必会对湘军起到激励、督催作用,增强其战斗力。一个堂堂统帅,不沉溺于所谓宏观指导,而是具体入微地指导和操办普通军务,结果使一支军队成了自己得心应手的工具,你说他厉害不厉害,可怕不可怕。

曾国藩不爱说大话,有求实的精神,更是可怕。他有格言云:“不说大话,不骛虚名,不行驾空之事,不谈过高之理。”(引自毛泽东《讲堂录》)又云:“多条理,少大言。”他对说大话的人极反感,曾在一封信里说:“不特降人好说大话,即投效之将官亦多好说硬话,余实厌听久矣。”(《曾国藩与弟书》同治元年二月初二日《致季弟》)他的“小处下手”的方针,躬亲实务的作风,可以说都是他的“不行驾空之事,不谈过高之理”的求实精神的表现。他成天求实,务实,干实事,结果洪秀全便倒霉了。我要是洪秀全,就深恨他不夸夸其谈,不说大话,就惋惜他是个求实的家伙。他一求实,洪秀全就呜呼哀哉,你说他可怕不可怕。

曾国藩平生最恨巧滑、偷惰、钻营、逢迎、敷衍、颟顸等官气、衙门气,这也是很可怕的。他自称“服官二十年,不敢稍染官宦气习”,他深恨绿营官气深重,便在湘军中反对官气。他带头摒除官衙排场,力禁部下迎送的虚文,他强调识拔人才要看其是否“有操守而无官气”,他在家书中,不知说了多少告诫家人不要沾染官气的话。曾国藩这样痛恨官气,湘军便严整起来,厉害起来。对于太平天国来说,曾国藩恨官气,委实大不吉祥,大大的可怕。

曾国藩之可怕处,或言可敬,或言可取。可敬我不想说,因为一想到他放肆地剃人头就心生反感。说他的所言所行有可取处,倒可以接受。试看“大处着眼,小处下手”,确实是高明。治国、治军、治学、治家,百事万事,要想做好,哪个离得开这个高明办法?不说大话,不骛虚名,摒除官气,就像是说给我们听的。有位看官说,“曾国藩把他的长处都用在反动勾当上了”。这我心里有数。我们来个“抽象继承”不就行啦,至少也算是缴获了他几件有用的武器。

韩家潭的帽影鞭丝

——清代官吏病态生活一瞥

狎游，包括狎像姑与狎妓，是清代官吏的病态生活之一，其中尤以狎像姑显其腐朽。

清代诗人蒋士铨《京师乐府词·戏旦》描述了官吏狎像姑的状态，并对其痛加讥讽和抨击："朝为俳优暮狎客，行酒镫筵逞颜色；士夫嗜好诚未知，风气妖邪此为极。古之嬖幸今主宾，风流相尚如情亲；人前狎昵千万状，一客自持众客嗔。酒闲客散壶签促，笑伴官人花底宿；谁家称贷买珠衫，几处迷留僦金屋。蛣蜣转丸含异香，燕莺蜂蝶争轻狂；金夫作俑愧形秽，儒雅效尤惭色庄。靦然相对生欢喜，江河日下将奚止？不道衣冠乐贵游，官妓居然是男子。"像姑就是男妓，因其相貌清秀，酷似姑娘，故称像姑。像姑又称相公（谐音之误），俗称兔子。像姑多是优伶兼营，故狎像姑有时又称狎优、挟优。像姑多为年少者，出色者多在二十岁以下，称为娈童、优童、歌童等。像姑的卖淫处所称为像姑堂子。其待客内容有侑酒、唱曲、谈诗论画、卖身等，蒋诗里就说到侑酒、卖身等情况。诗里还说到狎像姑的官吏与像姑的主客关系，即二者的关系已不同于古时的君王宠幸嬖臣，而是你来玩、我招待的商业性主客关系。因此，某一客独占了（"自持"）某像姑，就会受到众客的嗔怪。凡与某一像姑要好,且被其依为靠山的人,俗称“老斗”。《官场现形记》里写了个“一天到晚长在相公堂子里”的老斗,名卢朝宾,官任给事中。他所狎的像姑叫奎官,始而狎,继而替奎官赎身,娶媳妇,买房子。清人陈森写的小说《品花宝鉴》中有许多官场狎像姑的描写。

狎像姑之俗源于明代。清代沿之,但更为兴盛。清代法律规定,官吏不许狎妓,如有官吏暗中招妓侑酒被巡城御史查到,就要受到严厉处罚。但狎优可以通融,官吏可以招伶人侑酒唱曲等。一个厉禁,一个可通融,于是狎像姑之风在清代官吏中兴盛起来。此风以京师为最。京师著名的像姑堂子在韩家潭、樱桃斜街、陕西巷等处,这些地方都是京官士大夫经常出没的地方。《二十年目睹之怪现状》写到清代官吏可以狎像姑而不可狎妓的情况:“这京城里面,逛相公是冠冕堂皇的,甚么王公、贝子、贝勒,都是明目张胆的,不算犯法;惟有妓禁极严,也极易闹事,都老爷查的也最紧。……犯了这件事,做官的照例革职。”《孽海花》也写道,京师士大夫“懔于狎妓饮酒的官箴,帽影鞭丝,常出没于韩家潭畔”像姑堂子。

清代官吏中比较有名的狎像姑者,如乾隆朝大吏毕沅与京师昆曲旦角李桂官昵好,赵翼、袁枚均有《李郎曲》记二人事。《品花宝鉴》对此也有描写。在鸦片战争中丧权辱国的奕经,不但是个昏庸无能的官僚,还是个狎像姑的好手。晚清官员潘祖荫任侍郎前,与一个叫朱莲芬的善唱昆曲兼工绘画的像姑关系甚密,任侍郎以后虽与朱关系渐疏,但仍保持联系,朱每遇年节必往叩贺,潘必赠以银券,至老不衰。《孽海花》写了个叫庄立人的官员,“喜欢蓄优童,随侍左右的都是些十五六岁的雏儿,打扮得花枝招展。乍一望,定要错认做成群的莺燕。高兴起来,简直不分主仆,打情骂俏的搅做一团”。据说庄立人是影射光绪时户部主事张权。清代官场曾发生过像姑冒籍捐官的事。乾隆末年,有个叫胡公四的雏伶,色艺超群,自幼缠足如女子。有个翰林与胡狎,为其老斗。该翰林外放道员,胡辞班随往,其间发了大财,便改为何姓,冒籍顺天,捐了个管盐场的官,后来竟把持两淮盐务。

清代禁止官员狎妓的法令,咸丰以前贯彻尤为严厉,以至妓馆大量减少。咸丰以后,随着国势衰败,禁令渐弛,官员狎妓之事逐渐多起来,始而不敢公开,后来则堂而皇之,并形成风气,有些地方的官场甚至酒席间无妓不饮,无妓不欢。光绪中叶以后,禁令更加松弛,这使得官员狎妓之风空前鼎盛起来。此时的妓馆,高张艳帜,车马盈门,南娼北妓纷纷角逐于官场,一些官吏还公然纳妓作妾。与此同时,狎像姑之风则渐趋衰颓。有人做诗咏清末北京官僚士大夫习于声色,其中说到官员狎妓:“街头尽是郎员主,谈助无非白发中;除却早衙迟画到,闲来只是逛胡同。”“郎员主”,即京官中的员外郎、司员、主事。“胡同”,指八大胡同等妓馆。逛妓馆,已成为这些京官们主要的娱乐方式之一。李伯元《南亭四话》录有一首《官狎妓》诗,咏天津的候补官狎游之状:“帽儿多半珊瑚结,褂子通行海虎绒,谁是官场谁买卖,夜来都打大灯笼。”“几人前导轿如飞,不是蓝围便绿围,记得大风倾侧日,何如车马压尘归。”这些候补官弄来了官服,坐起了官轿,长随开路,打着灯笼到妓馆去狎妓,十足表现出官老爷狎妓的派头。

官员狎妓者,如丁汝昌身为北洋水师提督,一次路过上海,慕当地名妓胡宝玉之名,到其寓所张筵摆酒,由胡宝玉主觞,大肆玩乐一番。端方作为出洋五大臣之一经过上海,招名妓林黛玉来行辕,一见林便极为喜爱,欲纳为妾,但因人极力劝阻,遗憾作罢。载振去东北办理公务路过天津,酒席上认识了天津名妓杨翠喜,道员段芝贵为了升官,花巨款将杨赎了身,献给了载振,载振欢喜若狂。直隶某县有个县令,素喜狎妓,县境内多数娼妓都被他玩弄过,他甚至暗遣心腹家丁招妓入衙,狂荡无度。

晚清有许多妓馆、妓女与官场的关系非常密切,官吏是她们经常接待的狎客之一。如名妓赛金花与京师官场交际频繁,不但在妓馆和家里接待客人,还经常出入官僚王公府第去应酬。她曾说道:"京里在从前是没有南班子(南妓)的,还算由我开的头。我在京里这么一住,……每天店门前的车轿,总是拥挤不堪,把走的路都快塞满了。有些官职大的老爷们,觉得这样来去太不方便,便邀我去他们府里。这一来,我越发忙了,夜间在家里陪客见客,一直闹到半夜,白天还要到各府里去应酬,像庄王府、庆王府我都是常去的。"《官场现形记》曾写到有的官吏为打茶围到赛金花家。

官场流行《官场现形记》

快意读书

李伯元的《官场现形记》，平和一点说，是一部描写晚清以来官场情态的书，但究其实质，其实也就是一部骂官场的书，“现形记”嘛。小说骂官场的龌龊、卑鄙和无耻，揭露官场中的迎合、钻营、蒙混、罗掘、倾轧等黑幕，可谓无所不骂。但这部骂官场的书在清末官场中却大有读者，颇为风行。正派一点的官员读了它，觉得揭露得好，好像替自己出了一口恶气，无行的官员读了它，则骂书的作者太刻毒，或是“化敌为师”，把此书当成自己钻营升官的教科书。有一位正派官员曾为《官场现形记》写了一篇序言，说他自己与李伯元同是嫉恶如仇的人，所以读了此书后深感快意，甚至可谓“一生欢乐愉快事，无有过于此时者”。在序中他还谈到一些无行官员读了此书后的表现：“长于钻营者则曰：‘是皆吾辈之先导师’。”

清末曾在工部、邮传部和大理院做过官的孙宝瑄，是《官场现行记》的热心读者。他在《忘山庐日记》中多次谈到他对此书的欣赏和看法。下面是日记中的有关内容：

(九月)二十九日，晴。……得《官场现形记》一书阅之，夜眠稍迟。

三十日，晴，无风，览《官场现形记》，终日不去手。是书写今日外省官场中内容，可谓穷形尽相，惟妙惟肖。噫，我国政界腐朽至此，尚何言哉！

(十月)一日，晴。……仍览《官场现形记》。报至，暂置书观之。……《官场现形记》所记多实有其事，并非捏造。余所知者，即有数条，但易姓改名，隐跃其词而已。

二日，晴。……俄入卧室，仍观《官场现形记》，其刻划人情世态，已入骨髓。……是夜，观《现形记》终卷。连阅得数人事，皆笑不可仰。

六日，晴。……遇稼霖，相随至其斋中小坐，道《官场现形记》之书之佳，盖其善写世态，几使凡出与世酬接者，一举一动，一话一言，无往非《官场现形记》所有。著是书者，可谓恶极矣！

孙宝瑄是极喜欢读这本书的，连续几天，书不离手，常读至深夜。读书时有时拍案叫绝，有时笑不可仰，还与京官中的朋友一起评论此书的佳处。孙宝瑄认为，《官场现形记》是一本纪实的书，所写官场情态，可谓“穷形尽相，惟妙惟肖”，书中所记之事，多是事实，并非捏造，所写的人物，也多是真人，只是易姓改名而已。他还认为，眼前官场中的种种情态，几乎在《官场现形记》中都能见到，中国官场的腐朽之状，完全可以从书中一览无余。他说的那句“著是书者，可谓恶极矣”的话，从表面看是骂著者，实际则是在赞赏著者的眼力和手笔之锐利、之老辣。孙宝瑄对《官场现形记》的喜好、赞赏和看法，颇能代表相当一部分官场中的读者。孙宝瑄读此书的情形，实际是清末官场流行《官场现形记》的一个侧影。

为什么《官场现形记》骂官场，却还能得到官场的青睐而风行官场？清末有人在《世界繁华报》上著文对此有过解释："此书描摹官场丑态，无微不至。某京卿谓邹应龙打了严嵩，严嵩犹说打得好，打得好！今之官场中人无不喜读此书，同此意也。"这个解释，引戏剧中明朝奸相严嵩挨了打却叫好的情节，来类比清末官场中人读《官场现形记》的情形，大体说来是中肯的。

影射实事

孙宝瑄认为《官场现形记》写的多是实有人物，只是改易姓名而已，这确是不假。胡适曾在为此书做的序言中论说过这种情况："就大体上说，我们不能不承认这部《官场现形记》里大部分的材料可以代表当日官场的实在情形。那些有名姓可考的，如华中堂之为荣禄，黑大叔之为李莲英，都是历史上的人物，不用说了。那无数无名的小官，从钱典史到黄二麻子，从那做贼的鲁总爷到那把女儿献媚上司的冒得官，也都不能说是完全虚构的人物。"胡适对《官场现形记》做过较深入的研究和考据，他的话无疑是有根据的。当然，实际上小说中的某个有名有姓的人物也未必完全是影射某一个人，而可能是包括这一个在内的几个实有人物的集合。比如，小说中的华中堂，可能主要指的是荣禄，但也可能包括了其他某些官僚。华中堂在回答贾大少爷请教做官之道的问题时说："多碰头，少说话，是做官的秘诀。"华中堂说的这个秘诀，荣禄可能的确说过，但据清人朱克敬《暝庵二识》卷二载，大学士曹振镛也曾对门生说过，文云："曹文正公晚年，恩遇益隆，身名俱泰。门生某请其故，曹曰：‘无他，但多磕头，少说话耳’。”清人汪康年《汪穰卿笔记》卷二又载，曾国藩每见到地方上来人到京，也总是教以“多叩头，少说话”。这种情况表明，“多碰头，少说话”实际上已成为晚清官场上通行的做官诀窍，同时也说明《官场现形记》确是如孙宝瑄所说，“多实有其事”，又如胡适所说，“可以代表当日官场的实在情形”。

对《官场现形记》多写当日官场实有人物的这种写法，周贻白先生曾做过考证，方法是用李伯元自己写的史料笔记《南亭笔记》与小说对照，找出二者之间的相同或相近处，以证明小说所写的某人某事，实际是由历史事实中的某人某事而来，是在影射实人实事。他举了八个例证。原文繁长，这里简述几个。

一、小说第二十六回写徐大军机“遇事随口敷衍，因而大家送他一个外号，叫他做‘琉璃蛋’”。《南亭笔记》卷十载，西太后就某件有争议的事征询军机大臣王文韶的意见，王文韶只是莞尔而笑，西太后曰：“你怕得罪人？真是个琉璃蛋！”小说中的徐大军机即影射王文韶，徐大军机的外号“琉璃蛋”，当由西太后的话而来。

二、小说第二十八回写舒军门被革职入狱后，为吸鸦片烟，花了300两银子贿赂狱卒。《南亭笔记》卷十三载：提督苏元春下刑部狱后，“仆人燃烟以进，狱卒坚持不可”，贿以百金才得允许。苏元春曾任提督，加太子少保。舒军门与苏元春谐音，舒军门即影射苏元春。

三、小说第二十九回写嫖妓的官员唐六轩和余藎臣同上制台衙门办公时，唐穿了一件粉红汗衫，余的腰里系了一条花色汗巾。《南亭笔记》卷十二载，芜湖关道龚盛阶“为人最无耻，在京时，尝着粉红袴，系湖绿绣花带，士大夫皆引为笑柄”。小说中的唐、余二人事，实皆为龚盛阶事。

四、小说第四十六回写户部尚书童子良平生最恶洋人，无论何物，凡带有一洋字者，他决不亲近，所以身上总穿乡下人自织的粗布。《南亭笔记》卷十二载："徐桐为清季著名顽固党，……徐私宅逼近东交民巷，各国于其大门前辟马路，徐恶之，而不能禁止。遂将前门堵塞，从后门出入，谑者遂谓之开后门。"徐桐曾任吏部尚书、协办大学士，极守旧，厌恶西学如仇，小说中的童子良，即影射徐桐。

五、小说第四十七回写江苏藩台施步彤极爱掉文，却白字连篇，如将游弋读作游戈，将马革裹尸读作马革里尸。《南亭笔记》卷二载："刚毅读书不多，大庭广座之中，多说讹字。如称虞舜为舜王，读皋陶之陶作如字，瘐死为瘦死，聊生为耶生之类。"刚毅为光绪年间工部尚书、协办大学士，小说中的施步彤是"死不通"之谐音，施步彤即影射刚毅。

《南亭笔记》与《官场现形记》的作者同为李伯元，周贻白先生用同一作者的此书为彼书发隐，为其作注脚，为其作史证，是极有证明力、说服力的。

慈禧索阅

正是由于《官场现形记》在晚清官场上颇为风行，写的又多是实人实事，所以关于此书的种种消息，很快传到了慈禧太后的耳朵里，并引起了慈禧太后的注意和重视。据顾颉刚先生在《〈官场现形记〉之作者》一文中说，他曾受胡适之托访寻李伯元的事迹，正巧他的朋友赵某是李伯元的内侄婿，赵某告诉了他这样一个史实："《现形记》一书流行甚广。慈禧太后索阅是书，按名调查，官吏有因以获咎者，致是书名大震，销路愈广。"看来慈禧太后读到此书后很是生气，并把清末政令倒行，法纪废弛的责任都归罪到了官员们的腐败，胡来，不争气；她还把《官场现形记》当成了惩办官员的黑名单，按图索骥，抓人办人。当那些官员们正摇头晃脑地翻读着这本为他们描形画像的《官场现形记》时，哪里想得到，此时太后老佛爷也正翻看着这部书，盘算着怎么整治他们呢。

“屡败屡战”发微

绍兴师爷天下闻名，闻名的主要原因之一，是绍兴师爷具有过人的机智和狡猾，而机智和狡猾的主要表现之一，是他们惯用一种独特的“师爷笔法”。

“师爷笔法”有种种，据我的考查，“反复颠倒，无所不可”（一位老师爷总结出的办案秘诀），是“师爷笔法”的一大种类，一大典型，而“颠倒文句”，则是这一类“师爷笔法”的代表。

关于“反复颠倒，无所不可”这种“师爷笔法”，鲁迅在《狂人日记》中曾涉及到过。狂人怕被别人诬为恶人而被吃掉，说了这样一段话：“他们一翻脸，便说人是恶人。我还记得大哥教我做论，无论怎样好人，翻他几句，他便打上几个圈；原谅坏人几句，他便说‘翻天妙手，与众不同’。”狂人的意思，是生怕别人用“反复颠倒，无所不可”的“师爷笔法”，把自己说成恶人。这种“师爷笔法”，狂人很熟悉，他大哥教他做人物论时，让他随便找个理由，便把好人说成了坏人，又让他随便找点理由，把坏人原谅了，坏人便被说成好人，然后大哥便以画圈点来称赞，说狂人是做翻案文章的妙手，有与众不同的见解。这位大哥所教给狂人的笔法，实际就是绍兴师爷常用的“反复颠倒，无所不可”之法。关于这种“师爷笔法”，周作人在《师爷笔法》一文中曾经提到过,他说,小时候做文章,写历史人物论,最有效的方法是来一个反做法,有一回论汉高祖,写道:“史称高帝豁达大度,窃以为非也,帝盖天资刻薄人也。”底下很容易的引用了两个例子,随即断定。先生看了大悦,给了许多圆圈。周作人在这里所说的经历,与狂人做人物论的情况差不多。周作人的老师教给他的“反做法”,实际也就是绍兴师爷常用的“反复颠倒,无所不可”之法。

在“反复颠倒,无所不可”之法当中,又有许多具体的方法,除了鲁迅和周作人提到的“反做法”之外,还有“颠倒文句”等其他方法,在这诸种方法之中,我感觉“颠倒文句”之法是最具有代表性的,堪称是“反复颠倒,无所不可”之法的代表作。所谓“颠倒文句”,就是把原本表达某一种意思的句子,颠倒过来说,从而使原来的意思发生变化——或与原意有异,或与原意完全相反。最有名的例子,就是把“屡战屡败”颠倒过来,变成“屡败屡战”,使常败将军的形象一下子变成了坚韧不拔,不取得胜利决不罢休的忠勇将军的形象。这是绍兴师爷的“颠倒文句”之法的一个杰作,所以,至今仍为人们所津津乐道。赵忠祥在主持中央电视台的节目时,还把“屡败屡战”当作了成语来使用。

那么,就先来谈一下这个“屡败屡战”的掌故。关于这个掌故,有很多种说法,在我看到的文献中,我觉得下面一个说法可信度高一些。相传曾国藩与太军军作战时总打败仗,有一次向咸丰皇帝乞求增援,上的折子中有一句是“臣军屡战屡北(败)”,师爷马家鼎看了后,提意见说,“屡战屡北”词意颓唐,不妨易为“屡北屡战”。这一改动,真是妙极,虽然仍是铺叙战报,事实仍旧,但气概已完全不同。曾国藩看后大加赞赏,说:“一字之易,所以值千金,端在此耳。”果然,奏折呈上以后,曾国藩不但没有被罢官,反而被咸丰皇帝认为忠勇可嘉,他手下的屡打败仗的将领鲍超也因此保住了性命。但也有的记载说,上奏折的不是曾国藩,而是一个叫德兴阿的官吏。还有人传说,把"屡战屡败"改为"屡败屡战"的,不是某个师爷,而就是曾国藩本人。

从研究"师爷笔法"的角度来看,"屡败屡战"的著作权究竟是谁,已无多大意义,因为即使是曾国藩自己写的,而不是师爷写的,也反映出曾国藩曾受到"师爷笔法"的深深的影响,因为"屡败屡战"这种写法,是地地道道的"师爷笔法"。

在"师爷笔法"中,"颠倒文句"的技巧,是经常被使用的,除"屡败屡战"之外,还有很多例子。先举一个与"屡败屡战"极为相似的例子。晚清小说家李伯元在《南亭笔记》卷十中记云,清朝大吏吴大征幕中有个师爷,名叫黄慎之,"在吴幕中襄案牍,曾拟招降告示,中有句云:'本大臣于三战三北之余,自有七纵七擒之计。'"吴大征是个草包将军,常打败仗,甲午之役中,曾大败于平壤,但他幕中的这位黄师爷却是个"师爷笔法"的高手,大笔一挥,便为吴大征的败绩解了围——虽然三战三败,却仍有七纵七擒之计,简直可与破蛮兵、擒孟获的诸葛亮比肩。这个"三败七计"之说,几乎就是"屡败屡战"的翻版,黄慎之也就是另一个马家鼎。《南亭笔记》是李伯元写的一本记录清代掌故的笔记,可信度很高。黄慎之的这个例子,应当是可信的。

还有一个例子。民国年间有位叫徐哲身的先生编了一本《绍兴师爷轶事》,汇集了不少绍兴师爷的历史资料,其中记了这样一件事:光绪年间有个渔民,为报生母之仇,将父亲的妾砍死了。渔民是个有名的孝子,有人想救他,但判案的浙江巡抚刘秉章认为案子已定,无法挽回了。这时,一位姓年的绍兴师爷看了案卷以后,将"谳词"——"情有可原,法无可赦",颠倒成了"法无可赦,情有可原”，于是，文意大变，布满乌云的天空顿时晴朗，这个渔民死里逃生了。这句话在改动前，侧重点在“法无可赦”，意在渔民该杀，改动后，侧重点就变为“情有可原”了，意在可以不杀。几个汉字的轻轻移动，就把这个渔民的性命保住了。

李伯元在《南亭笔记》卷一中，也曾谈到过将这句“法无可赦，情有可原”的谳词颠倒过来的事，但所记的主人公不是姓年的师爷，而是晚清顾命大臣肃顺。文云：“柏俊因科场案发，内阁某臣拟旨，中有曰：‘法无可恕，情有可原’。意盖欲脱其罪也。既上，肃顺颠倒其词曰：‘情有可原，法无可恕。’遂论弃市。”戊午年发生的柏俊科场案，是晚清有名的科场弊案，结局是直接责任人、正总裁柏俊被斩首。从李伯元的记载看，在审理这个案子的过程中，是发生过“谳词”之争的。一共八个字，如何摆法儿，便能决定柏俊的死活。李伯元对这种“师爷笔法”颇感惊异，叹道：“此种舞文手笔，闻之令人咋舌。”在这段掌故中，颠倒文句的肃顺并不是师爷，但他用的笔法，却是标准的“师爷笔法”。这说明，“师爷笔法”在清朝已不只是绍兴师爷会用，而是许多官吏都能熟练地掌握和运用了。可见，“师爷笔法”是浸染了整个官场的。

说“师爷笔法”浸染了整个官场，还可以再举一件官员断案时颠倒文句的例子。清朝有一桩著名的文字狱“《字贯》案”，案情是：有个叫王锡侯的文人编了一本简明字典，自序中有些对《康熙字典》不大恭敬的字样，被一个叫王泷南的讼棍告发了，罪名是“狂妄悖逆”，这可是要掉脑袋的罪名。但审案的江西巡抚海成看了《字贯》以后，觉得问题没那么严重，就想给王锡侯开脱一下，于是在给乾隆皇帝的奏折上写了这样一句话：“虽无悖逆之词，隐寓轩轾之意”。意思是《字贯》并没有“悖逆”即反对皇帝的大逆不法的罪过，不过是在字里行间隐含有将《字贯》的一些内容和《康熙字典》比较高下的意思。海成写的这句话,实际用的也是"师爷笔法"中的颠倒文句的笔法。本来,告讦者王泷南的潜台词是:《字贯》"貌似轩轾之意,实为悖逆之词",若按此句之意,王锡侯必死,但海成将王泷南的潜台词颠倒了过来,原意就变了,把王锡侯的罪过减轻了许多。但是,没想到折子一经"御览",乾隆皇帝大怒,骂海成有眼无珠,连这么明显的"大逆不法"都看不出来。结果,乾隆不但下令将王锡侯斩立决,连海成也判了个斩监候。徐凌霄先生在小说《古城返照记》中曾写到这件有名的"《字贯》案",其中写了这样一句话:"这其间'虽无悖逆之词,隐有轩轾之意',乃是官样文章掉笔头耍枪花的老套。"他把这句断语目为"官样文章",目为"老套",可谓是很有眼力的说法,这说明,他看出了这种笔法乃是清代官场上的一种流行笔法。这种笔法,也就是"师爷笔法"。

文句一颠倒,便产生新的意思,这是中国文字的一个很有趣的现象,似乎也是中国文字的一个特点。绍兴师爷是很熟练地运用这种"颠倒文句"之法的一群人,因为这是他们的职业需要。但这一文字技巧,却又并非只是绍兴师爷才懂得,许多作家和诗人,由于日日浸淫于诗文,也很明白这当中的道理。例如一位古代诗评家这样评说杜甫的《登楼》诗:

> 《登楼》:"花近高楼伤客心,万方多难此登临。"起得沉厚突兀。若倒装一转:"万方多难此登临,花近高楼伤客心。"便是平调。此秘诀也。

这两句诗若是颠倒了次序,确实失去了原来的韵味。原句是多么沉郁、博大,骨力突显,淋漓尽致地表达了诗人的忧患情怀,而若是"倒装一转",则会变得平淡无奇,也不那么沉郁、博大了。中国文字是能写出许许多多类似《登楼》这样的句子的，这种句子，不像“一碗豆腐，豆腐一碗”那样，怎么颠倒意思都一样，而是一颠倒，意思就发生了变化。绍兴师爷正是看到了中国文字的这一特点，亦即那位诗评家所说的“秘诀”，并熟练地利用了这一“秘诀”，从而达到翻云覆雨，颠倒事实，或陷人于罪，或救人于危的目的的。

一个绍兴师爷的贫富观

《光明日报·东风》前不久刊载了一首张长弓的题画诗《题〈绍兴师爷〉图》:"从来无绍不成衙,一梦悠然笔生花。若非黑白颠倒好,怎攫名利入君家。"活画出绍兴师爷靠着一支刀笔捞黑心钱的嘴脸。的确,绍兴师爷的名声历来不好。清朝未亡之际,绍兴师爷就被称为"亡国之媒"。在戏剧小说中,绍兴师爷更是常被人讥讽的箭垛式人物。鲁迅的老师寿镜吾在自著《持身之要》中说:"景况清贫,不论何业,都可改就,唯幕友、衙门人、讼师不可做。"幕友即绍兴师爷,在寿先生看来,做了绍兴师爷,简直就是失身。

如此说来,绍兴师爷还有好人吗?有的。清朝名幕汪龙庄就是很著名的一个,稍后的龚未斋则是不大著名的一个。本文标题说的"一个绍兴师爷",就是龚未斋。

龚未斋,绍兴籍人,终身做师爷,刑名、钱谷师爷都做过,是一个地道、正宗的绍兴师爷。龚未斋写过一本《雪鸿轩尺牍》,他的贫富观就反映在这本尺牍中。

龚未斋的贫富观可以概括为两条:一条是宁要清贫,不要浊富;一条是清贫为贵,浊富为贱。

关于第一条,龚氏在一封尺牍中这样写道:"弟才不通古,性不宜今。生无傲骨,而苦乏媚容;人本清贫,而翻嫌浊富。"这段话的内容,他在另两封尺牍(《答朱桐轩》、《辞宁津明府刘三标》)中也说过。其中一封末一句易一字,为“人本清贫,而翻忧浊富”。一段话三见于尺牍,说明这决非不经意之笔,而是很郑重的自述。翻,反而也。浊富,即不义之富,也就是宋人所谓“奸富”。人本来很清贫,却厌恶不义之富,这说明龚氏具有不为贫贱所移,不因穷神所逼而谋不义之财的宝贵品质。龚未斋在另一封尺牍中又写道:“然贫者士之常,阿堵物适足为身心之累。苟得箪食瓢饮,息影潜踪,啸傲于稽山镜水之间,于愿足矣。”不以清贫的生活为苦而安之若素,不以追求金钱(阿堵物)为生活目的而视其为身心之累,这段话是他宁要清贫,不要浊富的一种具体表述。

龚未斋何以宁要清贫,不要浊富呢?首先因为他极重做人道德,重节操,重立身。他在尺牍中写道:“士穷见节义,古人有三旬九食者,贫亦何害?”又写道:“贫者士之常,洁己自守,直道而行。”他告诫自己的侄子:“吾侄当求其所以自立者,贫不足为忧。”他还斥责那些无德的师爷“素餐负德,谋事不忠”。在龚氏眼中,立身、节操是最重要的,越是贫穷越能显出节义,而无德才是最可鄙的。他还认为,在德与富发生冲突的时候,决不能为了致富就不要德行。龚氏宁要清贫,不要浊富的另一个原因是他看到了浊富多忧,即浊富虽能痛快于一时,但必会遗祸终生。“人本清贫,翻忧浊富”,“良田美宅,肥马轻裘,仅只快于一时,必致贻祸于没世”,尺牍中的这些话,就是他的浊富多忧思想的反映。龚氏浊富多忧的思想渊源于古人的此类思想。明人杨慎在《艺林伐山·佛书四六》中说:“宁可清贫自乐,不作浊富多忧。”龚氏浊富多忧的思想显然深受了杨慎的影响。

清贫为贵,浊富为贱,这是龚未斋贫富观的另一条重要观念。龚氏在尺牍中写道:“窃以为幕而贫,清且贵也;幕而富,浊且贱也。”“幕”即作幕，当师爷。清代社会舆论管师爷叫“造孽的师爷”，捞的钱叫“孽金”，清代当师爷的如果致富，一般都是捞昧心钱的结果，所以龚氏说贫则清，富则浊；龚氏在这段话中还对清贫和浊富做了价值判断，即认为清贫为贵，浊富为贱。贵，指宝贵、高尚；贱，指卑下，渺小。这种清贫为贵，浊富为贱的观念，在只以贫富为标准论人的价值之高下的社会里，是极为难能可贵的。关于这一观念，龚氏在尺牍中还有另外的表述，即：“富人饱欲死，贫人饥欲死，自昔为然。惟饥死者系干净菜园，尚有清气；若饱而死，酒肉腐肠，死有余臭！”饥死者当指清贫者，饱死者当指浊富者；说清贫者死有清气，浊富者死有余臭，亦即谓清贫者贵，浊富者贱。

龚未斋对自己的贫富观执著坚信，并以此自豪、自励。他说：“不与贵交我不贱，不与富交我不贫。”“我无愧于己，不求于人，正我知人世间何者为宝贵，何者为贫贱。”正因为他有纯正高尚的贫富观，所以做人才做得坦荡，磊落，自信。

龚未斋的贫富观并非只停留在头脑里和口头上，而是见诸了行动。从他的尺牍中可以看出，他不愧是一位清贫自守、直道而行的“清师爷”（一如“清官”）。他写道：“吾辈少壮离家，衰年流落，一贫如故。”“年逼桑榆，室仍悬罄，一家十口，旅食维艰。”他说自己：“鹤料（俸金）之外，一介不求；案牍之中，一字无忽。……盖三十年如一日也。”他就是这样用实际行动守着自己的信念，实践着自己的贫富观。

在贫富问题上，是清，还是浊，是讲道德节操，还是脸厚心黑？这个问题，龚未斋遇到了，我们也遇到了。龚未斋的选择体现在他的贫富观中。我们应当从龚氏的贫富观中汲取营养，同时也应当比龚氏更明智、更正确地处理好贫富与清浊的问题。既仁且富，既要清廉，又要富裕，这应当是我们追求的目标。

绍兴师爷的恐惧

鲁迅的家族、亲戚中有十来个当师爷的，其中有两三个作幕多年后得了精神病，鲁迅以他们为原型，塑造了“狂人”的形象。“狂人”的原型是绍兴师爷，这不全是偶然的巧合。这当中隐含着一个重要的信息，就是绍兴师爷特别是清朝中后期走下坡路的绍兴师爷，是一群普遍存在心理失衡乃至精神障碍的人群，其中有不少人甚至一如《狂人日记》中的那位迫害狂患者。

绍兴师爷的这一精神特征，以往明清史家绝少谈及。最近读到的一本王振忠著的《绍兴师爷》，则抓住了这一精神特征，揭开了绍兴师爷这一社会人群内心世界的重要一角。

绍兴师爷以刀笔杀人，不论杀得对否，都常有一种负罪感，或叫“原罪感”，而他们又深信“种瓜得瓜，种豆得豆；夙业牵缠，因缘终凑”的说教（纪昀《阅微草堂笔记·姑妄听之四》），所以总怕遭报应，怕那些死在自己手里的案犯、冤鬼前来索命，他们常常夜里做噩梦，白天精神恍惚，梦见和恍惚看到死者前来报复，有的甚至惊吓而死。作者对绍兴师爷的这一精神现象做了较细致、深入的描摹和解析。《梦魇——轮回报应的恐惧》是谈及这一现象的专节，从标题看，“轮回报应的恐惧”，是对绍兴师爷心理失衡及精神症状的精到概括,“梦魇”,又把恐惧之状概括得很传神。文首劈头引了一句绍兴师爷的同乡——祥林嫂的话:“一个人死了之后,究竟有没有魂灵?”“那么,也就有地狱了?”更是一竿子插到了绍兴师爷那充满轮回报应观念的灵魂的深处。文末又对鲁迅笔下“狂人”的恐怖、幻想症状的起因做了论断,认为是“源于绍兴师爷对轮回报应的恐惧”,这实质是对绍兴师爷心理失衡及精神症状的起因下的论断。作者在开掘此类史料上下了不少功夫,从师爷的自传、尺牍及清代笔记野史中找到多条颇能说明问题的材料,如书中所举的名幕汪辉祖梦见一妇人拉他到阎罗王面前去评理,刑名师爷郑春潭恍惚见到有冤魂前来索命,就都是很能反映绍兴师爷精神状态的典型材料。

从人心可以观世事,而且可以更深刻地洞明世事。从冯小青的性心理变态,可以深刻体察到古代妇女受压抑的程度,从八旗子弟的“玩心重”,可以洞见旗人“残灯末庙”的颓败。同样,从绍兴师爷的病态心理,可以深刻地反观绍兴师爷及其相关制度的种种积弊。这种联系,合观《梦魇》及《师爷判案的技巧与伎俩》等书中其他章节就可以清楚地看出。

> “老师爷讲述办事的经验,诉讼要叫原告胜时,说他如不真是吃了亏,不会来打官司的,要叫被告胜时便说原告率先告状,可见健讼。又如长幼相讼,责年长者曰,为何欺侮弱者,则幼者胜,责年幼者曰,若不敬长老,则长者胜,余仿此。”(周作人《知堂集外文·〈亦报〉随笔·师爷笔法》)

这种“师爷笔法”,在清朝中后期曾经相当流行。有了这种“师爷笔法”,便有了“衙门深似海,弊病大如天”,“公堂一点朱,下民一点血”,“冤死不告状”等等饱含着小民血泪的俗谚,也便有了师爷的“轮回报应的恐惧”。师爷精神上所以出现病态，是他们的笔刀、苦嘴、辣手酿出的苦果，是他们造下的罪孽的报偿，是清朝幕府制度、法律制度弊端的折射。

“师爷笔法”是个带血腥气的名词，诸如断章取义，随意加减，歪曲事理，诛心构陷，等等，不知造下了多少“笔孽”。“师爷笔法”值得好好研究。从《绍兴师爷》探讨了绍兴师爷流布各地后给当地风俗变迁带来的影响，使我想到也应该研究“师爷笔法”给清朝及后世政治生活带来的影响。清朝及后世的文字狱，大抵深受了“师爷笔法”的浸润，森森笔刀之下，不知结果了多少性命。“文革”中的无限上纲，诛心之法，更是深得“师爷笔法”的三昧。“师爷笔法”给中国人的政治生活和精神生活打下的印记太深了，可以说于今也未能尽去，这是很耐人寻味的。

天国遗恨说洪杨

洪杨者,洪秀全、杨秀清也。洪杨是太平天国的主要领袖,因之,“洪杨”成了太平天国的徽记。天国之命运,主要系于洪杨二人,诚可谓“成也洪杨,败也洪杨”。我论洪杨,重在他们建都天京之后的表现,重在谈历史教训。主要是谈谈他们在“威福、子女、玉帛”面前没有逃脱“周期率”的问题,其次再谈谈他们的“过激”问题。

一、“周期率”即“取而代也”

关于“周期率”,毛泽东与黄炎培曾有过一段著名的谈话,洪杨的由盛而衰,就是反映这种“周期率”的一件史实。

鲁迅先生在《“圣武”》一文中曾谈到过刘邦、项羽一类造反者的理想,那就是过帝王生活,满足“威福、子女、玉帛”一类的欲望。刘邦看到秦始皇很阔气,叹曰:“大丈夫当如此也”!项羽看到了,也说:“彼可取而代也!”所谓“如此”,指的是秦始皇的阔气,“取而代”,就是夺取皇位,自己过阔气的帝王生活。鲁迅用“威福、子女、玉帛”这几个字精到地概括出了刘项等大小丈夫们“取而代”

的目的。鲁迅在这里谈的,实际也就是"周期率"的问题。

所谓"周期率",在我看来,实质上也就是造反的农民领袖在造反成功以后,都想过上一把帝王瘾,而实际结果,又分为两种:一种是长久地过上了帝王瘾,如朱元璋;再一种就是过把瘾就死,如洪杨。

二、大过帝王瘾

洪杨建都天京以前,高举着堂堂正正的造反之旗,干出了惊天地、泣鬼神的伟绩。但建都以后便急速腐化,大过帝王瘾,沉湎于"威福、子女、玉帛"的富贵乡中,终至酿成败亡之局。

天京事变,诸王相煎,是太平天国由盛而衰的转折点,这是史家公认的。但天京事变根源于政治腐化这一点,许多史家却强调不够。所谓政治腐化,是指洪杨对封建等级制的全面接受和对帝王权位的极度贪欲。早在造反之初,洪秀全就以"龙袍角带"、"威风无比"鼓励兵将随自己打江山。一进天京,洪杨马上将"龙袍角带"一套付诸实施。他们制定的那一套封建性的朝仪、服饰、仪卫舆马、称呼礼制,远远超过了历史上帝王百官的威风。洪秀全被称为"万岁",深居宫中,享尽帝王尊贵。杨秀清被称为"九千岁",也是威风无比。但是,杨秀清并不以"九千岁"为满足,他还想再加上一千岁,也过一把帝王瘾。于是洪杨之间便发生了"岁数之争",亦即王位之争。在洪秀全看来,天国只能是"朕"一人称"万岁",你杨秀清岂可称之?于是,杨秀清被诛杀,天京事变也由此酿成。在中国历史上,明朝大太监魏忠贤也是被称为"九千岁"的,但他及"九千"而止,未敢窥视帝位(也许因考虑到自己是"半个女人"),杨秀清却不然,他要再加一千岁,取代洪秀全。如此看来，在称“万岁”这个问题上，魏忠贤也要略逊杨秀清一筹。

洪杨政权在政治腐化的同时，生活上也急速腐化。天京刚刚建立，清军尚虎视眈眈地驻扎在东门外孝陵卫的时候，洪杨就认为此时“正是万国来朝之候，大兴土木之时”(《招集工匠造建宫殿札谕》)。于是大肆兴建天朝宫殿和诸王府。建造这些宫殿府邸，动用了大批工匠，日夜劳作，时人有“木工瓦工千万人，营营扰扰晨至昏”的描述(马寿龄《金陵癸甲新乐府·造宫殿》)。这些宫殿府邸富丽堂皇，被形容为“穷极工巧，骋心悦目”(张德坚《贼情汇纂》)。在婚姻问题上，洪杨及诸王、官员们更是腐化至极。建都天京前，洪秀全已有36个娘娘，建都天京后，猛增至88个。其他诸王和官员们也按照等级享有多个娘娘。鲁迅写过阿Q的造反理想，即“威福、子女、玉帛”之类。洪杨就很像阿Q，造反一成功便先把土谷祠弄舒服，然后金屋藏娇，弄些赵司晨的妹子、邹七嫂的女儿、吴妈之类的女人来享乐。帝王生活，包括宫殿、嫔妃等等，历来为农民造反领袖所艳羡。但像洪杨这种尚未推翻朝廷，凶悍的清军尚在家门口扎营的情况下，便急不可耐地过上帝王生活的农民领袖，实不多见。我揣测，洪杨很有一点“过了帝王瘾，哪怕赴黄泉”(也就是“过把瘾就死”)的心态，要不怎么连咫尺之遥的敌军也全然不顾，而只管放情享乐呢？

洪杨建立特权制度，享受特权，是靠了神权做保障的。天王需要老百姓献纳女人，太平天国的宣传家便向老百姓讲道理：“天王(洪秀全)为天父第二爱子，救尔世人，尔等俱要报恩。”(谢炳《金陵癸甲纪事略》)怎么报呢？“细思尔等有女，各要贡献天王。”(同上)这就是说，天王是救苦救难的神，他需要女人，你们就要献出。人们都知道，洪杨造反，是以拜上帝教为工具的，但一旦造反取得若干成功，他们便又把此教作为维护特权的工具了。

历代统治者都自称天子、龙种，自我神化；“神道设教”（即用神来治人）又是他们通用的统治术。洪杨在这些方面，与他们并无二致。不同的是，洪杨的自我神化翻出了新花样。洪杨不仅搬来了洋神统，说自己是洋神统中的一员大神，还改造了中国的土神统，把自己塑造成了华夏土神。按照太平天国宣传家的说法，洪秀全是太阳，普照万方，杨秀清是圣神风，萧朝贵是雨师，冯云山是云师，韦昌辉是雷师，石达开是电师，世界就是由这诸位尊神统治着的。考察一下诸王自封的这些神明，可以看出，从太阳到电师，统统都是极原始的天象神，而这些天象神，又都是原始农业经济的产物，是远古以来庄稼汉们的敬拜对象。洪杨虽然造了大清的反，但与孙中山的颠覆清王朝全然不同。洪杨是旧式农民的造反。这单从他们的宗教观念中也能看得一清二楚。

鲁迅的眼光真是犀利，他论刘项，写阿Q，都抓住了“威福、子女、玉帛”这六个字，实际也就是抓住了历代农民起义的“周期率”的症结。洪杨之败，实际也就败在这六个字上。洪秀全实际与刘邦一样，也是一看到皇家的阔气，便寻思：“大丈夫当如此也”！杨秀清也如项羽，说是“彼可取而代也”！从刘项到洪杨，虽然相隔了近两千年，但所思所求却并无本质的不同，这就是所谓“周期率”。说到洪杨的揭竿而起，有人谓之“造反”，有人谓之“起义”，也有人谓之“革命”。我觉得称为“起义”最准确。因为这个词既肯定了洪杨造反的正义性，又与那种使生产关系发生质变的经典意义上的社会革命相区别。如果一定要称洪杨的起义是“革命”，那么也只是那种推翻旧朝，建立新朝的革命，即“汤武革命”式的改朝换代。但实际上，洪杨还没有完成改朝换代，就急急地过上了帝王生活，结果迅速败亡了，正所谓“过把瘾就死”。历史的定律就是这样：你非要过一把瘾，也就非死不可。

三、“割尾巴”、灭家庭及其他

洪杨在起义过程中，实行过很多革命性的政策，但也有过很过激的行为。建都天京以后，洪杨一面腐化得很厉害，一面却提出和实施了不少过激政策。这使太平天国政权大失人心。

一提起《天朝田亩制度》（简称《制度》），人们总是肃然起敬。因为它提出了“有田同耕，有饭同食，有衣同穿，有钱同使，无处不均匀，无人不饱暖”的美好理想。但细细读之，问题就来了。这个《制度》，仅仅是个平均主义的理想（诚然，有此理想已很不简单），其操作方案则根本不能调动农民的生产积极性，更不可能使农民富起来。因为《制度》规定，每家收成以后，除留下够吃、够用的粮食、布帛、鸡犬、银钱以外，“余则归国库”。也就是说，生产多了的超额部分，要无偿“平调”，统统归公。那么留下多少呢？单说牲畜，“凡天下每家，五母鸡，二母彘（猪）”。也就是说，第六只鸡，第三头猪，便要归国库了。如此规定，农民哪有积极性，哪能富起来呢？近代史专家杨天石把这种“余则归国库”的做法称为“割尾巴”，我觉得既恰切又很有意思。所谓“割尾巴”，也就是消灭私有。但是，以太平天国所具有的小农经济的生产力水平，怎么谈得上消灭私有呢？显然，“割尾巴”是一种过激、空想的政策。大概也正是由于它的过激和空想，所以根本就没有实行过，因为根本行不通。

洪杨还实行过多项过激政策。其中最让老百姓叫苦连天的，是在天京等地设立男馆女馆，消灭家庭。按照洪杨的规定，原来的家庭统统不算数了，无论夫妻、父子、兄弟、姊妹，都要重新排列组合，按照性别分别进入男馆、女馆生活。于是，“父母兄弟妻子立刻离散”，“虽夫妇母子不容相通”（《中国近代史料丛刊·太平天国》），“男女异地，夫妇不相闻”（《太平天国史事日志》），甚至原来的家庭成员在街头相遇，也“只许隔街说话”，纵是万分伤心，也“不许流泪”，否则便有杀头之祸（《太平天国史料丛编简辑》）。这些史书上留下的记录，今人读起来也许会感到匪夷所思，不熟悉太平天国史料的人还可能会怀疑其真实性。但是，这是确凿的事实。洪杨如此荒唐地以馆代家，不论是出于何种动机，也不论做出何种解释，总归都是会导致人心丧尽。因为这种浩劫式的家庭变革，违反了最起码的人性和天伦。

禁缠足，本是太平天国的一项善政，但由于实行了过激的措施，善政竟演成了虐政。洪杨规定，已缠足者必须放足，违者斩首。结果，“妇女皆去脚带，赤足而行，寸步维艰，足皆浮肿，行迟又被鞭打，呼号之声，不绝于道。”（《金陵癸甲纪事略》）于是，大批缠足妇女不惜以寻死来求解脱。有记载说，某地十天之内，“寻死者以千计”。这是多么可悲的局面！结果，颁令者不得不收回禁令。这正是所谓“过犹不及”：过激的禁令转化为取消禁令，善政因过激的措施而化作了轻烟。

关于太平天国实行了一些过激政策的问题，以往史学界似乎重视不够，甚至有为其袒护者。其实这是个大问题。政权存亡，系于民心。洪杨的腐化，本已大失人心，而其实行的灭家庭、迫害缠足妇女等措施，更是极为丧失民心的暴虐、愚蠢之举。这些举措所造成的民心背离，给太平天国内部带来了相当的不稳定，因而成为洪杨败亡的重要原因之一。

四、跳出“周期率”

洪杨起义，反抗压迫，乃天经地义。这也应该叫做“天赋人权”吧。洪杨的败亡，是很可悲可叹的事，是中国农民起义的一大悲剧。但话说回来，洪杨成功了又会怎么样呢？也不过就是在中国史的年表上再加一个封建的“天朝”罢了。这是新民主主义革命之前的农民运动的必然归宿。试想，成天口称“朕”，耳听“陛下”的洪秀全会采取选举制、实行立宪政治吗？这是旧式农民运动的天然局限性所致。只有作为中国共产党领导的新民主主义革命一部分的农民运动，才改变了传统农民运动的性质，跳出了封建性的改朝换代的“周期率”，具有了全新的历史命运。

洪秀全的一张“大字报”

一张天榜蔑古贤，文王武王皆是犬。
屈指盘古迄明季，风流数我洪秀全。

这几句打油诗，是我读了一条太平天国史料后信笔写出的。诗虽不入流，却包含了一桩重要的历史事实，也含有我对洪秀全的一点不大恭敬的评论。

先写下这条史料：

洪贼以黄缎数匹续长，界二寸宽，朱丝直阑，上下边朱画龙凤，作七言韵句，自盘古氏起迄明季君臣事实，悉加品骘。避“帝”字不用，“王”字加“犬”旁，如文王、武王，作“文狂”、“武狂”，此系贼所目为正人者。若桀、纣、幽、厉则称妖，臣子忠孝者皆称名，否亦称妖。朱字楷书约万言，揭于照壁名“天榜”。

这条材料见于清人张汝南写的《金陵省难纪略》。张氏称洪秀全为洪贼，可知此人是敌视太平天国的。但他写的这条材料却完全可信。罗尔纲先生在《太平天国史》中征引过这条材料，是把它作为信史看待的。这条材料说的是，洪秀全曾用一块很大的黄缎子作纸，在上面写了万余字对古人的评论，然后张挂在天朝宫殿的照壁上，谓之“天榜”。

这份“天榜”，其实就是洪秀全写的一张评价历史人物的大字报。这份大字报，纵目千载，睥睨百代，品骘古人，臧否善恶，不愧是出自天国领袖的手笔。但在字里行间也透出一股浓烈的狂傲、愚蠢之气。

周文王、周武王，都是著名的古圣。文王演《周易》，对中国文化做过重要贡献；武王伐纣，是上古杰出的革命家。但洪秀全却对他们随意侮弄。洪秀全写天榜时，为让文王、武王避“天王”讳，竟在文王、武王的“王”字边，加上了“犬”字旁，使两位古圣的名字成了“文狂”、“武狂”。“狂”字，本义是狗发疯，又引申为人发疯。洪秀全竟以此丑恶字眼作古圣的名字，真是折辱斯文，玷污圣贤。于此足可窥见洪秀全是多么狂妄自大。

洪秀全的贬低和侮弄古圣先贤，是同他对自己的过高估价和自我神化并行的。他曾自称是“古往今来独一真主”（罗尔纲《太平天国史·洪秀全传》），又自称是照耀万方的太阳（同上）。作天榜时，他从盘古氏数到明末，数来数去，总觉得自己应数第一。如此狂妄无知和自我神化，哪能把古圣先贤放在眼里呢？文王、武王被写成文狂、武狂，不正是顺理成章的事吗？

也许有人会说，洪秀全给文王、武王贴大字报，实乃彻底的反封建。我不能苟同此说。其实，这应该叫作历史虚无主义。

狂妄自大，唯我独尊，几乎是旧式农民运动领袖的一个通病，是他们的阶级局限性的一个重要表现。这种通病和局限性在洪秀全的身上表现得淋漓尽致，特别是“文狂”、“武狂”这一“杰作”，更堪称是一个范本。

“以乡谊结朋党”

——蒋介石对曾国藩的一点继承

中国的官场，自古有“以乡谊结朋党”的恶劣风气。到了民国时代，此风气像是积年的陈酿，越发醇熟。许多大小军阀、官僚，都深谙此中妙道，靠着同乡关系，织起了一张张结党营私的关系网。

那位蒋委员长，堪称是运用此道的大家，他所以能控制国民党，控制“国军”，控制军统，很靠了一点用乡谊结党的手段。他是浙江人，便大力培植浙江籍的亲信，重用浙江籍人，整个蒋家王朝，可以说大半就是浙江籍官僚的天下。蒋氏亲信、复兴社“十三太保”之一的贺衷寒，对此曾有过颇为中肯的分析，他说：

> 蒋先生的统驭术绝顶高明，他一向抓得很紧的是军队、特务、财政这三个命根子。这三个命根子都有他最亲信的人替他看守。军队方面是陈诚、汤恩伯和胡宗南，特务方面是戴笠、徐恩曾和毛庆祥，财政方面是孔祥熙、宋子文和陈立夫、陈果夫兄弟。所有这些人，除了孔、宋是他的至戚外，其余全都是浙江人，连宋子文的原籍也是浙江。（萧作霖《复兴社述略》）

贺衷寒提到的这些蒋氏亲信，也无不极重视以乡谊结朋党。

陈立夫、陈果夫这一对CC系兄弟，堪称是培植本乡籍“党国要人”的高手，他们是浙江吴兴县人，吴兴的“党国要人”便大批脱颖而出。戴笠可说是蒋介石的高徒，在以乡谊结党方面，不但丝毫不逊于委员长，且大有青胜于蓝之概。他是浙江江山县人，在军统里便猛用江山人。军统局里，他先后提拔的江山籍将级军官就多达17人，其中比较著名的有毛人凤、毛万里、毛森、姜绍谟、周养浩、王蒲臣、张冠夫、何芝园、刘方雄、周念行等。军统局唯一的女将军姜毅英，也是江山县人。军统局的机要部门，也多被江山人占据，最机密的译电部门，几乎是清一色的江山人。许多江山籍特务，本来文化很低，但也深得戴笠的信任，戴笠常利用他们监视其他非江山籍的特务；这些江山籍特务，被称为“特务的特务”。在军统局里，江山籍特务相互交谈时，常有意说江山话，不让别人听懂，明显地自成一个派系。

山西土皇帝阎锡山，在“以乡谊结朋党”方面，也是个大家，堪与蒋委员长比肩，而且比起蒋介石来，他的封建性更浓。他所利用的“乡谊”，范围很窄，基本限于他的家乡五台县。山西流传着一句谚语：“会说五台话，便把洋刀挎。”就是阎锡山重用五台人的真实写照。他最信任的高级将领杨爱源、赵承绶、王靖国，都是他的五台同乡。傅作义、陈长捷虽然都是山西人，又是他手下职位很高的战将，但因不是五台人，就遭到他的歧视和排挤，而像商震、孔庚等连山西人都不是的部下，就更不受待见了。这位阎老西的用人策略，简单明了得很：你若是五台人，只要忠于我老阎，不论你才能大小，都会得到重用；你若不是五台人，即使有才能，也不会重用你。湖南军阀何键、贵州军阀周西成，也都是封建性很浓，以很狭窄的乡谊结朋党的阎锡山式的人物。何键是湖南醴陵县人，醴陵的同乡便大批地鸡犬升天，民谚谓之：“非醴勿视，非醴勿用。”周西成是贵州桐梓县人，大批的桐梓同乡便官运亨通，民谚讽之曰："有官皆桐梓，无酒不茅台。"

若追溯起蒋介石、阎锡山等军阀、官僚"以乡谊结朋党"的历史渊源，可以上溯到很古远的时候。曹魏时的汝颖集团、谯沛集团，宋朝的洛党、蜀党、朔党，明代的淮西集团、浙东集团，等等，就都是蒋、阎之流的远祖和先师。但这些毕竟都是远源。若是说有某些直接一点的薪火关系，大抵可以追溯到晚清时期湘军、淮军的魁首曾国藩和李鸿章，特别是曾国藩。

曾国藩是个"私淑弟子满天下"的人，不论当代、隔代，都是私淑弟子满天下。蒋介石就是个曾国藩的隔代私淑弟子。这位蒋委员长，极为推崇曾国藩，并以"曾国藩第二"自诩，立志要把曾国藩的拿手好戏学到手。在他的办公桌上，常摆着一函线装的《曾文正公全集》，他动辄就训诫部下：要多读读曾文正公的书。对曾国藩的嫡传弟子李鸿章，他也是非常敬服，夸起李鸿章来，从李鸿章创立淮军，一直夸到他能把家里的烧火工也教育得很好。这位委员长和他的部下，还真向曾国藩、李鸿章学到了不少拿手好戏，"以乡谊结朋党"就是其中的一条。

曾国藩在晚清政界、军界，不愧是"以乡谊结朋党"的大手笔，他之所以能把湘军搞成自己的"私军"，在很大程度上靠的就是乡谊。曾国藩是湖南湘乡县人，他任用的湘军将领，便主要是湘籍人。据罗尔纲《湘军人物表》统计，在可考的 156 名湘军将领中，湘籍者多达 130 人，占 83%，其他省的只有 26 人，占 17%。足见曾国藩在将领任用上的"任人唯乡"。此所谓"乡"，毕竟还是大同乡，范围略宽；而他组建湘军水师，所用水手，则全是他的湘乡籍小同乡，范围很窄，其用意，显然是为了更能控制这支"小舰队"。曾国藩自己就向人透露过这种用人之术的妙谛：水手"皆须湘乡人，不参用外县的，盖同县之人易于合心故也”（《曾文正公书札》）。李鸿章不愧是曾国藩的嫡传弟子，在“用人唯乡”方面，一点也不亚于老师。晚清人胡思敬在历史笔记《国闻备乘》里专门写了一条“李文忠滥用乡人”，记的就是李鸿章在淮军中“用人唯乡”的行迹。

蒋介石是研究过曾国藩、李鸿章的经邦治军之术的，他对曾、李在用人上的妙道，一定是神而明之，深领其中三昧的。他从曾、李那儿讨来的“结党术”，比从其他古人那儿讨来的要精湛得多、具体得多。他讨得的，都是曾、李之术的真髓。说他是曾国藩的隔代高足，那真是一点儿也没高抬他。

曾国藩是个复杂的“问题人物”，他的思想行为，既有大可挞伐者，也有可称美者。向他讨教的人也是善恶皆有，各种各样。讨教的方法和结果也是各取所需，各有所得。若是打个蹩脚的比喻，向曾国藩讨教的人，真像是《红楼梦》的读者——经学家看见《易》，道学家看见淫，革命家看见排满，才子看见缠绵；他们向曾国藩讨教，则是张三看见曾剃头，李四看见文正公，王五向他学从政，赵六向他学治家……毛泽东年青时“独服曾文正”，就是看上了他的思想精华，而蒋介石之流崇拜、效法曾国藩，则是要步他的后尘剃人头。“以乡谊结朋党”，从根儿上说，是蒋介石从整个古代官场上继承下来的，但较为直接的渊源则是曾国藩及其嫡传弟子李鸿章。蒋介石对曾国藩的恶劣心术的继承是多方面的，“以乡谊结朋党”只是其中之一。

二、昨日霜天

军队到，文人也到

一、

王向远教授写了一本关于日寇侵华史的发覆之作，书名叫作《"笔部队"和侵华战争》。读了以后，脑子里产生了一个深刻印象：原来日本鬼子是分为武鬼子和文鬼子的。这文鬼子，就是所谓"笔部队"。何以称为"笔部队"？顾名思义，"笔部队"就是由日本文化人为其成员的，以笔做枪的侵华部队。"笔部队"基本上都是随着日军的作战部队行动的。也有的"笔部队"成员，本身就是士兵，是一手拿枪，一手执笔的能文能武的日本鬼子。

"笔部队"中的文化人，有作家、记者、诗人、摄影家，还有画家，有学者。他们专门制造纸质的侵华炮弹，但这纸质的炮弹有时比钢铁制成的炮弹还厉害。王教授在书中着力研究了"笔部队"中的作家、诗人和记者的劣行，研究了他们充满法西斯邪恶气息的小说、诗俳、报告文学、通讯等侵华作品，向我们展现了一群外表文雅、内心残毒的文鬼子的恶相。但关于"笔部队"中的画家和学者，王教授谈的极少，但实际上，这批人无疑也是很值得注意和研究的文鬼子。他们同样的穷凶极恶,其作品同样的充满法西斯邪恶气息,他们用画笔、用学问参加“圣战”,而且战绩也颇为“辉煌可观”。他们的劣行,很值得我们认真追踪一番。

于是,我开始注意起了“笔部队”的遗踪和罪证,特别是注意其中的画家和学者的侵华作品,以及关于他们的劣行的文字记载。我知道,这类遗物和文字记载,在日本肯定是遗留了不少的。但在我国则颇不易觅得了。

二、

虽然不易觅得,我却仍然寻觅到了一些。半月前,我偶遇机缘,购得了几十张日军侵华时的军邮实寄明信片,寄信者都是当时正在参加侵华作战的日本士兵。明信片上面印着水彩画、油画,或是速写画,内容都是侵华战争题材的。我确信,这些美术作品必出自某些作为“笔部队”成员的画家之手,是他们在随军作战中或是在战斗间隙画的。这里着重介绍其中的两张。

第一张的图案,题曰《爱抚》。画面上是一个日本士兵一边抚摸着一个中国女童的头,一边慈祥地看着一个手举太阳旗欢迎自己的中国男童。画面表现的主题,就是画题所标出的对中国儿童的“爱抚”。这张画,显然是一张歪曲日军占领区实况的宣传品,意在宣传日军和中国老百姓是“亲善”的,是在和中国人共建“大东亚共荣圈”。这幅画作的署名是秋声谷川。无疑,此人是个文鬼子,是个“笔部队”的画家。此人作此画,素材来源可能有二,或是以随军记者的照片为蓝本,或是自己亲自到过侵华战场,有过侵华经历。我推测,后一种的可能性大一些,因为从画面看,作者对中国儿童的服装和模样画得相当真切。

我所以断定这张题曰“爱抚”的图画出自“笔部队”之手，还可以从王向远的书中找到相关的证据，王书披露了这样一张“笔部队”成员拍摄的照片：两个持枪的日本士兵笑眯眯地与三个中国儿童在一起，其中一个日本士兵抚摸着一个儿童的头。这张照片的主题与明信片的主题完全一样，都是所谓“爱抚”，画面也几乎完全相同，都是日本士兵做爱抚状。明眼人一看就知道，这副照片的画面是人为地摆好后拍出来的，是装扮出来的，假的。这张照片无疑也是一张歪曲日军占领区实况的宣传品，与秋声谷川的画作一样，都是在为所谓“中日亲善”，所谓“大东亚共荣圈”做伪证，做宣传。

另一张明信片上的画面是一个日本士兵在磨砺战刀，画题即曰《磨刀》。作画者也是秋声谷川。日本军刀向来是日本武士道的标志物，是所谓日本军魂之所系，日谚有云：“日本刀，大和魂”。这个秋声谷川很懂得日本军刀对于鼓舞士气的作用，所以他抓住了日军临战之前磨刀霍霍这一细节，画出了日军跃跃欲试、行将出击的气氛。这幅画的立意显然是在宣传日军的勇武，在激励日军的士气。这幅画无疑是源于战争生活的，是画家随军观察后画出的写实性作品。这是一幅地道的“笔部队”成员的画作。

除了上面介绍的这两张明信片，其他所购得的几十张明信片也大都是“笔部队”成员的画作，再选择几张简介如下。

题曰《下士哨》：三个日本士兵身穿棉军服，围坐在火炉旁，钢盔与步枪放在身边，卧席上放着“慰问袋”和书。画家署名祥光。此画意在向日本国人介绍侵华部队的战地生活，并宣传他们的劳苦。

题曰《最前线的假眠》：军帐中两个日本士兵一躺一坐，不脱衣而眠，其中一个怀抱步枪。画家署名鹤田吾郎。画意与《下士哨》相同。

题曰《警备兵与难民》：破烂的房屋前摆着长凳，几个难民坐在凳上，周围几个日本士兵在与难民说话。房屋上挂有日本旗，一个难民手中也执有一面日本旗。此画盖有画家印章，但模糊不清。此画意在宣传沦陷区难民已归顺日军，日军对难民加以保护。但在中国人看来，此画饱含着巨大的亡国灭种之痛。

题曰《皇化》：两个中国儿童，一个手执日本旗，正在往墙上写标语，内容是“欢迎大日本帝国大将军”。画家署名模糊不清。此画意在宣传沦陷区的中国人是欢迎皇军的，欲表明日军的皇化教育已取得了很大成效。画意与《警备兵与难民》类似。我们从画中看到的是侵华日军的殖民地教育，是他们想从中国儿童身上下手，以断我中华民族的民族意识。

题曰《水牛》：远处是绵延的城墙，近处是三个日本士兵牵着水牛，赶着毛驴，得意地行进。画家未署名。此画意在宣扬日军战绩和日本军人胜利的喜悦。实际上反映出日军在中国实行的残酷的三光政策。

题曰《入城式——南京中山门》：南京中山门上悬挂着日本旗，指挥攻城的日军将领策马入城。此景为日军攻陷南京后入城式开始时的画面。此画与许多照片中日军入城式开始时的画面基本相同，可证此画是画家在现场速写而成的。作者署名为一“博”字。

题曰《敌前上陆——吴淞》：军舰停泊滩头，日军蜂拥抢滩。此画是画家随军在上海吴淞口登陆时所作的速写画。画家也署一“博”字。

这些明信片，都是供作战的日军士兵往国内写信使用的。明信片上的画面，对这些士兵和他们的国内亲属有宣传鼓动的作用。

一张明信片，实际就是一张军事宣传画。这些明信片的内容，概括起来说，主要有三个方面，一是记录日军的军旅生活，二是宣扬日军的战绩，三是宣扬日军在国外怎样仁义，怎样受到中国人的欢迎。发行这样的明信片，既是为了鼓舞士气，也是为了安抚军人家属和欺骗本国舆论。

三、

在日本文化人中，有一大批学人，我认为也是应当归入"笔部队"之列的。早在日军大举侵华之前，这批学人就开始了出于侵略之目的的对华研究工作，举凡中国的政治制度、地方派系、经济形态、百业状况、地理物产、民情风俗、文化机构、各界人物，等等，只要对未来战争有参考价值，便都在他们的研究视野之内。我曾在北京图书馆、中国科学院图书馆找到过多种这类具有侵华情报性质的研究著作，书名常题作《×××报告书》、《×××资料集》之类，其视野之宽，内容之细，考察之准，令人咋舌惊叹。这些著作的作者，许多人虽然是正牌的学者、教授，但骨子里却是日军前哨，是地道的"笔部队"先遣分子。

史学家钱穆先生在回忆录《师友杂忆》中，披露过他所亲见的"笔部队"先遣分子的罪恶活动——

> 余在北大任此课（中国近代史）时，又常有日本学生四五人前来旁听。课后或发问，始知此辈在中国已多历年数。有一人，在西安邮局服务已逾十年，并往来北平、西安，遍历山西河南各地。乃知此辈皆日本刻意侵华前之先遣分子。并常至琉璃厂、隆福寺各大旧书肆，访问北平各大学教授购书情形，熟悉诸教授治学所偏好，以备一旦不时之需。其处心积虑之

深细无不至,可惊,亦可叹。

听钱先生讲课的这几个日本留学生,实际上都是有情报任务在身的,他们不仅是学生,也兼为情报员,或者根本就不是什么正经学生,而压根儿就是情报员。特别是其中那个在中国已逾十年,以当邮差为掩护的家伙,更是情报老手,此人所刺探的情报主要是大学教授的各种情况,其目的,想来主要是为了在日军侵华时能顺利地操纵、利用、控制或打击这些教授。这些学生模样的日本情报人员,已被钱穆先生识破了——"此辈皆日本刻意侵华前之先遣分子",用今天的话来说,也就是"笔部队"的先遣分子。钱先生对这些日本探子的处心积虑深感震惊,我看到这段材料时,也同样惊叹不已:这些"笔部队"先遣分子,真是居心险恶之至,而又无孔不入至极!

日军侵入中国以后,为掠夺中国的文化宝藏,"笔部队"中的学者教授们更是大派上了用场,特别是其中的考古学家、文博专家、图书版本专家,更是大展身手,充分发挥了自己的专业特长,在日军刺刀的帮助下,干尽了文化强盗的勾当。老舍先生写于抗战期间的小说《恋》中,有位叫杨可昌的收藏家,他说了这样一段话:

> 你知道东洋人最精细,咱们谁手里收藏着什么,他们全知道。……他们的军队到,文人也到。挨家收取古物。你要脑袋呢,交出画来。要画呢,牺牲了脑袋!

杨可昌说的随日军而来的"挨家收取古物"的文人,实际就是考古学家、文博专家一类人物。"军队到,文人也到",这成了日军侵华的一个套路,这是"笔部队"随军作恶的真实写照。对这种"军队到,文人也到"即"笔部队"借着暴力淫威进行文化掠夺的史实,以往我们注意的不够,揭露的很少,让这帮文化禽兽逍遥自在了许多年。现在,许多研究者开始寻觅和揭露这帮文化禽兽的罪证,让世人知道,在暴力屠杀之外,还存在一种“文化屠杀”,不仅仅是实施“百人斩”的日本士兵在犯罪,那些劫掠中国珍贵文物和学术资料的日本专家学者也是在犯罪。南京大屠杀以后,“笔部队”中的学者们开始大肆劫掠南京庋藏的善本秘籍,其中光宋版书就掠走四千余种,《清朝历代皇帝实录》写本掠走三千多册,特别是南京省立国学图书馆所珍藏的范氏“月槎木樨香馆”藏书和丁氏“八千卷楼”藏书,蕴藏了中国东南图书精华,战前历尽曲折未被日本“购”走而入藏南京,现在全数被“笔部队”掠走。“满铁”大连图书馆馆长柿沼介得意地说:“于今,八千卷又归我们了,清代四大藏书楼已有两处归我们所有了。”(《世纪》2005 年第 6 期,《日寇疯狂洗劫南京文化遗产》)这个柿沼介,正是“笔部队”中的图书版本专家,是对中国文化进行屠戮的屠夫刽子。一位正直的当代日本学者曾这样评论日军的文化掠夺:“日军进行的图书掠夺,与领土、市场的掠夺或者人命杀伤相比,也许会被看成细微问题,但是,图书的掠夺是领土掠夺的扩展,是对他民族的生命和财产掠夺的一个重要的构成部分。”这位日本学者并没有单独列出“笔部队”,但这实际上一点也不奇怪,因为“军队到,文人也到”,文武禽兽是浑然一体,共同犯罪的。在南京,实施“百人斩”的向井敏明和野田毅,是与图书版本专家柿沼介一同受到松井石根的统一指挥的,他们的目标更是一致的,那就是一同向中国人民实施犯罪。

“日寇给狼牙山五壮士鞠躬”之说可信

狼牙山五壮士悲壮地跳崖了。但崖上的故事并没有完。棋盘坨上有一处道观，老道长名叫李海忠，当时，他正躲在棋盘坨的仙人洞里往崖顶上看。他看到了什么？

他看到——攻上棋盘坨顶的日寇，目睹了五壮士跳下悬崖的壮举，不禁惊呆了，他们肃然起敬，随着一个日寇头目一声号令，整齐地排成几列，看着五壮士跳崖的地方，恭恭敬敬地鞠了三个躬。

这一幕情景，后来老道长告诉了别人。起初，人们都相信这一幕是真实的，但解放以后，老道长的话却被当成了“为日寇涂脂抹粉的反动谣言”加以批判。老道长从此缄口不语了，人们也不敢再传播了，于是，棋盘坨上发生过的那一幕，就好像从未发生过一样。

最近，在媒体上看到有人在讨论此事的真伪，我的看法是：此事必真，乃确凿之史也。应当作为狼牙山五壮士抗击日寇史事的一个片断加以记述，以此让世人更深切地感受到狼牙山五壮士的壮举，是怎样地惊天地，泣鬼神。而那种对老道长的所谓批判，不过是“左”腔“左”调的谰言。

老道长李海忠的话何以是可信的？首先，我觉得，老道长根本不可能也完全没有必要编造谎话。你说老道长给日寇“涂脂抹粉”,要知道,日寇蹂躏了他的家乡,都快打到他的道观门口了,他为什么要给日本鬼子涂脂抹粉?退一步说,他若真是不识好歹,竟在八路军活动的区域里散布什么“为日寇涂脂抹粉的谣言”,就不怕被当作汉奸惩办了吗?再者说,假使要为日军说好话,也不能说“大日本皇军”给中国军人弯腰鞠躬呀!这不是寒碜“皇军”吗?这是我信老道长的话为真的理由之一。

理由之二,棋盘坨上发生的日寇敬畏我军英雄的事,并不是孤例,而是有其他类似的事例可以作为旁证。

例如,杨靖宇将军生前死后都受到日寇的极大敬畏。杨靖宇是在濛江县保安村三道崴子,与日本警佐西谷和日军头目岸谷隆一郎率领的百余名日伪军激战中壮烈殉国的。据有关资料载,杨靖宇中弹牺牲后许久,西谷才敢向他靠近,但又不敢相信死者就是大名鼎鼎的杨靖宇,后经汉奸指认,西谷才确信不疑。当时的他,“一点也没感到快乐”,反而“呜呜地哭起来”。(伪《协和》杂志记者报道语)随后,岸谷隆一郎让汉奸再次验证,又确认无疑后,才将杨靖宇的遗首割掉,送往伪满首都新京(长春)。岸谷隆一郎实在弄不懂杨靖宇是什么样的人,如此的重兵围剿,冰天雪地,他究竟靠什么活着?他怀着敬畏之心,让人解剖了杨靖宇的尸体,见到的只有草根和棉絮。此时,这个屠杀中国人的屠夫,“默然无语,一天之内,苍老了许多”。(朱秀海《东北抗联征战纪实》,解放军出版社出版)又有资料记载,有个日本军官看到杨靖宇的肠胃里全是草根、树皮和棉絮,大受震动,叹道:“杨靖宇,中国人的英雄!”还有一篇题为《审判杀害杨靖宇将军的首犯》的文章说,日本军官下令把杨靖宇的头颅割掉后,“同时又在烈士殉难处破例举行了一个祭奠仪式和葬礼,以杨靖宇的顽强为例训诫部属”。(《人民政协报·春秋周刊》2006 年 9 月 28 日)西安电影制片厂曾拍摄过一部表现杨靖宇将军抗日史迹的电影《步入辉煌》，有个镜头是两个日本军官向杨靖宇的遗体鞠躬，这应是历史事实的再现。

再如，著名抗日将领张自忠将军阵亡后，日军曾为将军举行了军祭，设立了灵牌。李萱华、陈嘉祥所著的《梅花上将——张自忠传奇》一书记述了当时的情况：1940 年 5 月 16 日下午，日军在杏仁山一带清扫战场，一名少校军官看到一具着黄色军装的尸体，身上还盖着大衣，他从死者左胸兜掏出一支派克金笔，一看，上面镌刻着“张自忠”三个字！少校不禁倒退几步，“啪”地立正，恭恭敬敬地向遗体行了一个军礼，又忙叫人找来担架，将遗体抬往 20 里外陈家集日军第 39 师团所在地。日军被张自忠将军的忠勇所震撼，于是，盛殓遗尸，举行军祭，并制作了一块灵牌，上书：“支那大将张自忠。”这本《张自忠传奇》，是重庆出版社为纪念抗战胜利 60 周年于 2005 年出版的，作者使用的笔法，是司马迁式的记实笔法，虽在细节描述上有若干文学因子，但对基本史实的记述却是求真求实的，因而是可靠的。上面所引的这段日军为张自忠将军举行军祭的记述，其主要的历史情节，应当说，不是虚构的，是可信的。

还有一个例子，即国民党抗日英雄仵德厚等 17 名中国军人曾受到日寇的行礼致敬。仵德厚参加过卢沟桥和河北平北县的惨烈战斗，又曾在台儿庄战役中担任敢死队队长。仵德厚现仍健在，他口述了这样一件事：他的部队在山西娘子关南峪车站一带与日寇激战中陷入重围，一场恶仗下来，112 人只剩下了 17 人。这时，一个会汉语的关东军教官向他们喊话：“你们弹尽粮绝，又无援兵，消灭你们轻而易举。如果放了你们，你们还敢和皇军打吗？”仵德厚回敬道：“我们决不投降，军人只有战死沙场！我们一定要打败你们！”谁知，那个教官回去了一会儿后又向仵德厚喊话说：“你们不是还要和皇军打吗？可以开路了！”这时，日军响起了军号，日军士兵都从掩体里站起来了，持枪站好，有数百人。仵德厚说："我从军几十年，从没见过这样的场面，战士们也都呆住了。相信鬼子兵吗？大家都看着我。我迟疑了一下说：'军人就要有军人的样子。'我命令大家：'站起来，走出去，再打！'我们17人互相搀扶着往外走。这时，所有的日军都向我们行注目礼。这是我们的顽强战胜了他们！"（方军《1931—1945亲历日本侵华战争的最后一批人》，陕西人民出版社出版）

杨靖宇、张自忠和仵德厚这三个例子，都是真实可信的史实，可以作为狼牙山棋盘坨上那一幕的旁证。我相信，类似的例子还会有，只是我一时没见到有关材料而已。这就自然形成了一个推定：既然杨靖宇等几个例子为真，那么为什么棋盘坨上同样的事为假呢？此为我相信老道长的话为真的理由之二。

理由之三是，日寇向跳崖的五壮士行礼，是他们以武士道的军人标准，以武士道的武德范式律己衡人的一种表现，是他们崇奉武德、敬重英雄的武士道价值观的一种另类形式的反映。

日本武士道是日本武士的道德体系，是日本神道教的天皇崇拜和中国儒教相结合的产物，其信条包括忠君、爱国、尚武、牺牲、信义、廉耻、重名誉等等。二战前，几乎每个日本人都读过一些关于武士道的书，日本军人就更是把崇尚武力，崇尚勇敢，忠君爱国，不怕死等信条奉为圭臬。他们对于顽强勇敢不怕死的人，是最为推崇和钦敬的。如日本武士道的经典著作《武士道》（新渡户稻造著）这样写道："面对危险和死亡的威胁也不失去沉着的人，在大难临头时吟诵诗句，在面临死亡时吟唱和歌的人，我们赞叹他是真正伟大的人物。"在武士道的诸信条中，忠君、守节、不怕死是最突出的几条。如明治维新时的圣典《军人敕谕》这样写道："务求保持忠节，牢记义重于山，死轻于鸿毛（按：视死如归之意）。"上面这种种武士道的信条，被视为作为一个合格的日本军人的标准。

日本军人不但以这些标准要求自己，有时也转而用以评价敌军。于是，那些忠诚、守节、不怕死的敌军中的英雄，便可能成为他们尊敬的对象。狼牙山五壮士、杨靖宇、张自忠、仵德厚就是这样的人。武士道经典里所说的那种“面对危险和死亡的威胁，也不失去沉着的人”，那种“牢记义重于山，死轻于鸿毛”的人，日寇在狼牙山遇到了，在濛江县遇到了，在杏仁山遇到了，在娘子关也遇到了。他们的心被震撼了。但这些日本鬼子并不懂得，中国军人的忠节和日军的忠节，性质是完全不同的，也不懂得他们自己的勇武是侵略之勇，而中国军人的勇敢才是正义之勇，更不懂得中国军人若战死，是重于泰山，而他们若是战死，则轻如鸿毛。他们满脑子是武士道的标准，不仅用来衡量自己，也用以衡量敌军，他们只知道对方是军人，既然是军人，就要用武士道的军人标准去衡量。于是，他们便认定杨靖宇、张自忠、仵德厚和跳崖的五壮士是“中国人的英雄”，便向他们鞠躬，行礼。这一现象实际上一点也不奇怪，相反，倒是应当视作一种文化意识上的逻辑使然。

实际上，敬重敌方之坚贞者，蔑视敌方之叛徒，是古来世界上许多国家的军队和国家政治文化中的一个习惯性的意识。中国古代的政治文化中有“不事二主”之义，因此，中国的史书里便有褒扬忠贞的“忠义传”和贬斥叛徒的“贰臣传”。诚如史家张荫麟在《跋〈梁任公别录〉》一文中所说：“昔之创业帝王，于胜朝守节之士，固戮之辱之，及其修胜朝之正史，则必入之‘忠义传’；于舍旧谋新之俊杰，固笼之荣之，及其修史，则必入之‘贰臣传’。”（张荫麟《素痴集》）张氏所说的“俊杰”，实指那种所谓“识时务”的失节、迎降者，亦即所谓“贰臣”。他所说的“创业帝王”对待义士和贰臣的态度，以清王朝最为典型。史可法在扬州抗清死节后，清军统帅多铎“即令建史可法祠,优恤其家”。乾隆皇帝更是做诗赞扬史可法的忠义精神。他在诗中还道出了自己赞扬史可法的目的:“凡此无非励臣节,监兹可不慎君纲。”也就是希望臣下都能像史可法那样,忠君守节,效忠自己。对于明朝遗民,清廷的态度是,既重视防范,又加以尊重;而对降清的明朝大吏,则是既欢迎归降,又加以鄙视,将其写入《贰臣传》。由此可见,敌对和敬重并不一定是矛盾的。那些守节之士,虽是敌人,却可能受到敬畏、尊崇,那些叛徒贰臣,虽一时荣宠得意,实际上却受到轻蔑、贬斥。

这不仅是中国的政治文化观念,其实也是日本的政治文化观念。中国的儒家讲忠节,不事二主,而渊源于神道教天皇崇拜和中国儒家忠君思想的日本武士道更是讲这种观念。贯穿于武士道之中的最主要的道德标准,就是“忠节”二字。由此可见,日寇向“中国人的英雄”致敬的行为,并非偶然,而是有着深厚的政治文化观念上的原因的,是完全不奇怪的。而他们这样做,实际上也是为了借此教育和鞭策士兵,使之忠君守节,为天皇而拼死作战。

由上述三个理由,完全可以断定,老道长李海忠讲述的事,肯定是真实的。老道长的讲述,不但不是给日寇涂脂抹粉,反之,却是弘扬了狼牙山五壮士的伟大。狼牙山五壮士之伟大,不仅在于他们敢与日寇殊死搏战,“威武能不屈”,更在于他们能让骄横狂傲的日本法西斯屈节,令日寇在精神和气势方面从心里认输,这才是真正的惊天地,泣鬼神啊!

补遗:2010年5月18日《中国国防报》载有萨苏先生写的一文,是记新四军女特工舒赛同志的抗日事迹的。文中写道:“据我方记载,1943年底日军因兵力不足,将资福寺据点交给伪军驻守,舒赛利用懂得日语的特长冒充日酋进入该据点,缴了两个班伪军的枪!"接着这段话,萨苏又写了一段附记,披露了一段重要史实。文云:"写完这篇文章之后,我才知道,在舒赛镇定地走进资福寺据点的前一年,她曾在战斗中落入日军之手,受尽酷刑。但她的坚贞与勇气甚至征服了日军审判官松尾。松尾在调往南洋作战前,请舒赛为他题字。舒赛慨然写道:'醉卧沙场君莫笑,古来征战几人回。'署名'抗日青年'。松尾大受刺激,为此喝到酩酊大醉,对空狂啸,举刀自伤其臂,日军皆惊。"萨苏以上文字,我是在《作家文摘》上看到的。固然,报章文字不是史书,不一定十分严谨,但我相信萨苏所记的基本事实是真实的。这又是一个日本军人赞佩中国抗日英豪的例子。松尾,虽然握有屠刀,但他在心理上却完全失败了。他面对的是一个虽柔弱却有着逼人之正气的抗日女杰,他不得不敬服,不得不自愧不如。

又,《北京日报》2011 年 6 月 29 日《名将包森让日本天皇胆寒》(房山区档案馆、平谷区档案馆撰文)一文记:冀东军分区副司令员兼 13 团团长包森,曾智擒天皇表弟、宪兵大佐赤本,令日寇胆寒。1942 年在反日军围剿战斗中,包森牺牲。文章写道:包森虽死,但日伪军仍然惧怕他,日军听说包森的军队到了,便会摸着脑袋:"死了死了的";伪军们口角,常以"出门打仗碰上老包"为咒语。就连冈村宁次也哀叹:"到冀东如入苦海。"包森牺牲的消息传出后,日军一反常态,在所有报纸的宣传报导上,都去掉了污蔑攻击之词,作了"包森司令长官战死"的郑重报导。

为什么要这样报道?我想不外两个原因:一是表达敬畏自己的敌人的英雄气概,二是借此教育日本国民也要如此忠诚于国家。包森虽然令日军畏惧,但其英雄气概却为日军敬仰,因为英雄气概也是日军所需要、所提倡的。英雄气概终归是一种具有普遍意义的美德。

一把剪刀运动

从一本回忆抗战的书中，得知冀中妇女曾开展过反奸淫的一把剪刀运动。书中没有介绍细节，但“一把剪刀”几个字，却足以使人想见那运动的惨烈。

剪刀本是妇女的生活用具，但面对嗜杀嗜淫的日本兽兵，它成了抗敌的武器，或是自戕的工具。妇女要用剪刀来对付刺刀，要用这普通的生活用具来捍卫自己的清白，这是何其惨烈！

孙犁笔下的抗战文学可以使人看到一把剪刀运动中的妇女的心态。《荷花淀》里的水生要到队伍上去了，临行嘱咐自己的女人：“不要叫敌人汉奸捉活的。捉住了要和他拼命。”女人流着眼泪答应了他。《采蒲台》里那两位战士的妻子唱道：“我的年纪虽然小，你临走的话儿记得牢：不能叫敌人捉到！我留下清白的身子，你争取英雄的称号！”男人走了，鬼子来了，平日的依靠没有了，面对的却是虎狼般的兽兵。怎么办？“和他拼命！”“留下清白的身子！”这就是冀中妇女的回答。这是她们的绝命书，是她们拼死抗敌的宣言。

妇女的苦难历来是最深重的，战争中更是这样，她们面临的是被杀和被淫双重灾难，她们的痛苦比男人更重。一把剪刀运动是妇女反抗这种灾难的壮举,它的悲壮伟烈,决不亚于战士流血疆场。

中国素称礼仪之邦,妇女极重贞操,这种传统的伦理观念在一把剪刀运动中已具有了全新的意义。她们所捍卫的已不仅仅是自己的贞洁,更是民族的尊严,她们所表现出的节操,也决非传统的妇节,而是崇高的民族气节。

冀中一带是我的家乡,那里自古多慷慨悲歌之士,“风萧萧兮易水寒,壮士一去兮不复还”,谋刺秦王的荆轲就是从冀中偏西的易水边出发的,狼牙山五壮士也产生于冀中一带。抗战中的冀中妇女不让须眉,她们手执剪刀,五步流血,继承了燕赵古风,表现了北方人民坚强不屈的宝贵性格。她们与狼牙山五壮士同样的惊天地,泣鬼神。

美国人类学家本尼迪克特在其名著《菊花与刀》中,称日本的文化是“耻辱感文化”,说“日本人是以耻辱感为原动力的”,这个判断若用在普通日本人身上,大概不错,若用在日本法西斯军人身上,则显得极为滑稽。因为日本法西斯军人堪称一群嗜淫成性、无耻透顶的两足野兽,他们的嗜淫,即使在法西斯阵营中,大概也是第一的。郭沫若在《为日寇暴行告全世界友邦军人书》中这样评论日军的奸淫暴行:“奸淫殆已成为日军之经常行事,……此中惨状,有令文明人士未便形之于辞,公之于世者,日军竟能泰然为之,而毫不知耻。”日军正是这样一支践踏人类文明,背离人伦大道的野蛮军队。翻开那些滴血的日军暴行录,看看那些日军淫杀我国妇女的照片,即使是性情再平和恬淡的人,也会怒发冲冠!

冀中的妇女,中国的妇女,面临的正是这种被淫杀的危险,她们真正是到了“最危险的时候”,她们所开展的一把剪刀运动,所采取的种种抗暴行动,是在用自己的血肉构筑着捍卫自己的长城。

不该这样责难陆川

在批评电影《南京，南京》的不少文章中，有一种在我看来十分无理且耸人听闻的提问："陆川想要拯救谁？"某公的一篇文章（见于某晚报）还用它作为标题。

这是尖锐的质问，意思很清楚，是说陆川想要拯救日本人、日本鬼子。某公的这篇文章说："角川的正面形象渐渐树立起来了"，于是，"鬼子们整个都是好人啊"。又说："我想，日本人真的应该感谢这位陆川导演，花了中国纳税人近亿元的银两，在为自己的战争刽子手招魂呢！"把这几句话串一下，意思就是：陆川你弄了个先放人、后自杀的角川，这不等于肯定了整个日本鬼子都是好人吗？这不分明是在为刽子手招魂吗？还有一些激愤的文章，竟干脆把陆川称为"汉奸"。看着报上、网上的这类文字，我感觉这哪儿叫文艺评论呀，简直就是起诉书嘛！干脆把陆川送进秦城或提篮桥算了。

我断难苟同所谓"陆川想要拯救谁"之类的责问。

角川，不过是片中一个鬼子耳，怎么能因表现了他有一点良心发现，就说陆川要把整个日本鬼子都弄成好人呢？我怎么也看不出陆川有这个意思呀。片子里有那么多日本鬼子杀人、强奸，残忍屠杀的镜头一而再、再而三,怎么就当没看见呢?过去拍的《屠城血证》等片子里也有不少杀人镜头,但我看有些还赶不上《南京,南京》拍的残酷、血腥、撼人心魄,从而引起观众对鬼子的仇恨呢。比如,活埋了人又在上面用脚踩,那是多么惨烈的镜头啊,怎么就没看见呢?片子里有那么多做恶的日本鬼子,若是要列出名字来——姑且叫什么岗村、山田、铃木、酒井、山口、小野、山本、高桥、二阶堂、长谷川,等等,数得清吗?怎么会因为演了角川这么个角色,就推导出"鬼子们整个都是好人"的结论呢?做恶事,干兽行,是日本鬼子在南京的基本行为,这一点在《南京,南京》里反映得很清楚,怎么能因为有了角川的一点表现,您就给一笔勾销了呢?真想不明白。

其实,角川主要干的也是坏事,先攻城,后扫荡城里,再后来杀姜老师,不管他杀姜老师出于什么心理,反正一枪毙命,姜老师被屠杀了。角川这个角色,当然与其他只知疯狂杀戮的鬼子有点差别,但仅仅有了这一点差别,陆川就成了想要拯救日本鬼子的汉奸了吗?这是哪家帽子工厂生产的帽子?是否太大太重啦?

若说历史实况,南京大屠杀过程中有无角川这样的鬼子我不知道,但我相信日本鬼子也不是铁板一块,不都是一个模样,也会有些许差别。比如,日军的第十六师团(进攻南京的主力部队之一)就比其他部队要凶恶;在攻占南京的日本兵中,有许多老兵油子和浪人流氓,他们比其他类型的日本兵往往更坏。

我们都知道,日本鬼子信奉武士道,自杀的多,投降的少,但仍有不少鬼子被八路军俘虏后经教育成为坚定的反战同盟的战士。这说明,这些鬼子还有基本的人性和良心,否则,不要说是八路军,就是马克思亲自来教导他们也是没用的。《烈火金刚》不就写了个武男义雄吗?那是代表了一批人的。老舍的《四世同堂》里还写了个日寇占领军的家属同情中国人，谴责日寇侵略。揭露和谴责731细菌部队罪恶的电影《黑太阳731》，也有表现有良心的日军士兵同情“马路他”（供试验者）的情节。这些文艺作品中的具体情节未必为真，但却是以若干真实发生的类似史实为背景的。要知道，日本鬼子也是人，他们也有人的特性。人的特性是什么呢？依我看，以善恶论，人之善善于禽兽，人之恶恶于禽兽。我们看到，在军国主义、武士道的驯化之下，绝大多数日本鬼子都已成为做恶多端的“人中之禽兽”，或曰“人形禽兽”，而且比禽兽坏多了。我赞赏季羡林先生的话：把一些坏人比做禽兽，实际是对禽兽的污蔑。不是吗？人干得出来的一些坏事，禽兽是干不出来的。瞧瞧日本鬼子干的那些坏事，禽兽干得出来吗？但是，人终归区别于禽兽，恶人在一定条件下也可能会有不同程度的良心发现，如参加了反战同盟的日本鬼子、武男义雄、角川，皆如此。我国政府设立的战犯管理所之所以能够改造好一大批日本战犯，说明他们还是有能被改造的基因。

那么，进攻南京的日军中究竟有无角川之类的人？这需要考证，需要可靠的史料来证明。我手头没有这类资料。但从一般事理和逻辑上推断，角川这类人，可能会有的，但肯定极少。但即便少，在电影里表现一下也未尝不可，犯不上因此给陆川扣上一个想要拯救日本鬼子的帽子。角川故事，实际只是整部电影里的一个小的支脉，不应该被放大。有人认为是主脉，我看这多是某些电影家的眼光，一般观众未必这样看。角川之所以被人们高度关注，我看一个重要原因，是因为我们过去的作品里没有这类角色，所以，角川就特别显眼，特别扎眼。角川这个角色，有助于深化我们对战争和人类社会的复杂性、多面性的认识。

过去我们的某些影视作品中，不少鬼子的形象是被妖魔化了的，那样演，好处是能引起观众对鬼子的憎恨和轻蔑，坏处是看多了就会觉得不那么真实，不爱看了，甚至不信了，而一旦观众有了“假”的感觉，那宣传效果可就要大打折扣了。其实，“人中之禽兽”才是最可憎可怕的，因为他们是真实存在的，看得见，感受得着的。《亮剑》里的李云龙、魏和尚的日军对手，就很真实可信，那个砍死李云龙妻子的日本军官就尤其令人憎恨。《西游记》里的妖魔则并不那么可憎可怕，因为它们不是人间的妖魔。

某公的文章还责备陆川没让刘烨他们抵抗到底：“我一直期待着刘烨他们那一小群抵抗的战士能视死如归，可看来看去还是举手投降了，窝囊！”又说：“爷们儿呢？放了几枪后，还是举手投降，之后被绑着让机枪扫射。”又责备说：“陆川兄，你口口声声说的要表现的抵抗在哪呢？还不是尽可能的展现屠杀、无情、出卖、冷酷、奸淫？！”“中国男人的血性在哪儿呢？”

这都是些什么话？不但无理，而且语气轻佻，还带着讥讽。这岂止是在责备陆川？分明是在责备那些先抵抗后被屠杀，既英勇又可怜的我军战士。难道不是这样吗？

说陆川“没有表现抵抗”，这就奇怪了，那辆孤愤的坦克难道没让那么多鬼子丧命吗？刘烨他们那样英勇顽强地杀鬼子，难道不是抵抗吗？在抵抗无望的情况下，他们选择了做俘虏，这又有什么好责怪的呢？他们不是共产党的军队，大概没有受过“宁死不当俘虏”的教育，更没有做到“狼牙山五壮士”那种程度，他们只是根据眼前的情况自己做了决定。但这就应该苛责他们，说他们不像爷们儿，没有中国人的血性吗？其实，即使是新四军，在皖南事变中也有不少战士在不得已的情况下当了俘虏（一些人关进了上饶集中营），抗美援朝中，大批战士也因抵抗无望不得已做了俘虏，志愿军战俘多达两万余人。这是战争的残酷性和复杂性决定的，完全不应该去责怪这些战士。在当时的情况下，除了自杀，他们已经做了所能做的一切。就性质而言，刘烨他们和我新四军、志愿军战俘，与那种临阵脱逃、贪生怕死的逃兵和叛徒是有本质区别的，完全是两码事，两类人。他们都无愧是中国的血性男儿！

说刘烨他们"窝囊"，那么好，试看今日，国家机器何其强大，但遇到流氓抢劫杀人，有几个不窝囊的好汉站出来与之搏斗？当年林江集团骑在大家头上拉屎拉尿，又有几人像张志新那样不畏刀锯，挺身反抗？当时南京的战局，已呈鱼烂之势，我军处境之险恶，今人难以想象。试想，那些与日寇不共戴天而又与之死战多日的我军战士，如果不是万不得已，怎可能放下武器，束手就擒？

某公觉得刘烨他们的抵抗不过瘾，不解气，这完全可以理解，哪个中国人不希望南京守军能够抵抗到底，打败日本鬼子呢？但历史却不是这样。城破后，中国军人的抵抗终究是小规模的、零星的、无力的，而成为现实的则是大批我军无奈地成了俘虏。倘若按照某公的意思，或按照他的思路，片子里让我溃败之师总是抵抗，抵抗到底，那逻辑上就要发生问题，那样，哪来的大批大批的俘虏呢？"日军杀戮停止抵抗的军队"的控诉词，还能站住脚吗？"南京大屠杀"这件事还能成立吗？如果我溃败之师大多是战死的，日本人还有那么大罪责吗？那不就成了交战状态下的正常死亡了吗？如果把《南京，南京》拍得像《血战台儿庄》似的，日本右翼分子大概会乐坏的，他们会说："你看，你们自己都说是在战斗中被杀的，哪有什么屠杀？"当然，我这里是为了说明道理极而言之。某公谅之。

某公责怪陆川"没有表现抵抗"的同时，居然还责怪影片"还不是尽可能的展现屠杀、无情、出卖、冷酷、奸淫？！"那么请问，反映南京大屠杀的片子，不尽力展现日寇的屠杀、无情、冷酷、奸淫，又该尽力展现什么呢?

《南京,南京》当然也不是没有缺点。从报上、网上的一些文章看,缺点还是有的。但瑕不掩瑜,影片依然光彩夺目。一些观众对影片有些意见,原因是多样的,我看,用老眼光、老习惯来打量这部富有新意的影片是重要原因之一,对真史的隔膜也是原因之一。我们的观众,大都是看着小人书,看着打不死的英雄,看着妖魔样的反角走过来的,结果,有些人形成了一种怪异的心理:你演得真(包括事实的和艺术的真实),他反倒觉得假,他觉得他从前看到过的那个样子才是真的。记得当年演《红高粱》,里面有个剥人皮的镜头,有些观众看了不高兴,不习惯,说是"作伪","演的太残忍"。实际上,这个剧情是有历史根据的,而且真史要比演的严重得多。大概是导演估计到有人会提出质疑,就在影片的末尾,特意讲了故事的来源见于某县志。后来,人们逐渐对抗战时期的历史了解多了,也就没人再去责怪《红高粱》和发表那种幼稚的意见了。

历史题材的文艺作品,往往是把历史本身和艺术化了的历史纠结在一起的,所以二者往往不易分辨。这就需要了解真实的历史。对于《南京,南京》这样的历史题材的影片,如果想要做出准确的评价,就必须了解相关的历史实况。关于南京大屠杀的历史实况,我认为,历史学家和有关部门有责任让世人了解得更多。

"陆川想要拯救谁"?我看他谁也没想拯救。他就是想做一部对历史负责,谴责侵略战争的罪恶,慰籍死难同胞,并督促日本人认账的片子。陆川成功了。《南京,南京》是一部当之无愧的爱国主义的影片。

念兹痛史断人肠

最近,中央电视台播放了电视剧《洪湖赤卫队》,片中涉及到了当年湘鄂西苏区左倾“肃反”的历史,引起了观众的注意。湘鄂西“肃反”的核心人物是夏曦,他所制造的“大肃反”给湘鄂西苏区和红军带来了极其惨痛的灾难性后果,可谓时人闻之色变,后人念之断肠。在中共党史上,夏曦是个著名人物,但这个“著名”主要是恶名昭著,原因就是他曾干过“大肃反”这件大坏事。关于夏曦,我看过不少文献材料,包括学术论文、人物传记和媒体介绍。其中一书一文给我的印象最深。一书是刘秉荣同志写的《贺龙大传》(同心出版社 1999 年出版),书中包含着大量的夏曦史料;一文是李诚同志写的综合性述评《夏曦:湘鄂西“大肃反”制造者》,(见于 2010 年 7 月 27 日《作家文摘》)。下面就根据这些文献材料(引述时不一一注明),谈谈夏曦其人和他所犯的“肃反”错误。

一

王明、博古当政时期,夏曦因攀附米夫和王明而得势,成为党内的一个炙手可热的权势人物。他是所谓“二十八个半布尔什维克”之一。1932 年，夏曦任湘鄂西苏区中央局书记，兼任肃反委员会书记，在此任上，他以抓所谓改组派、托派、AB 团、第三党、取消派之名，杀害了大批红军将士，造成了湘鄂西苏区的极大危机。贺龙曾说，夏曦的“肃反杀人，到了发疯的地步”。

在被夏曦杀害的人中，单是师级以上的红军高级干部，就多达 11 人。其中最有名的是段德昌和柳直荀。段德昌是著名的红军将领，彭德怀的入党介绍人，曾任红六军军长、红三军第九师师长。他是中央军委确认的我军 36 位军事家之一。毛泽东签发的第一号《革命牺牲军人家属光荣纪念证》，就是发给段德昌家属的。柳直荀也是著名红军将领，曾任红二军团政治部主任兼红六军政治委员、红三军政治部主任。毛泽东《蝶恋花·答李淑一》词中所吟的“我失骄杨君失柳”之“柳”，就是柳直荀。我党著名的革命老人谢觉哉，时任湘鄂西省委秘书长，也被夏曦列入杀人名单，只是因他被敌军所俘，关在敌营中，才幸免一死。湘鄂西苏区创始人周逸群和贺龙也受到夏曦的怀疑。贺龙险些被当作改组派肃掉。周逸群则在牺牲以后还被夏曦怀疑为“并没有死，还在当改组派的主要头头”。活跃在湘鄂西根据地的红三军，鼎盛时多达两三万人，但经过夏曦“肃反”，加上牺牲和逃亡，只剩下三几千人。夏曦还在红三军和湘鄂西苏维埃中进行“清党”，清到最后，只剩下“三个半党员”，三个党员是关向应、贺龙和夏曦自己，半个党员是卢冬生（因卢只是中央派的交通员，只能算半个党员）。夏曦一共搞了四次“肃反”，本来还想搞第五次，但被中央制止，仅其中第一次，据贺龙回忆，“就杀了一万多人”（但夏曦却向中央报告说“处死百数十人”）。当撤离洪湖苏区时，夏曦下令政治保卫局将“肃反”中逮捕的所谓“犯人”一半枪决，一半装入麻袋系上大石头抛入洪湖活活淹死。传闻当时吓得渔民不敢下湖捕鱼，因为常捞上死尸，湖水甚至变了颜色。解放后多年,洪湖里还能挖出白骨。

邓小平同志曾经慨叹,“左”的东西很可怕,好好的一个局面,也会让它给断送掉了。每当看到小平这句话,我就会想起夏曦的“肃反”。真是念兹痛史断人肠啊!

二

从《贺龙大传》及《夏曦:湘鄂西“大肃反”制造者》等文献材料提供的情况看,夏曦的“肃反”杀人,有三个特点,一是肃反理论极端错误,二是抓人杀人的理由非常荒谬,三是太残酷。

先看夏曦的肃反理论。《贺龙大传》记有一段夏曦与关向应谈论肃反方针的对话:

> 关向应说:“肃反不能停,不过,杀人要慎重。”
>
> 夏曦说:“宁可错杀,也不使改组派漏掉一个。”

“宁可错杀,不使漏网”,这就是夏曦的肃反理论。这个理论,完全背离了实事求是的原则和起码的法制原则,是极端错误的,说好听一点,是宁“左”勿右,其实,实质上就是法西斯杀人理论。谁都知道,蒋介石法西斯蒂的“清共”名言是“宁可错杀一千,不可放走一个”,夏曦的杀人理论与之何其相似。法西斯杀人,是完全不讲法制原则的,为了达到目的,可以采取任何邪恶手段,不惜胡乱杀人。也许有人会说,夏曦杀人与蒋介石杀人的出发点不同。这当然不假,但在胡乱杀人这一点上,却绝无二致,而且,在杀戮红军的结果上,二者更无不同。要说不同,就是夏曦杀了段德昌、柳直荀等大批红军将士,这是蒋介石想做也做不到的。正因为如此,当时就有红军干部把夏曦称作“国民党刽子手”。

再看夏曦抓人杀人的一些理由。卢冬生是红军著名将领，曾任湘鄂西独立师政委和师长，有一段时间，他率两营人马打了许多胜仗，大家都为之兴奋，夏曦却因此怀疑起卢冬生，他对关向应说："卢冬生只有两营人马，竟战绩如此之大，而我们红三军两万多人，竟被敌人追得无法立足。我怀疑卢冬生有问题，他扩大的军队，会不会是敌人故意安插的，卢冬生会不会为敌所收买?"经过关向应劝阻，夏曦才没有抓卢冬生。夏曦居然有如此荒谬和怪异的思维逻辑：打了胜仗，消灭了大量敌军，却成了投敌的证据。天下哪有这样投敌的呢？明代民族英雄袁崇焕打了胜仗，也被认为是投敌，但那是因为皇太极施了反间计，多少制造出了一些"证据"，而夏曦呢，则完全是无端地凭空怀疑。

夏曦的荒谬还特别表现在他罗列段德昌的罪证上。夏曦认定段德昌是改组派，根据何在呢?《贺龙大传》写道：

> 夏曦面目一沉说："种种迹象表明，段德昌是改组派的首领!"
>
> 贺龙说："段德昌出生入死为革命，哪个不知，哪个不晓?"
>
> 夏曦说："这正是改组派的狡猾之处，他们善于用伪善的面孔蒙蔽人。"
>
> 贺龙问："你有什么证据?"
>
> 夏曦说："证据就是打了败仗。"

夏曦所说的两条理由，都是极其荒谬的。试问，为革命出生入死，倒成了狡猾伪善，成了是改组派的证据，难道贪生怕死，倒成了不狡猾伪善和忠于革命的证据吗？所谓段德昌"打了败仗"，是指贺龙率部与敌军周燮卿旅作战失利的事。此役失败的责任，本在夏曦指挥上的失策,但一向争功诿过的夏曦却怀疑是段德昌暗中通敌所致,于是便把“打了败仗”作为证明段德昌是改组派的证据。这又是在凭空猜想。前面说过,卢冬生打了胜仗,夏曦认为是卢冬生在伪装,到了段德昌身上,他又认为打了败仗是因为段德昌通敌。总之,不论是打了胜仗,还是败仗,反正都证明你是坏蛋,是反革命。这种随心所欲,反复颠倒,“欲加之罪,何患无辞”的整人伎俩,完全是封建衙门中的酷吏和恶师爷的卑劣手法。

再看夏曦的残酷。段德昌、王炳南、陈协平是三位战功卓著的红军将领,王是湘鄂边红军和根据地创建人,曾任洪湖独立师师长,陈曾任红三军教导第一师政委,但夏曦却无端怀疑他们是改组派。为得到所需口供,夏曦不惜对他们施以重刑。夏曦曾对手下人下令:“这三个人极其顽固,段德昌被打得昏死数次,王炳南一条腿被打断,陈协平十指打折,可他们什么也不招。对他们,我们还要用重刑,一定撬开他们的口。”如此残酷地用刑,与明朝的厂卫大狱和国民党的渣滓洞、白公馆有何区别?当段德昌知道自己将被处死时,提出一个要求:“如今红三军子弹极缺,杀我时,不要用子弹,子弹留给敌人,对我,刀砍、火烧都可以。”这是多么伟大的气概和人格,苍天也要动容,鬼神也会俯首,但这却没能撼动夏曦,夏曦竟然真的就下令用刀把段德昌砍死了。王炳南、陈协平也在段德昌死后被立即处死。王炳南被杀前已被打断双腿,是被人架着砍死的。夏曦还曾在十几天之内抓捕了数百名所谓改组派分子,然后十人分为一组,用铁丝穿透肩胛骨,到各村寨游街,其中不少人死在路上。夏曦竟还亲手杀人,他身边 4 个警卫员,被他亲手杀了 3 个。贺龙曾经用“恐怖”二字形容湘鄂西的“肃反”,那的的确确是恐怖啊!贺龙曾经哀求夏曦:“老夏,不能再杀了,再杀就杀光了。”夏曦听后,只是默然而已。

险些被夏曦杀掉的谢觉哉，对于“肃反”的感受是刻骨铭心的，他专门写过一组诗，谴责夏曦的“肃反”错误。诗曰：

“好人”不比“坏人”贤，一指障目不见天。
抹尽良心横着胆，英贤多少丧黄泉。

愚而自用成光杆，偏又多猜是毒虫。
一念之差成败局，教人能不战兢兢。

自残千古伤心事，功罪忠冤只自知。
姓字依稀名节死，几人垂泪忆当时？

黑名单上字模糊，漏网原因是被俘，
也须自我求团结，要防为敌作驱除。

一字一句，仿佛都是蘸着血和泪写成的。“抹尽良心横着胆”，这是多么强烈的谴责之词！“自残千古伤心事”，“英贤多少丧黄泉”，这又是多么沉痛和愤懑的心声！

三

夏曦何以能如此胆大妄为，一手遮天，无人能够约束？原来，按当时党内规定，夏曦有“最后拍板权”。贺龙说过一段很无奈的话：“哪怕所有的人反对，只要中央分局一个人赞成，也必须按书记的决定执行，非服从不可。捕杀师、团干部，我和夏曦争，从来争不赢。”争不赢是当然的，因为制度早就定下了赢家。面对一个被赋予了“最后拍板权”的人，你就是再有理，就算是真理的化身，又有什么用？而具有“最后拍板权”的人，哪怕思想再歪，品质再坏，你对他又有什么办法？所谓“最后拍板权”，实质就是党内独裁。贺龙和独裁者争，哪能争得赢？

1934年底，红二、六军团会合后，夏曦的“肃反”被制止。起初，夏曦并不认错，但后来终于承认自己有很大的罪过，他说了一句沉痛而又回归天良的话：“肃反”乱杀人，“是一笔还不了的账”。对于夏曦何以会犯如此重错，党内斗争何以会发生如此惨剧，许多党内高层领导人都发表过自己的看法，廖汉生认为，夏曦之所以犯那样严重的错误，有他本人的原因，也有中央的原因，因为这是一个路线问题。薄一波前几年写了一本谈党史人物的书《领袖元帅与战友》，转述了贺龙的看法，贺龙说：“为什么党内会发生这样‘左’得出奇的过火斗争和内耗事件？原因很复杂，有宗派问题，有路线问题，也有个人品质问题。而夏曦在这三个方面都有严重问题！”这是一个相当重要的见解，不仅解释了夏曦个人犯错误的原因，也触及到极左现象的发生与领导人个人品质之间的联系问题，极有启发性。实际上，从大量历史事实来看，许多搞极左的人，个人品质都很成问题，夏曦可以说是一个典型。

关于夏曦的死因，有若干种说法，比较可信的说法是，1936年2月在长征路上，夏曦因前去劝说一支离队的队伍，途中落水，有些战士看见了，本可相救，但因对夏曦的“肃反”乱杀人非常气愤，所以没人愿意去救他，夏曦终至溺水身亡。这无疑是夏曦的悲剧，但也是他多行不义的结果。1984年，湘鄂西苏区革命烈士纪念馆落成，夏曦的照片也挂在墙上，他被认定为烈士。但是，前来参观的前红三军老战士人没有忘记夏曦当年的劣行，他们火气十足地指着照片，数落不休。看来，当年夏曦落水，战士不救，极可能就是夏曦的真正死因。

当然，夏曦终究是个共产党员，是个革命烈士，虽然有严重缺陷。通观夏曦一生，他还是做过不少好事的，应当实事求是地给予肯定。他参加过南昌起义，当过中央委员和湖南省委书记。萧克将军说，不能因为夏曦犯过严重错误就将他全都否定，说的一无是处。又说，夏曦是新民学会会员，早期是与毛泽东一起工作的。八七会议后，李维汉调到中央工作，夏接任湖南省委书记，与郭亮、柳直荀等坚持地下斗争是有贡献的。萧克对夏曦总的评价是六个字："两头好，中间错"。两头好，指犯错误之前的贡献和认错之后的表现；中间错，即所犯的"肃反"错误。贺龙对夏曦也有六个字的评价："两头小，中间大"。虽也是一分为二，但错误的分量是相当重的。

四

回眸夏曦"肃反"，自然联想起"文革"浩劫。"文革"，实际是在续写历史上的左倾"肃反"错误。贺龙在"文革"发动不久曾向夫人薛明谈起过湘鄂西"肃反"，他是把"文革"比作湘鄂西"肃反"的。但实际上，"文革"所酿成的巨祸，远远超过了湘鄂西"肃反"。多少老革命，没有死在战场上和敌人的黑牢里，而且逃过了当年的左倾"肃反"，但却死在专案组、造反派的手中。贺龙没有死在夏曦手里，却死在"文革"浩劫中，贺龙终究没有逃过"左"祸。"文革"浩劫与夏曦"肃反"，表面上看没有什么联系，实则有内在的一致性，二者政治上、思想上的许多逻辑是贯通的。

最近，从报纸上得知，在夏曦溺亡的地方，建起了一座高大的纪念碑。看到这个消息，我心里很不是滋味。夏曦对革命，对党和红军造成了那样大的危害，很难说是功大于过，也值得建那样规模的纪念碑吗？而那些被夏曦杀掉的红军高级将领也都有类似的待遇吗？即便说可以建吧，我不知道碑文是怎样写的，是否写上了夏曦所犯的严重错误。我认为，应该写上，必须写上。因为：第一，人无完人，烈士也不一定就是完人，没有谁规定给烈士写碑文只可言功，不能言过。第二，夏曦所犯的错误不是一般性错误，是极为严重的“犯罪性”（通常党内做检查时常说的“是对党和人民的犯罪”）错误，夏曦是一个制造了大批烈士（被冤杀的烈士）的烈士。第三，夏曦的错误具有极大的警示性，应当让今人见碑文而思痛史，从中汲取教训。

满天风雨满天愁

有这样一本回忆录，读了以后，仿佛耳边有风雨作响，旧诗中的“风雨之词”——“山雨欲来风满楼”，“满城风雨近重阳”，“黑云压城城欲摧”，“秋风秋雨愁煞人”，“满天风雨满天愁”，一齐奔入脑际。这本回忆录，就是刘冰同志所著的《风雨岁月：1964——1976年的清华》（当代中国出版社2008年版）。读着书中那些惊心动魄的历史情节，特别是曾经震惊全国的“刘冰上书事件”，仿佛又回到了那段黑云翻滚、风雨如晦的岁月中。那段岁月，不仅是刘冰所经历，清华所经历的，更是中华民族所经历的。那真是一段“满天风雨满天愁”的岁月啊！

披露“刘冰上书事件”的内情和细节，是这部回忆录最核心、最重要的内容。刘冰作为这一事件的最主要的当事人，他的回忆无疑具有权威性，是无可替代的第一手材料。刘冰上书，指刘冰牵头，与惠宪钧、柳一安、吕方正一起，两次写信给毛泽东，状告迟群、谢静宜。这次上书，具有重大的政治斗争性质，是我党正义力量向邪恶力量发起的一次进攻。迟群当时是清华大学党委书记，一把手，刘冰是副书记。谢静宜当时是北京市委书记。迟谢二人自称是“主席的两个兵”，权势煊赫。信是由小平同志转的。毛泽东阅后批示说，“他们信中的矛头是对着我的”；又说，“小平偏袒刘冰”。毛的批示，不仅批评了刘冰等同志，也批评了小平同志。对小平的批评，实际成为后来“批邓反击右倾翻案风”运动的先声。这是一起颠倒是非的冤案，“文革”后，又颠倒了过来。

刘冰写信告了迟群什么？当年传达“刘冰上书事件”时，并没有公布信的内容。这次《风雨岁月》出版，作为书的附录，刘冰写给毛泽东的两封信，都公布了。阅读了两信后，产生了一个强烈印象：原来这个号称“主席的两个兵”之一的迟群，竟是一个地道的政治流氓。此人政治道德和生活道德皆败坏，政治上心术邪恶，权欲极重，手段阴毒，生活上堕落腐化，污秽不堪，可谓无信无义又无耻。过去每说及“四人帮”，总说王洪文是政治流氓，实际上，江青就不是吗？张春桥、姚文元就不是吗？都是。在“四人帮”的爪牙中，政治流氓就更多了，如陈阿大之流。这个迟群，也是“四人帮”爪牙中的一个政治流氓。若是细细给“四人帮”及其爪牙定性，他们除了是反革命集团，还是一个政治流氓集团。

最近有人著文提出一个问题：假如流氓气极重的顾顺章没有叛变，活到解放后，会怎样？我想，以顾顺章的资历，身居高位是不成问题的，但他的政治流氓本质，必然会给国家、民族带来巨大危害。这虽然只是假设，但从王洪文和迟群这些政治流氓的身上，多少可以想见顾顺章如活到解放后会是什么样子。有人说，顾顺章叛变事件，可以启发人们思考“革命与流氓”这个问题，这话不错。同样，“四人帮”、迟群之流祸乱神州，不是也能启发人们思考这个问题吗？

“文革”中，教育界遭遇灭顶之灾，但“沧海横流，方显出英雄本色”，刘冰等同志在这场灾祸中，堪称英雄好汉。刘冰被打成“黑帮”，被残酷折磨，但他决不屈服，决不自诬诬人；他敢于怀疑

“文革”，抵抗“两个估计”，决不向这些谬误投降；他敢向势焰熏天的所谓“主席的两个兵”斗争，直至给毛泽东本人写告状信；他面对领袖的误解和一些高层领导的冷漠，没有沮丧灰心，而是坚信党早晚会把事情搞清楚；他曾写下遗书，随时准备赴死，而决不向邪恶乞怜求生。刘冰所遭遇的重压，真如泰山一般，特别是领袖的误解，天下能有几人承受得了？但刘冰没有弯腰俯首，心更没有被征服。在政治局会议上，他虽然做了“检查”，但书中披露的真相告诉我们，那不过是一种姜维式的策略。

刘冰挨了那么多整，但对整过他的那些糊涂的善良人，却报以宽恕，甚至还为这些善良人的错误行为做客观分析，说公道话。他写道：“在那样严重扭曲了的政治环境中，诚实善良的人们出于某种策略上的考虑，有时也会行为与目的相脱节，甚至发生‘煮豆燃萁’的不幸情况。‘渡尽劫波兄弟在，相逢一笑泯恩仇’。我愿本着‘宽以待人，严于律己’的精神，汲取历史教训，团结一致向前看。”恩仇，就是这样消泯在刘冰宽广的胸怀中。

刘冰固然在“文革”中挨过很多整，但自己也并非全无一点错误，他说过违心话，做过违心事，“文革”前也整过人。这些，刘冰在《风雨岁月》里都坦陈了，也自责了。他不像某些文过饰非者，在“文革”等运动中“左”过，甚至犯有罪过，却总想一床锦被盖过，好像自己从来都正确；也没有像另一些人那样，因为曾向极左势力做过斗争，就一笔勾销自己在某些运动中乱整人的历史。刘冰在书里郑重表示：“对于过去在政治运动中经我手处理错了的同志，或者不是经我手而处理错了的同志，我都有责任，在这里我向同志们表示诚挚的道歉。”如此严苛地认错责己，非有大器局者不能做到。

政治局会议是我党核心会议，但具体怎么开，一般人难知其详。早闻小平同志“文革”复出后主持政治局会议时，“四人帮”经常在会上兴风作浪，但具体情形如何，未见有人做过披露。刘冰上书后，毛泽东让小平召开政治局会议讨论有关事宜，并让刘冰列席接受“帮助”。这样，刘冰就在《风雨岁月》里记下了当时政治局开会的一些珍闻。

由于有“小平偏袒刘冰”的最高指示，所以，小平同志名为主持政治局会议，实则是挨批，会议的主动权被“四人帮”及“联络员”毛远新所操控。会前，小平与张春桥曾一起听过毛泽东的一些指示，小平做了一些记录，但因耳背没有记全；在政治局会议上，小平把自己记的两片纸放在张春桥的茶几上，说：“我耳朵背，记不详细，请你把主席讲的整理一下。”张春桥竟狂妄地说：“我不整理，我没有记。”列席政治局会议的，还有胡耀邦、胡乔木、周荣鑫、李昌。王洪文大批胡耀邦、周荣鑫说：“你们和无产阶级专政下继续革命背道而驰，教育部不搞教育革命，专讲一些旧观点、旧思想，搞旧的一套。”姚文元也在一旁帮腔说：“报纸的记者也有反映，群众对你们有意见。”江青怎样表现呢？她“时而坐在沙发上，时而离开座位在会场旁边走动，嘴里嘟囔着，有时猛然提高嗓门，阴阳怪气说几句什么”，内容都“是给王、张、姚打气的”。胡乔木说了一句“刘冰同志的第二封信是我送给小平同志的”，江青立即用尖厉的声音喊到：“乔木！你反对毛主席呀！我现在才知道。”由于毛泽东的批示是批评小平和刘冰的，所以有些政治局委员即使在心里支持小平和刘冰，也敢怒不敢言。耀邦同志是唯一直言反抗“四人帮”的与会者。他针对王洪文的一些指责，做了坚决的抗辩：“王洪文副主席对我讲了许多话，我在这里声明，他说的那些问题，说我说了什么话，我都郑重表示，我没有那些问题，也没有说过那些话，请求中央查证。”王洪文无言以对。

这是风雨岁月中的一次政治局会议的真实片断。它让我们看到了那时我们党处在一种怎样艰危的时期,那时“四人帮”的气焰是多么嚣张,小平同志和许多主持正义的同志处境是多么艰难。十年风雨岁月,诚为共和国历史上“最危险的时候”!

写历史不能不写人物,写人物自然要写人物姓名,这是史书写作的通例。但不知从何时开始,我国不少史书甚至回忆录在陈述史实时,常常隐去一些人物的名字,使读者一头雾水,无法了解历史真相。据说这是因为有些人物“敏感”,或有些人物虽做过坏事,但仍属好人,一提他们曾做过坏事,就侵犯了他们的“名誉权”。这样的理由,对于历史著述来说,根本不能成立,那种隐去人物真实姓名的史书还叫史书吗?所写的历史还是真史吗?

《风雨岁月》就不是这样。此书凡写到人物,必直书其姓名,坏人的姓名直书自不必说,好人做了坏事,也同样直书姓名。例如,在整个上书事件过程中,刘冰曾两次按照组织原则给当时的北京市委书记吴德写信并请求接见,但吴德的态度很冷漠,不支持,不理睬。书里如实记述了事情的过程,并明确写上了吴德的名字。又如,周赤萍是解放军中将,战功显赫,但在担任清华大学工作组负责人时起劲地抓“黑帮”,整老干部,“左”得很。书里如实记下了他的劣迹,且明确写上了周赤萍的名字。(另据材料,周后来与林彪事件有牵连,再后来安度晚年)《风雨岁月》这种秉笔直书的笔法,正是正宗的太史公笔法,亦即忠于历史事实的笔法,用共产党的语言说,就是唯物的、实事求是的笔法。

史书的主要功能之一是彰善瘅恶,记下人的功绩,便是记功碑,记下人的劣迹,便是耻辱柱。“孔子成《春秋》而乱臣贼子惧”,人做了坏事,写入史书,就会留下千古骂名,人心畏此,便会不做或少做坏事。所以,对于那些做了坏事而又必须写入史书的人,必须如实写上其姓名,这样才能起到警世作用。否则,做了坏事,天地间不留一丝痕迹,不受历史的谴责,那谁还怕做有负于历史的事呢?《风雨岁月》指名道姓地书写历史,必会起到彰善瘅恶的作用。

刘冰在《招来横祸》一章中,记录了他与妻子苗既英的一次谈话,让我不禁心头一震,油然想到"两个凡是"的可怕。毛泽东关于刘冰告状信的批示下达后,苗既英对刘冰说:"按这个批示,就会给你定成反对毛主席,反对毛主席就是反革命呀!批示如果编在'毛选'里,那我们就永世冤枉吗?我看不能。我们要活下去,在世时不能翻案,也要告诉我们的孩子为你翻案。"苗既英的担心,是完全合乎当时政治斗争和意识形态的逻辑的。她最担心批示被编入《毛选》,因为如果那样,刘冰就是板上钉钉,永世遗臭的坏人了。

批示未及编入《毛选》,"四人帮"就被粉碎了。但马上又出来一个"两个凡是"。小平同志说,如果按照"两个凡是",自己就不可能出来工作。刘冰当然更是如此,按照"两个凡是",刘冰的案是永世不能翻的,就是刘冰变成愚公,他的子子孙孙也翻不了。全国那千千万万的冤案,当然也都翻不了。明明是黑白颠倒,但按照"两个凡是"去办,也不能再颠倒过来,这就是"两个凡是"的可怕。我常想,幸亏当初否定了"两个凡是",不然中国现在会是个什么样子呢?所以,我要赞美否定"两个凡是"之决策的英明。今年,有不少人写纪念改革开放30周年的文章,常提到当年否定"两个凡是"的斗争。读着这些文章,再品味一下刘冰夫妇的对话,真是感慨万千。

2008年6月20日初稿

2009年1月3日改定

光明俊伟张将军

《从战争中走来——两代军人的对话》这本近500页的书，我断断续续看了大约两周，因此书而失眠。书的装订线都快掉下来了，像是韦编三绝。这是一本值得失眠去读的书。

初看这本书，像是报告文学，实际不是，这是用新写法写的张爱萍传。这本书有个特点，就是作者张胜把自己放进去了，他是传主身边的人，写这种口述史学最有条件。司马迁写李广列传，是有过采访的，他写“余睹李将军，循循如鄙人”，张胜写他父亲，则是“余睹张将军”，如何如何。这本传记，与完全凭文献资料写的传记不同。司马迁写史，是把议论和记述分开的，议论就是“太史公曰”那一小段。张胜把议论和记述结合起来写，我觉得挺好。文体是人定的，过分拘泥于传统文体会限制人的思想。这种写法，让我感到翻到哪页都很可读，都有史料和议论。

我想从三不朽的角度写篇读书札记。中国古代评论人，讲三不朽，立功、立德、立言。张将军，从中央苏区到皖东北，到后来创建海军，再到领导两弹一星和航天事业，功劳非常大，这个大家都知道。我考虑主要是从立德上写。立言不好多讲，因为张爱萍不是理论家，但是，他的很多言论又很有真知灼见。我想主要写他的立德。有人可能觉得,道学家、儒家才讲立德,也可能有人觉得这方面没什么可讲的,其实大不然。我觉得在中共党内,尤其是这几十年来,中共党员怎么立德其实关系非常之大,甚至对中国的历史进程有很大影响。“文革”演为浩劫,绝对与德有关系,大有关系。我想评说一下张将军的个性和人格。这本书上有三位领袖对张将军的评语,大家都看到了。再一个是张胜的评论。他说,父亲是一个刚烈的人,一个率直的人,一个透明的人,一个孤傲的人,一个服从真理的硬骨头,一个天真的共产主义者。我也对张将军的个性和人格做了一下总结,八个字:光明俊伟,顶天立地。张胜的话有一句最经典,就是说张将军是个只服从真理的硬骨头。耀邦同志曾跟张胜说,你父亲就是这样,即使毛泽东错了,他也敢反对!说实在的,我党高干里面有多少是这样的?如果多一些像张将军这样的只服从真理的人,我想历史会改写,“文革”也不会搞,即使搞也不会搞成这种稀烂肮脏的样子。

孔子讲,“载之空言,不如见之行事之深切著明”,我的读书札记想多举些例子。比如,关于做官和升官的问题,凡人和庸人多唯恐自己官位不高,可是张将军不同,他有句话让我有些吃惊,且顿生敬意。十一届二中全会,很多军队同志提议张爱萍进政治局,后因各种原因没进去。小平同志对提议的同志说,你们不知道,爱萍是不在意这个的。张将军虽对进不进政治局不在意,但对小平这句话非常在意,说,小平同志是了解我的。张胜曾跟父亲争辩,说还是应该进政治局,张将军说了这样一段话:“政治局是什么,是领袖,党的领袖!毛泽东、总理、少奇同志、任弼时、彭老总,还有老帅们,他们这些人才能进政治局,才是领袖,我们这些人都是做具体工作的。”张胜不服,说不让你进,是怕你进去搅局。张将军一下被惹恼了,说:“不知耻,要你进你就进啊,自己有多大点本事还不知道啊，位置再高，不干事，不也照样挨老百姓骂吗？”我觉得，这样一种价值观念，现在还有多少人有？还有多少人信？

读此书，我还想到一个问题，就是在党内生活和国家政治生活中，党员特别是高级干部，总要面临一个考验，就是在不同观点和不同政见的分歧当中，你是认理还是认人？是服从真理还是服从权势？历史上不少高级干部都在这个问题上没处理好，栽了跟头。不跟真理跟林彪的，上“贼船”了。不跟真理跟“两个凡是”，又犯了僵化错误。你不认真理，怎么都会犯错误。但要讲真理，就可能付出代价，张将军为此付出的代价就非常大。吴法宪，书里提到了，他是跟人的，不跟理。在这方面，张胜记下了将军的很多警句，“我谁都不跟，只跟随真理”，“没有真理，任何人都不能让我低头”，等等。我从网上查到，有人写过张爱萍的人格，原文尚未看到，但我估计这些文章不会象张胜写得那么丰富具体，因为儿子了解的情况会更多些。

传记告诉我们，在张将军心目中，真理是高于一切的，他认为，领袖和党也要服从真理。这是《国际歌》的思想。“要为真理而斗争”，“从来就没有救世主，也不靠神仙皇帝”。《东方红》的“大救星”观念与《国际歌》是不同的。《东方红》体现的是农民阶级的朴素感情，有历史合理性，但不科学，容易助长帝王思想。《国际歌》是巴黎公社的悲歌，工人阶级的战歌，体现的观念是正确的科学的。现在有的报纸，在报道群众性活动时，爱突出大唱《东方红》的情景，用大版面、大标题，单独把这突出出来。这恐怕不妥当。有些群众唱，因为有感情。但宣传上还是应该理性些，应该讲政治，讲唯物史观。我觉得，张将军的思想是真正的无产阶级思想，不少人包括某些很高级的领导人脑子里仍保留着农民起义的思想。

张将军的人格是怎样形成的？我总结了四条。一是马克思主义的熏陶，马克思主义最讲真理，最求实求真。再一个是中国优秀传统文化的影响。张将军讲话爱引孟子讲的“富贵不能淫，贫贱不能移，威武不能屈”。一次在新四军中讲什么是战士，他说战士就应该像孟子说的这样。“文革”期间，造反派要打张将军，将军抄起板凳便要自卫。张将军说：“三军可以夺帅，匹夫不可夺志”。这是孔子的话。第三点，我觉得张将军受彭老总的影响比较大，张将军自己也说：我有两个老师，彭总教我做人，总理教我做事。张胜在书里写了一句话，我觉得很启发人，说彭老总带过的干部很多是刚正不阿的。确实是这样。黄克诚是这样，胡耀邦是这样，张爱萍是这样，钟伟是这样。最后，我觉得张将军的人格中，有“五四”的精神气质在。但来源和路径是哪里，我还没研究。

这本书披露了好多新史料，有些让我看了震惊。书里说，当年，毛泽东决定毛远新为自己与政治局之间的“联络员”，“邓小平听到决定的一刹那，反应非常强烈”。我第一次见到这个说法。我想，只有身在政权中枢且有深刻洞察力的人，才能深刻体会到设置这么个联络员，会对中国政局产生怎样的影响，小平同志就是这种有深刻洞察力的人。从这条史料中，我看到了当年小平同志与“四人帮”的斗争，是多么激烈和艰难！

（此文原为在《从战争中走来——两代军人的对话》一书座谈会上的发言，后整理成此文。）

读满妹回忆录杂感

在北京出版社举办的《思念依然无尽——回忆父亲胡耀邦》一书座谈会上，我有个简短的发言，大意是说，耀邦同志的思想很新，耀邦的人格很高尚。但并没对这本书本身评论什么。因为书刚从会上得到，未及细读。细读这本书，是在座谈会之后。会上，我有幸见到了耀邦的女儿、这本书的作者满妹，并请她在书上签了名。满妹长得有点像父亲，性格就更像了，坦荡、热情、开朗、真诚。德华也到会了，他的发言话不多，但给我留下了很深的印象，大胆、深刻、有见识，完全是父亲影响下的谈话风格。到会的学者，给我留下最深记忆的是龚育之先生，他是由夫人孙小礼搀扶着到会的，听说他因为严重的肾病正在做透析，但还是坚持来了。从龚先生蹒跚的步态中，我看到了龚先生对耀邦同志的敬重，也感受到了耀邦精神的巨大感召力、聚合力。

满妹的书，虽说是回忆父亲的，但并不只是写耀邦个人，而是同时写了相关的大历史。因为耀邦的生平与国家的大历史是融合在一起的。写耀邦，不能不与国史合二为一地写。耀邦的史料，实际也就是国史的史料。满妹回忆父亲，实际也就是在写国史的史料。满妹有得天独厚的条件，她掌握着许多外间不知晓的材料；即使是人们都知道的史料，经满妹一解读，也往往有了新的意味。今后，凡是研究耀邦的学者，凡是要给耀邦写传记的史家，都是不能不参考满妹这本书的。

我读此书，常有连绵的思绪和感想，几乎是每读一页，便有所感。这里仅记下几点最深的感受。

一、三点基本认识

我对耀邦同志向来有三点基本的认识。读了满妹的书以后，这些认识更加坚定了。

第一，他是个改变了历史进程的人物，或者说，是个对于历史进程的改变起过重大作用的人物；他是个给中国人民带来过巨大利益的人物，或者说，是对中国人民的命运的改变起过重大作用的人物。我觉得，中国出了个胡耀邦，是中国人民的一件幸事。

第二、在耀邦身上，有不少独特的东西，独特的优点。为什么当初耀邦被选为党的领导人时，尽管有的同志觉得他身上有些地方不大够格，但还是被选上了，而且小平同志和陈云同志都很器重他？这是因为，他身上确有许多独特的优点，而这些都是党所需要的，是当时的国家大势所需要的。耀邦当然也有缺点和错误。但正像列宁所讲的，“鹰有时比鸡飞得低，但鸡永远不会像鹰飞得那样高”，耀邦就是一只雄鹰。

第三、耀邦是个品德高尚的人、大好人。“文革”中，耀邦在干校时曾与人言：立功、立言，限于形势，是做不到了，但要立德！实际上，不止是在“文革”中，远在战争年代，近在改革开放时期，耀邦在立德方面，无论是公德、私德、官德，都是高尚的，第一流的，即使是批评过耀邦的人，对于耀邦的政治品德、人格节操，也是没有二话的。

二、尤爱真理

亚里士多德有言:“吾爱我师,吾尤爱真理”,鲁迅先生亦有言:“师如荒谬,不妨叛之”,说的都是在师与理之间,真理第一。“要为真理而斗争”,这是写入《国际歌》的伟大口号,所以共产党人更应该以真理为第一。

毛泽东同志是革命的导师,但晚年犯了严重错误。是否应当纠正这些错误?是否选择“尤爱真理”?中国共产党人遇到了一个棘手但必须解决的问题。“两个凡是”是不管什么真理不真理的,导师说过的,便对,必须照办不误。耀邦则是我爱我师,尤爱真理,绝不盲从。追溯历史,毛泽东可以说是耀邦的恩师和伯乐,在很长的时期内,耀邦是深得毛泽东的赏识与信任的。耀邦还与毛泽覃是极要好的朋友。对于毛泽东这位恩师,耀邦一向极为敬仰,从心底敬仰,但他的敬仰又是理性的,敬仰的实质,乃是服膺毛泽东掌握和发展了的马克思主义,而不是个人崇拜。所以,当毛泽东背离了自己正确的东西的时候,耀邦自然就要“叛之”,“叛”师之错误。

耀邦平反冤假错案,一位中央领导指责说:“平毛主席定的案子,矛头指向谁?”中组部的领导说:“案子是按毛主席指示办的,就是把大楼吵塌了,也不能动!”态度之强硬,俨如斧钺。耀邦则坦然对曰:“毛主席不是完人,特别在他的晚年,也有缺点错误,发动和领导‘文革’,就是明显的例子。”这完全是两种对立的主张:一个是服从真理,一个是继续搞个人崇拜;一个是对国家、对中华民族负责,一个是不惜损害国家、民族的利益。

耀邦是一贯主张全面地、科学地评价毛泽东的。《关于建国以来党的若干历史问题的决议》是耀邦与小平同志一道主持起草的，其中对毛泽东的全面评价，是耀邦的一贯看法：“毛泽东同志的功绩是第一位的，错误是第二位的。”

三、气节重于生命

满妹说：“父亲是个把革命气节和独立人格看得比生命还重的人。”这是一句相当重要和精到的评语，是满妹的识人之论，知父之论。

气节，我一向视之为道德的最高层次，人格的最高点。在正邪较量的尖锐时刻，作为共产党员，应该具有革命气节，作为一个正直的普通人，也应该有人格操守。但在“文革”中，许多党员丧失了气节和操守，投靠，告密，出卖良心，甚至助纣为虐，有些高级干部也是如此，如上海的马天水。

耀邦在“文革”中表现如何呢？满妹写道：一次父亲挨斗，“造反派们蜂拥而上，拳打脚踢，抡起皮带用铜扣那头儿猛抽。父亲被打倒在地，上衣被抽烂，全身红肿，多处伤口流血，脖子被扭伤，双腿不能走路……”，但就是这样，父亲也没有屈服，绝不肯承认自己是“三反分子”。满妹又写道：曾有位好心的同志劝父亲做个检查应付一下，以便分配工作，父亲却淡淡一笑，说：“我才不会无限上纲，自己把自己骂个狗血喷头，换个中央委员或候补中央委员当当呢。”满妹记下的这两件事，一件可谓“威武不能屈”，一件可谓“富贵不能淫”，皆是孟子所提倡的“大丈夫”的高尚行为。

做人“有没有骨头”，是耀邦评价人物的一个极重要标准。他敬重彭老总有骨头，敬重陈少敏有骨头，敬重一切骨头硬的志士仁人。他认为知识分子不能没有骨头，他鄙视地批评梁效和罗思鼎：“他们既没有知识，也没有骨头”。耀邦是浏阳人，“戊戌六君子”

之一的谭嗣同也是浏阳人。谭嗣同是硬骨头,一句"流血自我始",震铄千古。我想,耀邦大概是受过一点这位谭浏阳的影响的。

四、人与神

满妹书里有一节是《人与神的困惑》,写道:当父亲把自己的思想用最普通、最平易的方式表达出来的时候,"人们却隐隐约约地感到了惶惑和不安,觉得这个人不是传统意义上的领袖"。

那么,标准的"领袖样"该是什么样呢?大概有人觉得,是要有威仪,"有派",有点八股腔,有些深不可测,或是喊"人民万岁"之类的吧。这些,耀邦的确都没有。但他有的是睿智,是见识,是思想,是平易豁达的气度,是待人平等的举止姿态,是神采飞扬的讲话,这有什么不好呢?我看,尝百草的炎帝,治水的大禹,摩顶放踵的墨翟,就都没有威仪,没有"派"。到了嬴政,威风至极,把自己弄得像个神。孔子主张"君君臣臣",君要有"君样"。刘邦初做皇帝时,没有"君样",群臣也没规矩,在朝上妄呼乱闹,于是叔孙通制定了朝仪,上朝要行鸣赞之礼,于是,群臣便一下子老实起来了。当领袖的要有一点"神"气,这是封建性的领袖观。

满妹引了作家卡莱尔的一句话:"把伟人当做神,这是一个粗俗的大错误。"此言甚精警。的确,好好的一个人,非要弄成神,俗不俗呀?更何况,共产党人不是善男信女,而是唯物论者,也不应该造神啊。

五、耀邦是清官

有一首陕北腔调的歌,我很喜欢,有这样几句:"正月里,是新年，陕北出了个刘志丹，刘志丹是清官，他带上队伍上横山……”在古代，所谓清官，是指清贫廉洁、敢于平冤狱的官。一般老百姓把好官都叫做清官。陕北人民把刘志丹称为清官。

不知为什么，有时我哼起这首歌时常会想起耀邦同志。我觉得耀邦也是个刘志丹式的清官。耀邦不但清正廉洁，人民爱戴，而且也像刘志丹一样，差点被左倾肃反给杀掉。

耀邦是从不接受任何公私馈赠的，不论是国外元首送的，还是国内单位或个人送的。大百科全书出版社曾送给耀邦一套《辞海》，耀邦收下后即付钱。一次耀邦出访意大利，我使馆为他准备了一件纪念品——威尼斯游船模型，价格是20美元，但耀邦坚决不收。耀邦的家是一座很老旧的四合院，中央办公厅要给他修房子，他说：“要修，等以后老百姓都有了房子再修。”

耀邦这几件事，听起来真叫人唏嘘。要是搁在今天，领导看《辞海》，那叫学习，叫审读，凭什么要交钱？一个游船模型才20美元，乘上8也不过160元，留下欣赏有何不可？修房子，居然要等老百姓都有了房子再修，这不明摆着就是不修吗？这真是“后天下之乐而乐”啊！这样的干部，如今到哪儿去找呢？耀邦，真是个大大的清官。

六、学习马克思主义

一位朋友曾问我，耀邦可不可以称作是马克思主义者？我说，当然是。在我的心目中，只要是坚定地信仰马克思主义，有较深的马克思主义理论修养和造诣，就可以称作是马克思主义者。我不把“马克思主义者”这个称谓看得那么神秘和高不可攀。马克思主义者，实际上多数是马克思主义信仰者和实践者，而不一定非得是马克思主义发展者。中国的马克思主义者是很多很多的。这其实也很自然，因为“指导我们思想的理论基础是马克思列宁主义”。（毛泽东语）试想，如果中国只有一两个、三几个人是马克思主义者，那么我们这个以马克思主义为指导的国家，由谁来指导工作，由谁来实践马克思主义呢？

耀邦的马克思主义理论的造诣是很深的，他通读和精读过大量的马克思主义文献。《马克思恩格斯全集》他读过两遍，《列宁全集》读过数遍，《毛选》四卷读过15遍。他能够娴熟地运用马克思主义的观点分析问题。《实践是检验真理的唯一标准》这篇重要的马克思主义文献，就是在耀邦的支持和领导下完成的。另一篇同样重要的文献《马克思主义的一个最基本的原则》，也是在他的支持下发表的。耀邦访问英国时，撒切尔夫人在欢迎会上致词说：“亚当·斯密分析经济行为的著作，被马克思认为是经典之作。”这实际是向耀邦提出了一个马克思主义与其他人类发展文明成果的关系的问题。耀邦随即讲了一大篇话，准确地评价了马克思和亚当·斯密对政治经济学的伟大贡献，以及二者之间的继承与发展的关系，表达了中国共产党人运用和发展马克思主义的原则立场。这是一篇即席讲话，是耀邦高度的马克思主义修养的自然表露，没有这种修养，是讲不出这番话的。满妹书里有这篇讲话的引文。

当然，作为马克思主义者，耀邦也有自己的不足，也有认识不深入、不到位的情况。耀邦自己也不认为马克思主义都学好了。实际上，他一直到老，到去世，也没有停止对马克思主义的学习。我想，耀邦假如在天国见到了马克思，也还是要向马克思请教的。

剃头痛史

也许是受了大清国遗俗的影响,我总爱把理发说成“剃头”。细究起来,“理发”一称是民元以后兴起来的,此前则总是称为“剃头”。“剃头”之称,大抵滥觞于元明之际,当时的理发业经典《净发须知》中已见“剃头”二字,但绝不普及;普及则是在爱新觉罗·多尔衮下达剃发令之后。我爷爷及其爷爷肯定是受用过剃发令的——他们都当过清帝的子民,那么,我把理发叫作“剃头”,委实是承袭了祖上的遗泽。

“剃头”二字,自然不如“理发”文雅,但其中包含的可圈可点的历史,却是颇值得咀嚼再三的。我发现,一部剃头史,竟大半是痛史!此所谓剃头史,并不等同于理发史。因为“剃头”二字在古时以及“文化大革命”年代,有时并非指理发,而是别有他义。

清朝剃发令之前,汉人皆束发。那时的理发,是把头发束好;那时的剃头,则常指一种刑罚。刑罚之名谓之“髡”。“髡”,就是剃头。但剃成什么样子,是全秃,还是留些许毛发,则不得而知。司马迁在《报任少卿书》里说到过“鬄毛发”之刑,亦即髡刑。髡刑虽然不痛不痒,但在古代的刑罚排行榜里,却是比打屁股还要重的刑罚。因为一则在古人的迷信心理中,被剃了头发,便是被“伤了魂”——这是宗教学家江绍原在《发须爪》里考出的古人的心理隐秘；二则剃掉了头发，极碍观瞻，实为至辱。所以，在髡刑时代，剃头史就是被剃了头的倒霉蛋的伤心史、屈辱史，是封建司法的黑暗的一角。

髡刑固然不善，但因其只施于少数人犯，故决不会造成满街都是秃子的景象。因之，髡刑只写了剃头痛史的一个小章节。要说剃头痛史的大篇章，还要推清初时血腥的强行剃头和“文化大革命”时代的“新式髡发”。

先说清初的强行剃发。满人的发式，向与汉人不同，其理发之举，谓之“剃发”。其操作规程是：先将顶发四周剃去寸余，保留中间长发，再将长发分为三绺编为一条长辫，垂于脑后。据满俗行家称，此发式之形状有深义存焉，表示“扫四围而归一统”。如此看来，满人这发型还真是大气、有派！但可恶的是，满族入主中原后，为实施真正的“扫四围而归一统”，硬让一向束发的汉人也剃头。于是，血雨腥风，剃头挑子满街转，选留什么发型成了生死的抉择。那些硬挺着脖子不剃头的汉子，便纷纷被剃掉了头。这“剃头”之“剃”字，在清史文本中，已决非只是剃掉几根“如诗的黑发”，而是意味着剃掉首级，剃掉民族尊严。清朝人爱将“剃发”写作“薙发”，这草字头的“薙”字真是写得好，它能使人油然联想起剃头杀人如割草，“杀人如草不闻声”！

辛亥革命以后，辫子被剪掉了，代之以西洋式的分头、寸头之类，此时的中国男人，真像是胡服骑射一身轻灵的赵武灵王，头上乃至心里那股清爽劲儿，就甭提了。看来，剃头痛史这一页算是翻过去啦。

但是且慢！对于“艳若桃花，美如乳酪”的“国粹”，国人难道能轻易让它断了香火么？断断不能。于是，挟裹着时代风雷的

“革命造反派”挺身而出，来续写剃头痛史了。

考造反派所剃之头，据云皆非人头，乃牛鬼蛇神之头；所留发式，也非庸常之分头、寸头之类，而是阴阳头等叫座儿出彩的发式。以当时牛棚居民钱钟书、杨绛夫妇为例，钱氏之头被纵横剃掉两道，现出一个“十”字，杨氏之头则被剃成阴阳头。如此之十字头、阴阳头之类，皆可考定为古时髡发之孑遗，然而又是古时髡发之发扬光大，故可谓之“新型髡发”。古之髡发，被刑者大抵为男子，杨绛则是女子被剃成阴阳头，据杨绛说，与自己同被剃成阴阳头的，还有两位老太太。女子被剃头，其心灵上的痛苦无疑要大于男人许多倍，无奈时代不同了，男女都一样，该剃也得剃。也许有某位年轻人怀疑上述为天方夜谭，问道：“不剃不行吗?”显然，这位年轻人不大了解造反派的脾气——那火爆脾气若是闹将起来，真会像清廷告示里说的，叫你“留头不留发，留发不留头”。您说说，不剃能行吗?

一部剃头痛史，说起来真是可悲可叹；但其中也颇蕴含着解颐益智的因子。清代有一首《剃头诗》，其中有句云：“喜剃人头者，人也剃其头。”反观剃头痛史，不正是如此吗？那些形形色色的“喜剃人头者”，其结局不都是“人也剃其头”吗？这是剃头痛史中蕴含的历史辩证法，也是剃头痛史最耐人寻味的地方。

八娼九儒十丐
——“臭老九”发微

汉字中的“九”，本是一个尊贵、吉祥的数字：老天称为“九重”，皇帝称为“九五之尊”，器物之华丽称为“九华”，北京的名园北海有“九龙壁”，吉祥图案有“九九消寒图”，等等。但这个“九”字前面若加个“老”字，成为“老九”，就带上了江湖气，甚至是匪气；而若在“老九”前面再加个“臭”字，变成“臭老九”，那么，我们就只会闻到牛棚气，甚至一些血腥气了。中国的知识分子曾与“臭老九”之称，结下过长时间的牵缠难解的“孽缘”。

“孽”者，灾殃之谓也。

“文革”中有所谓“臭老九”之说，即把知识分子排在八种坏蛋的后边，列为第九种坏蛋。前八种坏蛋依次为：地主、富农、反革命分子、坏分子、右派、叛徒、特务、走资派。第九种便是“臭老九”，即知识分子。上面这几句对“臭老九”的含义的解说，对于经历过“文革”的中老年人来说，显然是多余的，他们对此早已耳熟能详，但对于那些出生或成长于着意淡化“文革”历史的年代的年轻人来说，就成为必须介绍的知识了。这些年轻人是不懂得当年的“臭老九”究竟有多惨，有多“臭”的，他们只知道如今的什么教授呀，博士呀，多么的风光，多么的受人尊敬，他们懵然不了解发生在我们这个民族的历史上那苦难而羞耻的一页。这就很需要那些历经劫难的“白头宫女”，常常向后生们讲讲“天宝年间的往事”。严格说来，我还不能算是“白头宫女”，那时我才一二十岁，见闻不多，感受更浅。我所能做到的，就是当个历史稗贩，或是鲁迅所说的“学匪派考古家”，向年轻人转述一点文献资料，考察一下“臭老九”的祖辈的情况，以窥见“臭老九”之悲苦境况的历史渊源。

关于“臭老九”在“文革”中的地位究竟如何卑下，其命运多舛又到了什么程度，实在是一言难尽的。“文革”后期，有一首题为《咏“臭老九”》的诗（传为梁漱溟先生作），可以让我们依稀看到当年知识分子命运的概貌。诗云：

九儒十丐古已有，而今又名臭老九。
古之老九犹叫人，今之老九不如狗。
专政全凭知识无，反动皆因文化有。
假如马列生今世，也要揪出满街走。

这是一首七言律诗，却又是张打油式的。今天的年轻人，对于这首诗，也许正如曹雪芹所云“满纸荒唐言，一把辛酸泪，都云作者痴，谁解其中味”——是未必真正能够领会诗意的，而诗的作者本人——梁漱溟或另外某位先生，倘若活到今天，恐怕也会像曹雪芹那样，担心别人会读不懂他的作品。这首诗，虽然语出诙谐，却是满纸悲愤，仿佛是一幅知识分子受难的图画，又像是一篇讨伐“四人帮”的檄文。

知识分子在“文革”中的悲苦命运，是可以用这首诗中的三个字来概括的，即：“不如狗”。狗，倘若听主人的话，主人是不会打它的。但“臭老九”不行，即便听话，即便告饶，也要打。狗，是受到主人豢养的，有的狗还是主人珍爱的宠物，绝不会轻易让它死去。但“臭老九”不然，不仅不受保护，珍爱更谈不上，而且常常有生命之危，或被殴死，或自裁，不计其数。季羡林先生著有《牛棚杂忆》一书，详述了他本人和许多知识分子的受难史，可以作为这首诗中“不如狗”之句的释文。诗的第五、六句，是讽刺“文革”时的专政理论（大老粗领导一切）和是非颠倒的知识观（知识越多越反动）的，极富批判力。末句以归谬作结——马列也是知识分子，莫非也是“臭老九”？可谓说透了“臭老九”之说的荒唐与乖谬。

还是再让我们回过头来谈文章的主题：八娼九儒十丐。“九儒十丐古已有”，“九儒十丐”这四个字，源出于宋元之际两位杰出的爱国人物郑思肖、谢枋得的两篇文字。郑、谢二人都是决不肯屈服于异族统治的南宋遗民，谢枋得还是有名的民族英雄。郑思肖在《铁函心史·大义略叙》中记道：“鞑法：一官、二吏、三僧、四道、五医、六工、七猎、八民、九儒、十丐，各有所统辖。”所谓“鞑”，指蒙元统治者，“鞑法”，即蒙元统治者制定的等级制度。在“鞑法”中，官与吏是最高等级，是治人者；最低等的是乞丐，他们最困穷，最卑微；而儒者即读书人则被排在了第九位，仅仅高于乞丐一档——可怜的元代读书人，真可谓地道的臭“老九”。

清代史学家赵翼曾专门考证过“九儒十丐”之说，他在《陔余丛考》卷四十二中，不但列举了《铁函心史》中的记载，还提到了谢枋得在《送方伯载序》里的另一种说法，即：“今世俗人有十等：一官、二吏，先之者，贵之也；七匠、八娼、九儒、十丐，后之者，贱之也。”在谢枋得所记的这个排序中，没有提到三、四、五、六这几个等级，其中第七、八等级也不是郑思肖所说的七猎八民，而是七匠八娼。在这个排序中，儒者仍居第九，但却排在了娼妓之下。娼妓，乃是百业诸行中名声最臭者，而儒者竟在其下，可见元代读书人的地位之卑下，名声之不堪，的确是名副其实的“臭”老九。谢枋得看得很明白，在这个排序中，排在前面的，就是尊贵的等级，排在后边的，就是卑贱的等级，“八娼九儒十丐”，儒者无疑是贱之又贱的。

关于谢枋得在《送方伯载序》里的说法，民国史学家陈登原先生在《国史旧闻》“九儒十丐”条里，还有另外一种版本。文云：“谢枋得《送方伯载归三山序》：‘滑稽之雄，以儒为戏者曰：我大元制典，人有十等，一官二吏，先之者，贵之也。贵之者，谓其有益于国也。七匠八娼，九儒十丐，后之者，贱之也。贱之者，谓无益于国也。嗟乎卑哉！介乎娼之下，丐之上者，今之儒也。’”将陈登原与赵翼各自援引的谢文对比来看，大概陈登原所引的应当是比较全的。揆之陈登原所引的谢序，因序中有个“戏”字，似乎“十等”之说是“滑稽之雄”（曲艺家之类）的戏言，但从内容上来看，又似乎很庄重严肃，不像是戏言。我以为，这番看似戏言的话，实际上乃是包含着一段沉痛史实的沉痛之言。

郑思肖大体上是相信这个等级排序是出自元朝官方之手的，所以他称之曰“鞑法”。赵翼则与谢枋得的看法相近，认为这个排序只是“民间各就所见而次（排列）之，原非制为令甲也”（《陔余丛考》卷四十二），即认为这只是流传于民间的排序，而并不是元朝官方所制定的。但实际上，不论是官方的“鞑法”，或是民间“滑稽之雄”的戏言，还是民间依所见而排的序，总之，这个人分十等的排序，反映的是实情，是元朝等级社会的真相，是蒙元统治者实行的歧视知识分子政策的结果。这一点，应该是没有疑问的。

陈登原所引的文字，还提供了蒙元统治者设定贵贱等级的标准，或曰动因，即：设定谁在哪一等级，要看其是否对国家有利，亦即是否对蒙古贵族的统治有利。在元朝统治者的眼里，只有官吏才有益于国，匠娼儒丐是不利于国的，而读书人在他们看来，则基本上是没有什么用处的。对此，谢枋得心中充满了不平和悲愤，因而发出了“嗟乎卑哉”这样的足可响彻千古的悲叹！

由于郑思肖和谢枋得对于元代的等级有两种记载，所以，后世人们在说到元代读书人的卑贱地位时，有时依从郑说，谓之“九儒十丐”，有时从谢说而来，谓之“八娼九儒”。我觉得，如果综合这两种说法，谓之“八娼九儒十丐”，大概更能反映元代读书人的实况，更能让我们清楚地看出元代读书人所处的卑贱地位——比娼妓还要低，而仅仅高于乞丐。

笼统地说，八娼九儒十丐是发生在元朝的事，但若细究起来，主要还是发生在元代初年。那时，蒙古孛儿只斤氏刚取得天下，马上得之，又想马上治之，对读书人是很蔑视的，尤其是不信任文化程度较高的汉族士人，特别是南方的汉族士人，认为他们“无益于国”——既没有用处，有时还爱捣乱，所以便将他们划为另类、异类，弃之于娼丐之间。后来，随着时间的推移，江山渐稳，蒙元统治者也知道了儒者自有其用，于是便渐渐改善了读书人的境况。关于这个转变，史学家陈垣先生曾经从西域人华化的角度有过论述，他说：“元初不重儒术，故南宋人有九儒十丐之谣，然其后能知尊孔子，用儒生，卒以文致太平，西域诸儒，实与有力。”（《元西域人华化考》）蒙元统治者从“西域诸儒”那里，知道了孔子的教化对于自己统治的重要，知道了要想天下太平，光靠铁骑马刀是不行的，还要懂得文治，所以必须用儒生。查陈垣所说的“西域诸儒”，大抵指的是翰林学士高智耀、畏吾儿人廉希宪等一些来自西域的读书人。这些读书人曾反复向蒙元帝王陈说“以儒治天下”的道理，陈说“用之则治，不用则否”的道理，所讲的理论，大概类似赵普向宋朝皇帝进献的国策“半部论语治天下”。陈说的结果，终于使元帝点头称“善”。这样，元初儒者所处的丐前娼后的地位，才逐渐有所改变。

我很感念郑思肖、谢枋得、赵翼和陈登原在自己的著作中，为我们留下了关于九儒十丐的资料，使我们得以了解到，原来在八九百年前的元代，由于统治者的无知和暴虐，就已整出了“臭老九”，而这又实在令人拍案称奇：原来，“文革”中人们耳熟能详的“臭老九”，竟然也是古已有之！鲁迅先生曾经讽刺过守旧者“掉了鼻子，还说是祖传老病”，看来，“文革”中整知识分子的恶政，也该算是一种祖传的老病。前不久，我到江苏常州旅行，专门寻访了赵翼的故居，在几间古旧残破的老屋里，见到了赵翼的几位后人，这是几位满脸沧桑、老态可掬的读书人。我蓦然想到，这几位赵翼后人，必定是经历了“文革”浩劫的，他们也必定是曾被划入“臭老九”的行列的。因之，我颇生感慨：这几位读书人的老祖宗赵翼先生，虽然能知道元朝曾有过九儒十丐，却又怎能料想到自己的后世子孙中，也会有人遭遇类似元朝九儒十丐的命运呢！

清代，读书人的地位总体来说还是不低的。康雍乾这几位人主除了用文字狱来对付那些他们认为不听话的士人外，对于当顺毛驴的大多数士人，还是用其所长，给以出路的，爱新觉罗氏要比蒙元帝王多懂得一些爱惜儒者的道理，于是，清朝的读书人便没有混到“九儒十丐”那步田地。但是，在清朝许多人的脑子里，元代的“九儒十丐”的说法，乃至观念，并未完全消除掉，仍时时显露出来，“寻常看不见，偶尔露峥嵘”。如清代咸同年间有个叫黄钧宰的诗文家，就说过这样一句话：“若伶官沙的等授平章”，“宜乎九儒仅居十丐上也”。什么意思呢？就是说如果你这个名叫“沙的”的伶官戏子当了平章（部长级干部）这个官职，那么你这个伶官所变的儒者（官即儒），位置也就仅仅在乞丐之上。这显然是在用“九儒十丐”这句话骂人。由此可见，即使到了清朝，“九儒十丐”

之说仍然深深地印在人们的脑子里。

国民党统治时代，“九儒十丐”的排序自然是不存在了，但知识分子并未完全脱掉与“老九”的干系。最近读到一本文史资料，了解到，中国历史上除了元朝的“九儒十丐”和“文革”时的“臭老九”这两个“老九”以外，国民党时期还曾有过第三个“老九”存在。抗战时期，国统区大多数知识分子的生活水平极差，薪水甚少，时人谓之“薪水低于舆台”。舆台也者，本是古代奴隶的名目，以后泛指壮工一类从事艰苦体力劳动的人。舆台的薪水能有几何？低于舆台，那就是低之又低，恐怕连维持温饱都很不容易了。薪水低，社会地位肯定也不高，特别是大中学生小知识分子的地位就更卑下，于是有人将这些读书人的位置排在了国民党士兵之下，称国民党士兵为“丘八”，大中学生小知识分子为“丘九”。（《北京文史资料》第64辑贺祥麟《西南联大教授礼赞》）这种排序，真可以称之为“八兵九儒”。当然，这比起八娼九儒来，还是显示出了三民主义的优越性。当时，史学家陈寅恪先生对这种民生凋敝、儒者困穷的状况，表示过深深的不满，写诗道：“九儒列等真邻丐，五斗支粮更殒躯。世变早知原尔尔，国危安用较区区。”陈先生由眼前为了五斗米而劳神殒躯的苦况，联想到了古代九儒十丐的故实，发出了今日如同往昔的悲叹。抗战胜利以后，马上“五子登科”，“教授教授，越教越瘦”，大多数读书人的悲苦命运，不但没有因胜利得到改善，反而沿着九儒、丘九的境况一路滑下去。

日寇侵华期间，在统治中国知识分子的政策上，有一点是与蒙元贵族相同的，就是加意对知识分子实行“抑之”的政策。而在具体方式上，又要比蒙元贵族刻毒、严厉得多。在日寇眼里，中国的知识分子是民族意识尤为强烈的一群人，从骨子里不爱当顺民，所以必须实施最烈性的压制和迫害，直至加以屠戮。老舍先生在短篇小说《恋》里，对这种状况做过纪实性的描写。小说中有一段收藏家杨可昌与另一个也爱好收藏的知识分子庄亦雅之间的对话，这样写道：

> 敌人已越过德州，可是“保境安民”的谣言又给庄亦雅一点希望。……杨可昌来看了他一次，劝他卖出那张石谿（古画——笔者注），作为路费，及早的逃走。“你不能和我比”，他劝告庄先生，“我是纯粹的收藏家，东洋人晓得。你，你作过公务员和教员，知识分子，东洋人来到，非杀你的头不可！”“杀头？”庄亦雅愣了一会儿。（《老舍文集》第九卷《贫血集》）

杨可昌的话，说的是实情，对于中国的知识分子，日寇确实是加意防范的，对于不顺从的知识分子，日寇的政策就是迫害，杀头。或许有人会质疑，老舍先生写的那是小说，也许是虚构的吧？那么好，再举作家孙犁和著名学者王元化二位先生的真实经历为证。孙犁说：“抗日战争时期，日本人一到村庄，对于学生，特别注意。凡是留有学生头，穿西式裤的人，见到就杀。于是保留了学生形象的照片，也就成了危险品。我参加了抗日，保存在家里的照片，我的妻，就都放进火膛里把它烧了。”这段话，出自孙犁的纪实性散文《新年悬旧照》。这可不是小说，绝不会是虚构，而是孙犁所亲见和亲历的。王元化也曾有过与孙犁一样的见闻和经历。《书屋》杂志2006年第9期刊登的一篇文章《王元化谈鲁迅》写道：“一九三七年卢沟桥事变。驻城国军要撤走了，北平一片混乱，到处是准备逃难的人群，元化先生全家也夹杂在其中。听说日军要抓知识分子，书籍和钢笔只得扔下，可是他实在不舍得那一幅自己画的鲁迅像和两册《海上述林》，就瞒着家人塞进箱里……”日军要抓知识分子,这一点,在老舍的小说中,在孙犁和王元化的亲身经历中,完全是一样的,为了躲避日军抓捕而毁掉当知识分子的证据,孙犁和王元化也完全是一样的。这些材料,都确凿地证明了日寇对于中国的知识分子特别加以防范和迫害这一史实。但是,有一点必须说明,日寇对于中国知识分子的“抑之”的政策,与“文革”对“臭老九”的迫害毕竟性质不同,这一点还是必须要加以区分的。

披览古书,我知道了在中国的历史上,曾有过多个读书人受到贬抑、压迫的时期,也知道了知识分子至少有三次成为“老九”,而且都是臭的“老九”。这是历史的巧合呢,还是暗含着某种相似的原因?端的是耐人寻味。俱往矣,当今中国的知识分子,已经挺起了腰杆,扬眉吐气,备受国家和社会的尊重,再也不会遭遇“臭老九”的厄运了。

写于纪念改革开放30周年之际

作坊里的斩杀术

诗人流沙河谈到应当给"文化大革命"写史的时候说:"国家的大《春秋》我不敢写,就写写个人的小《春秋》吧。"于是他写出了《锯齿啮痕录》这本小《春秋》。这本小《春秋》,也就是他个人的"文化大革命"史。"文化大革命"史作为一门专题史,有一点很别致,就是史源极其丰富,几乎每个人都有一本小《春秋》可写。这是因为,"文化大革命"的创意之一,是要"触及每个人的灵魂",而且果然触及了,所以人人都有了做野史家的资本。流沙河的小《春秋》,可以说是"'文化大革命'野史"的范本。这部"野史",从历史的真实性上说,是传统的野史不可比拟的,因为它无一丝虚构,较之鲁迅先生所说的那种如同月光从森林密叶中反映在莓苔之上,多少可以写照出当日之事实的野史,它堪称是"实录性野史"。

这部"野史"提供的"文化大革命"史料相当丰富,读后恍然又回到"文化大革命"的噩梦中。其中有一条史料引起了我特别的注意,因为它简直活现了"文化大革命"的"风采",展示了"文化大革命"的神髓。我不敢独享,本着"奇文共欣赏"的古训,转录如下,并加评点,以使更多的人领略到这条"文化大革命"史料的价值。

流沙河在“文化大革命”中不知被批斗了多少次，有一次批斗会给他的印象极深。会上有个姓巫的家伙，有一段批判发言，使他刻骨铭心，永生难忘。他在《锯齿啮痕录》中记道：

> 最精彩的一段发言出自外单位的一个技工，姓巫，读过书的，口齿伶俐，也难怪他后来当了造反派小头头，他站起来，挥着手臂，斩钉截铁地说：
>
> 知识分子的坏，就像辣椒的辣！辣椒，随便你怎样弄，它都辣。生斩，斩碎，做豆瓣酱，它辣；晒干，切成截截，用油煎了，它还是辣；丢进泡菜坛子，泡它个一两年，它还是辣；用碓窝舂它成细面面，它狗日的还是辣。吃在嘴里，它满口辣；吞，它辣喉咙；吞到胃里，肚子火烧火辣。屙出它来，它狗日的还要辣你的屁眼儿！
>
> 好一篇《辣椒颂》，可惜我不敢当。我惭愧。年轻时我还敢辣它个三分钟。这几年改造来改造去，锐气消磨，苟且偷生，早已改造成四川特产的灯笼辣椒，只大不辣了。难得这一段坦率的发言，使我猛然省悟到“左家庄”是怎样地仇恨知识分子。

这段引文，特别引起我注意，我认为是一条十分宝贵的“文化大革命”史料。

这条“文化大革命”史料的精华，是巫姓批斗者的发言。这段发言，以“口诛”的水平论，已达于炉火纯青的化境，堪称大批判文字之翘楚。若有人编《“文革”文观止》，此妙文理当入选无疑。

巫氏发言，先断知识分子为“坏”，继而以辣椒做喻，言知识分子的难摆弄及其“坏”的难改，通篇都是狠戾之声、杀伐之声。向称刀笔师爷的文字厉害，巫氏发言，足令古来许多刀笔文字减色。读其发言，如临刀俎，如闻血腥，什么“生斩”啦，“油煎”啦，“舂”啦，等等，全是作坊里的斩杀术，令人冷汗沾衣。从这些斩杀名目，可以让人回忆起“文化大革命”时整人的酷烈。有位看官说：“这不过是形象化的说法，不能当真。”诚然，“文化大革命”中的“炮轰”、“油炸”之类，并非真的打炮弹、下油锅，但亲历“文化大革命”者，哪个不知道这“炮轰”、“油炸”的酷烈难耐、惊心动魄呢？巫氏发言，是一篇提纯了的“整人经”，若不是整人整到了家，是说不出这些老道的内行话的。这如同刽子手杀人，若不是杀够一定数量，是总结不出“杀时要快，头要挺住”这种杀头经验的。巫氏发言，充满了对知识分子的仇恨，那恨劲儿，那狠劲儿，既令人不可思议，又令人不寒而栗。

流沙河称巫氏发言为《辣椒颂》，那是心酸的调侃，若是庄严一些，我觉得可以谓之《讨知识分子檄》或《论知识分子的顽固性》。说它是讨伐檄文，可于其狠戾杀伐之声中明显见之。它又是一篇关于知识分子所谓“顽固性”的微型论文。你看，它有论点——知识分子极坏，极可恶；有论据——知识分子如辣椒，极辣，怎么整治都辣；有论证的逻辑——一步一步，剥茧抽丝，细腻、周密。古有焚书坑儒，有文字狱，但坑归坑，杀归杀，却没有如此细腻，如此别出心裁的“整治论”。什么祖龙，什么清帝，比起巫氏这位小人物来，倒是真有些略输文采、稍逊风骚呢。

巫氏把知识分子比作辣椒，除了论证比喻的需要，也反映了他的一种心理定势，即实质上不把知识分子当人看。古有九儒十丐之说，儒尚列为人类；“文化大革命”中之老九，则如梁漱溟所咏：“古之老九犹叫人，今之老九不如狗。”巫氏视老九为辣椒，自然也是不如狗。狗乃哺乳动物，辣椒何物？区区一草本植物也。

《辣椒颂》,若是从正面诠解,倒是很可以从中看出知识分子的骨气。你瞧,那辣椒凭你怎么整治,总是辣,这不很像知识分子的耿介不屈吗?虽然流沙河说自己已被整得像不辣的灯笼辣椒了,但是从骨子里说,他何曾失去知识分子的传统风骨呢?《辣椒颂》使我油然想起了关汉卿的曲文:“我却是蒸不烂,煮不熟,捶不扁,炒不爆,响当当一粒铜豌豆。”巫氏所摹画的辣椒,不是很像一粒铜豌豆吗?知识分子的传统风骨,不也很有一股蒸不烂,煮不熟,捶不扁,炒不爆的硬劲儿吗?

林江集团的那个“左家庄”,是很有些法西斯气的,巫氏是这个庄子里的健将,也便有一种土里土气的法西斯气。他地位低微,只是个“普通法西斯”,但林江集团正是靠了他们,才实行了对无辜人民的整治。“文化大革命”史家,特别是野史家们,应当为他们留下一点记载,不致使其湮没无闻。因为历史是大家创造的,他们也是创造者之一。记下他们,历史才是全面的。

“文化大革命”应当忘掉吗?不该忘掉!但也不是什么都不该忘,有些细节还是应该忘掉。但像《辣椒颂》这样的细节,我以为是不该忘的。若是什么细节都忘掉了,“文化大革命”也就忘掉了。

流沙河把写“文化大革命”史称做写大、小《春秋》,我觉得说得极好。“孔子成《春秋》而乱臣贼子惧”,史乘的作用可谓大矣。当代的大小太史公们若能把“文化大革命”的《春秋》写好,也会令那些眷恋“文化大革命”,为“文化大革命”评功摆好的人有所畏惧,甚至可能使他们回心转意,幡然改正。

瓜葛
——阿 Q 与红卫兵之关联考

不知怎么,读《阿 Q 正传》时,特别是读到阿 Q 的革命史,我常常会想起红卫兵,总觉得他们之间有些瓜葛。读着读着,眼前常常会模糊起来:不知是阿 Q 戴上了红袖章,还是红卫兵用竹筷将辫子盘在了头上。

我确信,他们确实是有些瓜葛,甚至不只是瓜葛,而是血脉相通的同一类革命造反族。

姑以迅翁所谓“学匪派”考据法证之。

瓜葛之一

革命便是“要武”,便是要革掉坏人的命,而绝不是请客吃饭,绘画绣花之类。红卫兵做如是想,阿 Q 更是这种思想的先驱。

阿 Q 想,“革这伙妈妈的的命,太可恶! 太可恨! 便是我,也要投降革命党了。”

阿 Q 自然是根红苗正,向往革命的,但他的革命思想里却颇有一点红色恐怖的味道。他屈尊投降革命党,一个主要原因,便是革命实在太痛快了:能“革这伙妈妈的的命”! 在阿 Q 看来,所谓

“革命”,就是革掉人命。他不懂得革命与恐怖完全是两码事。红卫兵也不全懂。所以,阿 Q 和红卫兵的革命便都很有些阴森可怖。

瓜葛之二

既要革掉人命,便要动家伙,于是,玄想中的阿 Q 便让那些与自己一同去造反的革命党,都拿着家伙。据《阿 Q 正传》说,拿着的有板刀、钢鞭、炸弹、洋炮、三尖两刀刀、钩镰枪什么的。但阿 Q 本人实际并未使用这些家伙,他只是思想家。而后来的红卫兵革起命来,则是真的动起了家伙:板刀已换成了刮刀,钢鞭换成了皮鞭,三尖两刃刀和钩镰枪不大合用,淘汰了,而炸弹、洋炮则在武斗中大派上了用场。

瓜葛之三

阿 Q 的红色恐怖思想,还特别表现在他的滥杀欲上。赵太爷、假洋鬼子算是压迫阶级,杀了也便罢了(虽然是否都该杀尚属可议),但小 D、王胡算什么呢?他也要杀掉。试看阿 Q 拟定的死刑名单:

> 这时未庄的一伙鸟男女才好笑哩,跪下叫道:“阿 Q,饶命!”谁听他!第一个该死的是小 D 和赵太爷,还有秀才,还有假洋鬼子,……留几条么?王胡本来还可留,但也不要了。

小 D,不过是个打短工的“又瘦又乏”的穷小子,与阿 Q 本属同类,但只因阿 Q 认为他戗了自己的饭碗,便要格杀勿论。王胡呢，更没有什么大罪过了，不过是与阿Q打过一架，再就是捉虱子时比阿Q咬得响，若论成分呢，闲人而已，全然算不上压迫阶级，但阿Q也要杀之不留。还有那个秀才，也是列入死刑名单的。但秀才似乎并没有犯什么罪过。但是，在阿Q看来，单单赵秀才是赵太爷的儿子这一条，焉能不杀？红卫兵对于那些牛鬼蛇神，那些血统不纯正的“秀才”，真个是“横扫”千军如卷席。有人告饶，有人认罪，“谁听他”！要将“横扫”进行到底！

瓜葛之四

光是革未庄鸟男女们的命，阿Q是决不满足的。阿Q的远大理想，是当主子，得实惠；实惠便是鲁迅在《圣武》一文里概括的“威福、子女、玉帛”。但阿Q并不曾理会过这个概括。——他只办实事儿，只管往自己的土谷祠里搬运革命成果。

> 东西，……直走进去打开箱子来：元宝，洋钱，洋纱衫，……秀才娘子的一张宁式床先搬到土谷祠，此外便摆了钱家的桌椅，——或者也就用赵家的罢。自己是不动手的了，叫小D来搬，要搬得快，搬得不快打嘴巴。……

阿Q似乎并未向朱洪武学过抄家法，但他无师自通，颇得抄家的精义。元宝是硬通货，自然是首选，阿Q虽一字不识，却颇通晓这个金融知识。宁式床，绝对的富丽堂皇，只在稻草堆里困过觉的阿Q焉能不倾心？官府抄家，财物大抵是要充公的，但阿Q不是公人，而是穷则思变的造反族，所以宁式床一定要搬到土谷祠里去。小D本与阿Q属于同阶级，但他没参加造反，没有当主子的本钱，且又与阿Q有过嫌隙，所以该着这小子流汗搬东西，搬得不快还要打。红卫兵也颇有过与阿Q类似的抄家经历,然其势头之猛之烈,范围之宽之广,便是堪称"半个抄家先师"的阿Q,也要自叹弗如。

瓜葛之五

理论要联系实惠,红色恐怖思想便要联系爱情。但是,阿Q与吴妈的恋爱失败了!这是多么惜哉痛哉之事。但不要紧,一造了反,莫说是吴妈,就是周吴郑王诸妈也是会有的。这一层道理,阿Q明晰之至。他筹划着:

> 赵司晨的妹子真丑。邹七嫂的女儿过几年再说。假洋鬼子的老婆会和没有辫子的男人睡觉,吓,不是好东西!秀才的老婆是眼胞上有疤的。……吴妈长久不见了,不知道在哪里,——可惜脚太大。

女人,在阿Q眼里,是不问阶级,只问德言工容的。阿Q一造反,身价暴涨,眼光便也陡然挑剔了起来,不但未庄权贵的妻女可以任意挑选,就是初恋过的吴妈也大为贬值了。红卫兵比起阿Q来,自然是要讲一点婚姻文明的,但也有些劣种,或霸人妻女,或鼠窃狗偷,明里道貌岸然,实则陈仓暗渡。《芙蓉镇》里的"运动健将"王秋赦与李国香的苟合,便是其中的一帧留影。

鲁迅先生说他写阿Q是写了"国人的灵魂",这话听起来真让人汗涔涔发背沾衣。红卫兵的革命,不正是阿Q式革命的一点余绪吗?试问:阿Q真的像小尼姑所说的那样,断子绝孙了吗?

九千岁

某刀笔小吏眼光甚犀利，动辄言某史著为“影射”。余仿其眼力，审读明史，亦发现几处影射文字。如：

> 太监魏忠贤，举朝阿谀者，俱拜为干父，行五拜三叩首礼，口呼“九千九百岁爷爷”。
>
> ——吕毖《明朝小史》卷十三《天启纪》

> 巡抚刘绍，悬忠贤画像于喜峰行署，率文武将吏，三跪五叩首，称“九千岁”。
>
> ——《明史·耿如杞传》

余览罢，大惊，立马秃笔一挥，批道：“九千岁”者，“永远健康”也。此实以大太监影射林副主席，何其毒也。吕毖何人，《明史》何书，竟敢冒天下之大不韪？当全党共诛之，全国共讨之，举烈火而焚之也。批罢，窃自赞眼力之毒者良久。

细察上引二书，的确在搞影射：九千岁不够，还要九千九百岁，这不分明是在影射喊一句“永远健康”不够，还要再喊“永远健康、永远健康、永远健康”么？站在画像前，文武将吏齐喊“九千岁”，这不又是在影射“早请示，晚汇报”时恭祝林副统帅永远健康么？查此二书作者，皆封建文人，臭老九也，搞影射乃其阶级本性所致，本不足怪也。

余因二书所记，继而思之：魏阉甚喜人喊“九千岁”，不喊则必视为大逆。林彪亦如魏阉，人喊“永远健康”则喜，不喊则盛怒之。“文革”中，代总长杨成武闻毛泽东发话：“永远健康？还有不死的人啊！”遂不再喊。林彪因之衔恨于杨，终至打倒“杨余傅”。余又思忖：魏忠贤之“九千岁”，乃其干儿义孙们捧出来的，林彪之“永远健康”，不也为其死党爪牙发明的么？然天不容情，魏忠贤终究没有九千岁，其于死后被钦定为“逆案”，林彪更没有永远健康，而是折戟沉沙，葬身异域。鲁迅有名言曰：“愈是无聊赖，没出息的脚色，愈想长寿，想不朽。”（《华盖集续编·古书与白话》）结果呢，“还不如一个屁臭得长久”！（《南腔北调集·林克多〈苏联闻见录〉》）魏忠贤、林彪不正是如此么？

余思绪至此，蓦然感到大事不妙：小文不也是在影射么？恐该拿办矣。

师爷笔法

师爷笔法的正身,本是清朝刑名师爷创造的一种办案术,但后来它渐渐地浸染到文坛,乃至政坛,终成为中国政治文化的一个特产,成了一个挥之不去的幽灵。

刑名师爷,也叫刀笔师爷,是专门帮助州县官办案的,办案时,手中的刀笔一动,就能够改变案性,从而改变涉案人的生死命运,这种巧施手腕、生杀予夺的笔法,就是所谓师爷笔法。曾有人叹息说:师爷的笔真是“大笔如刀”啊! 这如刀之笔不是别的,正是师爷笔法。

有一本清代笔记谈到过师爷笔法,说有位资深的老师爷,把刑名师爷的刀笔秘诀总结成八个字,叫作“反复颠倒,无所不可”,并举例说:要使原告胜,就说“他如果不是真吃亏,何至来告状?”要使被告胜,就斥责原告说“他不告而你来告,是你健讼!”要使老者胜,就说“不敬老宜惩”,要使少者胜,就说“年长而不慈幼,为何?”对于师爷笔法,我曾收集过一些案例,若将这些案例比照一下老师爷的话,会感到老师爷总结得实在精到,不愧是行中人说的内行话。我觉得还可以把老师爷的话说得再通俗点,即套用当代流行的一个句式这样来概括:“说你坏你就坏,不坏也坏;说你好你就好,不好也好;叫你死你就得死,不该死也得死;叫你活你就能活,不该活也能活。”这几句话,我想还是抓住了师爷笔法的精髓,若是拿史事来验证,定是屡验不爽。

师爷笔法本是封建时代的产物,但其生命力却颇为健旺,不但能传代,走了运还能发扬光大。特别是师爷笔法与“左祸”、“左爷”有一种天然的亲缘关系,只要“左”存在,师爷笔法就会有青春活力,就不会亡。

康生是中共历史上有名的“大左爷”,以凶险、阴鸷著称。为了整人之需,师爷笔法成了他手中的利器。他罗织罪名、构陷人罪的许多手法,都是标准的师爷笔法。姑举一例。康生曾诬指一位女干部是特务,女干部不服,康生竟说:“你长得这么漂亮,能不是特务吗?”这话今天听来真是匪夷所思,甚至令人难以置信,但的的确确是曾经发生过的真事。《人民日报》对此曾做过披露。细品一下康生的这句话,可以看出这话用的是典型的师爷笔法——“说你是特务,你就是特务,不是也是!”根据何在呢?就是:“你漂亮!”旧籍里常提到老辣的刑名师爷断案时有句名言:“看尔艳若桃花,又焉能冷若冰霜?”康生的话与这句师爷名言是多么的相似!欲加之罪,何患无辞?这“辞”,就是“你漂亮!”就是“尔艳若桃花!”清朝有个有名的刑名师爷叫王又槐,他在分析案情时有个判断,认为“妇女孤行无伴,多非贞节”。用阿Q的话来说,就是:“一个女人在外面走,一定想引诱男人。”康生的“漂亮即特务”的荒谬逻辑,与王又槐和阿Q的断语,真可谓是一脉相承,神似之至!还有一例。田汉写的戏文《谢瑶环》里,提到一种毒刑,名叫“猿猴戴冠”,康生便指出:那就是“戴帽子”!意思是说田汉攻击给阶级敌人“戴帽子”是上毒刑。这无疑是穿凿附会,是罗织罪名。用师爷的话来说,就是:说“猿猴戴冠”是指“戴帽子”,就是指

“戴帽子”，不是也是！康生这个“大左爷”被揭露以后，人们多斥之为“大奸”、“迫害狂”，我觉得还应该送他一个名号，叫作“大刀笔师爷”。

“文化大革命”是“左”祸的极致，自然也是师爷笔法走了鸿运的时期。一到“文化大革命”，师爷笔法犹如草木逢春，空前地兴旺了起来。师爷笔法的精义，是“反复颠倒，无所不可”，其具体手法或派生形式，则有断章取义、歪曲事理、翻云覆雨、滑头狡辩等等，这些都在“文化大革命”中得到了大大发扬。特别是在那些大大小小的专案组里，师爷笔法更是被运用得炉火纯青。

“文化大革命”中有一句流行语，叫“革命委员会好”，这句话历来被认为是毛主席语录——毛主席说啦，革命委员会真是好。其实呢，这是一句伪语录，毛泽东根本没有说过这句话。这是“四人帮”用断章取义的手法杜撰出来的。陈毅元帅的秘书杜易同志曾记述过这条伪语录的来历，他写道：

> 我在同陈总闲聊中，谈到许多大字报都是采取断章取义、歪曲事实、颠倒黑白、无中生有等卑鄙手法，专门编造谣言整人这个问题时，陈老总说：“断章取义的事多得很呐！上海夺权后，张春桥等人把上海市政府改称‘上海公社’。毛主席不同意说：‘叫公社不好，还是叫革命委员会好。’他们就在报刊、广播中说是毛主席的最新指示，‘革命委员会好’。毛主席说的是一句完整的话。他们取其所需，只说‘革命委员会好’，这不也是断章取义吗？中央“文革”都在断章取义，更何况造反派们！”（杜易《大雪压青松——“文革”中的陈毅》）

这就是“革命委员会好”这条所谓领袖语录的来历。说起来也真是滑稽，当年这条万民诵读、具有无上权威的“语录”，竟是阴谋家们用断章取义的师爷笔法杜撰出来的！

“事出有因，查无实据”这八个字，是清代以来各类办案人员常说的话。据考，这句话是清代刑名师爷发明的。从字面上说，这句话的意思是：“抓人、审人是有原因的，但细查起来又找不到证据。”但实际上这句话往往暗藏着这样的意思：“抓你、审你并非没有理由，抓你是没错的，只不过因为没有查出证据来，才把你放了。”本来，在办理各种案件时，由于案情复杂，出现抓人之后却查无实据的情况，是不足为怪的；但办案人若是用“事出有因，查无实据”做借口来搪塞涉案人，甚至以此来证明自己炮制的冤案是合理的，那么，这八个字就属于歪曲事理、滑头狡辩的师爷笔法了。

“文化大革命”时，这种师爷笔法被大大小小的专案组广为应用，成了他们推卸罪责的一个法宝。吕正操是抗日名将、中国人民解放军上将，却被诬为“曾被敌人策反”和“勾结国民党”，身陷囹圄，后经毛泽东干预，才被释放。对于构陷吕正操的专案组来说，整人又放人，何以自圆其说？那好办！办法就是在结案材料上写上“事出有因，查无实据”。这实际是在告诉吕正操，整你吕正操并非没有原因和理由，整你是没错的，只不过因为没查到证据才把你放了。专案组在这里使用的手法，正是刑名师爷所惯用的那种歪曲事理、滑头狡辩的师爷笔法。

师爷笔法，从渊源上说，虽然主要是清代刑名师爷创造的一种办案术，但远源可以溯至春秋战国时代的法家。清代刑名师爷自己也是把法家作为祖师爷的，他们把自己从事的职业叫做“申韩之业”，就是把著名法家申不害、韩非奉为祖师爷。对于师爷笔法的渊源，周作人说过这样的看法：师爷笔法的主要来源之一是“法家的烈日秋霜的判断”。这是不错的。

但是，法家的思想和主张是很复杂的，师爷笔法究竟从中继承了什么呢？还应做进一步分析。我认为，师爷笔法从法家那里承袭的最重要的东西，是韩非的“术”。那么“术”是些什么东西呢？郭沫若在《十批判书 · 韩非子的批判》中列举了七条，即：1. 权势不可以假人；2. 深藏不露；3. 把人当成坏蛋；4. 毁坏一切伦理价值；5. 厉行愚民政策；6. 罚须严峻，赏须审慎；7. 遇必要时不择手段。在韩非的这些“术”中，可以说凝结着法家主张中最歹毒的成分。在这七条中，我感到师爷笔法对第 3、4、7 条继承得最多。试看，“看尔艳若桃花，又焉能冷若冰霜？”这不就是把人当成坏蛋吗？肆意歪曲事理、翻云覆雨，这不就是不顾和毁坏基本的伦理价值吗？“反复颠倒，无所不可”，这不就是“遇必要时不择手段”吗？

“四人帮”是特别钟爱法家的，原因之一大概就是因为法家的歹毒之“术”特别吸引他们。“四人帮”钟爱法家与他们承袭师爷笔法是一回事，目的都是为了严酷地治民，为了实行封建法西斯专政。

为一个“迫害狂”诊病

这个“迫害狂”名叫曹轶欧。

曹轶欧何许人也？这话若是在二三十年前问，绝对是多余的，因为那时此人的知名度极高——谁不知道康生的老婆曹轶欧呢？但在今天，特别是在年轻人中，曹轶欧就不算是知名人士了，她已在历史的垃圾堆里沉睡多年，久已无人问津了。然而若是谈及中国的“运动史”，特别是“文革”史，曹轶欧依然是一位需要屡屡提及的著名人物。

曹轶欧之著名，并非仅仅因为她是康生的老婆，并非只是“夫贵妻荣”；那样看，决然是贬低了曹轶欧。曹轶欧之著名，乃是因为她与康生同为中国现代政坛上的杀手、迫害狂，因为她与康生狼狈为奸，搅得四海不宁，人神共愤，而在某些事情上，她又甚至比康生更为奸邪和歹毒。

曹轶欧已死去多年了，我今日却要为她诊病。因为，她的病症与一个疯狂的年代相联系，为她诊病可以窥见那个疯狂年代的一角。但我本非医生，何以能为她诊病呢？

原来，曹轶欧患的是一种特殊的病症，一种与疯狂年代和极左政治有特殊关联的病症；这是一种政治迫害狂或被迫害者才极易患的病症。这种病症，即便不是专科医生，也是可以窥知一二的。

先来看一看曹轶欧的病状——

> 康生死后，曹轶欧从小石桥胡同搬进了木樨地22号楼。这座楼是给部长级干部盖的，王光美等许多曾被康生、曹轶欧迫害过的老干部住在这里。
>
> 曹轶欧住进这座楼以后，时时感到犹如生活在囚室中。人们的咒骂，使她终日生活在恐惧、忧虑、痛苦、紧张和不安中。她的心，一会儿也不得平静。她怕敲门，怕响声，更怕人，特别是怕受过她迫害的中老年人。一见到这样年纪的人，就像惊弓之鸟一样，几乎抱头鼠窜。她的胆完全被吓破了。
>
> "你可不能见死不救啊！"一天傍晚，她孙女一进屋，她"扑咚"一声跪在地上，冲着孙女哭喊道："现在有人要向我报仇，要谋害我，快搭救我吧，不然我活不成了！"
>
> 孙女并不惊慌。近几年来，她疯疯癫癫的，语无伦次，说些出格的话，做出些越轨的事，已是家常便饭了，而且越来越严重……1991年，她在紧张、忧虑和恐惧中结束了一生。（林青山《红都女妖——康生"内助"曹轶欧》，引自《大时代文学》1997年第8期）

这就是晚年患病的曹轶欧，就是失掉了权势后，在千夫所指、万人唾骂的境况下度过晚年的曹轶欧。

这段引文，其实就是一份曹轶欧的病案。看了这份病案，稍有一点医学常识的人都会做出判断：曹轶欧精神上出了毛病。或曰：曹轶欧疯了。但曹轶欧患的究竟是什么病呢？是哪一路疯病呢？其病因又何在呢？

我不想借助《精神病理学》一类书来论证，只想借助一篇人们都熟悉的小说——鲁迅的《狂人日记》来说明我的判断。我是在看了曹轶欧的病案后油然想起《狂人日记》的。引发我联想的原因,是因为越看曹的病状,越觉得她像《狂人日记》里的"狂人"。

这个"狂人",终日战战兢兢,生怕被别人谋害,总是处在恐惧、怀疑和焦虑之中。曹轶欧不也是这样吗?曹轶欧与"狂人",的确是像极了。

但是,说曹轶欧像"狂人",决非是把她与"狂人"等同。"狂人"是反封建礼教的一个文化符号,曹轶欧哪配?这里只是做一下病状的对比。诊断结果是:曹轶欧与"狂人"患的是同一名称的病症,即"迫害狂"。鲁迅《狂人日记·小序》说:狂人所患,"盖'迫害狂'之类"。我也断言:曹轶欧所患,亦即"迫害狂"之类。

但是,两者所患的"迫害狂",成因却恰恰是相反的。精神病理学证明,"迫害狂"的成因,大致有两种:一种是因为受迫害太深重,因恐惧而致病;一种是因为害人太多,怕遭报应而致病。简言之,前者是因被整而发狂,后者是因整人而发狂。而其共同点则都是因为怕别人害自己而发狂。"狂人"属于前者,曹轶欧属于后者。曹轶欧是因为迫害人太多,怕遭报应而发狂的。她是迫害狂得了"迫害狂"。

关于第二种病因,我想提及一下清朝以来刀笔师爷的有关情况。因为曹轶欧的病况病因,与清朝刀笔师爷大有相似之处。

清朝的许多刀笔师爷,特别是刑名师爷,由于职业的原因,更由于贪赃枉法,诬人、杀人成为他们的寻常功课。但同时他们又相信轮回报应之说,如"种瓜得瓜,种豆得豆,夙业牵缠,因缘终凑"之类,所以对自己诬人、杀人的行为都抱有一种怕遭报应的恐惧感。他们总是怕那些死在自己手里的案犯、冤鬼前来索命,所以常常夜里做噩梦,白天精神恍惚,梦见和恍惚看到死者前来报复,有的甚至惊吓而死。这显然是“迫害狂”发病时的状态。清朝文人纪晓岚在《阅微草堂笔记》里对这种情况有相当细致的描写。

曹轶欧与清朝刀笔师爷的相似之处何在呢?

其一、整人之法相似。如断章取义、凭空捏造、歪曲事实、刑讯逼供等。清朝刀笔师爷如此,曹轶欧和她的丈夫康生也如此。康生和曹轶欧,其实就是现代的一对儿以刀笔杀人的大刀笔师爷。不知有多少正直的共产党人和善良的各界人士,在他们的阴谋诡计和刀笔之下,惨遭厄运!

其二、患的都是“迫害狂”,病状病因酷似。他们都是因为害人太多而惊恐致病的。差别只在于时代。曹轶欧的疯病是与疯狂的年代、疯狂的极左政治相联系的。

所谓“疯狂的年代”,也就是人们普遍丧失理智,陷入邪教式迷狂的年代。德国的纳粹掌权的年代,我国的“文革”年代,皆如此。疯狂的年代,必是疯狂人物辈出的年代。“文革”不正是这样吗?曹轶欧便是“文革”年代造就的一个疯子。她先是疯狂地整人,疯狂地乱国,最终她自己变成了一个真的疯子。曹轶欧的这部“疯狂兼疯病史”,是多么的可恨可悲,而她最终的结局,又是多么富有戏剧性啊!

“红底金字”年代的北京孩子

我用史料价值的高低考量忆旧作品

近些年来，写回忆文章，写怀旧作品，蔚然成为一种风尚。动乱消弭，升平日久，人心静了下来，头脑也更加清醒，晴窗灯下，键盘素纸，此类文字汩汩而出；操笔者，既有政要明星，也有百业平民，俨然“怀旧面前人人平等”。

“怀旧”，“忆旧”，其实还是有些区别的，“怀旧”一词，内含怀念之意，但旧事其实并非都值得怀念，那些不堪回首的糟心事，谈何怀之念之？所以，将讲谈旧事的文字一概谓之“怀旧作品”并不准确。“忆旧”一词涵盖的内容则更广泛些，我更愿意用“忆旧”一词统称回忆、怀旧一类文字。当然，泛泛地把忆旧之作称作“怀旧”也无不可，因为读者毕竟要看内容，一看便知其详。

刘仰东这本《红底金字——六七十年代的北京孩子》，是中国青年出版社作为“怀旧系列”丛书之一推出的，但依我看，称这本书为“忆旧之作”更为准确，因为书里所谈的大都是发生在“文革”中的旧事，其中不堪回首、绝不应重演者居多，所以，难说作者记这些事是在怀旧;书中也记了一些可以长久留在心底追想的有意义的事,以及许多可作谈资、令人解颐的趣事,作者记这些事,自然是抱着怀旧之情的。

我与仰东是人大同窗,同念历史系,同住一个宿舍,但他低我一届,我七八,他七九,后来,他折桂成了博士,我还是学士,但我和他开玩笑说,我这个学士可是"大学士",是在"邸报"里"行走"的"大学士",他闻之大笑。我们常在一起聊天,经常谈起"文革"时代我们那代人共同经历过的旧事,笑谈中杂着唏嘘,颇似杨升庵词里说的白发渔樵饮着浊酒笑谈古今。但我何曾想到他竟会写出这么一大本厚厚的《红底金字》。细读此书,我方知我这位学弟的忆旧情结是那么炽烈,而他写忆旧文字的本领又那么让我拍案称绝。

这些年,我看过不少怀旧忆往作品,我发现,都道是"怀旧"、"忆往",其实写家的立意和"怀"法儿大有不同,比如,消遣者喜谈风月,批判家关注血腥,思想者爱谈道理,政治家喜断是非,忧世者留意人心,历史家意在保存史料,道德家借此教诲世人,耆旧故老以摆谈逸闻掌故为能事,理论家于叙事中立言,沽名钓誉者藉此炫耀劳绩,有历史污点者乘机洗刷罪愆,等等。同样是忆旧作品,其价值的高下往往有很大不同,优者足可传世,劣者只宜覆瓿。我是一向视忆旧作品为史料的,所以,我考量这类作品的高下,主要看它的史料价值。仰东这本《红底金字》,我认为,史料价值是颇高的,属于上乘忆旧作品无疑。

不能小觑的"文革"史边角

"文革"以及前后一段时间,是共和国历史上的剧变期,每个国民的命运几乎都在那段时间发生了重大改变,痛苦,激愤,无奈,憧憬，每个人都有一部讲不完的故事。追忆和怀想那段经历，成为近年来忆往怀旧作品的一大主题。“老三届”知青是写作这一忆旧主题的一大群体，他们写的《中国知青史》、《血色黄昏》、《我们的故事——一百个北大荒老知青的人生形态》、《亲历兵团》、《“文化大革命”中的地下文学》等等，都是非常有史料价值的作品。低于“老三届”知青的一代人，即“文革”中尚处于低龄的孩子，也就是“老三届”的弟弟妹妹们，他们在“文革”中的经历其实也是值得记述的，但他们中却很少有人操笔为文。王朔属于这一代人，他的不少作品也是写这一代人的，比如《动物凶猛》（电影《阳光灿烂的日子》据此拍成）等，但毕竟是小说家言，史影居多，说不上有多少史料价值。仰东也属于这一代人，与王朔不同的是，他是史学博士，是用史笔来写这本《红底金字》的；书中所记，皆为他亲见、亲历或亲闻，所谓“三亲”是也，所以，自然具有颇高的史料价值。

何谓“红底金字”？其象征意义是什么？

回首上世纪六七十年代，红黄两色尽染天下，红袖章、红标语、红证件，红校旗，一片“红海洋”，一片红底金字，眩人眼目，让人心惊，令人窒息。“红底金字”所象征的，正是那个极左的“文革”年代。《红底金字》所写的，也正是那个时代中的北京孩子的历史。用“红底金字”来做书名，端的是恰切，你翻开每一页书，仿佛都能看到这红黄二色，仿佛满眼都是无数“无知加无畏”的孩子，在这红黄二色的天幕下胡乱折腾。《红底金字》，可以说是一本孩子的“文革”小史。

孩子们的历史，是受大人的历史支配的，所以，孩子的“文革”史，只能算是“文革”史的边角，但这些边边角角却自有其无可替代的认识价值，这就是，从少年儿童所受到的“左”祸戕害的程度，尤其可以考见“左”毒触角之深广，“左”祸危害之剧烈。将少年儿童的“文革”史形诸笔墨，留作史证，其意义是绝对不能小觑的。

恍惚回到三十年前

我也是“红底金字”年代的北京孩子，自然也是“北京孩子文革史”的局中人，但自揣所见所闻，实在有限得很；《红底金字》大开了我的眼界，使我看到了大量未知的发生在我们那代人中的光怪陆离的“文革怪现状”。我恍惚又回到了三十多年前。

“迈入中学，第一印象是批斗校长”，这是北京孩子的普遍记忆。《红底金字》记下了多名校长挨学生批斗的情景。101 中学的校长叫王一知，是中共早期领导人张太雷的夫人，20 年代的老党员，挨批斗时胸前挂着“反革命修正主义分子王一如”的木牌；月坛中学的女校长被剃了阴阳头后，唱着“下定决心”的语录歌，从楼顶的烟囱里跳了下去；男四中的女校长在烈日下低头挨斗，口中喃喃低语：“你们都是我的孩子……”；有的校长被勒令在大雨里环绕操场爬行；有的校长被勒令与死尸握手。记得我刚入中学（东方红中学）没几天，学校当局便让新生参加校长的批斗会，有个高年级学生跳上台去大声吼叫，批校长说过的一句所谓反动话：“入党和结婚是人生的两件大事。”最高指示有云，学生要学工学农学军，也要批判资产阶级。斗校长，便是北京孩子一入校就上的批判“资产阶级”的第一课。

鲁迅曾对古时的师道尊严表示过不满，说：“古之师道，实在也太尊”，但我相信先生若逢“文革”，必会激愤言之：“今之师道，实在也太卑太贱”。《红底金字》记下了许多师道太卑太贱的例子：有的孩子把笤帚放在虚掩的教室门上，老师一推门便砸在头上，有的孩子把图钉的尖朝上固定在讲桌上，老师一趴在桌上翻讲义,袖子马上被撕破,有的孩子买来臭豆腐在教室里乱抹,让老师没法讲课,有的孩子将唾沫弹到黑板上,恶心老师,“女老师被气哭了的,气晕了的,男老师气急败坏,与学生厮打起来的……都是家常便饭”。如此怪异和荒唐的景象,今日的年轻人定会怀疑其真实性,但这的确就是当年的学校,当年的教室,当年的师生关系,许多情景也是我亲历过的,我们这代人就是在这种乱成一锅粥的教育生态中度过自己的中学时代的。今日回想,每每生出无限感慨和叹息:师道陵夷,斯文扫地,竟至于此!上溯五千年,何曾有过?

“文革”中的中小学课本是什么样的?恐怕现在很少有人知道了。《红底金字》记录了一份“复课闹革命”之后初一语文课文目录,可让今人略窥其概貌。试看几篇课文题目:《毛主席语录再版前言(林彪)》、《苏联人民敬祝毛主席万寿无疆》、《斥“剥削有功”的反动谬论》、《彻底批判修正主义教育路线》、《红灯记(第五场)》、《彻底地亮狠狠地斗坚决地改》,从这几个题目,便可知道当年孩子们的脑袋里被灌输的是些什么东西了。漫漫三十年过去了,但我至今仍仿佛能闻到这些课文中浓烈的“阶级斗争”的火药味和封建霉味。当时的孩子们,就是用这种面目可憎的课本学习祖国语文的。我想,倘若鲁迅地下有知,一定会再次呐喊:“救救孩子!”

那时的孩子整天受所谓阶级斗争教育,几乎个个成了“左”派小战士。《红底金字》记道,那时学校不是组织参观“三条石血泪史”,就是参观“收租院泥塑展”,还参观大白楼王国福家,“阶级斗争的弦”总是绷得紧紧的,每个学校,每个班,每天,都会有所谓“阶级斗争新动向”。《揭开初二一班阶级斗争的新盖子》,这是当时一张大字报的题目,如此高难度的“揭盖子”战法,竟是出自一个初二“菜鸟”学生之手。一个学生的日记写道:“希望邓小平改正自己的严重错误,回到革命道路上来。”班干部便在上面批曰:“老机会主义者,改也难呀!”这句批语本是毛泽东批林彪的话,班干部随手拈来用作批邓,真不愧是“毛主席的好学生”。“阶级斗争”已经把孩子们历练成小政治家了。

那时所谓的阶级斗争教育,不仅“左”得出奇,而且经常闹出笑话。给革命烈士扫墓,必先说明瞿秋白是“叛徒”,王若飞也是“叛徒”,并声讨之,有的学生不懂墓碑上的“享年”二字,老师就解释说,“革命烈士哪有时间享受,这是封资修的提法”。有位学生偷看《青春之歌》,被工宣队长没收,队长审查后立即召开批判会,给林道静下了一个结论:“破鞋闹革命”。如此极左和荒唐的教育,在当时却被夸赞为“教育革命的成果”,更被视为领袖路线的胜利。什么路线?“以阶级斗争为纲”是也。“以阶级斗争为纲”,结果必然如此,也只能如此。

有件史实,如今已罕为人知,但对于洞见“文革”时社会的堕落很有认识价值,就是,在“文革”中,有一批北京孩子,曾经经历过一个“流氓化”阶段。读了《红底金字》,可以大致了解这段史实。在混乱不堪的“文革”岁月里,很多北京孩子变得匪里匪气,他们结为帮伙,首领称为“顽主”,类似帮会头目,形成一种孩子们的“江湖”;打群架成风,“口里口外,刀子板带”,其规模常常多达几十人甚至上百人;“拍婆子”,即男孩勾搭女孩或对其性骚扰,成为许多男孩性宣泄的重要渠道,常常几拨人为争一个“婆子”大打出手;日常语言呈严重污染状态,脏话匪话痞话经常从妙龄女孩嘴里脱口而出;学工时小偷小摸,游泳时扒人裤衩,骑车“飞”(抢)人帽子,用火柴“点天灯”,用弹弓打路灯,等等,成为一时风气。这就是在一批北京孩子中出现的“流氓化”现象。但是,这批孩子绝大多数并不是真正的流氓,而只是沾染了流氓习气,他们仍属于良家子弟,本色还是纯洁的。但问题的严重性也就在这里。试想,大批良家子弟之“流氓化”,还不是严重问题吗?这实际是整个社会发生堕落的一个重要表征。

何以会出现“流氓化”现象?《红底金字》做了一点分析:“打群架之风,是大气候所致。停课以后,上了中学的孩子无正事可干,且精力和火气正旺,属于没事滋事的年纪。瞎折腾、疯玩、‘闹革命’之外,就着‘横扫一切’的社会风尚,孩子之间群殴的兴起,便在所难免。”这个分析是不错的。说到底,北京孩子的“流氓化”现象,是“文革”大气候所造成的。流氓问题,历来为有眼光的学人所关注,鲁迅就写过一篇名文《流氓的变迁》,近年来,更是有多部流氓史专著问世。我希望能有学者专门研究一下“文革”中的流氓问题,比如,“四人帮”的政治流氓手段,造反派和“勇敢分子”中常见的流氓性,良民社会发生的“流氓化”现象,等等,北京孩子的“流氓化”现象当然也包括在内。我相信,这一研究对于深刻认识“文革”的丑恶和荒谬,定会大有帮助。

六七十年代的北京孩子,虽然是在动乱中长大,受“文革”戕害不浅,但因年龄小,基本没有直接卷入政治斗争,他们的日常生活,基本还属于“孩子型”的,他们有自己的一片独立的生活天地。比如,《红底金字》里有一个《玩》的专章,写了大量当时孩子们玩乐的项目,如烟盒、冰棍棍、骑驴砸骆驼、放毒气弹、埋地雷、双球打垒等等,还有一个《三大运动》专章,写了孩子们打乒乓球、骑自行车、游泳时的很多趣事。这些娱乐生活,在那个大讲阶级斗争的年代,给孩子们带来了难得的欢乐。谈游泳一节,小标题是《孩子的仲夏之梦》,生动地描摹了孩子们欢乐的童心。如今,许多北京孩子谈起那个年代,总会津津乐道当年是怎么玩的,这几乎成为他们怀旧的主要内容。是啊，在那个年代，大概也只有玩，才使孩子们的天性得到了一点满足。

北京孩子没多大出息

北京孩子，是个地域特征很明显的群体，我感觉，倘若聚拢起一堆各地的孩子，北京孩子仿佛一下子就能跳入你的眼帘。特征有哪些？成因又是什么？这是个颇为有趣的社会学题目。我看，北京孩子至少有三个明显特征，一是出息不大，二是眼界宽，三是政治嗅觉灵敏。

《红底金字》有篇仰东自序，第一句话就是“北京孩子没多大出息”，接着又说，“不论挖沟要饭做小买卖，还是升官发财干大事业，北京的孩子都不行，不如外地过来的孩子”，又分析原因说：“北京孩子较少‘于连性格’，说得直白点，是北京孩子散淡，缺乏进取精神。”我看仰东说的大体不错。我这个北京孩子就没多大出息，虽然并非一无所成，但比起我认识的一些当了大干部、挣了大钱的外地孩子来，实在是差多了。我要说，就凭仰东序里的这句“北京孩子没多大出息”，就让我对他这本书刮目相看。

眼界宽，政治嗅觉灵敏，《红底金字》里的例子就太多了。节庆、迎宾，北京孩子可以见到毛泽东、周恩来、金日成、西哈努克、尼克松、田中角荣、谢胡、巴卢库；扫墓，他们可以去最高层次的烈士安息地八宝山、万安公墓，可以在李大钊、任弼时的墓前举行仪式；看演出，不少孩子与毛泽东同场看过《东方红》，孩子们常去的首都电影院，也是周恩来、朱德、董必武、陈毅和胡志明曾看过电影的地方。对于高层政治，北京孩子有一种特殊的关心，比如提起“文革”中那些大案，彭罗陆杨、刘邓陶、陈姬乔、王关戚、杨余傅、黄吴叶李邱、王张江姚，等等，不仅能滚瓜烂熟地一路数下来，而且有自己一套一套的见解。70年代，北京孩子间一度传抄柯庆施和谢富治的“遗书”，虽然真假莫辨，但研读的态度绝对认真。中央规定干部要学马列六本书，大人看，北京孩子也看，虽然多是瞎翻，半懂不懂，但比起完全不看这类书的孩子，毕竟还算有点“马列修养”。

仰东在书里，曾提到他观察过党内大奸康生的着装，他写道，当年中央领导在正式场合都穿中山装或军装，唯一例外的是康生，除“文革”初期康生偶穿军装外，一般露面时，如出席九届二中全会和十大，经常穿的是一种有三个暗兜的学生装，他“那时已经七十来岁了，为什么不追随毛泽东也穿中山装，而是穿在小学生中流行的学生装，其心态如其人在其他方面的表现一样，让人揣摩不透”。我真是佩服仰东的政治嗅觉和眼力，他竟然能注意到康生的穿衣服，并据此揣摩康生的性格和心态。仰东的观察是不错的，康生其人一贯阴险狡诈，着装的怪异，也能反映出他处世为人的某些特点。仰东真不愧是北京孩子。

有人说，北京孩子有八旗子弟遗风，这也许不错。但我认为，共产党政治中枢所独具的政治文化，给予北京孩子的影响尤其巨大。在“红底金字”年代，北京孩子的一些地域特征，特别是眼界宽、政治嗅觉灵敏的特点，曾发挥过不小功用，既有正面的，也有负面的。值得称道的，比如“四五运动”，在天安门悼念周总理，反对“四人帮”的民众中，北京孩子占相当数量。我当时也去了天安门，镇压的那天晚上险些被抓住。当时，我是一家工厂的团总支书记，我坚决悼念总理的态度，影响了很多团员、青年。一年后，我又组织人油印了一本厂里青年创作的悼念总理的诗集。

“闻事辄录”的掌故书

《红底金字》所用的笔法，不是写正史的笔法，而是野史笔法、掌故笔法。这种笔法不打官腔，记事灵便、到位，长于记录细节。明清士人常用这种笔法记史，鲁迅颇为激赏，认为能存真史。仰东也用这种笔法记史，自然也有裨于保存真史。仰东对于历史的大关节，当然是关注的，但对于历史细节，他似乎有一种特殊的爱好，而且颇有记录历史细节的本领。他从不妄谈历史规律一类大题目，从不发那种睥睨古今、包打天下的高论，而是多着眼于历史细部，关注历史大关节下的雨丝风片。他的博士论文，是考索清代灾荒史的，做的是很具体的实证研究，他与导师合写的《太平天国社会风情》，是描述太平天国细部史实的名著。他的研究方法是挖深井，见微小而窥宏大。他写这本《红底金字》，记录当代史，更是使用了挖深井的办法。

一般来说，博士大都爱走“做大学问”的路子，而仰东博士除了搞过一段清代灾荒史研究外，似乎对“做大学问”并不怎么感兴趣，他平时的兴趣，我看主要在掌故学之类的杂学上。这本《红底金字》就应该归入掌故学一类。掌故学，即搜罗和讲说掌故的学问，在我国源远流长，魏晋以来的《世说新语》、《隋唐嘉话》、《封氏闻见记》，宋元明清以来的《东京梦华录》、《辍耕录》、《万历野获编》、《菽园杂记》、《池北偶谈》等等笔记杂录，都可以说是掌故学著述。《红底金字》的文脉，实际上走的就是这一路。不同的是，古人撰写这类书，多是为排遣时日，解闷消闲，如纪晓岚说自己写《阅微草堂笔记》时的心情是：“景薄桑榆，精神日减，无复著书之志；惟时作杂记，聊以消闲”。仰东则不然，他是有为而作，精神振奋，苦心要写出一本“红底金字”年代的掌故书。他的笔路，不是正襟危坐，也不是“闲情偶寄”，而是认认真真从容有致地记下那个时代的真实生活，记下那些被忽略了的“文革”史的边边角角。

掌故学，严格来说属于历史学的支脉，细归类，可入史料学。搜集、记录史料，历来是史家的看家本领，清人文廷式《闻尘偶记》有句名言：“闻事不记，释家之智；闻事辄录，史家之学。”释家不重视记事，他们有“经”可恃，喜谈悟道；而史家则要据实说话，以史为证，所以，总是“闻事辄录”，记录史料。我惊叹仰东搜集了那么多鲜为人知的掌故，不为人留意的掌故，连我平时不经意与他谈的一些杂事，他也记录在案了。这让我领略了仰东“闻事辄录”的“史家之学”。

史家，掌故家，若认真界定，仰东当然只能算是掌故家。掌故家也不得了，刘义庆是掌故家，孟元老是掌故家，徐凌霄是掌故家，在豆棚瓜架之下记录各种遗闻逸史鬼狐故事的蒲松龄，其实也是掌故家。仰东是个平素便有些“掌故癖”的人，喜谈，喜听，喜记各种杂七杂八的逸闻趣事，他能够写出这本掌故书，诚非偶然。但是，他写这本书还有一个重要的动力，就是出于历史责任感，不忍让那些珍闻逸史被岁月的尘埃湮没掉，特别是他想让世人能够更真切地了解“红底金字”那段岁月。仰东是鲁迅先生的景仰者，也爱读知堂散文，他对掌故的癖好，我看多少也受过一点周氏兄弟的影响。周氏兄弟都喜“杂学”，爱读笔记掌故一类书，知堂还写过一篇《我的杂学》述之。一次，仰东与我谈起邓云乡先生写的掌故学名著《鲁迅与北京风土》，啧啧赞赏之余，又饶有兴致地谈起周氏兄弟的喜“杂”：致力杂文，喜谈掌故。

近一二十年来，学界出了一拨儿新新人类学问家，写起文章来像是老道画符，云山雾罩，玄之又玄，其实都是“买驴博士”。仰东绝不是这样,他不论写学术文章,还是写掌故文字,一体都是“五四”以来深受读者欢迎的“谈话风”,既不故弄玄虚,也不浅俗庸常,而是蕴藉有物,亲切有味。《红底金字》的文风便是如此。

仰东这本书原先出版过,据说在排行榜上还挺靠前的,这次出的是增订本,所谓踵事增华,锦上添花也,其价值肯定比原本要高得多。仰东索序于我,我不敢推辞,写了以上读感,就算是序。

2008年11月12日写迄于京西定慧寺之扪虱堂

附识:此序写毕不久,闻知书名拟改为《北京孩子》,谅其为市场计也。我以为,名实之间,实为重,名为轻,书魂毕竟在内容,改名可也。但无论改为何名,“红底金字”四字,仍为此书最重要之象征也。

2008年11月17日

读史鳞爪

文字狱的功劳

某公有高论:“清代文字狱有利于社会稳定”。想想颇有道理。

谅清帝于此感受最深。余代拟诏曰:扬州十日,嘉定三屠,只能解决暴民武装反抗问题,思想反抗,只有靠文字狱。有此利器,则必万马齐喑,无人敢恶攻我大清。“清风不识字,何必乱翻书”,如此讥笑我大清,岂能不严办?办得文人们学乖了,服帖了,甘心当奴才,我大清于是乎稳定。

龚自珍有句,“避席畏闻文字狱,著书都为稻粱谋”,此言更为文字狱有利于稳定之证据。著书立说,舞文弄墨,乃文人之本性,之恶习,动辄言华夷之辨,言驱逐鞑虏,皆不利于社会稳定之恶言。若兴文字狱,使其心存畏惧,转而考古字,习八股,说风月,谈鬼狐,全心全意做稻粱之谋,认认真真写无聊废话,稳定局面岂不翩然而至乎?南山集案、苏报案,只嫌其少,不嫌其多也。

错在没拿皇帝当皇帝

乾隆爷的子民王锡侯,赣人,举人,有点学问,下了十七年的硬功夫,编了本字典,唤作《字贯》,自成一家言,搁现在说不定能评上个什么社科著作奖。但他写了个糟糕的序言,批评《康熙字典》缺乏“穿贯”的线索,查起字来“举一漏十”,很不方便,所以他要编本《字贯》把字连类“穿贯”起来。这显然在贬损《康熙字典》。更要命的是,序文提到康雍乾几位帝爷时没避庙讳,直书了御名。乾隆爷知道了,怒了,办了王锡侯个悖逆罪,杀头,抄家,株连。

王锡侯当然是把肠子悔青了,但错在何处?此君又未必真弄明白了。要我说,其错不在编书,而在不懂“凡是”。何意?孟森先生说的好,王锡侯“置《康熙字典》为一家言,与诸家俱在评骘之列,此王之所以罹祸也”(《心史丛刊·字贯案》),把御制之书当成了普通的学术著作,也要与之商榷争鸣,这不是拿皇帝不当皇帝么?凡是皇帝说的写的办的,哪会有错?怎能视作一家之言?凡是拂逆圣上批了龙鳞,哪会有好果子吃?但王锡侯迂得很,近乎呆,没理会这两个“凡是”,于是乎遭了大殃。他爹就迂,开始给他取名叫王侯,后来觉得有点犯忌,便加了个锡字。“王侯将相宁有种乎”,取名王侯,莫非要做王侯么?若是追究起来,不用等到他写《字贯》就被办掉了。朱熹的弟子陈埴有句名言:“天下无不是底君”,这是有水平的话,皇帝哪能有错儿呀?锡侯先生实在是没有陈埴的水平高啊!

傅雷怕入文网之心态

文人畏惧文网,如避蛇蝎。然具体心态如何,却少见于文字记载。傅雷书信中有一段难得的文字,可见他畏惧文网的心态。傅雷 1950 年 6 月 27 日给黄宾虹的信中写道:“方今诸子百家皆遭罢黜,笔墨生涯更易致祸,懔懔危悚,不知何以自处。”(《书屋》2008 年第 8 期第 39 页)五零年,刚刚解放,政治还是很清明的,但傅雷根据自己的观察,仍对笔墨生涯抱以殷忧。后来,果然文网越来越密,他的心境也自然更加“懔懔危悚”。“文革”初始,傅雷夫妇便自杀了。看了傅雷信里的话,便不奇怪他的选择。傅雷自杀是早有心理基础的。傅雷是那样深惧文字狱,而“文革”便是一场大文字狱。“文革”不会放过傅雷,傅雷也自知熬不过“文革”,他只好选择自杀。别无选择,岂止傅雷哉?

其心可诛

庐山批判彭总,也可以说是一桩文字狱。文字证据就是那封被取名为“彭德怀同志的意见书”的私人信件。从近年公布的一些关于庐山会议的资料看,当时众人对彭总口诛笔伐的架势,颇像钱名世被定为“名教罪人”后群臣一齐写“讨逆诗”。批判彭总所用的一个重要方法是诛心法。所谓诛心法,就是不根据事实,而是妖魔化其用心,栽赃其动机,认为“其心可诛”,然后罗织罪名。此法源起颇古,刑吏、师爷常用之,欲定人罪,无所逃遁。季羡林讥称诛心法为“特种心理学”。

康生批彭时的诛心法最典型、最恶劣。彭总信里有一句话:

"一般的不去追究个人责任。"康生发言说:"一般的不追究,个别的还是要追究,可以理解为要追究毛泽东的个人责任。"又说:彭的信,"言外之意是否要改换中央委员会的领导,或改换主席呢?"(《盖世英雄彭德怀》,河北人民出版社,第253页)这是典型的诛心法,先诬你怀着坏心思,然后再批判这种坏心思。康生又发言说:"他们(指彭黄张周)心里想:你们过去整我,这次可犯了错误,报复的时机来到了,利用庐山会议,要狠狠地进攻。"(同上,第252页)也是先猜度并坐实你心里所想,认定"其心可诛",然后加以批判。对康生的发言,彭总当即反驳:"你说的都是你的主观想象,是你强加给我的罪名。……你主观武断,作诛心论。"(同上)彭总一针见血拆穿了康生的诛心法,康生一时语塞。会上还有一些发言也不愧是诛心论杰作,如说"彭德怀拿匈牙利事件作比,什么意思","彭的信是经过周密预谋的","企图分裂党,实现他们的恶毒阴谋",等等。(《从战争中走来》,中国青年出版社,第223页)都是先诬你有坏心思,然后猛批。

诛心法与文字狱历来是藤树牵连,密切相关,诛心法造成了无数文字狱。明清文字狱便颇得益于此法。说"生"说"光"说"则",朱元璋认为是说"僧"说"秃"说"贼",是大不敬。有位胡姓文人诗集里有一句"一把心肠论浊清",乾隆便怒问:"加'浊'字于国号之上,是何肺腑?"认为居心险恶。康生一类整人专家,深得古来诛心法之三昧,娴熟用之,广而用之,造成无数冤案。庐山整彭总的恶果之一,是会议上肆行的诛心之法对后来的政治生活产生了示范效应。到了"文革",以诛心之法整人,已成为燎原之势了。

“婴鳞”学说

韩非有一“婴鳞”学说，云：“夫龙之为虫也，可扰狎而骑也。然其喉下有逆鳞径尺，人有婴（即撄，触犯之意）之，则必杀人。人主亦有逆鳞，说之者能无婴人主之逆鳞，则几矣。”龙，此种大虫，你可亲近它，甚至可以骑它，但它喉头下倒长着的那尺把长的逆鳞你可碰不得，碰了你就得死。龙如此，君王亦然。韩非说，人主也有逆鳞，逆鳞绝对碰不得，你不碰，你的谏诤或许被采纳，碰了，则后果不堪设想。

韩非者，中国君主制之大思想家也，人称“中国的马基雅弗里”，中国史上若论谁最懂得君王的心思和脾气，韩非大概要算第一人。“婴鳞”学说，便是此公的“知君”之论，是他的一大理论发明。

古时陷入文网的人，大抵八成都是因为犯了“婴鳞”的罪。朱洪武是秃头，秃头即逆鳞，语涉秃头便是“婴鳞”，故而言“光”言“亮”言“僧”言“生”者，便掉了脑袋。清朝考官查嗣庭用孟子语“君犹腹心，臣犹股肱”出了道试题，雍正阅后怒责道：“为何称‘君’为‘腹心’而不称‘元首’？分明不知君上之尊。”这“君上之尊”，乃是雍正及一切君王的逆鳞，而查嗣庭却不慎触犯了它，结果倒了大霉。料想诸位“婴鳞分子”，似乎都没有学过韩非的“婴鳞”学说，或是学过却没学到家，所以，有心无心地违反了皇天之下的一条绝对真理：真龙天子的逆鳞，是根本一点儿都碰不得的。

明乎此“婴鳞”之理，也便明白了文字狱大半。司马迁的眼光甚犀利，看出了韩非“婴鳞”学说的重要性，便在篇幅极有限的韩非列传里记下了这一学说。窃思之，倘若当初那些犯忌的臣僚士子，都曾好好学习过韩非的“婴鳞”学说，大概也就不会去干那种“婴鳞”的傻事，文字狱也便会因之锐减。

彭总被称为“脑后有反骨”，意思是他有“婴鳞”倾向。林彪常在纸片上写所谓“悟道”之言，曾写过“大顺”、“大拥”等字样，这端的是甚合“婴鳞”学说之精义的“悟道”之言。

为元人避讳

朱元璋本是靠“驱逐鞑虏，恢复中华”起家的，是汉民族的大英雄。但奇怪的是，他夺了天下后却不准史书记载元人的凶残。按说，朱家天下的合法性，来自于反对元人统治的不合法性，但不让记载元人的凶残，怎能证明你造反有理呢？你推翻元人的行为还能算是伐无道，诛暴虐，顺天应人的革命吗？朱元璋这样做的原因，史家当然会有解释，我不了解；但以我的猜度，大概是因为朱元璋怕老百姓一看到元人的凶残，便会联想到他本人为政的刻深酷烈，进而生出反心。

剥夺世人对历史真相的知情权，从历史上看，总是不会太长久的，结果也并不大好。苏联隐瞒过许多历史真相，如卡廷惨案等，结果一朝揭破，其公信力便烂如败絮，无可收拾。曾有很长时间，谈中共党史，避忌谈苏区的左倾“肃反”错误，不愿披露那些血淋淋的“左”祸，结果，又弄出了一个更大的“左”祸——“文革”。“文革”骨子里就是苏区“肃反”错误的继续。前不久，一项社会调查说，许多大学生不知道“文革”为何物，有的竟主张再搞一次“文革”。如此看来，不对大学生进行一点“文革”史教育还真不行。王元化先生在一篇文章里曾提到这项调查，并因此谈到朱元璋为元人避讳的事，他认为，朱元璋实行的是愚民政策，很不可取，效果

也“不见得好”。(《民主与科学》2008 年第 4 期第 56 页)

马、秦相加不大通

语云:“马克思加秦始皇。”此加法恐不大通也。岂止不通,实大荒唐也。何满子先生曾做打油诗:“世间何物最荒唐,马克思加秦始皇。”(何满子《天钥又一年》,兰州大学出版社 2003 年版,第 128 页)信然,深刻。马克思何许人?秦始皇又何许人?一个是革命导师,一个是封建皇帝。一个欲引导人类达于自由大同之境,一个以血腥暴力弄得“天下苦秦”而败亡。一个认为“专制制度必然具有兽性,并且和人性是不相容的”(《马克思恩格斯全集》第一卷第 414 页),一个一门心思“要一世至万世为君,使中国永远是嬴姓的中国”(郭沫若《十批判书》)。如此二者,焉能加到一起?要加,马克思首先不高兴。马克思讨厌“东方专制制度”,对于中国的封建专制制度自然也持批判的态度,翻翻他写的《波斯与中国》、《中国革命和欧洲革命》等书,一看便知。秦始皇也会不高兴。秦始皇最反感有人造反,故收天下兵器铸了十二个金人,而马克思偏偏有一套鼓动奴隶造反而且还要解放全人类的说辞。马与秦相加,委实不大通也。或马或秦,只能择其一也。

修改史料则史料亡

标题这句话,是套用前贤的话想出的。明人刻古书时,妄行校改,故清代考据家说,“明人好刻古书而古书亡”。清人修《四库》时变乱旧式,删改原文,故鲁迅先生说,“清人纂修《四库全书》而古书亡”。鲁迅又说,“今人标点古书而古书亡”,因为他们乱点一通，佛头着粪。鲁迅称此三事为古书之“三大厄”。我认为，现代人之修改史料，亦诚可谓史料之一大厄也。

多年来，一些妄人以刀笔修改史料，或删改文献原文，或裁剪历史照片，致使许多史料面目全非，几近亡矣。例如，1933 年杨杏佛在宋庆龄宅为宋庆龄、鲁迅、史沫特莱、肖伯纳、蔡元培、伊罗生、林语堂等所摄“七人照”，长期被裁剪为“五人照”（剪掉伊罗生、林语堂），令世人懵然接受伪史教育达数十年。又如，因傅作义先生是起义将领，便有妄人于公布历史档案时将原文中的“傅匪”改为“傅作义”。殊不知，国共打仗互以“匪”称，乃历史事实，尽人皆知，若去掉“匪”字，便不是历史。此举不但是变乱历史，更是变乱逻辑：不曾为“匪”，何须大军围城，折冲谈判？又怎能叫作“起义将领”？此两例妄改史料之举，皆出自所谓“政治考虑”，然为一时政治之需而修改史料，终为下下之策。须知只有信史，才能取信于世人，也才能有助于在政治上站稳脚跟。

马克思、恩格斯是怎样对待历史文献的？《共产党宣言》发表后，马恩又有了许多新思想，但他们并没有往《宣言》里加，而是陆续写了多篇序言，在序言里把新思想表述出来。为什么要这样做？“因为《宣言》是历史文件，不能改，只能通过写序来做补充。”（彭真语）在我党中，陈云同志堪称正确处理史料存真问题的楷范。1978 年中央工作会议上，由于彭德怀尚未平反，康生问题还未揭开，故陈云发言时未称彭德怀为“同志”，而仍称康生为“同志”。几年后，这篇发言要收入一本书，秘书请示可否在彭德怀后面加上“同志”，去掉康生后面的“同志”。陈云回答，前一个“同志”不能加，后一个“同志”不能减，因为当时只能讲到那个程度。（此发言后来收入《陈云文选》时，陈云才勉强同意在彭德怀后面加了“同志”二字）此“不加”，“不减”，表明了陈云对待历史文献的唯实、谨严的态度。此种态度,堪为一切整理、刊布文献史料者,特别是修史者所效法。

提壶

历史人物之品题,向有二偏向:一曰隐恶扬善,一曰隐善扬恶。所谓隐者扬者,余拟以一俗词概言之,曰"提壶"。析而言之:隐恶,即哪壶不开不提哪壶;扬善,哪壶开提哪壶;隐善,哪壶开不提哪壶;扬恶,哪壶不开提哪壶。隐之扬之,全在提壶之间耳。

浏览书、刊、报、网,妄加提壶之文多矣。誉人欲增其美,只提开水壶,毁人欲益其恶,只提凉水壶。品题尊者贤者,只提开水壶,讳提凉水壶;品题问题人物,只提凉水壶,讳提开水壶。秦皇暴虐,然有大功,喜秦皇者便只提装有大功之开水壶,不提装有暴虐之凉水壶;厌秦皇者则相反。如此提壶,则此秦皇非全人也,自亦非史上之真秦皇也。"曾国藩者,誉之则为圣相,谳之则为元凶"(章太炎《检论》),亦提此壶不提彼壶之故也。此曾氏自亦非全人真人也。

善恶功过集于一人,本常态耳,若片面提壶,妄加抑扬,则距真人远矣。论人之原则,唯在顾及全人,辩证论人,所谓实事求是也。品题人物,居心为第一。秉大公者,天然具有辩证倾向;反之,则必为妄加提壶者也。

"双璧"

太平天国毛病甚多,"文革"一无可取。"文革"之劣迹,酷似太平天国的毛病。太平天国自有其合理性、正义性。"文革"之合理性、正义性何在？中山先生曾称赞过太平天国，因其反满革命。“文革”，则被一纸决议彻底否定之。若以二者相似之毛病论，二者堪称近现代政治运动之“双璧”。“双璧”都造神，搞个人迷信，搞神权政治，特点有异而已。皆内斗，领导层里斗，死掐，强势者掐死弱势者。“天京悲剧”乃内斗悲剧。“文革”被定为“内乱”。元首都不相信昔日战友，一个个剪灭之。一个是武化大革命，一个是“文化大革命”。但“文化大革命”也动武，所谓“全面内战”。武化大革命也革文化的命，用变形上帝代替孔孟。“双璧”都猛反传统，“文革”破四旧，洪秀全痛批古圣先贤。都打菩萨，毁神像，毁了旧神，供奉新神。“双璧”都批孔，“文革”中号召向天王学习批孔。“双璧”都搞扩大化。天国诛妖又诛人，斩刈平民略无顾惜。“文革”诛人，笔刀并用，伤亡无算。杨秀清、林彪酷似，皆有害主之心，皆无葬身之地。马恩说太平天国“破坏了一切，而什么也没建立起来”。（引自《北京日报·理论周刊》2009 年 13 日《马恩论中国》一文）“文革”“打倒一切”，毫无建树。马克思认为太平天国采取了“一种荒唐可怖的形式”，对人民来说是更大的灾难。（《南方人物周刊》2009 年第 9 期）“文革”也是既荒唐又可怖，一亿人倒霉，中华民族蒙受巨大灾难。

出家而不得

蒙元以铁骑夺治天下，蔑视儒者，至有“九儒十丐”之等第。儒况悲惨，民族英雄谢枋得状之曰：“管儒者益众，食儒者益繁，岂古之所谓兽相食者欤？抑亦率兽而食人者欤？儒不胜其苦，逃而入僧入道入医入匠者什九。建安科举士余二万户，儒者六百。儒贵欤？贱欤？荣欤？辱欤？可以发一慨也。”（《叠山集》卷六“送方伯载归三山序”)蒙元恶吏作践、敲剥儒者,如猛兽食人,至其不仅尊严尽失,更生计愁苦。为脱苦境,儒者只好去执当时之贱业,做郎中,当匠人,抑或遁入空门,断绝尘缘。谢氏设问贵贱荣辱,答案已不言自明。儒者一至于此,能不令这位高节之士感慨系之!

然身历“文革”者,恐要艳羡元代儒者之境况矣。元代儒者入医入匠,虽身处卑贱,却无“牛鬼蛇神”之名,不受管制;实在无路,尚有空门可入,既有斋饭可食,又可聊寄精神,全无坐喷气式,剃阴阳头之虞。“文革”中之“臭老九”、“牛鬼蛇神”则无此幸运。邓拓被诬为“黑帮”后,吁天呼地,走投无路,绝望地悲叹:“就是想出家也办不到啊!”此恐为“文革”中大批蒙难者共有之心境。“浩劫”者,绝不仅表现于政局外表之狼藉,更表现于人民内心之痛楚,那是真正的“中国不高兴”。

康生的发明

“文革”中人们都背过一段最高指示:“利用小说反党,是一大发明。”但“文革”后人们了解到,毛泽东早就有话:这条语录的发明权属于康生。近读杨天石写的《忆老丁》(《同舟共进》2009 年第 5 期),才知道康生还给人扣过“利用历史反党”的帽子。

帽子是给研究五四运动的专家丁守和及他的著书合作者扣的。那么丁先生们是怎么“利用历史反党”的呢?原来,他们写了一本书《从五四启蒙运动到马克思主义的传播》,里面肯定了陈独秀对五四新文化运动的贡献,这就成了“利用历史反党”。所谓“反党”,自然是因为替“坏人”陈独秀说了好话,而一为陈独秀说好话,也就意味着图谋贬低毛泽东。其实,毛泽东早就说过,陈独秀是“五四运动的总司令”。焉有写五四运动史可以不写总司令的道理？又，陈、毛二人各有其历史地位，岂有“扬陈”必是“贬毛”的逻辑？田汉写过一出戏《谢瑶环》，里面有一种毒刑叫“猿猴戴冠”，康生看戏后指责说，这是田汉在攻击我党给阶级敌人戴帽子是上毒刑。康生的意思实际是说田汉“利用戏剧反党”。康生的思路和逻辑是一贯的：“你早就憋着反党，所以，你干某事，就是利用某事反党。”

人们都熟知毛泽东有语录云：《海瑞罢官》“要害是罢官。嘉靖皇帝罢了海瑞的官，一九五九年我们罢了彭德怀的官，彭德怀也是海瑞。”近读虞云国《那桩关于海瑞的公案》一文，方知毛泽东1966年2月在武汉有讲话称：“要害是罢官，发明权是康生的。”（《作家文摘》2009年12月1日）朱永嘉在“《评新编历史剧〈海瑞罢官〉》发表前后”一文中也说：“毛泽东说，要害是‘罢官’，是接受了康生的说法。”（《炎黄春伙》2011年第6期）又是康生的发明权！说《海瑞罢官》的要害是罢官，实际就是说吴晗利用戏剧反党。

康生是所谓“党内大理论家”，但他其实并不生产正经理论，而是专门生产歪理邪说。“利用某某反党”，就是其歪论之一。以毛泽东之才，也数言某语发明权属于康生，足可证康生在此方面具有特异才能。康生不愧是炮制荒谬的政治逻辑和政治帽子的大发明家。

“取舍不同，皆自谓真尧舜”

儒、墨为先秦两大显学，《韩非子·显学》论及二学在“宗圣”方面之特点云：“孔子、墨子俱道尧舜，而取舍不同，皆自谓真尧舜。尧舜不复生，将谁使定儒墨之诚（真实）乎？”又云：“孔墨之后,儒分为八,墨离为三,取舍相反、不同,而皆自谓真孔墨,孔墨不可复生,将谁使定世之学(是否得了真传)乎?”

此所言者,虽只是儒、墨两家,但所谈之现象却实为中国思想史上之恒久现象也。析言之,现象一:不同学派,虽同宗一古圣先贤,然对古圣之道却各有取舍和解说,并皆言自己所取者独为古圣之道之真义也。现象二:宗师故去,门徒离析,对宗师学说,各取所需,各有解读,各立己说,演为门派,且皆言自己独为宗师学说之真传也。

现当代史亦有此类现象。马恩列斯毛辞世,皆曾发生对其学说“取舍不同”之情况:死守章句者有之,曲解阉割者有之,拉大旗作虎皮者有之,结合实际活用者有之,创新发展蔚成新体系者有之,亦皆宣示所执者为导师学说之真传,之真髓也。然则试观环宇,谁人究竟得了真传真髓?谁人又发展了导师学说?中国式,越南式,古巴式,苏联式,东欧式,北欧式,老挝式,缅甸式,朝鲜式,柬埔寨式,印度式,委内瑞拉式,尼泊尔式,非洲式,等等等等,成功与失败,正确与谬误,光荣与耻辱,成熟与稚拙,或龙种,或跳蚤,历历分明,有史为证,识者知之,无须论辩矣。

韩非曰孔墨不复生,难定其弟子得其真传否。余谓导师虽不复生,亦自有实践可检验之;况纵然导师在世,亦须以实践定是非,论成败也。

“紫色经典”

江青虽呜呼哀哉,然虽死“犹荣”——其亲手调教过的样板戏,近些年来又衰而转盛,再度兴隆起来。频繁的搬演不说,竟又图谋占领中小学生音乐课堂,更有媒体写手热昏之至,赞誉样板戏为“明珠”、“珍品”，更至妄赞为“经典”、“红色经典”。

何者才可谓之经典？《论语》，可谓之儒家文化之经典，《共产党宣言》，可谓之共产主义理论之经典，《黄河大合唱》，可谓之抗战文艺之经典，《西厢记》，可谓之中国戏曲之经典。何者才算是红色经典？《共产党宣言》、《黄河大合唱》、《红岩》、《茶馆》、《子夜》、《家》、《春》、《秋》，乃红色经典也。反观样板戏，“三突出”，“高、大、全”，“假、大、空”，帮派味儿，一身的毛病，焉能称为红色经典？“经典”，乃一神圣之称谓，岂能因一段儿旋律好听，一段儿唱词好懂，一个人物可爱，一折戏文好看，就率尔将样板戏捧进经典的殿堂？倘若非要称为“经典”，我看也只能叫作“紫色经典”——因它曾红得发紫，“左”得发紫，在“文革”一片红海洋中，它卓然特出，紫得炫人眼目。

样板戏曾经大闹神州，然终究不过是几段戏文而已。如今，人们爱好与否，唱与不唱，评价如何，皆自便可也。曾见报载，江青在秦城，看到电视上放映样板戏，喜上眉梢。此亦江青之自由也。然若捧之为“红色经典”，则大谬矣。“红色经典”，岂能是随便称之，随意亵渎的！

关于宋江搞修正主义

宋江“只反贪官，不反皇帝”，最后受了招安。评《水浒》运动便猛批宋江搞修正主义。的确，按共产党员标准，宋江确实搞了修正主义，没有委屈他。他应该继续造反，直到登上金銮殿为止，那才叫彻底革命呢。但细一斟酌，不对。倘若宋江真的当了皇帝，当了地主阶级总头子，不更是修正主义了么？而且是大号的修正主义。

在封建社会里,农民的敌人有地主,有贪官,但最大的敌人乃是地主和贪官的总代表——封建皇帝,若是再从根子上说,真正最大的敌人应是封建皇权主义。因之,即使宋江反了皇帝,也不能说他就没搞修正主义。假若以“打倒封建皇权主义”这个目标——此为按照我们的革命逻辑所确定的目标——为坐标来衡量,无论是造反成功当了新皇帝,还是投降官府受了招安,都该算是搞了修正主义。修正的就是“打倒封建皇权主义”这个目标。当了新皇帝,便成了封建皇权主义的代表,比起受招安来,岂不是大号的修正主义么?朱元璋、李自成搞的就是这种大号的修正主义。

当然,谁都知道,农民本不是新生产力的代表,是不会去反对皇帝制度的,不可能有“打倒封建皇权主义”的目标。所以,他们也就只能搞修正主义,要么当新皇帝,要么受招安投降。当然,还有另一种情况,就是继续纵横绿林,打家劫舍,劫富济贫。但绿林好汉其实也都是想当皇帝的,只是思而不得而已。因此,他们实际上都是潜在的修正主义分子。

对于农民起义,不该有过高的要求。宋江虽然不反皇帝,但能反贪官,也很不容易啦。没必要大批他“只反贪官,不反皇帝”,搞修正主义。

又见造神

览报,川中某高校新立毛泽东特大雕像一座,高近40米,重达46吨,新闻照片上,一留影者高度仅与毛像之皮鞋齐。天府之国,向以乐山大佛炫世,今又添一新景矣。此像之高,可与毛主席纪念堂、人民英雄纪念碑相比肩,诚为神州毛像第一高也。

推倒“两个凡是”,造神之风渐颓,孰料弹指间,故态复萌,真不知今夕何夕。遥思建国初,沈阳市曾有铸毛泽东铜像之议,毛泽东于请示函上批曰:“只有讽刺意义。”又批曰:“铸铜像影响不好,故不应铸。”(《百年潮》2008年第11期第35页)领袖头脑甚为清醒。今再阅此批示,颇疑造此新像,亦“只有讽刺意义”矣。毛曾鼓励个人崇拜,以致有水井处皆有雕像。后毛晤斯诺,表露“讨嫌”之意,进而又有“你们在家睡大觉,让我(雕像)在外面风吹雨淋”(李先念传达)之幽默语。“文革”后,雕像锐减。今再铸此巨像,岂非拂逆最高指示乎?

校方谓,“塑毛主席像是大学传统”。此乃虚假无理之强辩。大学塑毛泽东像,仅为个人崇拜年代之特有现象,谈何“大学传统”?况塑毛泽东像乃当时社会共有现象,又岂止大学?姑且作“大学传统”论,然此“传统”优乎?劣乎?不言自明。小平同志八大曾做修改党章报告,力陈反对个人崇拜,新定十七大党章,更有“禁止各种形式的个人崇拜”之条文,莫非校方皆作耳旁风乎?校方又谓,塑像是“为激发学生对民族精英的敬仰,激发爱国热情”。此又为似是而非、唬老百姓之诓语。民族精英多矣,岂可只夸大一人作用,只崇拜个人?列宁早有教导,政党由领袖领导,领袖乃一群体。小平、叶帅皆强调列宁此意。此唯物史观之常识。斯大林背离列宁教导,开个人崇拜之恶例,延及吾国,演为浩劫,教训至惨至痛也。领袖者,尊敬可,神化、迷信则不可,此乃马克思主义与封建主义之一大分野。所谓“激发爱国热情”,方法甚多,何须求助个人崇拜?以拜神法激励爱国,德、日皆曾行之,虽有效于一时,然结局甚糟糕也。

“为了打鬼,借助钟馗”,伟人慧眼之所见也。立此巨像,究竟意欲何为?吾百思而终未得解。当局者清,局外者迷,不猜也罢。闻建此雕像耗资竟达500万元之巨,不胜惊诧。若将此款用于改善教学，或捐于民生之需，岂不善哉！当年佞人为领袖大盖别墅，至今物议不绝，实小人害我伟人也。今之智者能不警觉乎？

文死谏，文谏死

古人云："文死谏，武死战。"是提倡？还是事实？我说都是。

单说文死谏。古人也明白，君王再圣明，也会有失察处，所以，倡言臣子谏言，且设了专职谏官。文官冒死而谏，以至谏而死之，儒家便赞之为大丈夫。"宁鸣而死，不默而生"，谏官视此为职业道德。不谏，不算好文官；不死，算不上至佳的谏官。

"文死谏"，可不是虚话，是要践行的。比干谏纣王，死之。箕子谏纣王，装疯被囚，半死。伍子胥谏夫差，死之。孔融谏曹操，死之。毛泽东说，党员应该像海瑞，抬着棺材进谏。（《中国新文学大系 1976 至 2000 杂文卷》第 179 页）但吴晗写了《海瑞罢官》，没真进谏就死了。彭德怀庐山进谏，种下死因。刘少奇谏曰，"人相食，要上书的"，大伤毛主席的自尊心，乃其死因之一。林彪知道，谏必死，束手同于待毙，于是铤而走险，然终究还是死。储安平进谏，死之。五十五万"右派"进谏，死者不知凡几。马寅初进谏，批了个不亦乐乎，若非总理保护，至少半死。老舍，以投湖抗议"文革"，诚聂绀弩所云："君以一尸谏天下"。张志新谏而惨死。真个是文死谏，文谏死也。韩非子目光犀利，写了《说难》，陈说游说谏言之难。此人乃真正了解帝王之心理者。

偶遇明君，"文死谏"便成了不用落实的豪语。齐景公说，"敢谏者诛"，晏子仍谏之，却未见诛。李斯写《谏逐客书》，谏后也安好，且文章成为名篇。魏征谏唐太宗，成千古进谏之佳话。然明君有几何？屈指古来三、四百皇帝，虚心纳谏者能有几人？便是唐太宗,也曾萌生过斩杀魏征之念。

文死谏,终究不是凭空骇人之词。为臣者,必须思量好:是进谏,还是要命?命运决于君王。谏明君,命可无虞。谏昏君暴君,命必休矣。魏征敢谏,实则无危险,故魏征不该算是英雄。彭总为民请命,犯颜进谏,终遭灭顶,乃大英雄。张志新明知巨祸在前,也要死谏,终遭惨绝人寰之刑,更是大英雄也。

文死谏,古道德之要求也。文谏死,独裁者之安排也。

唬人蒙人

唬人蒙人不独江湖上行之,党内亦常见。张国焘吓唬工农干部说:“马克思说,‘无风不起浪。’”(《中国新文学大系 1976 至 2000 杂文卷》第 188 页)毛泽东说,王明用马列词句吓唬人。王明确实动辄搬经典。毛又说,“二十八个半统治了四年之久,打着共产国际的旗帜,吓唬中国党,凡不赞成的就要打”。(叶永烈《“四人帮”的兴亡》第 1194 页)中国党在四年之久的时间里确实被吓唬住了。毛泽东批陈伯达说,此人用马列词句骗了二百多中央委员,一说马列,就举出第几版第几页。陈伯达岂止如此呢,他一个社论《横扫一切牛鬼蛇神》,蒙骗了多少红卫兵,又害了多少人。张春桥、姚文元曾被毛泽东称为“红秀才”,其实张姚也不过是拿马列词句唬人蒙人。有人说毛泽东也批评过张姚,话是:“我党真懂马列的不多,有些人自以为懂了,其实不大懂。自以为是,动不动就训人,这也是不懂马列的一种表现。”(同上,第 1191 页)但话中并没挑明是张姚。本来只懂些马列词句,却拿来“训人”,此即拉大旗作虎皮唬人蒙人也。康生号称“大理论家”、“肃反专家”,实则唬人蒙人了一辈子。那些工农出身的中委,被他蒙住的不少。

但康生有时也被人看破和耻笑，如在1966年的一次中央临时会议上，康生指着陆定一说："我一看你就像一个特务。"(《世纪》2009年第5期何殿奎文章)想唬住陆定一和蒙骗参会者。结果，不但陆定一没被唬住，还引来会上一片讪笑。李锐言，毛主席常用一大堆历史典故把事情说得云山雾罩。(大意)意思是有点唬人。李亲聆毛泽东多次讲话，有切身体会。证之已出版的毛泽东的一些讲话和文稿，亦可知此言不虚。如毛批评周恩来主持写的反冒进的社论是"庸俗辩证法"，然让人懵然不知何为"不庸俗辩证法"。毛泽东有雄才，讲话能做深奥语，故有征服力，令人敬畏。毛泽东曾告诫子女，别拿自己是毛泽东的子女唬人，要靠自己的本事。这个教育好。小平同志与戈尔巴乔夫会谈时说，当年论战，双方都说了不少空话。检视"九评"，空话就颇多，其中不少话实际上不无拿马列词句唬人的成分，如拿马列条文批铁托；但"铁托真是铁"(毛泽东语)，没唬住，人家依然我行我素，倒是我们后来也学起南斯拉夫来了。中南和解后，小平同志曾向南斯拉夫同志做自我批评说："当时，我们自己也犯了一点指手画脚的错误。"(《作家文摘》2010年5月4日摘王学亮文章《毛泽东缘何四批铁托》)康生、陈伯达、王力是"九评"的大写将，康、陈具体主持写作。搞"两个凡是"实际也是唬人，拿伟大人物唬人，不是拿真理服人，此与王明动辄搬出老祖宗唬人一样。但遇上了邓小平、胡耀邦，没唬成。爱唬人的首长比较喜欢工农干部，张国焘即如此。

再思"两个凡是"

当年"四人帮"开动宣称机器，非说毛泽东有个临终遗嘱："按既定方针办"。这当然是捏造，是阴谋，但也强烈表达了"四人帮"

的一个愿望:一切按毛泽东搞“文革”的那一套办。审判“四人帮”时,姚文元对何以拼命宣传“按既定方针办”有个解释,说:“我认为它(“按既定方针办”)表达了这样的意思,即‘过去决定的东西都要照办。’”(叶永烈《“四人帮”的兴亡》第 1326 页)什么是“过去决定的东西”呢?看看张春桥是怎么说的。毛泽东去世后,张春桥与王洪文的秘书萧木有一段对话,萧说:“毛主席逝世后,处处都感到毛主席不在了,有一种失落感。”张春桥说:“毛主席处处不在又处处在,毛主席虽然逝世了,但他老人家的路线、制度、政策都留下来了。”(同上,第 1333 页)这些,便正是姚文元所说的“过去决定的东西”。张姚的愿望是,一切仍要按毛泽东生前制定的那一套干,“文革”还要继续搞,无产阶级专政下继续革命绝不能停止,冤假错案不能平反,改革开放更谈不到。“四人帮”自己则获取最高位,继续祸国殃民。

“两个凡是”实际上与张姚的“按既定方针办”的意思也差不了多少。姚说,“过去决定的东西都要照办”,张说,照毛主席留下的路线、制度、政策办,而“两个凡是”又与此相差多少呢?就差在没了“四人帮”几个人而已。难怪耿飚同志说:“如果按照‘两个凡是’办,那实际等于没有粉碎‘四人帮’。”这话算是说到了实质,一剑封喉。试想,若按照“两个凡是”,“文革”能停止吗?停了也要七八年再来一次。无产阶级专政下继续革命的理论能废止吗?悼念总理反“四人帮”的天安门事件能平反吗?大量冤假错案能平反吗?小平同志能出来工作吗?能有三十年来的改革开放吗?中国能有今天的强盛吗?肯定都不行,都没有。所以,我要说,“两个凡是”与“按既定方针办”——“过去决定的东西都要照办”,本质上,内在逻辑上,是相通的。否定了“四人帮”,否定了他们企盼的“过去决定的东西都要照办”,也就必然要否定“两个凡是”。

主张“两个凡是”的人，一般都是我们的同志，他们与“四人帮”也是死敌，这是无疑的。但他们的思想主张却与“四人帮”有一致之处，这是令人遗憾和悲哀的。

今天再思“两个凡是”，是因为有人又怀恋起“两个凡是”来了。现在有人不赞成改革开放，不便明说，便又搬出毛泽东晚年的错误理论，甚至搬出毛泽东“文革”前夕写给江青的那封著名的信来说事儿，意思是，右派已经上台了，走资派还在走。甚至还想“批邓”。在网上，他们还拿出毛泽东的一些话来批胡温。其思维完全没有跳出张姚的“按既定方针办”，也没有跳出“两个凡是”。

笑区区，一桧有何能？

君王无错，错在臣子，乃古来朝野之惯有心理。君王为龙种，为天子，永远圣明，焉能有错？岂可认错？因之，臣子便有“代君受过”之责任。岳飞冤狱，人皆骂秦桧，无人问责赵构。西湖岳庙铸跪像，有秦桧，无赵构。实则，秦桧固然奸坏，然“笑区区，一桧有何能？”（文征明《满江红·拂拭残碑》）杀岳飞实为赵构之决策。但世人顽固地认为，就该秦桧跪在岳庙，哪有君王下跪的？晚清李鸿章一向被斥为大卖国贼，然细考史实，此人除确有应负罪责之外，所负之骂名大抵也有“代君受过”之成分也。“代君受过”乃封建意识，然封建社会虽亡，此意识却并未绝灭，而以残躯（遗毒）寄生于民族意识中并损害到执政党的肌体。七千人大会，林彪说，主席的主意都是对的，是我们没执行好才遭受了损失。主席闻此语，甚欣慰，嘉许林彪再三。林彪是颇懂得“代君受过”之理的。江青则不大懂。她咆哮公堂，动辄抬出领袖说事儿，曰：“我是主席的一条狗，让我咬谁我咬谁”。结果大伤领袖面子。“代君受过”的观念也浸入到当代史书中。如《炎黄春秋》杂志曾载文，谓“文革”中极左的“青岛夺权”，本是当时的中央所支持的，但有些“文革”史著作却硬说是康生个人所为。这是想让康生“代君受过”。余揣测，康生若是活着，以其狡猾奸诈，大概是不会认账的，估计也会以“只是一条狗”辩解。

“革命的同路人”

同是造反、革命，起因、动机、目标和理想可能大不相同，因之革命者也有类别之分。“自利型”和“理想型”便是两大类。

“自利型”革命者造反、革命的初因，纯粹是为了脱贫翻身。这当然有天然的正义性。“王侯将相宁有种乎”、“彼可取而代也”，“打江山，坐江山（为自己）”，“打倒皇帝做皇帝，打倒军阀做军阀”，乃是他们造反、革命的目标和理想。刘邦、朱元璋，皆如此。共产党里也有此种革命者。如当年当兵入伍者中，大批人起初就是为了脱贫，“当兵吃粮”，为了将来自己能坐江山。但其中很多人后来升华了，接受了马克思主义，懂得了打江山不该是为了个人坐江山的道理。这部分人已不再自利，不属于“自利型”革命者了。但也仍有不少“自利型”革命者顽固地坚持“打江山，坐江山”的自利思想。

“理想型”革命者参加革命，完全不是为了自己“打江山，坐江山”。他们中许多人本是富家子弟，参加革命并非因为穷困所逼，他们的革命目标也不是为了脱贫。他们革命纯是为了国家民族的利益，为使天下人都得到解放，为使社会变得公正、合理。他们不惜抛家舍业，抛头洒血，为的是公利，不是为了自己坐江山。所以，江山打下后他们仍能继续前行，提出种种为把社会建设得更加公正、更加合理的新主张，而绝不以打下江山为终止。孙中山、邓小平、胡耀邦，皆是此类革命者。

然而吊诡的是，居然有不少“自利型”革命者和他们的理论家，竟常常指斥“理想型”革命者是所谓“革命的同路人”，是“民主派变成了走资派”。张春桥、姚文元也很爱这么说。近年，有些对改革开放成见很深的人士又续上了“批走资派”、“批邓”的香火。那么，究竟谁是谁的同路人呢？衡量的标准其实也简单：谁在半道上不走了，谁就是继续走的人的同路人。依此标准，“自利型”革命者无疑是“理想型”革命者的同路人。“自利型”革命者是守旧势力的重要来源和支持者。他们停在半道上不走了，他们才是所谓“革命的同路人”。

未庄评定是非的标准

阿Q在未庄虽然常“优胜”，但赵太爷打他嘴巴却是平常事，而且，明明是阿Q挨了打，未庄的舆论却总是向着赵太爷，总是不加考量地认为：“错在阿Q，那自然不必说”。原因何在呢？迅翁写道：“就因为赵太爷是不会错的”。（《阿Q正传·续优胜纪略》）

赵太爷不会错，阿Q便是错的，错了就活该挨打。这便是未庄的逻辑。赵太爷何以就不会错呢？《阿Q正传》里没有说明。但迅翁在一封信里做出了解释：“我们的乡下评定是非，常是这样：‘赵太爷说对的，还会错么？他田地就有二百亩！’”（《集外集·通信》）原来如此！有田地就有理，田地愈多，理就愈足。其实，此类逻辑世间多矣。某某说的，还会错么？上边说的，还会错么？书上说的，还会错么？

斯大林写过一个批示，其中写到“爱情”一词时少写了一个字母。批示需要传达，怎么办呢？于是，主事者请两位教授在《真理报》上撰文，论证这种少写了一个字母的写法是如何的正确。于是，便有了如下妙文：“世界上存在着腐朽没落的资产阶级爱情，以及健康新生的无产阶级爱情，两个爱情截然不同，拼写岂能一样？”文章的清样送给斯大林过目，谁知斯大林大笔一挥批道：“笨蛋，此系笔误！”（《文史参考》2010 年第七期《历史散叶》）教授的逻辑是，斯大林写的还会错吗？少写了一个字母，是因为那当中蕴含着一种伟大的思想！“文革”中，张春桥必欲定陈丕显为叛徒，但专案组调查后却没发现陈有叛变行为。张春桥怒曰：“不可能，江青同志都宣布了，怎么不叛变？”（陈小津《我的“文革”岁月》第 140 页）也就是说，江青同志还会错么？还能瞎说么？她可是夫人！“两个凡是”其实也是此种逻辑：那可是伟大领袖说的，还会错么？

陈云同志主张不唯上、不唯书、只唯实。这极正确，极有胆识。何以要“不唯”呢？因为，上不一定就对，不一定都对；书，亦然，而且，书上即便本来说的是对的，但时空一变，情况一变，有的对的也就只是历史意义上的对了。

未庄评定是非的标准应该改一改。要知道，赵太爷虽然地多，但不一定言必在理。阿 Q 没地，却不一定都错。地多其实跟有理没理没有必然联系。要打破“地多崇拜”、“赵太爷崇拜”。最终，还是要看实践，要实事求是。

“历史的被歪曲史”

历史的被歪曲、被篡改（主观故意极强的歪曲），是常见的现象。研究历史,也应该研究“历史的被歪曲(包括被篡改)史”。被歪曲的历史不是真史,但歪曲历史之史却是真史。这就像传说,其内容可能为假,但传说过程即传说史却真,如孟姜女哭长城,梁山伯与祝英台,内容为假,但传说过程为真,反映历史和反映人心为真。假史没有意义,但造出假史之史却有意义。研究“历史的被歪曲史”,很有用处。

胜利者握有历史的书写权,他们有条件歪曲历史,正所谓“历史是由胜利者写的”。但胜利者未必都歪曲历史。但胜利者也未必都不歪曲历史。史家操史笔,有条件歪曲历史。失掉史德便会歪曲历史。有史德的史家不畏权势,只忠于史实。“在齐太史简”,太史兄弟不怕杀头,前仆后继,非写上“崔杼弑其君”不可。

错误的乃至邪恶的史观、不良的乃至卑劣的需要,才会使有条件歪曲历史的人干出歪曲历史的事。日本右翼分子歪曲历史天下第一。这是他们的邪恶的史观和卑劣的需要所致。封建史书总是把造反者称为“贼寇”,这是具有专制本性的帝王眼里的历史。蒋介石想让陈寅恪把他写成唐太宗式的人物,陈不干,这是权势者想歪曲历史而未遂。《联共党史》,斯大林主编,大量歪曲历史,把十月革命说成是列宁和他领导的,列宁已死,实际是想说是他一人领导的。其目的是为从肉体上消灭其他十月革命领导人托洛斯基、季诺维也夫、加米涅夫等制造根据。(李凌《勇破坚冰的未定稿》第 277 页)赫鲁晓夫曾追随斯大林搞“大清洗”,大量批捕材料上有他的签名,后来他发起“非斯大林化”,便亲自下令将一切能证明自己恶劣行为的档案销毁。(《文摘报》2010 年 5 月 4 日摘彭华文章《赫鲁晓夫建议搞“红场公开处决”》)斯大林说一不二,赫鲁晓夫是第一书记,都是“说历史是啥样就是啥样”的权势人物。所谓“十一次路线斗争史”、“儒法斗争史”,皆是左倾权势人物杜撰的伪史。江青为抹去自己的沪上丑史,大施淫威,销毁材料,迫害知情人。

"好心"(其心虽好,然情形复杂,故需加引号)也能做出歪曲历史的错事。许广平《鲁迅回忆录》原稿说,"鲁迅虽然在上海,但每每说'周作人的文章是可以读读的。'"1961 年正式出版时,凡鲁迅认可周作人文章的内容,悉数删去。这实际是在歪曲鲁迅先生的崇实、厚道的品格。丁玲日记原有"毛主席说,茅盾的东西,不忍卒读,看不下去"的话,陈明认为毛语不太严谨,对茅公过苛,便做了适当修改。(陈明《关于修改丁玲的作品及遗物的处理》)伟人一言既出,便是历史,不论对错,都应如实记录,岂可擅改?况且那句话一定是在特定语境下说的,极而言之罢了,绝非是对茅公的全面评价。近有某"大事记"写到动乱岁月时,不写苍生厄运,只写卫星上天,取舍之间,历史已经"不真"(借用古董商行话),至少已非全史。

历史本身不是那个样子,却非要写成那个样子,为什么?这便是"历史的被歪曲史"要研究的内容。具体些说,歪曲历史都有目的,但每一桩歪曲的目的又不尽相同,说清楚它,就是"历史的被歪曲史"要研究的内容。是谁在歪曲历史,谁参与了歪曲,谁主张的,谁写文章歪曲的?这些都是"历史的被歪曲史"所要研究的内容。"历史的被歪曲史",在史学史上我看是应该记上一笔的,政治史和意识形态史的研究也应将其纳入视野之内,人物史研究也会涉及到它。"四人帮"的"影射史学"是"历史的被歪曲史"的一个著例,既应该记入史学史(作为伪史学),更应该写入政治史和意识形态史。

彻底的唯物主义者都是主张写史必须要真实的。1965 年,周恩来有一次谈到胡宗南,说他一生中反共是主要方面,但进黄埔前

“蛮有点正义感”,后又“抗击过日本侵略军”,“兵败大西南,也抗过蒋介石”。周恩来由此又说道:要写好这些人物,就要按鲁迅先生总结《红楼梦》的经验办,“敢于如实描写,并无讳饰。”(引自《百年潮》2010 年第 7 期经盛鸿《败退台湾后的胡宗南》)鲁迅讲的是至理。周恩来引之,也是周对写人物写历史的看法。唯有以此“无讳饰”之法写史,才能避免写假史或半真半假的历史,避免歪曲历史。

朱元璋·顾顺章·“四人帮”

“盖明祖一人,圣贤、豪杰、盗贼之性,实兼而有之者也”。(赵翼《陔余丛考》)清代史学家赵翼对朱元璋的这句评价,相当精彩。朱造反倒元,创建大明,确不愧是英贤豪杰人物,然而,他又是个“盗贼之性”入骨、痞气甚重的帝王。吴晗写《朱元璋传》(初版本),就称他曾是个“小流氓”。但后来遵“旨”将此称修改掉了。人们常言刘邦有流氓气,实际上朱元璋的流氓气远比刘邦厉害。

朱元璋心狠、嗜杀。一次打仗间隙进一大庙休息,山僧没有好好招待,朱发怒。山僧问姓名,朱题诗于壁上:“杀尽江南百万兵,腰边宝剑血犹腥。山僧不识英雄面,何必哓哓问姓名。”(《翊运集》第 352 页)其凶悍暴戾之气溢于字里行间。朱惩办贪官,立意甚好,但手段毫无人性,把人皮剥下,塞上草,挂起来示众,谓之“剥皮实草”。朱曾做诗给敢于直谏的大臣茹太素:“金杯同汝饮,白刃不相饶。”(见《书屋》2005 年第 7 期第 77 页)一副凶残且无赖的嘴脸。解缙曾上书:“天下皆谓陛下任喜怒为生杀。”(《“帝王观念与中国社会”论文集》第 132 页)朱一听了事,丝毫不改嗜杀本性。史载朱也曾诫部下“勿嗜杀”,但正如一位史家评论的:那是需要，嗜杀才是本相。

朱元璋“打劫”观念甚重。初起兵时，他并无推翻蒙元的宏图，自然也谈不上为穷哥们打天下。传闻他黄袍加身后曾对刘基说：“本是一路打劫，谁知弄假成真。”（同上第 223 页）

朱元璋对士大夫很刻薄，经常语带讥讽。他曾奚落、嘲弄耿直的大臣危素：“真谓文天祥也，乃尔乎！”又讥斥大臣袁凯是“东海大鳗鲡”。此为市井语言，老滑头之意。（同上第 130、132 页）他还给危素的脖子上挂过侮辱性的字牌，内容大意是“危素不如一头大象”。这大抵是红卫兵给“走资派”挂黑牌的源头。

中国几百个皇帝，儒气重的皇帝很多，乾隆说，“朕一书生皇帝耳”。浑身佛道气的皇帝也不少，李唐崇拜李老君，梁武帝信道又佞佛，朱元璋的后代嘉靖帝是个道教迷。朱元璋则儒气甚少，佛道气也少，而痞气很浓。

顾顺章是个老革命，也是个大叛徒。然究其骨子里，实为一流氓无产者。他革命，图的是富贵，叛变，图的也是富贵，哪个更能富贵，就干哪个。他若是赶上革命成功，大概也会如朱元璋口吻：“本是一路打劫，谁知弄假成真。”对于顾顺章的流氓无产者本性，钱壮飞之孙钱弘曾评论说：“顾顺章是一个老党员，党的高级领导，但他又是流氓无产者的典型。他老是拉帮结派，用他手下的一帮打手，搞一些极端的个人恐怖行动。”电视剧《陈赓大将》里就演了顾顺章拉帮结派，搞个人恐怖的情节，完全是写实。有件事最能反映顾顺章流氓无产者的本性。据有关资料，有一次，上海天蟾舞台老板顾竹轩与另一家戏院老板常春恒火并，请顾顺章帮忙，顾竟擅自行动，带上中央特科的红队队员帮顾竹轩打死了常春恒，一时间轰动上海滩。（叶孝慎《劳动报》2009 年 9 月 6 日）一个堂堂的中共高级领导干部竟带领党的武装力量去帮人打架，如此流氓行径真是令人瞠目结舌。

“四人帮”一伙,无法无天,无信无义,无德无耻,既是政治流氓,也带有社会流氓气息。“政治流氓文痞,狗头军师张”。王洪文,既可说是“政治流氓”,也可说是“流氓之政治化”,因为他原本就有极重的流氓气。王当上了中央副主席还热衷于钓鱼打鸟,而且居然调侃毛泽东:“谁说钓鱼台没鱼钓?我这不是钓了一条大鱼吗?”(毛泽东曾说过“钓鱼台无鱼可钓”的话)王洪文的一班小兄弟陈阿大之流更是满身流氓习气。姚文元是“文痞”,痞子即流氓,“文痞”即舞文弄墨之流氓也。张春桥受审时要死狗(不愧是“狗头军师”),滚刀肉,颇有一点天津混混的死扛气概。江青更是个女光棍,女泼皮无赖。其流氓行径擢发难数,早已国人共知。吴德《十年风雨纪事》一书披露毛主席曾说过:“江青是个大女流氓,有野心。”有网文说,谢静宜说毛没说过这话。但我想,如此重要的毛主席语录,吴德是不会记错,不会瞎编的。更关键的是,毛主席教导的对,江青确实就是个大女流氓,确实有野心。

点名是对历史负责

写历史著作,写谈史文章,历来有个困扰人的问题:尊者、贤者干了错事,甚至罪事,写史时要不要直书其名?我以为,严肃的、郑重的史著,必须要写。诚然,这里有个情势是否允许和是否适宜的问题。但不写便不是完善的史著,而是残缺的史著。残缺的史著现在很多。这种残缺,常常是情势使然。作者常常是无奈的。何以严肃的、郑重的史著,必须直书历史人物之名而不论其身份?这是史书的天性所决定的。史书,是存史的,真正意义的史书必须要把曾经发生过的事情实事求是地记录下来。写真史,不写伪史,也不写真伪杂糅的历史,乃是史家的天职,更是写史的铁则。为尊者、贤者讳的史书,不能算是完善的史书。完善的史书,既要记录尊者、贤者做的好事,也要记录他们做的错事乃至罪事。记做好事要直书其名,记做错事乃至罪事,也要直书其名。这种秉笔直书——直书其名的记史法,即实事求是的记史法。这是尊重历史的记史法,是尊重人民的知情权的记史法。这样记录历史,是对历史负责,是对后人负责,也是对我们自己行为的正义性负责。谈史的随笔、杂文,以及涉史的宣传材料,不同于郑重的史著,可以相对灵活,但是若想使所论观点及史实的含金量高,也应尽量直书其名。

姑举三个使用直书其名记史法的例子。

一、小平同志拍板点华国锋同志的名。《关于建国以来党的若干历史问题的决议》在体例安排上,是需要把粉碎"四人帮"以后的几年历史也总结进去的。在这几年被称为"徘徊"状态的历史中,华国锋有过错误。这就发生了要不要点华国锋的名的问题。小平同志明确指示:"需要点华国锋的名"。(程中原《在历史的漩涡中》第222页)《历史决议》照办了,对华国锋的功过做了比较恰当的评价。高层当时取得了共识:这样做,既是对历史负责,也是对华国锋本人负责。华国锋同志去世后,中央对他的历史贡献做了进一步评价,党史学界对他的错误做了更具体科学的分析考辨。这样做,也当然是为了对历史、对华国锋同志负责。

二、胡乔木同志拍板要注明"杜荃"是郭沫若。在为《鲁迅全集》作注释时,注释者遇到了一个难题:有个署名"杜荃"的作者曾著文《文艺战线上的封建余孽》批判鲁迅是"封建余孽"、"反革命"、"法西斯蒂",经考证,杜荃即郭沫若先生。要不要注明?胡乔木看完考证文章后拍板:证据确凿,可以注明。于是注释者在杜荃的名字后面加了个括号，写明是郭沫若。郭老后来当然认识到了鲁迅的伟大，万分后悔做了此文。但历史就是历史，作注释还是要如实记录的。实际上，郭那样批鲁，今天来看，当然很不好，但若放在当时的大背景下来看，也可以理解，郭老的文章也算不上什么滔天大罪。

三、周扬同志同意点自己的名。1935 年 6 月 28 日鲁迅致胡风信中说："我本是常常出门的，不过近来知道了我们的元帅深居简出，只令别人出外奔跑，所以我也不如只在家里坐了。"对"元帅"一语，注释者拟了一条注："指周扬，当时任'左联'党团书记。"这样写成不成？由于周扬在历史上曾与鲁迅不睦，所以胡乔木请周扬本人酌定。周扬的态度是：同意此注释。周扬是尊重历史的。以周扬当时的地位，他也可以提个"缓注"之类的意见，但他没有那样做。周扬这种态度，无疑会得到人们尊重。

以上三例，都是尊者、贤者被直书其名的例子。因为是记史，必须如此。正因为直书了尊者、贤者的名字，这些文献记录才成为真正的历史。我们从中看到了小平、乔木、周扬对历史的极大尊重和对历史负责的责任心。此三例具有典范意义。

实事求是是铁的原则

有些历史的真实情况，说出来是不大让人舒服的。就像列宁所说，有些真理接受起来是痛苦的。因为，这些历史真实情况，常常与以往人们得到的美好印象不同；这些真理，也与固有的结论和人们的习惯看法不同。

比如，鲁迅《自嘲》诗中的"横眉冷对千夫指，俯首甘为孺子牛"，过去权威性的阐释是："千夫"指敌人、"孺子"指人民大众。

但王景山先生通过精密的考证，推翻了这种说法。他的新结论是："千夫"是指"当年为数甚夥的和鲁迅对立的人，不能说都是敌人，但也不好说都不是敌人"；"孺子"是指鲁迅的爱子海婴。也有论者不认同"孺子"指海婴，而是另立新解。但无论何解，鲁迅《自嘲》里的"孺子"非指人民大众，则是肯定的。这个结论，说起来真是有点让人不大舒服，因为其政治性、崇高性都绝不像原来的解释那么强，那么美好，所以似乎让人有一种失落感。但这毕竟是事实，必须接受。

又如，江竹筠烈士在狱中双手被施以了什么刑？现在有两种说法，一种是传统的大家都知道的钉竹签子。另一种是经过新的考证后的说法，即认为钉竹签子是小说《红岩》及前身《禁锢的世界》里的描写，而据早期的历史文献——罗广斌、刘德彬 1950 年 1 月整理的《被难烈士事略·江竹筠烈士》及罗广斌《我们的丹娘江竹筠》（载 1950 年 5 月 4 日重庆《新华日报》）二文介绍，江竹筠实际受的是拶刑（也叫拶指）——以绳子穿五根竹筷子或小木棍，夹住手指用力收紧，使受刑人极度疼痛。（上引文献分别见中国散文学会编《追寻历史的真相·江姐受过什么刑》；公安部档案馆编著《血手染红岩——徐远举罪行实录》）那么，究竟受的是哪种刑？我认为，后一种可能性大些，因为所据材料更可靠些。但是，如果这样一说受的是拶刑，有的同志便可能会感到失落，觉得拶刑不如钉竹签子残酷，于是似乎江竹筠就不那么英勇了。这无疑是一种误解错识。第一，江竹筠如果确实受的是拶刑，那就必须要承认；第二，拶刑绝不比钉竹签子舒服——谁若不信，可以试试。第三，除拶刑外，江竹筠还受过老虎凳、鸭儿浮水等酷刑。（罗广斌《我们的丹娘江竹筠》）第四，承认事实，绝不会影响江竹筠烈士英勇不屈的形象。

一位影视评论家说过一段很有意思的话：看过电影《列宁在1918》后，再去看列宁墓，真有一种“电影里的列宁是真的，躺在水晶棺里的列宁是假的”的感觉。因为电影里的列宁形象太伟大了，而真实的列宁则个子不高，说的话又是很土的方言。这段话真实地反映出人们常有的一种认识误区和情感误区：按照自己的喜好和需要修改事实。如果事实与自己的喜好和需要不合，便觉得不舒服，便觉得失落，便不愿谈及甚至不愿意承认事实。这种认识误区和情感误区无疑是不可取的，因为它违反了实事求是的原则。

我们应当树立一种观念：无论自己的看法和喜好如何，也无论有什么样的需要，首先必须要实事求是，实事求是是铁的原则。

周恩来总理在谈到研究历史问题时说过一句精辟的话：“先求实，再求是。”求实，即寻求历史真相；求是，指总结历史现象中规律性的东西（此解源自毛泽东对“求是”的阐释）。这里，实际说了两个实事求是，一个是寻求和承认历史真相，一个是根据历史真相寻求历史规律。可以说，前者是后者的基础，后者是前者的升华。比如，欲研究鲁迅“横眉冷对千夫指，俯首甘为孺子牛”这一名句所表现的思想，倘若连名句本身的意思都弄错了，还谈得上准确理解鲁迅的思想吗？

秦桧的帽子摘不得

俗谚说“风水轮流转”，但万没想到好运竟转到了大奸臣、卖国贼秦桧头上。近闻有论者云：“秦桧的奸臣帽子应该摘掉，因为他是民族大融合的先驱功臣。”（《中华魂》2003 年第 3 期某文章引）这是要给秦桧平反呀！岂止是平反，还要表彰授奖呢！照此主张，杭州西湖的岳庙不应再维持旧观了，必须除旧布新——先把

“青山有幸埋忠骨,白铁无辜铸佞臣”的楹联砸掉,再把岳庙改建成秦庙,把跪着的秦桧恭请上高高的供台。当然,这是虚似的工程,但逻辑如此。

问题出在理论上,出在对宋金之间战争的认识上。关于此,谭其骧先生有过一段精辟的论述,我以为可以“片言解纷”。特郑重抄录如下。

> 我们讲历史上的中国是应该站在今天中国的立场上的,但讲历史上中国境内国与国之间的斗争,宋朝就是宋朝,金朝就是金朝,宋金之间的斗争当然还是国与国之间的斗争。那么,当然应该有民族英雄,有卖国贼,岳飞当然是民族英雄,秦桧当然是卖国贼,这怎么推翻得了呢?任何人都应该忠于自己的祖国,怎么可以说把宋朝出卖给金朝而不是卖国贼?宋朝方面有汉族的民族英雄,金朝方面当然也会有女真族的民族英雄。我看完颜阿骨打起兵抗辽,就应该是女真族的民族英雄。所以岳飞还是应该颂扬的,秦桧还是应该谴责的……同样,我们肯定元朝、清朝对中国历史作出了伟大的贡献,但是不等于说要否定文天祥、陆秀夫,不承认他们是民族英雄、爱国主义者,也不等于说洪承畴、吴三桂不是卖国贼,因为历史是发展的,我们不能拿后来的关系看当时的关系。……假如说后来已成为一家,当时就可以不抵抗的话,那么将来世界总有一天要进入共产主义的,国家总是要消灭的,那么将来讲起历史来岂不就得认为历史时期被侵略者反抗侵略都是无聊的?要这样讲起来,那我们的抗日战争岂不也是多余的?(《历史上的中国和中国历代疆域》,刊《中国边疆史地研究》1991年第1期)

历史是发展着的,“中国”是不断变化的,“后来之中国”是由“当初之中国”发展、变化而来的。岂可用“后来之中国”裁剪“当初之中国”?承认“当初之中国”与“后来之中国”是两个不同阶段的“中国”,这是唯物的尊重事实的历史观;承认“后来之中国”是由“当初之中国”发展、变化而来的——这是辩证的懂得变易之理的历史观。谭先生的论述体现了这种唯物、辩证的历史观。列宁有句名言:考察历史必须从当时的历史情况和历史条件出发。(大意)谭先生便是如此。

结论当然还是老结论:秦桧是卖国贼,岳飞是民族英雄。西湖岳庙里的楹联要世代张挂下去,秦桧要永远跪在那里遭人唾骂。

左右逢源

理论家吴江先生曾语我:可写写左右逢源的人。我理解就是写政治不倒翁,风派人物。曾见妙文写风派人物曰:“软软腰肢,弯弯膝盖。朝秦暮楚,门庭常改。……大风起兮云飞扬,风派细腰如弹簧。”安立志《观察〈沁园春·雪〉笔战的一个视角》一文认为这是在写郭老。(《同舟共进》2011 年第 6 期)我倒觉得这实际是在概括风派的一般特点。风,有“左”风,有右风。“左”风之风力、次数,常大于多于右风。风派不问风向,唯大风而随之。

史上风派甚多,不胜枚举。兹姑举一左右逢源之术甚精者姚蓬子。姚蓬子,左翼作家、共产党员,1934 年叛变,与中统头目徐恩曾合作,任国民党中央文化运动委员会委员、中央图书杂志审查委员会委员,又任《扶轮日报》副主编。蒋介石围剿江西红军时,姚蓬子发消息,配社论,甚得国民党中宣部嘉许。如此姚蓬子,可谓极右矣!抗战军兴,统一战线建立,姚蓬子被郭沫若等发起的

“抗敌协会”吸纳。他向徐恩曾借钱，办起“作家书屋”，出版了一些左翼作家著作。于是，叛徒身上又抹上红色，仿佛右派又变成左派了。他声称：“那些年，我是‘身在曹营心在汉’。如今我获得‘自由’，就‘过来了’。”（叶永烈《“四人帮”的兴亡》）其实，在曹，在汉，全凭他的私欲决定，而他也确有左右逢源，曹汉门庭皆入得的高超本领——一边是徐恩曾，一边是郭沫若，他有这个本事。

姚文元，姚蓬子之犬子也。此公死心塌地跟定江青，坚决执行“革命路线”，未曾改过门庭，做过风派，倒是颇与其父不同。古代有贰臣，似与风派相似，然细究之，则颇相异，因贰臣今日在此端，异日又在彼端，并非同时左右逢源，首鼠两端。贰臣失节，许多是因畏惧鼎镬，而风派则多因贪恋权位。故风派之人格操守，未必及于贰臣也。

祝由科的灭亡

小则一种技艺，大则一种学说，落后则亡，无效则亡，有害则亡。

史家吕思勉《医籍知津》“呪由科”条谓：“盖呪由一科，最无实效，世莫之信，其术遂亡也。”（吕思勉《中国文化思想史九种》）呪由科，亦称祝由科，是一种以念咒画符来治病的巫术性医科，起源甚古，从业者奉黄帝为祖师。祝由科的招牌常写着：“世传神医祝由科善治百病。”除了念咒画符，祝由科医师也会开些药，但非《神农本草》里的草药，而是一些怪异的药物，如乌龟的尿，刺猬的血之类。

吕思勉言祝由科“最无实效”，乃是代表科学昌明之后人们的认识，而在愚昧时代，人们却相信祝由科的灵验。如清人陈其元

《庸闲斋笔记》卷十一“神咒治病”条称：祝由科“禁咒治病，伊古有之，其词甚俚，其效甚速”。祝由科的败落，是在近现代科学的医学发展以后，世人皆知祝由科不仅“最无实效”，而且耽误病情，遂不以此法治病，祝由科遂亡。

医术如此，学说亦然。“不断革命”的托洛斯基主义，“社会主义越深入，敌人就越多”的斯大林学说，“阶级斗争，一抓就灵”、“八亿人口，不斗行吗”的继续革命理论，于治国富民，不仅最无实效，而且添乱有害，故也如祝由科一样，“世莫之信，其术遂亡也”。

落实《张鲁传》，路人白吃饭

一些史书这样记载：人民公社大办公共食堂，社员吃饭不要钱，许多食堂被吃垮了。这个记载基本准确，但也有一点不够精确：来公共食堂吃饭的人，不仅仅有社员，还有不少过路人。《人民日报》老记者林晰在《亲历“大跃进”岁月》一文中曾披露了他所见到的一些公共食堂的情况：“由于高级领导人提倡‘放开肚皮吃饭，鼓足干劲干活’，还为了显示人民公社的优越性，曾经大吃大喝过几天，加上过路人‘吃饭不要钱’，使得食堂很快就无以为继了。”(《书屋》2010 年第 12 期) 在公社食堂里大吃，是社员倒也罢了，过路人也来大吃，食堂哪能不垮掉呢?

众所周知，社员吃饭不要钱，是按毛泽东的指示办的，但过路人吃饭不要钱，根据的是什么呢？有人说也是按毛主席指示办的。究竟情况怎样呢?

毛泽东为给人民公社和公共食堂立论，曾从中国历史上找根据。他找来了《三国志・张鲁传》，并根据其中一些记载写了大段批示。《张鲁传》有这样一段记载：张鲁五斗米道“诸祭酒皆作义舍,如今之亭传。又置义米肉,县(悬)於义舍,行路者量腹取足,若过多,鬼道辄病之。”这是说,张鲁在大路上建了许多不花钱白住的公共旅社,旅社里又放上不要钱的米肉供过路人食用,而且管饱,但不许贪婪浪费。毛在批语里推测说,张鲁这样做似乎是为了招来关中区域的流民。又说,这表现了五斗米道的经济纲领。毛的批语里有一句话极重要:“道路上饭铺里吃饭不要钱,最有意思,开了我们人民公社公共食堂的先河。”在毛看来,在义舍中置义米肉,不就是古代的公共食堂吗?人民公社为何不可以沿着张鲁的路子办自己的公共食堂呢?

在读毛的批语时,我们应当注意到,毛推荐《张鲁传》,实际上只是说了张鲁开了人民公社公共食堂“吃饭不要钱”的先河,而并没有说天下的行路人都可以到人民公社的食堂里随便吃,他强调的实际主要是张鲁的“义”,即吃住“不要钱”这一经济思想,而不是任谁都可以到公社食堂来白吃。我家所在的西堂子胡同街道,受公社大办食堂的影响,也办过一个公共食堂,大人领我去吃过,但要付钱的。过路人随便吃,是《张鲁传》里说的,并不是毛说的,毛只是翻译了一下《张鲁传》,只是说张鲁的做法是公社食堂的“先河”。但是,许多公社干部并不这样想,他们一看到毛的批语,不管是毛本人的话,还是毛引用的材料,都一字一句地落实。于是,不仅落实了毛的社员吃饭不要钱的指示,连同张鲁的“行路者量腹取足”也落实了。这实际也就是在落实五斗米道的经济纲领了。但也很难怪公社干部们这样做,试读一下毛的批语,他把张鲁的义舍义米肉与“政社合一、劳武结合”之类混在一起说,公社干部哪里分得清呢?

公社干部如此盲目搬用毛的批语,反映出他们对毛的个人崇拜之强烈。由此可以看到,早在“大跃进”年代,对毛的个人崇拜就已经具有坚实、广泛的社会基础了。这是后来的极端的个人崇拜的前奏。

“打倒知识!”

打倒知识,乃至打倒知识分子,是近现代革命史中痛苦而荒唐的一页。这是极左革命派的行为。新见几条典型史料,颇珍贵,录之如下。

其一,“打倒知识”和“打倒知识分子”的口号。李锐同志发表在《炎黄春秋》的一篇文章,披露了一条史料:北伐军曾提出过一个口号:“打倒知识!”读后颇为惊诧。北伐就北伐吧,对象是军阀,干嘛要打倒知识?难道知识与军阀同样坏吗?北伐军当然会有自己的解释,但怎么解释,北伐革命也不能这么搞呀。

读王元化《九十年代日记》(上海古籍出版社2008年版),1990年6月22日记:

> 读今年六月十六日出版的《党史信息报》,有一篇标题为《打倒知识分子的标语》的报导。内称,一九三一年的一天,毛泽东在瑞金的叶坪村一个住户门口,看见贴着一张绿纸标语,上面写着“打倒知识分子”。接着记者写道:“原来叶坪村农民非常愤恨本村一位经常帮助地主欺压群众,教过几年私塾的先生,由此对知识分子产生了恶感,视他们为被打倒的对象。这标语是乡苏维埃政府安排文书老谢写的。”案:上面虽也举出一种原因,但这问题似应作进一步探讨。如:为什么农民一方面尊重字纸,一方面又讨厌知识分子?为什么历史上的农民起义多歧视知识分子?等等。

毛泽东对这条标语有何评论,不详。这条标语,是我见到的最明确地提出打倒知识分子这一主张的材料。因为一个读过书的人的恶行,便上升到要打倒整个读书人阶层(知识分子)的高度,这种抽象能力恐怕不会是贴着绿纸标语的那户农家所能想得出来的。“这标语是乡苏维埃政府安排文书老谢写的”——根子在此,这是当时党的“左”的思想的产物。王元化先生提出要进一步探讨农民对知识分子态度,此问题提得深刻。我党对知识分子曾有的“左”的认识和政策,便与党员的成分多是农民出身有关啊!

其二,按识字多少“肃反”。这是张国焘“肃反”中的发明。罗学蓬《张国焘川北苏区“肃反”纪实》一文披露:“(为执行张国焘“肃反”方针)更为荒唐的是,有的保卫干部竟以识字多少、手上有无茧巴、皮肤黑白来判断好人坏人,连上衣口袋别钢笔的人也不幸成了肃反对象。”(《同舟共进》2010 年第 12 期)识字成了原罪,别钢笔便是罪证,有知识即有罪。张国焘完全不拿知识分子当自己人,而是怀疑之,歧视之,甚至干脆当敌人看。

对张国焘这样对待知识分子,徐向前在《历史的回忆》(解放军出版社 1987 年版)中也有披露:“肃反对象主要是三种人。一是从白军中过来的,不论是起义、投诚还是被俘的,不论有无反革命行动,要审查;二是地主富农家庭出身的,不论表现如何,要审查;三是知识分子和青年学生,凡是读过几天书的,也要审查。重则杀头,轻则清洗。”在这个排列中,“知识”与“白军”和“地富”是同等看待的。所谓“从白军过来的”、“地富出身的”,若是硬性地说,还多少算与“反动阵营”有一点瓜葛——尽管这样审查也不对,太“左”;但当知识分子当学生有何辜呢?何况这些知识分子都是舍家舍命来投奔红军的。但就是因为他们读过几天书,有点知识,就成了被怀疑为反革命的疑点,甚至成了罪孽,便要“重则杀头,轻则清洗”。徐向前对这种搞法提出了不同意见,张国焘便让人又暗地调查徐向前。

其三,杀有知识的人。这是一条红色高棉的史料。刘军《越南柬埔寨两国见闻》一文写道:红色高棉认为工商业是资本主义剥削的温床,知识和财富是导致不平等的原因,所以,不惜毁灭城市和工商业,在肉体上消灭知识分子和资产者。在柬华人中有知识、有财产的人比例较高,所以受迫害更为严重。城里人被赶到乡下时曾填过登记表,红色高棉的人便按登记表谈话,晚上赶着牛车到村里,接有知识或过去富裕的人去谈话,一去不回。(刊于《百年潮》2010 年 12 期)这是一段看似平淡而实则惊心动魄的记述。在红色高棉的眼里,有知识必反动,知识越多越反动,故必铲除之而后快。最可怜的是在柬埔寨的华人,他们知识多,财富多,所以红色高棉对他们的杀心尤重。

其四,仇恨书籍,目读书人为“妖”。这是太平天国所为。据《贼情汇纂》载:太平军“凡掳人,每视人之手,如掌心红润,十指无重茧者,恒指为妖”。又据《平定粤匪纪略附记》载:太平军“见书籍,恨如仇雠,目为妖书,必残杀(持书人)而后快”。(转引自李泽厚《中国现代思想史论》,东方出版社 1987 年版)手上无重茧者,多为读书人,在太平军眼里,他们都是妖孽,那些书籍,都是妖书。批林批孔时,曾盛赞洪秀全砸学塾里的孔夫子牌位。天王的部下仇恨书籍,目读书人为“妖”,显然与天王保持了高度一致。

张国焘的“肃反”,以识字多少、手上有无茧巴、皮肤黑白、口袋是否别钢笔来判断好人坏人,这与太平天国的识“妖”标准何其相似。“四人帮”的阴谋电影《决裂》,把手上的老茧作为录取大学生的标准,这又与太平天国和张国焘何其相似。

“层累的堆积”

顾颉刚曾提出“层累地造成的中国古史”说，教给人们一个考察古史的全新方法。顾颉刚说：“时代愈后，传说中的中心人物愈放愈大”。他举例说，舜在孔子时只是一个“无为而治”的圣君，到《尧典》就成了一个“齐家而后国治”的圣人，到孟子时就成了一个孝子的典范了。

这种史实“愈放愈大”的情况，可以谓之史实的“层累的堆积”。这种“堆积”之史，只有原点即核心史实是真实的，放大的部分则非历史原貌，而是历史原貌的放大版。这种历史原貌的放大版，不仅古史有，现代史也有。

人物史特别容易被“层累的堆积”。因为人物是历史的中心，人物最受读史者关注，人物最容易聚积人们的爱憎。放大人物的美好一面，此为溢美、拔高；放大人物的丑陋一面，此为溢恶、丑化。有名的人物最容易被“层累的堆积”，因而最容易成为“箭垛子人物”——什么好事或坏事都往他们身上堆，他们成了承受箭镞的垛子。

对有名人物的历史之“层累的堆积”，一个重要原因，是由于人们的爱憎。对伟人、杰出人物，因爱戴而容易溢美；对反面人物、问题人物，因憎厌而容易溢恶。溢美的表现，常是对美做“层累的堆积”，溢恶的表现，常是对恶做“层累的堆积”。比如，鲁迅读过马克思主义的书，这是事实，但后来渐渐地被“堆积”成鲁迅专门辟了一间小屋躲开国民党的监视苦读马列著作。毛泽东在遵义会议上被选为常委，重新回到了领导核心，这是事实，但后来渐渐地被“层累的堆积”，先是说毛回到了领导岗位，继而说“确立了毛泽东在全党全军的领导地位”，再后来干脆宣称毛在遵义会议上成为或被选为第一把手（正式文件上虽无此说，但习惯上这样认为和宣传）。在抗战中，国民党既抗日也反共，这是事实，但渐渐地被“堆积”成国民党在整个抗战中都是“消极抗日，积极反共”，再后又被“堆积”成“不抗日，只反共”。宋美龄生活上很讲究，她曾患皮肤过敏症，沐浴后需用半磅牛奶搓身治疗，这是事实，但渐渐地被“堆积”成国中饿殍遍地时她竟然用澡盆装满牛奶洗澡。

曾读到一篇小文《邓颖超的“电话更正”》（载《作家文摘》2010 年 12 月 31 日），是写邓大姐纠正不实史实的事，从中可见多条“层累的堆积”的情况。这是现代史料中存在“层累的堆积”情况的一个佳例。

文章写道，1976 年底，周总理逝世一周年前夕，《人民日报》将三篇准备发表的悼念总理的文章请邓大姐审阅。邓让秘书打电话给报社要求更正稿件中的 6 条不实之处。第一，文章讲她和总理一起去过三次大寨，实则只去过最后一次。第二，讲西安事变期间，蒋介石与周恩来、张学良谈判时“抱头大哭”，实际上根本没有这回事。第三，讲重庆谈判时周恩来的秘书李少石被国民党特务谋杀，事实是意外事故，不是谋杀。第四，讲 1938 年长沙大火是国民党企图谋害周恩来，事实是为了对日军进攻采取焦土政策。第五，讲在红岩村时，周恩来、邓颖超经常和战士们一起浇水、种菜、浇粪，这是渲染夸大，实际上只是偶一为之，不是“经常”。第六，讲重庆谈判时周恩来和毛泽东“寸步不离”，不客观，因为两人各有各的活动，不可能“寸步不离”。

这六条不实之处，大体有两个倾向，一是对国民党溢恶，一是给周总理和邓大姐锦上添花。从史料的准确性上说，都有“层累的堆积”即放大的情况。邓大姐的态度很明确：必须实事求是，不应放大，不论是对蒋介石、国民党，还是对共产党，对周总理，对自己。

1976年底，过来人都知道，那时怀念周总理正值高潮，对于国民党、蒋介石的评价，当时的风气还是视其为一无是处。但邓大姐却不人云亦云，迎合风气，而是实事求是地对稿件中的放大不实之处即史实的“堆积”提出了更正。“誉人不溢其美，毁人不溢其恶”，邓大姐的电话更正，堪称范例。

研究历史，阅读史料，特别应当注意“层累的堆积”这个情况，剔除“堆积物”，才能看到历史的本来面貌。此为科学地研读历史之一法。亦为马克思主义唯物论史学方法的题中之义。

造神是自我侮辱

俄国工人政党内部出现过一个“造神论”派，主张要造一个“无产阶级的神”，结果遭到列宁痛斥。但具体是怎样痛斥的，我未见到有关资料。近读人民出版社新版的《马克思恩格斯列宁论宗教》，发现一条材料，猜测即为批评此“造神论”派的文字。但不能确定，待考。

但无论怎样，这都是一条重要材料。这是列宁写给高尔基的一封信的片段，其中，列宁提出了一个命题：造神是自我侮辱。原文是：“可是，造神说难道不就是一种最坏的自我侮辱吗？一切从事造神的人，甚至只是容许这种做法的人，都是在以最坏的方式侮辱自己，……”又写道：在这种人身上，有“种种被造神说所神化了的最肮脏、最愚蠢、最富有奴才气的特点。”（列宁《致阿·马·高尔基》1913年11月13日或14日；《列宁全集》第二版第46卷第362页）这一批评，无论是否针对的就是“造神论”派，实际上，列宁所批评的正是那一类对造神抱有浓厚兴致的人们。在列宁眼里，鼓吹造神者，实施造神者，容许造神者，都是在自取其辱，而且是“最坏的自我侮辱”。可以说，这一批评是相当严厉的。

何以说造神就是自我侮辱？列宁未及详论。试从两个方面解读之。其一、人与神的关系，自古以来经历了两大阶段：无阶级社会中，人人平等、人神也平等，那时是人控制神，人在神面前有尊严；进入阶级社会后，人与人不平等，人与神也便不平等，此时是神控制人，人在神面前要匍匐敬拜，全无尊严。列宁所谓造神是自辱，所造的无疑是那种控制人、让人匍匐敬拜的神。制造此种神，无疑是自甘不平等，自我侏儒化，自甘当奴才，故无疑是自我侮辱。其二、造神，是对人性的漠视和否定，对兽性的容忍。恩格斯说：“历史越是‘充满神性’，就越具有非人性和兽性。”（《英国状况——评托马斯·卡莱尔的“过去和现在”》，1843 年 10 月——1844 年 1 月中，《马克思恩格斯全集》第二版第 3 卷第 520、521 页）用“文革”史为恩格斯这句话做注脚，再准确不过。那是一段地道的“充满神性”的历史，因而也是一段非人性和兽性大发作的历史。马克思说，专制制度有兽性，与人性不相容。从马恩这两位导师的话里，我们可以清楚地看到一根链条：造神、专制、非人性、兽性，都是在一根链条上连接着。而列宁所痛斥的“造神论”派，竟然主张造一个什么“无产阶级的神”，这不是既自我侮辱又荒唐至极么？专制君王喜欢神，利用神，鼓吹“君权神授”，工人政党难道也需要鼓吹神，利用神，靠神保佑么？

有位人称“好学生”的大吏，是一个在造神方面别出心裁的人物，他曾套用大汉奸周佛海的话说：“相信毛主席要相信到迷信的程度，服从毛主席要服从到盲从的程度。”一个堂堂老革命家，资深的马列信仰者，竟然以盲从和迷信为荣耀，这不是自我侮辱么？

周佛海的原话是:“相信领袖要相信到迷信的程度,服从领袖要服从到盲从的程度。”陈果夫曾发挥此话:“信仰主义要信仰到迷信的程度,服从领袖要服从到盲从的程度、绝对的程度。”这位大吏竟然不惜用大汉奸的话来造神,这不更是自我侮辱么?据分析,这两句话极可能是张春桥依其旨意起草的。林彪更是造神高手,“文革”中他满口“万岁万万岁”,把一本小红书弄得如圣经一般,他批示文件的原则是“主席画圈我画圈”,而绝不着以己意,他提出“理解的要执行,不理解的也要执行”,并亲做表率。遥想当年那个敢于当面顶撞领袖的耿直元帅,此时已经完全俯首认可了君臣关系,完全没有了一点马克思主义的气味。这不也是自我侮辱么?

海峡对岸,上世纪70年代,国民党为给蒋经国接班做铺垫,也曾掀起过造神风潮——遍地给蒋介石立雕像,结果,“造蒋像”成了一门行业,整个台岛一共立了45000座雕像,平均每平方公里就站着一两个蒋介石。小蒋去世后,大批蒋像被弃于荒烟蔓草间,任凭雨打风吹去,这段造神史也成为街巷笑柄。(《作家文摘》2011年4月29日《两岸领袖雕像的时代旅程》)造神像成为一门行业,古已有之。清代便有专门制造神像的作坊“佛作门神作”,这是拿神来挣钱的一门生意。台湾的党国大佬们竟也把“造蒋像”搞成一门生意,这不是自我侮辱么?不也有辱“伟人”么?

开历史倒车的二三人物

王莽的名声一直不大好。“周公恐惧流言日,王莽谦恭未篡时。”毛泽东曾用这句白居易诗比喻反叛的林彪。王莽、林彪,都被认为是先谦恭、后篡权的野心家、阴谋家。

王莽曾行新政,也叫"复古改制"。怎么个改法呢? 胡适概括为实行"国家社会主义"。其实就是搞土地国有制(即《诗经》所云"普天之下,莫非王土"的"王田")、限制商业发展、恢复原始货币之类。基本是走回头路。胡适称王莽是"一千九百年前的社会主义者",说他搞新政是为了"均众庶,抑兼并"。史家何兹全说,王莽搞的改良,虽然是为自己,但也照顾了人民的利益,故有进步性。但这个"进步性",实际上,若从出发点上说尚可说通,若从效果来考量则无道理。网上更有论者称王莽是"最早的共产主义者",还有人称王莽为"共产主义皇帝",都是不靠谱的评价。王莽是个有争议的人物,但我看,他大抵是个心肠还不算坏却干了大坏事的人。他想解决民生问题,但搞的方案是乌托邦,结果干出了开历史倒车的坏事、蠢事。

史家吕思勉有段话论王莽改制,甚是精到。他说:"中国财产分配之法,大抵隆古之世,行共产之制。有史以后,逐渐破坏,至秦汉之世而极。是时冀望复古者甚多,王莽毅然行之,卒召大乱,自是无敢言均平财产者。私产之制,遂相沿以迄于今。"(吕思勉《中国文化思想史九种》之《中国文化史六讲·财产制度》)王莽之世,贫富悬殊,故世人多冀望复古。王莽所复之"古"为何物? 有学者断为三代(夏商周)之奴隶制,吕思勉则断新政之源为隆古之世的原始共产制。

实践检验新政。《汉书》记新政后果为:"元元失业,食货俱废"。"元元"者,据史料,既包括穷人,也包括富人。大家一齐受损害,一齐丧失生计。吕思勉说,新莽之所行,无一不扰乱经济。故,"食货俱废","卒召大乱"。"大乱"之状:人相食,绿林赤眉揭竿而起。

"国家社会主义"(土地国有的"王田")行不通,地主所有制却稳固地沿袭了二千年。盖地主制生命力正旺，可容纳生产力发展也。王莽之错在于违背社会发展规律。以汉代当时生产力，欲退回原始制、奴隶制，何有可能？欲实行真正之社会主义，更是天方夜谭。王莽新政，纯是乌托邦也。

现代柬埔寨，也有个开历史倒车的怪异人物，名曰波尔布特。此人与王莽虽隔代而异国，其治国的主意和结局却颇有相似处。

波尔布特要建立一个“无阶级差别、无城乡差别、无货币、无商品交易”的所谓“超级社会主义”。一夜之间，富人消灭了，城市消灭了，东方巴黎的金边成了无人的鬼域。出版社、报纸、杂志、学校等等，一律关闭。对知识分子，肉体消灭。戴眼镜是罪恶。家庭解体，男女分队，婚姻由组织分配。吃大锅饭，穿一色的黑军服，带同样的红格毛巾。（周有光《拾贝集·红色高棉始末》）这种情况，被人评论为“一夜之间倒退回了原始社会”。1975 年，周恩来总理曾在病中接见波尔布特，告诫他，共产主义不是一朝一夕所能建成的。但他全不理睬，照干不误。

《百年潮》2010 年第 12 期载有刘军《越南柬埔寨两国见闻》一文，记述了一位 40 多岁的华裔越南人导游讲述的他亲身经历的柬埔寨一夜间退回原始社会的故事。这位导游说：波尔布特为建立一个无差别社会，不惜毁灭城市和工商业，把所有的人都赶到乡下去种地，结果反而都吃不上饭，只能喝稀粥。父亲在柬埔寨经商，全家也被赶去种地，只许携带很少的随身物品。没有时钟，只能按日月星辰活动，天亮干活，天黑回家。四年多的时间里使用的餐具是半个椰子壳，每天只喝两顿稀粥，饿极了便抓老鼠吃。

这种荒诞、野蛮的倒退现象何以会发生？许多学者都在研究。在我看，原因也简单，就是因为陷入了乌托邦空想，“左”之极矣。把吕思勉论王莽的话稍改一下，便正可摹写之：“隆古之世，行共产之制。……波尔布特毅然行之,卒召大乱。"

江青说,"共产主义也有女皇"。她想当这个女皇。这个有女皇的"共产主义",实际就是原始共产主义。江青若是真当了权,她必会像波尔布特那样,使中国倒退到"餐具是半个椰子壳,每天只喝两顿稀粥"的原始社会去。

明明挂的是倒档,却说是加油向前,开历史倒车的人,大多如此。

刘大杰教授的困惑

复旦大学刘大杰教授出过大名。一因毛泽东读过他的《中国文学发展史》,还当面向他说了几句读后感,二因他两次修改此书,把本来不错的大著弄得非驴非马。第一次修改是按照苏联的马列教条改,第二次是按"儒法斗争"的路子改。两次修改都名声不佳,特别是第二次,饱受世人诟病。据刘教授的学生陈四益讲,第二次修改是在"四人帮"在沪代表的监督下硬改的,因此可以谅解。

"文革"中,刘教授曾私下向陈四益讲过自己的困惑:"马克思主义太难学了。五十年代学苏联,我曾以为那就是马克思主义,拼命去学,修改了我的文学史。现在看,那又不是马克思主义了。现在以为是马克思主义,将来……"(陈四益《臆说前辈·关于刘大杰先生》)下边的话没说出来,但显然是:"将来可能又不是马克思主义了。"果然,"四人帮"一粉碎,"文革"那一套又不是马克思主义了。

"马克思主义太难学",难学吗?一个名教授,难道连马克思主义的基本理论都学不懂吗?不是的。问题是刘教授学的压根儿就不是真正的、正宗的马克思主义。第一次修改文学史，他学苏联，实际学的是斯大林主义、日丹诺夫主义。第二次修改，学的实际是“四人帮”糟蹋过马克思主义，极左的假马克思主义。“马克思主义太难学了!”刘教授的困惑，实际上提出了一个重要问题：马克思主义究竟是什么样子的?

何以刘教授学不到真正的马克思主义？因为他所处的那个年代，并不提倡系统地学习马克思主义，特别是不提倡学习原装的马克思主义(甚至讥为“言必称希腊”)，而只提倡读马恩列语录，读毛泽东的书。林彪说，马恩列斯离我们太远，书又难读，可以少读或不读。他提倡读语录本。康生陈伯达张春桥姚文元更是恣意歪曲马克思主义。所以，在那个年代，人们很难全面了解马克思、恩格斯原本的思想是什么，真正的马克思主义究竟是什么样子。

一方面没有真正的马克思主义可学，一方面又只能学那些被曲解、被篡改的马克思主义——这就是刘教授当年所处的理论环境，也正是他所以产生困惑并感叹“马克思主义太难学了”的根源。他用被曲解、被篡改了的马克思主义修改文学史，哪能修改得好，又怎能不受诟病?

现在提倡学习原装的、正宗的、真正的马克思主义，更要求将这种真正的马克思主义中国化。这是一个巨大的进步。倘若刘大杰教授在世，他一定会学到真正的马克思主义，他的困惑也会烟消云散。

三、芸窗札记

孔子的“中庸”说与矫枉过正

中国古代哲学是中国文化的重要组成部分，其中有很多精华足以与西方古典哲学中的精华相媲美，它对于我们今天的精神文明建设也有重要的启迪作用。孔子的中庸说就是一例。

走极端与适中

走极端、偏激，是一种不健全的、形而上学的思维方式。要么主张“君子不言钱”，要么顶礼膜拜钱神；要么只重章句之学，要么干脆抛弃资料；要么说传统一切都好，要么否定一切传统，如此等等，这些错误的、有害的主张和行为，都是走极端、偏激的表现。

要克服走极端、偏激这种思维方式，古希腊哲学家亚里士多德的中庸说和孔子的中庸说，都有非常精粹的道理值得吸取。

亚里士多德的中庸说认为，一切行为都可分为过度、不及、适中这三种状态，比如，在鲁莽、怯懦、勇敢这三种相关的状态中，鲁莽是过度，怯懦是不及，勇敢是适中；在纵欲、冷淡、节制这三种状态中，纵欲是过度，冷淡是不及，节制是适中。在过度、不及、适中这三者当中，过度和不及都是极端，在这两个极端中间是适中，适中才是美德。将希腊文的“适中”译成汉语，通常译为孔子所用的“中庸”一词。

用“中庸”去译亚里士多德所说的适中，表明二者的相通。关于孔子中庸的含义，学术界有各种解释，如果下个最简洁的定义，就是用中。用中包含着与亚里士多德崇尚适中相同的主张，即孔子所说的“过犹不及”。过，即过度、过分；不及，即不够、不足。“过犹不及”是说过度与不够一样，都是不可取的。那么什么可取呢？自然是既非过度，又非不足的状态，这种状态就是适中。朱熹解释孔子的中庸说：“中者，不偏不倚，无过不及。”（关于“不偏不倚”，今人多释为无原则调和，但这并非孔子原意。）可见“无过不及”的状态就是适中。亚里士多德的适中与孔子的适中意思是一样的，都是“执其两端以扣其中”（“执两用中”），即审视两端而取中，亦即在两个极端之间保持适当的“度”，做到适度、适当，恰到好处。有人将这种不走极端而保持适中的思维方式喻为“三条大路走当中”，即思维、办事既不偏也不斜，既不偏左也不偏右。蔡元培先生对孔子的中庸非常推崇，一向反对走极端，反对偏激。这反映在他对历史的一些评论中。如他认为法家太左，刻薄寡恩；道家太右，放任自流；所以法家之策招致秦灭，道家之习招致晋亡。

亚里士多德和孔子反对走极端、崇尚适中的思想，闪烁着辩证思维的火花。以辩证思维观察事物，就要着眼一体而分见两边（两端）和多面，即要讲全面性和两点论，而不是像形而上学那样，不知“执其两端以扣其中”，而是将某一端绝对化。亚里士多德和孔子反对走极端，崇尚适中，实际也就是反对偏执一端的绝对化、片面性的毛病。办事走极端，好事也要办坏；道理说得偏激，真理也会变成谬误。列宁说，真理往前跨一步就是谬误。亚里士多德和孔子反对过度，反对走极端，因为他们看到了过度和走极端会造成谬误。斯大林说："真理在'中间'，在左派和右派之间。"这个说法，与"执两用中"、"三条大路走当中"颇近似，其含义也是相通的。

亚里士多德和孔子反对走极端、崇尚适中的思想，对于我们今天进行正确的思维活动，捕捉客观法则，避免走极端、偏激、片面性、绝对化的毛病，有借鉴作用。但这种借鉴所解决的，还只是思维形式的问题，至于怎样算适中、适度、恰到好处，则需要我们随时随地根据具体情况去把握。不同的人，把握的结果可能是不同的。

如果我们用"执两用中"的方法去审视本文开头谈到的三个走极端的例子，把握其适中状态，那么，在"君子不言钱"和膜拜钱神这两个极端中间，义重于利（不是不要利）和"君子爱财，取之有道"是适中的状态；在只重章句之学和抛弃材料这两个极端中间，观点和材料的结合是适中的状态；在全盘肯定传统和全盘否定传统这两个极端中间，对传统取其精华、去其糟粕是适中状态。

矫枉必须过正吗

当出现了走极端的错误时，怎样来纠正？有两种方法：一种是把某种极端纠正为适中、适度、恰到好处，如把怯懦纠正为勇敢，把肚子饿纠正为吃饱；另一种是把某种极端纠正过了头，超过了应有的限度，即矫枉过正，如把怯懦纠正为鲁莽，把肚子饿纠正为吃撑。显然，第一种态度是正确的、可取的。但生活中常见到第二种情况。比如，一说"君子不言钱"是刻板、僵化，需要纠正，便纠正成了膜拜钱神；一说章句之学有繁琐细碎之病，需要纠正，便纠正成了抛弃资料；一说传统中有糟粕，须将糟粕抛弃，便弄成了抛弃一切传统。反之亦然。总之，都是用一个极端纠正另一个极端，总是在两个极端之间轮换立足点。也就是说,总是用一种片面性纠正另一种片面性,总是不脱形而上学的窠臼。

有一种说法:矫枉必须过正。鲁迅先生也说过:"矫枉不忌过正,只要能够打倒敌人,嬉笑怒骂皆成文章。"还说过"不读中国书"之类的话。钱玄同为强调文字改革的必要,常发表走极端的激进言论。鲁迅评钱玄同说:"十分话最多只须说到八分,而玄同则必须说到十二分。"怎样理解这些说法和现象呢?

应该肯定,矫枉过正在一定条件下是具有合理性的。如鲁迅之所以说一些矫枉过正的话,是因为黑暗势力太强大,旧思想的罗网太严密,如果不"扎硬寨,打死仗",就不能取得一点进步。正像鲁迅自己说的,你说要开窗户,那人家肯定不让你开,你必须说要掀房顶,人家才让你开窗户(大意)。钱玄同所以发表走极端的文字改革言论,也是因为他看到封建旧文化、旧思想对人民束缚甚深,不出死力就解决不了问题,所以总是故意把话说得很绝对。实际上,鲁迅和钱玄同内心是并不偏激的。鲁迅说"不读中国书",是为反抗"古老的鬼魂"对中华民族的精神压迫,而鲁迅本人对于中华民族的优秀文化则是爱之极深的。关于钱玄同的"偏激",黎锦熙评道:钱玄同"有时说话过分,须知他是愤激之谈,等到发作过了,他仍返于至情至理,中庸得很"。周作人也做过类似评价。总之,鲁迅和钱玄同都决不是走极端的人。他们说那些矫枉过正的话实出于不得已,有时则是一种策略。

矫枉过正虽在一定条件下具有合理性,但如果不顾具体条件,绝对地将其作为一种普遍的、固定的思维模式来奉行,就是地道的形而上学,就会产生无穷的危害。若此,就会造成这样的一种局面:你过正,我也过正,以过正对过正,循环往复,无有竟时,永远处在从一个极端跳到另一个极端的轮回往复之中。近现代文化史上关于本位文化和全盘西化的论争即有此弊。郭沫若曾对矫枉过正问题发表过正确的看法,他说:“在我认为,答复歪曲就只有平正一途。我们不能因为世间上有一种歪曲流行,而另外还他一个相反的歪曲,矫枉不宜过正,矫枉而过正,那便有悖于实事求是的精神。”所谓歪曲,亦即一种极端;所谓平正,即适当、适中。只有平正,才合乎实事求是的精神。矫枉过正所以有悖于实事求是的精神,因为它有悖于辩证思维,因为辩证思维是按照事物本来面目进行科学分析的思维。

陈婆虽麻,豆腐未尝不好吃
——从《论语》的一个命题谈起

人们常说,“不以人废言”。这句话出自哪儿? 出自《论语·卫灵公第十五》,孔子说的。他的原话是:“君子不以言举人,不以人废言。”他认为,不以人废言是君子的作为。这是孔子提出的一个带有辩证思想色彩的重要命题。

“不以人废言”,这个“人”,指恶人、小人、有毛病之人,这个“言”,指这类人说出的好话嘉言。孔子认为,不要因为好话嘉言出自恶人、小人之口就否定是好话嘉言,人与言应该分开来看,人有问题,话不一定有问题;人不好,但话可能是好话。孔子两千多年前提出的这个原则,对我们今天处理“人、文关系”,仍很有借鉴价值。

纵看历史,横观社会,人是奸人、小人、卑鄙之人,“问题人物”,而其言、其文、其字、其画却颇值得称道,这种现象,此类人物,真是太多了,可以拉出一个长长的单子。

随便举几个例子。唐代诗人宋之问品行卑劣,惯于谄媚拍马,为了逢迎武则天的男宠张易之,竟为其奉溺器,但其诗多精品,特别是排律,整齐瑰丽,明人胡应麟评为“古今排律绝唱”。明代严嵩是有名的大奸臣,但又是一位有才华的文学家、诗人和书法家。

明末清初所谓“社会贤达”钱牧斋，集贪官、土豪、无行文人于一身，晚年利禄熏心，降清失节，但其一生文名甚高，有“文坛领袖”、“斯文宗主”之誉。曾国藩是个被某些史家指为“汉奸刽子手”的“问题人物”，但其学识文章却可傲视同侪。清末民初湖南著名的劣绅叶德辉，政治上顽劣之至，生活上腐朽至极，曾逼令娼妓群相裸逐，大有殷纣遗风，但在学问上却颇有建树，章太炎称他是“读书种子”，并对革命党人说，“湖南不可杀叶某，杀之则读书种子绝矣”。周作人附敌失节，成了民族罪人，但其学问、文章却堪称一流，鲁迅曾把他列为中国最优秀的杂文作家之一，冯雪峰也认为鲁迅去世后，他的学识、文章没有人能相比。

人，是如此之人，文，又是如此之文，善恶美丑就是这样纠结在一个人的身上。人已是盖棺论定了，那么如何对待其文？是以人废言，还是人归人，文归文？

许多中国人在心理习惯上，是以人废言的。

其一，以人废书。严嵩的《钤山堂集》就其文化价值来说，收入《四库全书》是够格的，但《四库全书》却未收。据编纂者说，不收的理由是：“吟咏虽工，仅存其目，以明彰瘅之义。”彰瘅，即彰善瘅恶，也就是表彰善的，憎恨恶的；所谓“明彰瘅之义”，意思就是严嵩乃奸人，其诗文虽工，也值不得宝爱存留，留个书目足矣，如此处理便是表明了瘅严嵩之恶之意。

其二，以人废字。相传严嵩曾为一个举人考场题过一块“志忠堂”匾。清朝乾隆皇帝看到后，下令把匾摘下来，说：“严嵩是个奸臣，不能挂他的匾。”然后自己写了一块。但左看右看，总觉得不如严嵩写得好，于是叹息道：“人奸，字不奸。”乾隆皇帝原来是要以人废字的，但后来还是觉得应该人归人、字归字。

其三，以人废姓。据说秦桧的后裔秦涧泉游杭州岳坟时曾口占一联:“人从宋后少名桧,我到坟前愧姓秦。”因为秦桧是个奸臣,便感到秦姓也带上了妖气,这是因人贬姓。“文革”中,有个姓蒋的人,为了表示自己革命,表示与蒋介石不共戴天,便改掉了蒋姓,改成了江姓(当时江青正走红),他比秦涧泉要胜过一筹,已是以人废姓了。

揆之以人废言的原因,大约有下面几种。

一种是把人和言混为一锅面酱,未加区分。其逻辑是,“文如其人”,人奸岂能文不奸?此说显然极皮相。其实,“文如其人”只是一种情况,也有不少人奸而文可取者,前面所举从宋之问到周作人,就都是例子。

另一种以人废言是出于正义感,所谓“明彰瘅之义”。此举虽然良心可感,但理性不足,愤愤然中缺少一点深刻的明智。须知声讨奸人人格大可不必株连不奸之文,而有勇气善待不奸之文也是一种正义感。

还有人以人废言是出于担忧。他们觉得,奸人的作品中常常是良莠混杂,弄不好会受其污染。其实,良莠混杂并不可怕,当取则取,当弃则弃便是,岂可倒脏水也倒掉婴儿?鲁迅先生在论说拿来主义时曾批评过以人废宅的“孱头”和“昏蛋”,他的话时时提醒着我们不要以人废言。

以人废言,倘若真的认真实行了,那结果常常是可笑的。宋之问的诗作,周作人的文章,钱牧斋、叶德辉的著作,若是以人废言,管他什么“排律绝唱”、“优秀杂文”、“学术价值”,统统焚而弃之,岂不可惜?曹操曾被视为奸雄,若是视者以人废言,说他的“老骥伏枥,志在千里”是奸人野心的大暴露,不当吟咏,岂不荒谬?马克思主义的创立曾经吸收过资产阶级学者的思想成果,若以人废言,说那些学者与“从头到脚都滴着血和肮脏的东西”的资本有瓜葛,故其文不可用,马克思主义岂不无由产生?

自古以来,具有理性精神的明智者都是主张不以人废言的。明代文学家沈德潜对于宋之问的品行甚为鄙薄,但编纂《唐诗别裁集》时仍选了宋氏诗作,他说:“不以人废言,故薄其行而仍录其诗。”这种将人与诗区别对待的态度,较之不收严嵩《铃山堂集》的选家来,要高明一些、辩证一些。对于钱牧斋,大学者梁启超、陈寅恪也都抱着不以人废言,薄其行而重其文的态度。梁启超说,钱牧斋晚节猖披已甚,论人格一无可取,但其所著的《初学集》、《有学集》很有史料价值,陈寅恪也曾说过鄙其人格而佩服其学问的话。对于叶德辉,明清史家谢国桢有过一段褒贬兼具的评论:“叶氏为湖南土豪,出入公门,鱼肉乡里,……论其人实无可取,然精于目录之学,能于正经正史之外,独具别裁,旁取史料,开后人治学之门径。”谢先生也是不取其人而取其学问。汪精卫乃汉奸巨魁,但早年曾是反清革命党人,有过刺杀摄政王的壮举,刺杀未遂入狱,做过一首慷慨悲壮的诗,末句为“一死心期殊未了,此头须向国门悬”。陈毅元帅的名诗《梅岭三章》曾移用了汪诗“此头须向国门悬”句,建国后陈帅出版诗集时未因汪氏变节而删去此句。这表明陈毅元帅也是不以人废言,而是主张人归人,诗归诗的。

近些年来以卓识和美文名重士林的钟叔河先生,对于以人废言问题,说过一句极平实而又极有见地的话——“人归人,文归文”。我把它视为处理人与文之关系的六字诀,并戏称曰“人文哲学”。

“人归人,文归文”的神髓是实事求是。“人归人,文归文”,也可说是拿来主义的一个具体实施。就像鲁迅在《拿来主义》里说的,“看见鸦片,也不当众摔在毛厕里,以见其彻底革命,只送到药房里去,以供治病之用”——毒归毒,药归药,不能因鸦片能毒人就舍弃其药用。拿来主义是主张别择的,别择之后,“或使用,或存放,或毁灭”。“人归人,文归文”就是别择后的结果,即把人与文分开,取其文而舍其人。对其文,其实也还是要别择,善者取之,良莠杂糅者,去取兼之,这些都要依靠别择者的消化能力和解毒能力。

“陈婆虽有麻子,所烧的豆腐固未尝不好吃也。”这是钟叔河在表述“人归人,文归文”的意思时说过的一句话。这话说得对,也很有趣,我这篇文章,大体也就是这个意思,故借来作为标题。

关于“走偏”

——谈班固的一个思想方法

范文澜评论《汉书》时说:“《汉书》的精华在十志”。我读《汉书》的《艺文志》,又觉得《艺文志》是十志中的精华。再具体说,我又觉得《艺文志》中的《诸子略》是精华中的精华。

《诸子略》是班固对先秦学术的一篇总结性文字,文中将先秦诸子分为儒、道、阴阳、法、名、墨、纵横、杂、农、小说等十家,并一一加以评论。这篇文字,辞约而旨丰,堪称一篇精湛的先秦学术小史。对这篇文字,历来论家称扬者甚多,但所谈多在班固的学术思想;而对其中蕴含的哲学意识、思想方法,则极少谈及。我读《诸子略》时,感到其中蕴含的一种思想方法特别值得今人注意,这就是班固关于走偏的思想。

“走偏”,是我借用的一个词,并非出自班固。“走偏”,或曰“走偏锋”,是时下人们常说的一个词,如说练气功“走偏”,说某人“好走偏锋”,等等,意思是离开了正道、正位,走了偏路、邪路。政治语汇中常说的左倾和右倾,实际也是走偏的意思。

班固关于走偏的思想,贯穿在他对先秦诸子学派的具体的分析和评论中。从这些具体评析中,可以理出班固的一个清晰的思想脉络,就是,他认为,在先秦的每一个学派中,都有偏离开这个学派之正宗的邪派，邪派虽有某一学派之名，但并无其实，他们走的不是正道，而是旁逸斜出之路。

班固表达这一思想的具体方式是：在评论完每个学派的长处以后，再指出脱离开这个学派之正宗的邪派的表现。这里，我只举他评论阴阳家和法家两个例子。

阴阳家是专门研究阴阳律历的一个学派，班固对这个学派的总评是："阴阳家者流，盖出于羲和之官。敬顺昊天，历象日月星辰，敬授民时。此其所长也。及拘者为之，则牵于禁忌，泥于小数，舍人事而任鬼神。"总评的前一部分，是论阴阳家之所长，后一部分，是论阴阳家之邪派。班固认为，阴阳家的长处是擅长天文历法的研究，为农业提供天时气象资料；但一让那些"拘者"即固执不通的所谓阴阳家施行起来，就偏离了阴阳家的正道，变成专讲占星、禁忌和鬼神的东西了。

法家是研究关于刑名法律的学派，班固对法家的总评是："法家者流，盖出于理官。信赏必罚，以辅礼制。《易》曰'先王以明罚饬法。'此其所长也。及刻者为之，则无教化，去仁爱，专任刑法，而欲以致治；致于残害至亲，伤恩薄厚。"班固认为，法家的长处是以法条辅佐礼制，赏罚分明；但一让刻薄者施行起来，便偏离了法家正道，变得只用刑罚，不讲教化了，严重起来甚至刻薄寡恩，残害至亲。

对于其他先秦诸子学派，班固的评论方法也如同评论阴阳家和法家，都是先言其所长，再道其邪派。在语言表述上，班固也采用了一种比较整齐、固定的语言模式，就是，在举述完每一个学派的长处以后，都要说上一句结语："此其所长也。"在说到一个学派的邪派时，又必先说上一句"及某者为之"，例如说到阴阳家的邪派时说"及拘者为之"，说到法家的邪派时说"及刻者为之"。这种整齐、固定的语言模式，明显地反映出班固的关于走偏的思想是十分清晰、明确的。

班固关于邪派的取名，大概是很费了一番斟酌的，所以取的名都很精到。阴阳家的邪派谓之“拘者”（固执不通的人），法家的邪派谓之“刻者”（刻薄不仁的人），儒家的邪派谓之“辟者”（邪僻不正的人），道家的邪派谓之“放者”（放任无为的人），名家的邪派谓之“警者”（专找岔子的人），墨家的邪派谓之“蔽者”（见解片面的人），纵横家的邪派谓之“邪人”（尚诈弃信的人），杂家的邪派谓之“荡者”（学识浮泛的人），农家的邪派谓之“鄙者”（鄙野的人）。每一个名字，用的都是一个字，每个字，又都是很有力量的贬词，如“刻”、“辟”、“邪”字，都可谓“一字之贬，严于斧钺”。

诸子学派中的邪派，从表面上看，都是各学派中的人，打的也都是各学派的旗号，而实则是鱼目混珠，另有炉灶。班固以其慧眼，将他们从看似一体的诸子学派中分离出来，并为他们画了像，写了传。

班固的慧眼，源于他的思想方法，即对一件事物的分析意识，对正宗之外的旁逸斜出者的格外注意。他屡言“及某者为之”，这“某者”，就是旁逸斜出者，就是走偏者。班固的这一思想方法，与孔子的“过犹不及”的思想方法是有相通之处的。“过”与“不及”，其实也就是中道、正道的走偏。孔子的“过犹不及”，告诉我们做事不要过分；班固关于走偏的思想方法，则告诉我们做事要防止走偏。

需要说明的是，班固在评论诸子学派时所认定的正与邪，都是以他自己所认定的标准来衡量的。这个标准，主要是班固心目中的正宗儒家的标准。这个标准，既有其真理性，也有局限性；用这个标准来判定的正与邪，自然也就既有正确性，也有不够正确的地方。比如,他批评杂家之“荡者”“无所归心(没有中心)”,就批评得不大对,因为“无所归心”正是杂家的特点,而这个特点自有其长处。但是,若从思想方法上来说,班固所具有的“对一个事物要加以分析”的观念,“要正,不要邪”、“要注意名正而实邪的邪派”的观念,则是只有真理性、而没有局限性的。

班固的这种思想方法,是一种具有哲学意义的有益的思想方法。虽然这种思想方法在今天看来已很平常,但在两千年前的汉代,则是很高明的。其实,即使在今天,班固的这种思想方法仍然是一面值得经常观照的镜子。因为在我们的政治生活和社会生活中,时常会发生走偏的情况。比如,本来是真理的经典学说,“及僵化者为之”,便成了“两个凡是”之类;本是正常的市场竞争理念,“及邪者为之”,便成了不正当竞争;本是健身祛病的良好旨趣,“及惑者为之”,便迷信上了法轮大法;等等。所以,我们应当时常读一读班固的《汉书·艺文志·诸子略》,强化一下自己的守正祛邪的意识,并对世间的邪人邪说提高警惕。

一分为二·一分为三·合二而一

我们需要和谐哲学。对“一分为二”做科学的非僵化的解释，对建立和谐哲学有学术和理论意义。

小平同志说：“从一九五七年下半年开始，我们就犯了‘左’的错误。总的来说，就是对外封闭，对内以阶级斗争为纲，忽视发展生产力，制定的政策超越了社会主义初级阶段。”犯“左”的错误原因很多，指导思想中的哲学思想出现毛病乃是重要原因之一。这就是无休止、无条件地宣扬“斗争哲学”，天天讲“不是东风压倒西风，就是西风压倒东风”。细究所谓“斗争哲学”的思想基因，实与僵化理解“一分为二”而形成“矛盾、对立、斗争永远第一”的思维定势有一定关系。

“一分为二”是毛泽东同志对对立统一规律的通俗概括。概括得有道理，也通俗，人多能道之。但这个概括却有一定局限性——偏重强调矛盾双方的对立、斗争这一方面，弱化双方的互相贯通、互相渗透、互相依赖即同一性的一方面。这就容易造成“绝对不相容的对立思维”，造成“不同即敌对”的思维模式。杨献珍同志为拾遗补偏，提出“合二而一”之说，结果蒙受大难。其实，在马克思的《资本论》，马恩的《神圣家族》里，也有“合二而一”或

“合二为一”的提法。“合二而一”偏重强调的是反对把矛盾的斗争性绝对化、扩大化,反对忽视和排斥统一性。

客观的、生活的辩证法,其实哪里只是“斗”? 毛泽东本人就曾举过元朝赵孟頫夫人管仲姬写的一首曲子,来说明矛盾间互相渗透的情况:“我侬两个忒煞情多,好比一对泥人儿,将来一起都打破,再捏再塑再调合。我中有了你,你中也有了我。”(此曲名《我侬词》,原文为:“你侬我侬,忒煞情多。情多处,热如火。把一块泥,捏一个你,塑一个我。将咱俩两个一齐打破,用水调和。再捏一个你,再塑一个我。我泥中有你,你泥中有我。与你生同一个衾,死同一个椁。”(见沈雄《古今词话》卷下,引蒋一葵《尧山堂外纪》)这是毛泽东在一次大会上讲到的,但正式公布讲话时却把这个例子删除了,大概是觉得这段曲子有点调和矛盾,斗争性不够。晚年他更是强调“不是你吃掉我,就是我吃掉你”的绝对斗争思想。

马克思在讲到私有制时曾说过:私有制表现出无数色层,它们反映了两极间的各种中间状态。(《马克思恩格斯选集》第2卷,人民出版社1995年版第267页)这个论断所体现出的思维方式具有普遍意义。它告诉我们,两极(两端)之间是存在中间状态的。从逻辑学上讲,这种思维方式是一种“连续值逻辑”——大量事物都处于两级之间的某种状态,黑与白之间还有赤橙黄绿青蓝紫多种色彩。恩格斯也曾说过,认识问题不能非黑即白,非好即坏。(大意)这种非黑即白,非好即坏的思维方式,从逻辑学上讲是一种“二值逻辑”。用这种逻辑认识实际生活,往往会流于简单化,因而违背实际生活的真实状况。

在实际生活中,上中下、左中右、前后中、优中差、敌我友、健康与疾病与亚健康,等等此类情况,说明两端之间是存在着各种中间状态的。庞朴先生提出“一分为三”，有道理。观察和思考问题时引入“一分为三”的思维，眼界会更加开阔，思考会更加深入和客观。马克思主义哲学有一个很重要的范畴——“多样的统一”，对此我们历来重视不够，哲学教科书也很少讲这个范畴。

中国古典哲学讲辩证法，比较强调“统一性”，如张载名句：“仇必和而解”（《正蒙·太和篇》）。又如王元化先生研究刘勰《文心雕龙》，认为“刘勰观点皆属于‘和谐’（合二而一）而不是‘斗争’（一分为二）。”（《王元化九十年代日记》，上海古籍出版社2008年版）冯友兰先生对张载的强调统一性的辩证思想很重视，他认为革命党取得政权后，应当维护新的统一体，从战争时期的“仇必仇到底”的思路转变为“仇必和而解”的思路。（冯友兰《中国哲学史新编·总结》）。

由于“一分为二”的提法有一定局限，不够圆满，存在着忽视或弱化矛盾同一性的倾向，故很容易被左倾思想和主张拿来作为自己的理论根据。这已为历史确凿地证明。周扬同志说，毛泽东晚年用“一分为二”反对“合二而一”，把对立绝对化，甚至认为“综合”这一哲学概念也只能用“一方吃掉一方”去解释，结果造成阶级斗争扩大化的后果。（《关于马克思主义的几个理论问题的探讨》）此说洵为中肯深刻的结论。

今天我们讲“和谐”，讲“和而不同”，讲“双赢”，讲“多元”，讲“并行不悖”，表明我们已经能够科学地理解“一分为二”，已经与只知道“斗斗斗”的“左”的思维决裂，已经在更加全面地诠释辩证法了。我们今天虽然仍在使用“一分为二”这个提法，但实际上对其内涵的理解和使用的范围已经与以往有很大不同了。

“有则改之,无则加勉”探源

二三十年前,人们开组织生活会,常要用上一条语录——“有则改之,无则加勉”。某人受到批评,不服,别人一念这条语录,他便立刻哑然无声了。

“有则改之,无则加勉”,是谁的语录?大概许多人都会说,“这是毛主席语录”。的确,这是毛主席语录。那本小红书里清清楚楚地写着呢。但这又不仅仅是毛主席语录,而且并不是毛主席首创的语录。确切地说,这条语录创自古人,毛主席是在借用古人的话。

两年前,我翻看《曾国藩家书》,发现上面已有“有则改之,无则加勉”这句话。曾国藩在写给九弟曾沅甫的一封信里说:

> 吾家昆弟过恶,吾有所闻,自当一一告弟,明责婉劝,有则改之,无则加勉,岂可秘而不宣?(《曾国藩家书家训日记》,北京古籍出版社 1993 年影印本)

当读到这段话时,我的心好像被撞击了一下。原来,“有则改之,无则加勉”早在一百多年前,在曾国藩的家书中就出现了。据此,我将曾国藩断为这条语录的首创者,并认为青年时“独服曾文正”,并读过许多曾氏著作的毛主席是在借用曾国藩的话。我在曾经发表过的《曾氏语录》一文中就是这样认为的。

但这个看法其实是很不准确的,或者说完全不对。因为,“有则改之,无则加勉”这句话,早在曾国藩以前很久就有了,曾国藩也是在借用别人的话。上面所引曾国藩家书中的“有则改之,无则加勉”八个字,其实是应该加引号的。毛主席虽有可能是从曾氏著作中读到并借用这句话,但也可能是从其他人的著作中汲取这句话。因为这句话在清代,在民国,是很流行的一句成语。

那么,谁是“有则改之,无则加勉”这句话的首创者呢?是朱熹,是朱夫子这位宋代的大理学家。朱熹是在注释《论语》时说这句话的。《论语·学而第一》有云:“曾子曰:‘吾日三省吾身:为人谋而不忠乎?与朋友交而不信乎?传不习乎?’”这是说曾子每天要在给人办事、交友、习课这三件事上多次反省自己。朱熹在注释中说道:“曾子以此三者省其身,有则改之,无则嘉勉(后作加勉),其自治诚切如此,可谓得为学之本矣。”此即“有则改之,无则加勉”的首出之处了。意思是说,曾子在反省自己三件事做得如何时,若有错,就改掉,若无错,就把反省当做对自己的进一步勉励。“无则加勉”,在这里是自勉之词,还没有后来我们所理解和使用的“劝勉他人接受意见,警惕不要犯错误”的涵义。

那么,到什么时候,“无则加勉”就有了这后一种涵义了呢?至晚到明代就有了。《明实录·英宗正统实录》上有这样一段明英宗朱祁镇的语录:

> 如或受谄谀,纳浸润,则贤受抑,不肖者得志,孰与成功?尔等有则改之,无则加勉。

这是英宗在告诫臣下不要吃拍受贿。意思是,你们若是吃拍受贿了,便要改正,若是没有,也要加以警惕。

清代,以至民国,“有则改之,无则加勉”一语,使用得极为广泛。在当时的文献中常能见到这句话。其涵义基本都是劝勉他人有错则改,无错则接受意见,不要犯错。试举几例。

例一,嘉庆皇帝以此语劝勉纪晓岚。据陈灨一所著《睇向斋秘录》记云:

> 御史某因事有慊于纪文达公,以纳贿语于上,仁宗召公入,问之曰:“有人谓尔受贿,朕弗信,但愿有则改之,无则加勉。”(引自郑逸梅《民国笔记概观·陈灨一的〈新语林〉和〈睇向斋秘录〉》,上海书店1991年版)

纪文达公就是清代大文学家纪晓岚,仁宗即清朝嘉庆皇帝。某御史衔恨诬告纪晓岚,嘉庆听了没有相信,便以“有则改之,无则加勉”八个字劝勉纪晓岚。

例二,清朝大吏李星沅以此语劝勉下属。李星沅在道光二十年(1840年)正月廿一日的日记中记道:

> 灵宝赵通判登峻来,以予所闻伊在漕次不老成,多方辩白,予以“有则改之,无则加勉”八字赠之。(《李星沅日记》,中华书局1987年版)

这是说,时任某府通判(知府的辅佐之官,掌粮运、督捕、水利等事务)的灵宝县人赵登峻,因知道上司李星沅听人说自己在漕运宿所办事有不稳重的地方,便当面向李星沅解释、表白,李星沅便以“有则改之,无则加勉”相赠。

例三,清朝某相以此语向西太后表态。李伯元《南亭笔记》卷十五记云:

> 御史王乃征参劾瞿鸿机“不谙交涉，擅作威福，每到外部时，颐指气使，藐视一切”云云。折上，西太后见之甚怒，谕曰：“此无他，不过我所用之人总不好！”将立召该侍御入对。时某相在侧，因言：“御史妄劾人，固极可恨；惟政府事极繁重，诚恐不免疏忽之处。奴才与共事诸臣，惟有有则改之，无则加勉，以息众谤，而对圣明而已。”西太后始默然无语。（上海书店 1983 年影印本）

御史参劾瞿鸿机，实际也涉及到了某相，某相便急忙向西太后表态，承认政府工作可能有疏忽之处，并表示要以“有则改之，无则加勉”的态度来对待御史的参劾。

何以明清以来，“有则改之，无则加勉”这句话被广泛使用呢？固然，这句话说得好，说得很艺术，很周到，是个重要原因；而此话本是朱熹的语录，则是更重要的原因。朱熹在元明清三代，地位极高，在儒家的殿堂里，孔夫子虽被尊为“至圣先师”，但却被架空了，朱熹则是掌握思想文化实权的“内阁总理”。元明清时代的科考，必在“四书”内出题，而考生发挥题意，则必须按规定以朱熹的《四书集注》为根据。这样，士人便人人几乎熟知朱熹的“四书”注文了，朱熹注曾子“三省吾身”的注文——“有则改之，无则加勉”，也就易于为广大士人所熟知，所应用了。虽然在应用时对朱熹的原意已有所变通和发展。

毛主席一向善于从中国古代典籍中挖掘有用的语言，驱遣陶熔，为己所用。这是他的“古为今用”的一贯思想在语言应用上的体现。他的许多著名“语录”，诸如“实事求是”、“任人唯贤”、“多谋善断”、“百家争鸣”、“惩前毖后，治病救人”、“兼听则明，偏听则暗”、“知无不言，言无不尽；言者无罪，闻者足戒”，等等，就都是采自古典、古为今用的语言。“有则改之，无则加勉”也属于这类语言。

沿波讨源，振叶寻根，可知“有则改之，无则加勉”这条语录的源流概况。

《谷撒地》的渊源

说起彭老总为民请命，庐山罹难，常要提起一首民谣：

谷撒地，薯叶枯，青壮炼钢铁，收禾童与姑。来年日子怎么过，请为人民鼓咙胡！

“大跃进”时，彭总到平江做调查，一位伤残的老红军递给彭总一张纸条，上面写的就是这首民谣。

此谣无题，今若仿古人命题的成例，可用前三字名之，曰《谷撒地》。《谷撒地》在流传中，版本颇多：“薯叶枯”，一作“禾叶枯”，“炼钢铁”，一作“炼钢去”，“鼓咙胡”，一作“鼓咙呼”或“鼓与呼”。民谣多歧异，这是民谣的特质。《谷撒地》广为人知，但其作者却难考定。递条子的老红军，可能是作者，也可能是“递者”。有的出版物上说作者是彭总，显为误植。

《谷撒地》不好说全是时人的创作，因为它的胚胎和根柢是古代的歌谣，它的内容，很有几分是吸取了古人的创作。试看下面这首古谣：

小麦青青大麦枯，
谁当获者妇与姑，

丈人何在击西胡。
吏买马,君具车,
谁为诸君鼓咙胡。

这是后汉桓帝初年流传的一首童谣,见于《后汉书·五行志一》。此谣也无题,今姑名之曰《小麦青青》。后汉桓帝初年,西羌反汉,前去平羌的将军屡战屡败,致使大批青壮年被派往前线,使得田园荒芜,麦子无人收割,只好妇女下地干活。百姓们对此一腔愤懑,几欲发为怒吼。《小麦青青》的大意,即是如此。将此谣对比一下《谷撒地》,可以看出二者具有明显的源流关系,不论是句式,还是词汇。《谷撒地》的作者,是否读过《后汉书·五行志一》,不得而知,但他一定从某一途径汲取过《小麦青青》的营养,则当是确凿无疑的。

清代曾出现过一首与《小麦青青》很相似的民谣,题为《小麦童谣》。《谷撒地》极可能也从这首清代民谣中吸取过营养。试看这首《小麦童谣》:

去年小麦肥如珠,
今年大麦枯如瘽。
去年打麦皆丈夫,
今年打麦皆妇姑。
噫,有麦不打胡为乎?
噫,有麦不打胡为乎!

此谣见于邓之诚《清诗纪事初编》卷八。将《谷撒地》、《小麦青青》与这首《小麦童谣》加以对比,可以发现三者的密切关系。显然,《小麦童谣》也是《谷撒地》的源头之一,而在《小麦青青》与《小麦童谣》中,《小麦青青》又是《谷撒地》的远源。《小麦童谣》

实际也是由《小麦青青》衍生出来的。《小麦童谣》的作者是清初隐士王隼。史载王隼“通史汉”,想必王隼必读过《后汉书·五行志一》,他做《小麦童谣》时必是追摹过《小麦青青》。

从《小麦青青》到《小麦童谣》,再到《谷撒地》,三首民谣的文脉是如此的一以贯之,很是令人称奇。但最让人称奇和慨叹的,还是三首民谣所反映的某些历史现象的相似。尽管这些现象的时代背景不同,但仍令人深思和反省,使人们从中悟出某些历史真谛。

从“太史公曰”到“芸斋主人曰”

读当代作家的作品，觉得孙犁先生是对中国古文化吃得比较透的一位。在文章样式上，孙犁也有些对古文化的继承，如他在小说和读书随笔中以“论赞”的形式发表议论，就是表现之一。举个例子，孙犁在自传性短篇小说《续弦》的末尾写道：

> 芸斋主人曰：婚姻一事，强调结合，讳言交易。然古谚云：嫁汉嫁汉，穿衣吃饭。物质实为第一义，人在落魄之时，不只王宝钏彩楼一球为传奇，即金玉奴豆汁一碗，也只能从小说上看到。况当政治左右一切之时乎！固知巫山一片云，阆苑一团雪，皆文士梦幻之词也。

“芸斋主人”，是孙犁自号。孙犁又自号“耕堂”，故有时文末的议论文字又作“耕堂曰”。孙犁的这种写作体式，是对古代史书及笔记、小说中的论赞体文字的直接继承。

古代史书的纪传篇，叙事和议论是分开的，总是记述史实在前，评论史实在后，一分为二，合二而一，构成一篇纪传。某些编年体史书和郡志也有这种体例。叙事，是客观的记述；议论，是著者发表的关于史事的思想、主张、见解。这些议论，也就是史评、史论。这种史评、史论有很多不同的标识、名目,《左传》称为“君子曰”,《史记》称为“太史公曰”,《汉书》、《后汉书》、《明史》称为“赞曰”,《三国志》称为“评曰”,《旧唐书》称为“史臣曰”,《宋史》、《清史稿》称为“论曰”,《资治通鉴》称为“臣光曰”,等等。唐代史学家刘知几在名著《史通》中曾列举过许多此类名目,并统名之曰“论赞”。

一般认为,论赞起源于《左传》,但也有人认为《尚书》中的“曰:若稽古”是论赞的源头。《左传》在记述了重要人物的事迹之后,往往通过“君子曰”的口吻发表议论,内容主要是品评人物的行为是否合于“礼”的准则。《史记》“太史公曰”继承了《左传》“君子曰”的传统,把论赞推向一个崭新的阶段。中国的历史传记讲究寓褒贬于行文用字之中,主要靠事实说话,但也不是没有议论。司马迁的“太史公曰”,就是对所记的人物史实的议论。以《史记·廉颇蔺相如列传》为例:

> 太史公曰:知死必勇。非死者难也,处死者难。方蔺相如引璧睨柱,及叱秦王左右,势不过诛,然士或怯懦而不敢发。相如一奋其气,威信敌国;退而让颇,名重泰山。其处智勇,可谓兼之矣!

“太史公曰”是《史记》的灵魂,是司马迁的历史批判。“太史公曰”使论赞一体空前完备、精致,故对后世影响极大。可以这样说,“太史公曰”是论赞一体的代表作。

孙犁对“太史公曰”极为推崇,认为司马迁创造了一种形式,即客观圆满地记述了人物事迹以后,写上“太史公曰”,再正面发表对人物事迹的议论。他评论说,这段文字,对于正文,既像是补充,又像是引申,言近而旨远,充满弦外之音,真正是达到了一唱三叹的艺术效果，真是高妙极了。孙犁在许多篇文章中说过诸如此类的话，可见他对“太史公曰”的看重和喜爱，也可知他写“芸斋主人曰”、“耕堂曰”，是以“太史公曰”为范本的。

史书的论赞体，对中国古代的文章、著述影响极大。许多仿史传体的文章及某些议论体裁的著述，仿照着史传的论赞发表议论。陶渊明的《五柳先生传》用“赞曰”来评论五柳先生——实为自评；韩愈的《毛颖传》以记传形式写毛笔的历史，文末有“太史公曰”，实则是韩愈本人发表的议论；清代文章家李慈铭曾作《猫娘传》，文末有标作“论曰”的议论；刘勰的《文心雕龙》是文学理论著作，每篇之末也有标作“赞曰”的议论。

中国古代的小说深受史书的影响，也继承了史书论赞的传统，常常以论赞的形式对所描写的人物、故事加以评议。唐人小说的末尾常有一段议论性的文字，如《谢小娥传》的“君子曰”。明代话本、拟话本里也有“论赞曰”、“诗云”一类韵文体的议论。如《警世通言》有“诗赞云”，《拍案惊奇》有“诗赞曰”。清代文言小说中的论赞就更多，如《聊斋志异》有“异史氏曰”，吴炽昌的《客窗闲话》有“芗厈曰”，李庆辰的《醉茶志怪》有“醉茶子曰”，宣鼎的《夜雨秋灯录》有“懊侬氏曰”，许奉恩的《里乘》有“里乘子曰”，沈起凤的《谐铎》有“铎曰”，等等。

古代小说中的论赞，以《聊斋志异》的“异史氏曰”最有代表性，以《画皮》为例：

> 异史氏曰：愚哉世人！明明妖也，而以为美。迷哉愚人！明明忠也，而以为妄。然爱人之色而渔之，妻亦将食人之唾而甘之矣。天道好还，但愚而迷者不悟耳。可哀也夫！

孙犁对“异史氏曰”非常推崇，认为是得了“太史公曰”的真传。的确,“太史公曰”而后,论赞众多,大多是继承和模仿“太史公曰”的,但又大多学得不很像,缺少“太史公曰”的神韵,而《聊斋》的“异史氏曰”却学得极地道,可谓传了司马氏的衣钵。孙犁曾赞赏说,“异史氏曰”通过议论和发感慨,将所述故事中的许多微言大义之处明确地表达了出来,但并不生硬直白,而是韵味无穷。

《聊斋》而后,得了“太史公曰”的真传,而又浸透着“异史氏曰”神髓的,应该说就是孙犁的论赞了。一篇篇“芸斋主人曰”、“耕堂曰”,包蕴着深邃的思想,卓越的见解,语言隽永,褒贬精当,极富沧桑之感,极耐咀嚼。我读孙犁的小说和读书随笔,最看重的就是故事和叙述文字之后的这段论赞。

论赞,不论是史书中正牌的论赞,还是它的衍生物——其他作品中仿史书论赞体所作的论赞,都具有一些鲜明的特点。一是个性强。论赞发表的基本都是个人的见解,表达的是个人的印象,是一家之言。二是言简意赅,画龙点睛,以少量的文字浓缩丰富的内容。三是感情色彩浓厚。论赞常作感慨之语,常发爱憎之言,其爱憎好恶之情流溢于字里行间。四是富有杂文气质。褒贬臧否是论赞的长技,干预现实常为其文心所在,借题发挥、借古喻今是其常用的笔法。

以报人的眼光观之,论赞很像是报刊上的“编者按”、“编后记”和某些评论文字。如此说来,“君子曰”、“太史公曰”便是“编者按”等报刊文字的祖先。揣摩乃至模仿一下“太史公曰”、“芸斋主人曰”,或许对报人写好“编者按”一类文字有好处。

我是很喜欢读论赞的,觉得论赞不仅能帮助我加深认识它所评论的对象,更能帮助我了解论赞作者本人。通过“太史公曰”、“异史氏曰”和“芸斋主人曰”等论赞,我看到了作为思想者、评论家的司马迁、蒲松龄和孙犁，看到了许许多多史学家、文学家的史心、文心。我觉得，古来的论赞之文很值得加以整理、研究，自己也曾试着搜集、整理过一些论赞，但深感简陋单薄。我希望有专门的研究家出现，希望他们搞出有水平的研究作品来。

细听易水别离歌

荆轲刺秦王,燕太子丹与众宾客送行,荆轲歌于易水之上。这是人们熟知的一个历史片断。但习焉容易不察,这当中其实还有些问题需要斟酌和讨论。先引《史记·刺客列传》来看:

> 太子及宾客知其事者,皆白衣冠以送之。至易水之上,既祖,取道,高渐离击筑,荆轲和而歌,为变徵之声,士皆垂泪涕泣。又前而为歌曰:"风萧萧兮易水寒,壮士一去兮不复还。"复为羽声忼慨,士皆瞋目,发尽上指冠。于是荆轲就车而去,终已不顾。

这段文字,有两处记荆轲唱歌:一是高渐离击筑,荆轲和而歌,一是荆轲"又前而为歌"。荆轲第一次唱的歌,歌词是什么?司马迁没有写明。第二次唱的歌,则写明了是"风萧萧兮易水寒,壮士一去兮不复还"。送行者对荆轲前后两次唱的歌,有着明显不同的反映,一为垂泪涕泣,一为瞋目发指。于是,这里就生出一个疑问:荆轲究竟是唱了一首歌,还是两首歌呢?若从司马迁的行文上看,我觉得两种可能都存在。但细一酌之,还是觉得应当断为荆轲只唱了一首歌。实际情形大致应该是这样的:同一首歌,荆轲前后唱了两次，但两次各用的调式不同，一是变徵之声，一是羽声。

遥想当年易水送别的场面，真是既悲且壮，悲壮至极。易水别离之歌，成了千古绝唱。引发送行者之悲壮情绪的，首先肯定是歌词的感染力。“风萧萧兮易水寒，壮士一去兮不复还”，无疑是极悲壮的。但光靠这句歌词，还未必会产生当时那种场面。还有另一个极重要的因素，就是曲调。曲调包括旋律和调式。《易水歌》的旋律是怎样的，今天已经不可考了。但其调式，司马迁写的很明白：先为变徵之声，后为羽声。不同的调式，是能够产生不同的音乐色彩和音乐效果的——送行者先是垂泪涕泣，后又瞋目发指，就是荆轲唱歌时先用变徵之声，后用羽声造成的。

何以送行者听了变徵之声会垂泪涕泣呢？原来，这个变徵调式是一种极易表现凄凉情调的调式，以它为调式的旋律，多凄清、悲怆、宛转，引人伤怀，催人泪下。这可以举一个《儒林外史》中的情节来做参照。此书第五十五回写道：有隐逸之风的裁缝荆元善鼓琴，与闲散人于老者是老朋友，一日，荆元应于老者之邀去弹琴——

> 荆元自己抱了琴，来到园里。于老者已焚下一炉好香，在那里等候。……于老者替荆元把琴安放在石凳上。荆元席地坐下，于老者也坐在旁边。荆元慢慢的和了弦，弹起来，铿铿锵锵，声振林木，那些鸟雀闻之，都栖息枝间窃听。弹了一会，忽作变徵之音，凄清宛转。于老者听到深微之处，不觉凄然泪下。

本来，荆元弹的是铿锵有力的调式，忽然变作了凄清怆然的变徵调式，使得于老者的情绪也为之一变，随着凄清宛转的曲调落下泪来。对比一下《史记·刺客列传》的记载，一个是“为变徵之声，士皆垂泪涕泣”，一个是“忽作变徵之音，……不觉凄然泪下”，两书所记是相同的，都是听者在听到变徵之声以后伤怀落泪。可见，这种变徵调式在表现凄清伤感的情绪时，确有着强烈的表现力。要知道，为荆轲送行的人，都是刚烈的燕赵慷慨悲歌之士，是谋画武力刺秦的军事干部呀！这些人的性格都是刚性而非柔性的，是动辄就“瞋目”、“发尽上指冠”的，连他们也被感动得掉泪了，可见荆轲的“变徵之声”是多么的凄清、悲怆，感染人。

荆轲刺秦失败以后，高渐离隐姓埋名，为人庸保，主人知道他是高渐离后，请他当众击筑，《史记·刺客列传》记载了当时的情景：高渐离“击筑而歌，客无不流涕而去者”。《史记》没有记载高渐离唱的歌是什么调式，但从效果上看，听者皆“流涕而去”，可以猜想他所用的调式，很可能也是变徵之声。送别荆轲时，高渐离奏的是变徵之声，此时又老调重弹，高渐离的心情该是多么悲怆，多么沉重啊！

羽调式与变徵调式则完全不同，它所表现出的音调常常是激越壮烈的，因而能引人血管贲张，热血上涌，以致瞋目发指。《史记》所记的荆轲“为羽声忼慨”，导致送行者双目圆睁，头发倒竖，就说明了这一点。

从荆轲的先为变徵之声，后为羽声，到《儒林外史》里荆元的先奏铿锵之音，后为变徵之音，可以发现，在中国传统音乐的变化中，悲声与壮声常常是彼此联系，甚至是相互纠结在一起的，正好像“悲壮”二字常常连结为一个词那样。这实际反映了人的情绪常有的一种变化：慷慨激昂常会很快演化为垂泪涕泣，而垂泪涕泣又常会迅即振作为慷慨激昂。前者，如《儒林外史》中于老者始而谛听铿锵之音，尔后凄然泪下；后者，如为荆轲送行者始而垂泪涕泣，尔后瞋目，发上指冠。

这种人的情绪和音乐中悲与壮相互结合的例子，还可以举出两个。

一是《史记·高祖本纪》记汉高祖刘邦唱《大风歌》时的情景。记云：

> 酒酣，高祖击筑，自为歌诗曰："大风起兮云飞扬，威加海内兮归故乡，安得猛士兮守四方。"令儿皆和习之。高祖乃起舞，慷慨伤怀，泣数行下。谓沛父兄曰："游子悲故乡。吾虽都关中，万岁后吾魂魄犹乐思沛。……"

刘邦与荆轲不同，不用旁人伴奏，而是亲自击筑，边击边唱。《大风歌》用的是什么调式，司马迁没有写，但从慷慨激昂的歌词来看，也许是"羽声"吧。唱了《大风歌》，刘邦又起身跳舞，慷慨中又伤怀起来，"泣数行下"，并对沛县父老谈起了自己作为游子的"悲故乡"之情。既"泣"且"悲"，如果刘邦此时再击筑而歌，那么唱的就该是"变徵之声"了吧。刘邦虽有占据关中称帝之威壮，但同时又有游子离乡背井之悲戚，悲、壮俱生，所以"慷慨伤怀"，既唱"大风"，唱"威加"，唱"猛士"，又对父兄流着泪说，希望死后能魂归沛县故里。

二是《三国演义》第四十八回写曹操饮宴长江横槊赋诗的情景：

> 时操已醉，……横槊谓诸将曰："我持此槊，破黄巾，擒吕布，灭袁术，收袁绍，深入塞北，直抵辽东，纵横天下，颇不负大丈夫之志也。今对此景，甚有慷慨。吾当作歌，汝等和之。"歌曰："对酒当歌，人生几何；譬如朝露，去日苦多。慨当以慷，忧思难忘；何以解忧，唯有杜康。……皎皎如月，何时可辍？忧从中来，不可断绝！……"

曹操这首诗，众所周知，不全引了。曹操横槊赋诗时的心态和情感，与刘邦唱《大风歌》时的情形几乎是完全一样的，也是既慷慨激昂，又伤感忧戚，也是慷慨中伴以忧伤，悲壮俱生的。曹操夸耀起自己破黄巾以来的功业，真是豪情万丈，对自己的大丈夫之志，更是坦露无疑。这与《大风歌》所唱的“威加海内”是何其相似！而他在歌中三次唱到“忧”字，又与刘邦的“慷慨伤怀，泣数行下”几无二致。清人毛宗岗特别注意到了曹操在慷慨激昂背后的忧伤，他评点曹操这首诗说：“‘慨当以慷，忧思难忘’，忽着一个‘忧’字。‘何以解忧，唯有杜康’，又着一个‘忧’字。……‘忧从中来，不可断绝’，又一个‘忧’字。篇中忽着无数‘忧’字，盖乐极生悲。”毛宗岗说是乐极生悲，实际也是慷慨激昂而生悲，是由壮而转悲。曹操唱的，实际是一首悲壮的歌。

荆轲、荆元、刘邦、曹操，这四个人的歌声乐音，仿佛让我聆听到了千百年前中国古典音乐和诗歌深处的精微之音。

关神的谥号

神,都是人造出来的。官家造神,民间也造神,皇帝更是领头造神。关羽关老爷这尊神,就是皇帝、官家和民间共同联手造出的一尊大神。造神的过程,曲曲折折,难以备述,这里只谈关羽造神史上的一件事:乾隆为关羽改谥号。

在古代,皇帝、文臣武将死了,盖棺论定,都要有个谥号,用一两个字,寓褒寓贬,作为评价。关羽死后,他的谥号,陈寿《三国志·蜀志·关羽传》载:"追谥羽曰壮缪侯。"此后,历晋、隋、唐、宋、元、明,"壮缪侯"一直是官方认可的谥号。南宋高宗建炎二年,关羽被封为"壮缪武安王",孝宗淳熙十四年,又加封为"壮缪义勇武安王"。在这些封号或曰神号中,皆可见"壮缪"二字。

但到了清朝乾隆时,情况变了。乾隆下了一道谕旨,命令修四库全书时,必须把《三国志》里的"壮缪侯"改为"忠义侯"。《东华录》里记载了这道谕旨:

> 乾隆四十七年十一月上谕:关帝当时力扶炎汉,志节凛然。乃史臣所谥,并非佳名。陈寿又于蜀汉有嫌,所撰《三国志》,多有私见,遂亦不为论定,岂得为公?从前世祖章皇帝曾经降旨,封为忠义神武大帝,而正史犹存旧谥,阴寓讥评,非

> 所以传信万世。今当钞录四库全书,不可相沿旧习,所有志中关帝之谥,应改为忠义。第本传相沿日久,民间所行必广,自属难于更易,著交武英殿,将此旨刊载卷末,用垂久远,其官板及内府陈列书籍,俱着改刊,将此旨一例刊入。

这道谕旨,实际是造神用的,是关羽造神史上的一个升级步骤,是造神的重重的一笔。

大约远在南北朝时期,关羽就已经开始被神化了。随着时间的推移,关羽越来越被塑造得神乎其神,封号也越来越多,到了明朝万历年间,关羽的封号已多达十多个字,曰"三界伏魔大帝神威远震天尊关圣大帝真君",用的都是顶尖字眼,什么"大帝"、"神"、"天尊"、"真君"之类,都是神界的名称,而其中只有一个"关"字是实在的,是人间的姓氏。这一造神的过程,反映了一个造神规律:越造,神性便越大,神号也就越多,越邪乎。现代的从"一个伟大"到"四个伟大"也是这个道理。

乾隆的谕旨,表面看,是修四库全书的问题,实质却是造神的升级。谕旨有四层意思,一是说"壮缪"这个谥号"并非佳名",是"阴寓讥评",不是好谥号;二是说陈寿写的书"多有私见",所以这个谥号不能作为定论;三是说《三国志》收入四库时必须改掉这个谥号,要改为忠义侯;四是说,民间流传的《三国志》不好改也罢,但官方所印的书必须要改。在乾隆看来,关神的伟大形象是容不得半点不敬的,为了维护这个伟大形象,不惜篡改古书,篡改历史,哪怕"壮缪侯"这个谥号自古有之,又是前代皇帝所认可而且沿袭了多年的。

为什么说乾隆是造神升级?本来,乾隆的祖爷爷世祖章皇帝已经把关羽尊之为"忠义神武大帝"了,但乾隆并不满足,他还要做进一步的造神工作,其办法就是通过倒腾历史老根,即改变关羽的谥号来进一步造神。《三国志》所记的“壮缪”之谥,应该说,是一种褒中略带贬意的评价。按照谥法,“武功不成曰缪”。谥以“缪”字,确属对关羽的一点微词。但“壮缪”这个谥号却是基本准确的。关羽骁勇猛锐过人,确乎“壮”也,谥曰“壮”,合乎实际;但他大意失荆州,败走麦城,让人取了首级,又确乎“缪”也,谥曰“缪”,也符合事实。陈寿所记的这两字评价,颇有一分为二、三七开的味道。但乾隆为了维护关神的神圣性,竟诬指陈寿因与蜀汉有嫌隙而蓄意贬低关羽。所谓“有嫌”云云,大概是想说,陈寿的父亲做过马谡的参军,街亭失守后也受到惩处,所以陈寿怨恨蜀汉,便出于一己私心而贬损关羽。实际上,陈寿是位正派的史学家,他修史的公正态度,历来为识者所称道;况且,这个谥号也不是陈寿取的,陈寿只是个记录者。乾隆所言,完全是枉屈陈寿。但乾隆其实也并非是要跟陈寿过不去,而完全是为了造神大业着想。试想,堂堂关羽大神,哪有“武功不成”之理?哪可能犯过错误?再者说,关老爷都成了神武大帝、天尊、真君了,那本《三国志》里竟还有一个“缪”字在那儿搁着,怎能不让人恨煞也么哥?必欲速速剜改而后快。

但《三国志》是权威的正史呀!所写的都是史实呀!可这在乾隆眼里,又算得上什么呢?为了造神大业,历史事实也得让步,史书也可以改写,要服从现实政治需要嘛。林彪权倾朝野之时,其同伙、喽罗也想把他塑造成一尊神(江青曾径直把林彪称为“尊神”),于是井冈山朱毛会师便成了毛林会师,林彪当时才是个连长的事实便被抹掉——这与乾隆抹掉关羽的“缪”字,是何等的相似。

乾隆为了自己的政治需要而篡改古书,当然决不只剜改《三国志》这一例,整个纂修四库全书的过程,这类手段用得多啦。乾隆给纂修四库定的总方针中有一条是:判定所收之书是否有“违碍”情形,务必采取“宁严毋宽”、“宁枉毋纵”的方针,用今天的话来说,就是“宁左勿右”。于是,收入四库的许多古书被剜改得不成样子,以致世人有“古书亡矣”之叹。鲁迅曾说,乾隆编四库,“于汉人的著作,无不加以取舍”,那策略堪称“博大和恶辣”。乾隆删书最着意之处,是剜去“酋”、“虏”、“夷”、“狄”、“戎”、“犬”、“羊”等字样,他认为这些字眼是在辱骂满人,是在严“华夷之辨”,有碍于满清政权的统治。乾隆删改“壮缪”二字,其立意虽与此完全不同,但其中所贯穿的“宁严毋宽”之法(宁改古书,毋损关神),却与之并无二致。

乾隆对关羽的造神升级,其大背景是整个满清八旗兵丁对关羽的狂热崇拜。满族人认为,他们之所以能踏破雄关,问鼎中原,全是靠了关羽神力的保佑。所以,八旗兵丁便对关羽崇拜得五体投地,其痴迷程度,远胜于以往历代的关羽崇拜。痴迷之极,崇拜之极,到了乾隆时代,便想到了删改古书,想到了以忠义侯取代壮缪侯。

但是,乾隆始终没有弄明白,关羽本是个凡间之人,顶了天不过是一员勇将而已,哪有什么神力保佑八旗兵打胜仗呢?他连自己还保佑不了走了麦城呢。实际上,满人打胜仗的原因中,虽确有曾受到过《三国演义》兵法的启发的因素,但绝非是因为什么关羽的神佑。但在那个时代,乾隆之类的“追神族”满脑子是神祇崇拜观念,于是,便将本属于八旗雄兵的功劳归于关羽,而关羽便得以在神庙里大享冷猪头,连他档案(三国志本传)里的那点“底儿潮”的记录,也被修饰得标致起来了。

“新闻总入《夷坚志》”

——故纸堆里觅“新闻”之一

这篇文章的题目是《聊斋志异》的著者蒲松龄所作的感愤诗中的一句。诗是七律，云：

漫向风尘试壮游，天涯浪迹一孤舟。
新闻总入《夷坚志》，斗酒难消磊块愁。
尚有孙阳怜瘦骨，欲从元石葬荒丘。
北邙芳草年年绿，碧血青磷恨不休。

诗中的第三、四句一联是名句，是诗魂，最为人乐道。其中的“新闻”二字，今人读起来，特别打眼，颇值得考究一番。

先解释一下《夷坚志》。这是宋代学者洪迈撰写的一部志怪之书，写的多是神鬼怪异故事。书的取名，得自《列子·汤问》中的“夷坚闻而志之”一语。夷坚，相传是个博物之人，能记怪异之事。洪迈自比夷坚氏记述怪异，故取书名为《夷坚志》。洪迈而后，《夷坚志》渐成一个符号——记述神异故事之书的符号。金代元好问写的《续夷坚志》，元代无名氏写的《湖海新闻夷坚续志》，都是这种记述神异故事的书。蒲松龄也是把《聊斋志异》比作《夷坚志》一类书的，所以有“新闻总入《夷坚志》”这句诗。这句诗，还有另一个版本，曰“新闻总入狐鬼史”，可知《夷坚志》与狐鬼史相通。

“新闻总入《夷坚志》”若换成白话说，就是：总把“新闻”写入《夷坚志》，写入狐鬼史，也就是写入《聊斋志异》。

那么，这里所说的“新闻”指的是什么呢？这就需要先考究一下“新闻”一词。

“新闻”一词，最早见于《旧唐书·孙处玄传》。孙处玄说，“尝恨天下无书以广新闻”，此处所谓“新闻”，意思是“新的见闻”。此后，“新闻”一词又有了多种意思，同时也有了多种诠解，或曰“新近听说的事”，或曰“新近发生的事”，或曰“最新的消息”，或曰“新近发生的事实的报道”。揆诸诸说，我以为，蒲松龄所说的“新闻”，指的是“新的见闻”——即唐人孙处玄说的那种“新闻”。具体来说，就是蒲松龄本人采集、访问得来的那些新奇、新鲜的狐鬼故事。这些“新闻”，都不是“新近发生的事”，连“过去发生的事”也不是，而是子虚乌有的事。试想，能写入《夷坚志》、狐鬼史的“新闻”，不是子虚乌有的狐鬼怪异故事，又能是什么呢？所以，蒲松龄所说的“新闻”，并非人世的新闻，而是关于狐鬼世界的新见闻。蒲松龄用的是“新闻”的古义。

“新闻总入《夷坚志》，斗酒难消磊块愁。”蒲松龄是要用谈狐说鬼这种志怪传奇形式，来抒发他内心的种种愤懑和不平。同样的心绪，他在《聊斋志异》一文中也表示过：“集腋成裘，妄续幽冥之录；浮白载笔，仅成孤愤之书。”南朝宋文学家刘义庆曾著《幽冥录》，也是记鬼怪故事的书，蒲松龄自谓“妄续”，意思是《聊斋志异》继承了《幽冥录》的写法，这与“新闻总入《夷坚志》”的含义相同。“浮白载笔”，即边喝酒边做文，与“斗酒难消磊块愁”的意思也是相同的。

近代著名的报纸《申报》,早期常登些妖异鬼怪故事,自谓旨趣是"如古之《夷坚志》、《太平广记》所载者,篝灯读之,举为谈助"。有论者批评《申报》这样做是"将新闻与鬼怪故事混为一谈"。我总觉得,《申报》的报人大概未必会糊涂到连新闻与鬼怪故事都分不清的地步。他们做的实际也是"新闻总入《夷坚志》"的事。但做得不高明,让人觉得趣味不高,不像蒲松龄的《聊斋志异》那样,寓含着积极的思想意义。

由于在古代,"新闻"一词有时是和《夷坚志》一类鬼怪故事联在一起的,加之《申报》之类的报纸上也登载过鬼怪故事,使得近世一些人曾把"新闻"一词理解为奇闻异事,这是"新闻"一词的理解史上的早期现象。现在人们已不再做这种理解了,而是把真实性、新鲜性作为新闻最重要的因素。这是社会进步、科学昌明的结果,也是现代新闻事业发展的结果。

《红楼梦》里的“新闻”

——故纸堆里觅“新闻”之二

在当今信息社会里，“新闻”一词是个高频率出现的词汇。但在往古的封闭社会中，“新闻”一词却很少用，即使用，有时词义与今天也不尽相同。所以，如能在古书里见到“新闻”二字，就很让人觉得新鲜和有趣。

《红楼梦》是一部古书，红学家已经把它研究个透了，但不知是否有人留意过，《红楼梦》里有好几处地方使用了“新闻”一词。我至少可以举出五回书中的六处。我好像感觉到，在曹雪芹的脑海里，时常涌现出“新闻”这个词。

《红楼梦》开篇第一回，就有两处提到了“新闻”。第一处是贾雨村出场。书中写道，甄士隐正倚门看那疯痴僧道说话，贾雨村从葫芦庙中向他走来，当下雨村见了士隐，忙施礼陪笑道：

> 老先生倚门伫望，敢是街市上有甚新闻否？

贾雨村所说的“新闻”，是新的见闻、新鲜事儿的意思，与我们今天新闻行业中所说的“新闻是新近发生的事实的报道”含义不同，但在“新发生的事实”这一点上，却又是相同的。按我们今天对新闻的分类，贾雨村所说的“新闻”，属于社会新闻，用老话讲，又叫作

“市井新闻”。

第一回中第二次提到“新闻”，是在甄士隐为疯跛道士唱的《好了歌》加注解以后。甄士隐的注解是——“陋室空堂……甚荒唐，到头来都是为他人作嫁衣裳!”解完以后，甄士隐便随疯道人飘然而去——

当下烘动街坊，众人当作一件新闻传说。

这里的“新闻”，也是指新见闻、新鲜事儿。但“当作”二字，颇值得玩味。从这二字，可以掂出“新闻”一词是比“新鲜事儿”或“新近发生的事”更抽象的词，也可以掂出，一说“新闻”，便是指比较重要的，比较有价值的，值得一说、一记的新鲜事。所以才说，“当作”新闻。“传说”二字，也值得寻味。“传说”，就是在搞新闻传播。那时没有现代的新闻纸，众人只能以口“传说”。“传说”表明了传播媒体是口耳。甄士隐注解《好了歌》这件事，确实是很有新闻价值的，所以众人才争相传说。说句玩笑话，若是当时有小报，那一定是会采撷登出来的，而且肯定会叫座。

“当作新闻”这句话，在《红楼梦》第八十回中又出现过一次。薛蟠的老婆金桂装病时，有人在金桂的枕头里放了个纸人，写上金桂的名字，上面扎了五根针，即所谓魇魔法，事发时——

众人反乱起来，当作新闻，先报与薛姨妈。

这可真是个大新闻，结果酿成了一场大风波。从“当作新闻”一语里，可以掂出事件的分量。

“新闻”一词有时指新奇的异事，这以蒲松龄的名句“新闻总入《夷坚志》”之“新闻”最为典型，这一点，笔者已在《故纸堆里觅“新闻”之一》中谈及。在《红楼梦》中，也有一处提到的“新闻”指的是新奇的异事，也很典型。第二回，冷子兴讲述了贾宝玉衔玉而

生以后,问贾雨村道:

> 你道是新奇异事不是?

这是庚辰本所记。程乙本则作:

> 你道是新闻不是?

将两种本子的异文加以比较,可明显地看出,这里的所谓"新闻",就是新奇异事的意思。说贾宝玉是衔玉而生的,无疑是神话式的描写,这种类如神话的"新闻"与蒲松龄的"《聊斋》新闻"属于同一种类型。

《红楼梦》第四十八回,平儿和宝钗有过一段关于"新闻"的对话。平儿说:"姑娘可听见我们的新闻了?"宝钗道:"我没听见新闻。因连日打发我哥哥出门,所以你们这里的事,一概也不知道……"从这段对话中我们似乎能感觉到,"新闻"一词常挂在清朝人嘴边,连自已身边发生的一点儿新鲜事,也冠以"新闻"一词,而一称为"新闻",那事便好像庄重起来。在有的《红楼梦》版本中,平儿和宝钗对话中的"新闻"又写作"新文"。"新文"在这里与"新闻"是同义的。在古汉语里,"新文"虽然有时与"新闻"同义,但人们在应用时还是多用"新闻"而少用"新文",这大概是因为"新闻"的"闻"(听)字很能体现新闻传播的初始形式和大众传播的特点。

《红楼梦》第五十七回,紫鹃称宝玉念佛是"新闻"。书中写道:宝玉去看黛玉,正遇到紫鹃在回廊上做针黹——

> 便来问他:"昨日夜里咳嗽可好了?"紫鹃道:"好些了。"宝玉笑道:"阿弥陀佛!宁可好了罢。"紫鹃笑道:"你也念起佛来,真是新闻!"

宝玉本不念佛，所以一说阿弥陀佛，便被紫鹃说成是新闻。紫鹃的话，本意是"真是新鲜！"却说"真是新闻！"可见"新闻"一词使用的普遍。不说"新鲜"，而说"新闻"，给人一种雅化感。

《红楼梦》里多次出现"新闻"一词，大概不能归因于曹雪芹个人用词的癖好，而实际反映当时社会中正流行"新闻"一词，而社会中流行"新闻"一词，又是当时社会信息传播加剧，人们普遍关注新闻的表现。这就是《红楼梦》里的"新闻"透露给我们的信息。

“冰弦玉轸播新闻”

——故纸堆里觅“新闻”之三

一、名为“新闻”的旧闻

明代大文学家杨升庵先生写过一部《历代史略词话》,又叫《二十一史弹词》,是一部家弦户诵、流传极广的书。卷二《说三代》开篇有一首长诗,其中有这样几句:

美酒要逢知己饮,好诗须向会家吟。
长篇阔赋休闲说,往古来今要讨论。
断简残篇藏故典,冰弦玉轸播新闻。
高人满座垂清听,始信书生用意深。

第六句用了“新闻”一词。这个“新闻”,与前句的“故典”正成相反对仗,这是否意味着此“新闻”就是我们今天所说的新闻呢?非也。此处的“新闻”,从字面讲,意思是“新的见闻”——对弹词听众来说,也确实是新见闻,但实际上指的却是旧闻,是历史,是古事。“新闻”与“故典”,在这里本质上是一样的。《二十一史弹词》，是可以弹唱的文字，"冰弦玉轸播新闻"，就是弹着弦子说唱古事。轸，指弦乐器上转动弦线的轴。"高人满座垂清听"，听什么呢？就是听那些让人觉得颇为新鲜、新奇的古代见闻，亦即所谓"新闻"。

名为"新闻"实则旧闻，这是"新闻"一词应用史上的有趣现象。

二、一位关注新闻的清朝和尚

清朝人，特别是清朝都市人，关注社会新闻已成时尚。但佛门中人一心修行，远避尘嚣，关注新闻的毕竟不多，若有，倒真是成了新闻。清代文学家沈三白在名著《浮生六记》里记下了一位关注新闻的和尚。沈氏在此书"浪游记快"一章中写道，他与好友吴云客、毛忆香同游范仲淹墓时，就便去了墓旁的佛寺白云精舍。

> 入门就坐，一僧徐步出，向云客拱手，曰："违教两月，城中有何新闻？抚军在辕否？"忆香急起，曰："秃！"拂袖径出。

抚军就是巡抚，是清代一省的最高行政长官；辕是行辕，巡抚的办公之所。这里所说的"新闻"，与我们今天所说的新闻——"新近发生的事"同义。这位和尚远在郊野，不了解城中情况，但凡心极重，又喜听新闻，所以向沈三白等人打听。从他打听巡抚的办公情况这一点看，他关心的新闻，大概主要是政治新闻。沈三白的朋友毛忆香大概觉得这位和尚不安分，竟关心政治新闻，竟打听巡抚这种政界要人的办公情况，所以便骂这位和尚为"秃子"。看来在当时，和尚关注新闻，关心政治，还不大被人接受，而是被视为越界行为。但毕竟是有和尚关注新闻了，这实际是清朝人关注新闻的风尚的一个重要征象。

三、日本的“新闻”

清朝外交官黄遵宪在任驻日本使馆参赞时,写了一组记录日本历史和现状的诗,名为《日本杂事诗》,其中一首有云:

一纸新闻出帝城,传来令甲更文明。

诗后有作者小注云:“新闻纸山陬海澨,无所不至,以识时务,以公是非,善矣。”

诗中的“新闻”二字,实际是日语词汇,意思是报纸。本来,“新闻”是汉语词汇,但日语又借用它来表示报纸。黄遵宪把日语中的“新闻”拿来写入诗中。此处的“新闻”二字已不是汉语固有的意思了。“一纸新闻”,就是一张报纸的意思。黄遵宪的这两句诗是在称赞日本的近代化报纸,意思说,报纸从都城中印出后传向四面八方,使人们都知道了国家的政令法规,真是文明的东西。小注中的“新闻纸”也是指报纸。小注的内容也是在称赞报纸的优越性。日语的报纸一词,至今仍用汉字“新闻”表示,但要写成繁体字。

四、诌出的“新闻”

清末光绪年间,北京坊间出版过一本北京旅行指南性质的书,叫《朝市丛载》,作者是李善虹。因为书的功用是旅行指南,所以所记比较翔实,从中可以窥知光绪年间京城里的许多真实情况。

乞丐胡诌“新闻”,就是实况之一。此书卷七《都门吟咏》有一首咏“数来宝”的诗，道是：

近日人情总好奇，新闻诌出解人颐。
一群人聚如蜂拥，围着狂呼一乞儿。

旧京乞丐行乞，多用两块牛骨边敲击边说数来宝，以引人注意。诗中所写，就是一群行人围着说数来宝的乞丐听他说“新闻”。说的什么“新闻”呢？不知道。只知是“诌出”的，即信口胡编的。“诌出”的“新闻”能是什么正经新闻呢？不是捕风捉影，就是瞎编故事，总之是伪新闻。“近日人情总好奇”，大概因为晚清是多事之秋，人们对各种信息极敏感，所以连乞丐诌出的所谓“新闻”也赶着倾听。“解人颐”就是惹人大笑，这种逗乐的“新闻”乃是乞丐招徕施主之术，哪里还说得上什么真实性！

一个“贩卖新闻”的人物

——故纸堆里觅“新闻”之四

明代是个民间报业颇为发达的朝代。隆庆、万历年间的大学士于慎行在《谷山笔麈》卷十一“筹边”条里曾记下“报房贾儿博锱铢之利”的情形。万历间一位叫张学颜的户部尚书又在一份题奏中记下了民间百业之一“抄报行”这个名称。报业的发达源于经济发展和信息交流的需要，明代被认为是资本主义萌芽产生的时代，有这些需要，故而报业空前发达。明代小说也反映出民间报业的发达，诸如“小报”、“新闻”、“消息”、“信息”、“报房”、“报子”之类与报业有关的词汇屡见不鲜。

有几本新闻史著作都提到了明代小说家华阳散人所著《鸳鸯针》里的一段描写：

> 学内又有一个秀才，姓周，名德，绰号白日鬼。这人虽是秀才，全不事举子业，今日张家，明日李家，串些白酒肉吃。别人着棋，他在旁边算子斗彩；别人打牌，他插身加一的拈头。终日醉熏熏，吃不厌饱。家里那只锅灶儿，也是多支了的。到那有权势的人家，又会凑趣奉承。贩卖新闻，又专一栓通书童俊仆，打听事体，撺掇是非，赚那些没脊骨的银钱。是以秀才家，凡有大小事，俱丢不得他的。

在这段描写中，最能引起今人兴趣的当是“贩卖新闻”四字。此所谓“新闻”，大体相当今天所说的“新近发生的事”的意思，但也不排除含有“奇闻异事”之意。因为那时的“新闻”并非像今天界定得那么清晰，况且那时的“新闻”若无奇闻异事，谁还看呐！这个绰号白日鬼的周德大概是个“新闻能人”（不好与今之“新闻人才”划等号），擅长打听新闻，善于结交掌握新闻来源的书童仆人，因而颇能赚些“贩卖新闻”的银钱。

有的新闻史家在分析《鸳鸯针》这段材料时，认为周德的社会身份只是一个民间报人，职业就是“贩卖新闻”。我觉得这个认定是不够准确的。实际上，“贩卖新闻”只是周德的行为之一。虽然这很重要，但周德做的其他许多事，诸如凑趣奉承，算子斗彩，骗吃骗喝之类，都说明周德又是一个兼有清客、闲汉身份的人物。关于清客，清人梁章钜《归田琐记》卷七这样记述：“都下清客最多.然亦须才品稍兼者方能自立。有编为十字令者曰：‘一笔好字，二等才情，三斤酒量，四季衣服，五子围棋，六出昆曲，七字歪诗，八张马吊，九品头衔，十分和气。’”若将这段材料与《鸳鸯针》的描写对比着看一看，就可知道周德像不像清客，是不是清客。清客必须有文化，有才情，多由科场和官场失意者充任；周德是秀才出身，文化不浅，又会喝酒下棋，所以正好当清客。他又当清客，又能传播新闻，所以“秀才家凡有大小事，俱丢不得（离不开）他的”。

像周德这样一个报人兼清客又兼闲汉的人物，贩卖的新闻，质量会如何呢？有没有卖过事实不清、夸大其辞的新闻，甚至是假新闻呢？小说里没有明确说，但我猜测肯定是有的。小说里写到周德“贩卖新闻”时，说他“撺掇是非，赚那些没脊骨的银钱”，已透露出了这个白日鬼所贩新闻作品的质量很成问题。这个周德，成天骗吃骗喝，喝得醉醺醺，一门心思捞钱，怎么能指望他贩卖的新闻都是清清爽爽、准确可靠的呢？

在周德的时代，民间报人因为赚钱等原因，制造夸大其辞的新闻乃至假新闻，当是很普遍的现象。徐光启就在一封家信中告诫家人："外边多有假报传来，不知家中曾妄报否？若来要报者，不可轻易信也，与他赏赐也。"（《徐光启集》卷十一）徐光启不愧是个头脑清楚的政治家、科学家，对于假新闻，他是格外提防的，他谆谆告诫家人不要轻信假新闻，不要上假新闻的当。明代有假新闻，但假新闻决不自明代始。从方汉奇教授主编的《中国新闻事业编年史》所录有关史料看，至晚在宋代就已有假新闻流行了，如宋人周麟之谓有人将官场消息"以小纸书之，飞报远近，谓之小报。如今日某人召，某人罢去，某人迁除，往往以虚为实，以无为有"（周麟之《海陵集》卷三）。这种以虚为实、以无为有的消息，不就是弄虚作假、无中生有的假新闻吗？对这种假新闻，宋朝孝宗皇帝曾严令禁止，下诏说："近闻不逞之徒，撰造无根之语，名曰小报，转播中外，骇惑听闻；今后……如有似此之人，当重决配。"（《宋会要辑稿·刑法二》）宋孝宗把假新闻称作"无根之语"，是很准确的，"根"就是事实，就是确已发生的新闻事件，"无根之语"不正是无中生有的假新闻吗？对于假新闻的制造者，宋孝宗的处理办法很严厉，即从重处罚（"当重决配"），这反映出宋孝宗对假新闻"转播中外，骇惑听闻"的恼火，反映出他对假新闻的深恶痛绝。

周德式的"新闻能人"在明代中国新闻业尚处在萌芽状态时，还算是个有一定进步性的人物，因为他毕竟在信息一向闭塞的封建传统社会中起到了传播新闻、沟通信息的作用。但这种"赚没脊骨的银钱"的"新闻能人"若是在新闻业已很发达的今天，就是很值得鄙视的人物了。遗憾的是,我们还常能在新闻界,在社会上见到这类人的影子。假新闻古已有之,今天仍绵绵不绝,且似有“于今为烈”之势。对此,我们是否也应该像宋孝宗诏书里说的那样,来个从重处罚呢?

报业史上“政治家型报人”略识

现在,报人常使用“政治家办报”这个术语。

这个术语是历史上形成的。对这个术语含义的理解,不同时期不尽相同,不同的人对它的解读也不尽相同。我的理解是,今天我们讲“政治家办报”,是在提倡一种新闻思想,即提倡办报人要具有政治头脑和政治眼光,要像政治家那样看问题,要具有恰当处理宣传报道中的政治问题的政治水平。

若用新闻传媒史的纵深眼光看,实际上,“政治家办报”也是一种报业史现象。

报业史上办报的所谓“政治家”,大致说来包括两类人,一是具有政治家气质的专业报人,一是直接参与办报的真正的政治家(当政的和未当政的)。前者当然是多数。他们都是具有政治头脑和政治眼光的办报人。若给这两类办报人起个名字,可以统称之为“政治家型报人”。

“政治家型报人”办报,在我国历史上源远流长。源头可以追溯到我国报纸的萌芽期。最早的雏形报纸“邸报”,是政府办的,实际也就是政治家办的。近源可以追溯到近代正规报纸的创立期。真正意义的报纸产生后,随着报纸上的政治内容增多,随着政局与报业的关系愈加密切,“政治家型报人”办报的现象越来越多,并表现在整个近代报业史中。

在近代报业史上,既从政又办报的“政治家”,较为典型者,有康有为、梁启超、谭嗣同、唐才常等。这几人既是著名的政治活动家,又是办报的精英。康有为亲自创办过7种以上的报刊,受他控制和指挥的报刊达数十种。梁启超亲手创办和积极支持的报刊有17种,他亲自撰写的报刊文字达1400万言。谭嗣同和唐才常是著名报纸《湘报》的主办人,这张报纸被人誉为“全国最好的一张维新报纸”。

近代具有政治家气质的专业报人,较为典型者,有王韬、汪康年、陈范等。这几人都极具政治头脑和政治眼光,在报业史上都留下了可圈可点的业绩。王韬是中国报业史上著名的《循环日报》的创办人和主笔。汪康年一生办报长达26年,与黄遵宪、梁启超共同创办了影响巨大的《时务报》,陈范是著名的《苏报》的主办人。

“政治家型报人”办报,一般都具有以下特点:办报都有政治目的,办报思想都有显著的政治化特色,所办报纸的政治气息都很浓重。

康、梁、谭、唐这些政治精英办报,政治诉求是很明确的,报纸对他们来说,是一件完成政治目标的利器,是影响朝野政治风向和民众思想的工具。康有为说他办报的目的,是为“崇国体,广民智”,“发明大义,鼓舞大众”。所谓“崇国体”,就是建立开明专制的国家政体,“发明大义”,就是宣传变法维新的主张。梁启超写过一篇有名的新闻学论文《论报刊有益于国事》,从文章标题,便可看出他办报的目的。

王韬作为具有政治头脑的专业报人,办报的政治目的也很明确，他说："日报立言，义切尊王，纪事载笔，情殷敌忾，强中以攘外，诹远以师长，区区素志，如此而已。"他所立的言，是变法改革的政治主张；他刊载文章的目的，是为了唤起国人奋发自强，师夷长技，同仇敌忾，卫国御侮。

关于国家与报业的关系，关于报纸的功能和作用，关于如何办报，近代"政治家型报人"提出过不少见解和主张，其内容有的今天看来已经过时，全无可取，有的则仍有一定参考价值和启发性。略举几点。

其一，国家应当从有利于治国的角度对待报业，应当对报纸进行管理，应当制定报业法律。康有为曾提出过国家应设立官报局的主张，即：由国家出资，官报局办报，再用公费给官员订阅，目的是使宣传到位，有利于统一思想；官报局还要审查各省所办的报刊，对认为"悖谬不实"的内容，应下令"纠禁"，目的是控制舆论，防止不利于国家的主张流布。

其二，提出了初步的党报思想。康有为在为具有政党雏形性质的强学会草拟的章程中，把"刊布报纸"作为强学会的四大任务之一，并提出报纸的任务是宣传强学会的纲领、方针和会务。这是我国报业史上最早的党报思想。

其三，指出报纸对于国事具有耳目喉舌、"去塞求通"的作用。梁启超在《论报刊有益于国事》中说："国之强弱，则于通塞而已。""去塞求通，厥道非一，而报馆其导端也。""无耳目，是曰废疾。其有助耳目喉舌之用而起天下之废疾者，则报馆之谓也。"梁启超认为，要想国家强盛，必须让朝廷与民间的信息相通，国内与国外的信息相通，而使信息相通的工具，就是犹如耳目喉舌的报纸。王韬的看法与梁启超相同，他认为，报纸的功能就是要使"民隐得以上达"、"君惠得以下逮"、"达内事于外"、"通外情于内"。

其四，提出了政治家办报的主张。梁启超鉴于当时士人耻于办报，力倡政治家应当出面办报，兼为报人，以提高报人的社会地位。

其五，提出报纸在文风上应当浅近义明、通俗易懂。对于文风的这一要求，很大程度上是从政治宣传的效果上考虑的。因为政治宣传的受众，大多数文化水平较低，若报纸办得过于雅化，就会影响宣传效果。梁启超创造的"时务文体"，就是这种文风观的实践。

在明确的政治目标和政治化办报思想的指导下，"政治家型报人"所办的报纸，自然具有浓厚的政治气息。他们的报纸，常常开诚布公地宣布自己的政治宗旨，并将这一宗旨贯彻到报纸的各类文章中去。康有为领导办的《强学报》第一号，即明确宣布该报的宗旨是："广人才，保疆土，助变法，增学问，除舞弊，达民隐"。他们的许多报纸，并不以新闻见长，而是以政论见长，"政声"，是这些报纸上最响亮的声音。王韬主编的《循环日报》，就是一张以政论为主的报纸，这张报纸从创刊起，就成了维新人士发表政见的论坛，鼓吹变法图强是这张报纸的最强音。打开他们的报纸，常常一眼就可以从栏目和标题上看到浓烈的政治气息。陈范主办的《苏报》曾特辟"学界风潮"专栏，专门报道学生的爱国运动。《苏报》主笔章士钊的文章，标题充满强烈的革命气息，如《驳革命驳议》、《虚无党》、《呜呼保皇党》等。

如果将近代"政治家型报人"作为一个群体来观察，可以发现，尽管他们的政治倾向各不相同，政治态度或进步或保守，但总体来看，这个群体还是形成了一些优良的传统和特征。这些传统和特征在相当多数的"政治家型报人"身上都能看到。

一是他们具有强烈的爱国心，具有"天下兴亡，匹夫有责"的社会责任感。他们中的许多人，是著名的爱国人士和维新志士。他们办报的根本目的，是为了救亡图存、富国强国。

二是他们具有敢作敢为的精神，敢于发表政见，敢于写触及社会弊端的文章。他们深受儒家“威武不能屈”和“成仁取义”精神的熏陶，敢用一支笔、一张纸向强大的旧势力宣战。毛泽东说：“资产阶级革命派办报纸，都是不怕坐牢，不怕杀头的。”（陈晋主编《毛泽东读书笔记解析》上册第386页）这些办报者，当然都是“政治家型报人”。毛泽东很赞赏他们。

三是他们大都具有深广的学识，具有比较敏锐的政治洞察力。他们中的许多人本身就是学者，如康有为、梁启超、谭嗣同、章士钊等。他们对于政治动向和社会大势，常常能做出颇为深刻的省察和分析，对于外来的先进文化，也多持有“拿来”的态度。

四是他们大都具有较强的政治活动能力，较为注意民众的呼声。谭嗣同曾提出，报纸应当反映民众的活动，应当成为民众的喉舌。

“政治家型报人”的这些优良传统和特征，对于他们当时的政治作为，发生了重要作用，对于后世的报人，也产生了示范性影响。

一篇论西路军文稿的发表

我从事新闻工作近30年(主要在《北京日报》理论部办理论学术版),懂了一个道理,就是:报纸要想办得卓然特出,非具有“胆识”二字不可。有胆,就是一个破除陈见的题目,你敢不敢做?一篇有棱角的文章,你敢不敢发?有识,就是要有眼力,要识货,知道哪个题目的价值大。胆、识当中,识应该更重要,更基础,胆子的大小常常决定于识有多少。有了识,未必就有胆。有胆必须先有人格,胆量往往与做人的良心、骨气和社会责任感连在一起。《国际歌》里唱,“要为真理而斗争”,这里就有个胆识问题。先要弄清真理是什么,这是识;然后再靠骨气去斗争,这是胆。有识才能无畏,无私才能无畏。有识无胆,干不成事;有胆无识,只能是蛮干。陈云同志讲,“不唯上,不唯书,只唯实”,这必须是有胆有识而后方可为之。

上面这些道理,一般报人都懂得,无须我细说。我想举个亲历的例子,说说“胆识”二字对办好报纸何其重要。

大约在2001年7月间,我给编辑出了个题目,组一篇关于红军西路军历史真相的文章,并提名让中国社科院近代史所研究员陈铁健先生来写。文章很快就写来了。这真是一篇严肃、严谨、学术根基扎实、观点正确的好文章。但我也了解到，在学术界，乃至在高层人物中，对于西路军问题还有纷争，传统的“西路军的行动是执行张国焘的命令”，“西路军是张国焘分裂路线的产物”，“是张国焘路线的牺牲品”等观点，还占据着不少人的头脑。这些传统观点，大致都来源于《毛选》中的一段话和一条注释。看来，刊发陈先生的文章是有风险的。我们把文稿送到某权威部门，请一位党史专家审读一下。这位专家的答复是：“发这篇文章肯定有风险。”对这个答复，我不感到意外，但毕竟有些失望，还隐隐感到压力。但我还是把文稿上了大样。送审结果在预料之中，“先放一放吧”。

但我知道，文章的观点并没有错，真理就在此间。我完全没有沮丧和灰心，完全没有。我在部里说：“为了西路军两万多战死和遭受马步芳匪徒残害，而又蒙受了那么多年冤屈的红军将士，这个稿子一定要发出去，而且早晚会发出去！”

时机来了。先是2001年11月7日，江泽民同志在徐向前元帅诞辰100周年座谈会上发表讲话，指出，徐向前奉军委命令任西路军总指挥，指挥部队与敌人血战四个多月，有力地策应了河东红军的战略行动。这个评价，已经与传统观点完全不同了。到了2002年10月，新版《中国共产党历史》出版，其中有一段专门论及西路军的文字，更是对西路军做了全面的评价和肯定。我部立即抓住这一时机，将陈先生文章的题目改为《从新本〈中国共产党历史〉看红军西路军历史真相》，再次送审。稿子立即见报，社会反响甚好，《新华文摘》等多家报刊转载了此文。我极感欣慰，感觉仿佛是为西路军将士做了一点事。

文章刊发数年后，我又翻阅过一些关于西路军的文献，洪学智将军2004年为《中国工农红军西路军·文献卷》所作的序言里有这样一段话：“很长时间，西路军由于被当作是‘张国焘路线的牺牲品’,其史实及研究都被视为禁区,尘封了半个世纪,幸存者大多命运坎坷,备受压抑和屈辱,受到极不公正的对待。”读着这些让人痛心神伤的文字,西路军将士的惨烈结局和坎坷命运又蓦然盘桓在我脑际,深深叹息之余,我更感到当年那篇文章发得正确。

今天谈起胆识来,我想,应该说策划和刊发这篇文章,还是需要有一点胆识的,虽然并非是“高度的”。我为何会想起这个题目?为何我部敢于组织和刊发那篇文章?大致说来,有这么几点。

第一、我认为这个题目具有极其撼人心魄的教育力量,能让人深刻认识红军的伟大、革命的艰辛、人民江山的来之不易。

第二、正确评价西路军,是我党所做的一件正本清源的大事,是为死难烈士讨公道,是对历史负责,对人民负责。我们应该为这件大事做一点小事情。

第三、这个题目具有解放思想的意义,不但具有继续破除“两个凡是”的作用,更有助于帮助人们树立“不唯上,不唯书,只唯实”的思维方式。从根本上说,这个题目有助于养成国人的“科学与民主”的精神,有助于造就国人崇尚实事求是,崇尚真理的国民性格。

这三点,是我选题时的立意,也是我对此文的“导向”的一点考虑。我认为,这就是在“用科学的理论武装人”。

第四、我选定这个题目,多少与我有点学术底子分不开。对于西路军历史,我原有一定了解,早就拜读过陈铁键发表在《历史研究》杂志上的名文《论西路军》,缘于此文,我逐渐了解到,徐向前、李先念、陈云、邓小平等领导人,都曾对西路军问题讲过一些与传统观点不同的话。我由此心里有了底。

第五、我和部里同志们还是有一点社会责任感的。“为天地立心,为生民立命,为往圣继绝学,为万世开太平”,大哲张横渠的这句豪言,是我们经常提及的,虽不能至,然心向往之。所以,我们的胆子也就稍大了一点。

这篇关于西路军历史真相的文稿的发表,至今已经近十年了。每当想起当时的发表过程,总觉得能为受了冤屈的西路军将士做了一点事而欣慰,而且心里常常涌出一种莫名的悲壮感。

古代日本的“拿来主义”

鲁迅先生讲的“拿来主义”，日本民族是很懂的。他们很会从别的民族“拿来”先进文化，然后加以咀嚼和醇化，创造出自己优异的“国风”文化。这是日本民族的一个很大的长处。

在古代，日本最注重从中国“拿来”；近代，最注重从欧美“拿来”。从欧美“拿来”的，明治维新史上写得分明，从中国“拿来”的，便要翻翻两国的古代史了。

以衣食文化为例，日本平安时代宫廷贵族的宴会，就可在《礼记》、《荀子》中见到。日本传统的“铭铭膳”，即分餐制，也能在东汉画像砖上看到。日本人常吃的“寿司”，即鱼肉、青菜伴饭，从《齐民要术》“作鱼鲊”一节中也可考见。饮茶，是日僧从唐朝学会的，荣西禅师又从宋朝带回茶种，撰写了《吃茶养生记》，后来，入元僧学会的“唐式茶会”在日本风行。说到穿，自然首推和服，而构成和服主要部分的“长著物”，就可在敦煌壁画的人物服装上看到。

生活习惯上，日本人讲究在“榻榻米”上“席地而坐”，而这正是先秦古老的坐式。日本人用的名片，源于郦食其见刘邦时用的“谒”的变种——“名刺”，所以今天日本人还把名片写作“名刺”。

在娱乐体育方面,日本人学会了《礼记》上的投壶,唐诗中的竹马,民间的狮子舞,佛家的少林拳,还有源于古冀州"蚩尤戏"的相扑和源于中国北方山戎的秋千。日本的年节习俗,也有不少滥觞于中国。过端午节男孩子打的鲤鱼旗,是学楚人祭祀屈原用的纸鲤,中秋赏月,重阳登高,也是日本人从中国古俗中学到的乐事。

日本的古建筑,也讲中国式的对称格局,老百姓也会烧制秦砖汉瓦。日本的古京城平城京也有"东市"、"西市"、"朱雀大街",几乎是唐代长安的翻版。在文学艺术上,日本人不仅学会了繁难的汉字,还学会了汉字艺术——书法,奈良、平安朝的贵族文学家学得了魏晋风骨,平民百姓爱上了白居易的诗。匠师们还模仿洛阳龙门石佛的样式,铸出了日本最大的佛像——东大寺铜像。

日本史上著名的"大化改新",是日本从奴隶制向封建制过渡的标志,而这划时代的改革,就是日本的改革派在留唐学生的谋划下仿照唐制进行的。改革的内容有:建立中央集权的天皇制国家,按才任官,实行均田制和租庸调法等等。

日本对于中国伟大的文化人和向自己传播先进文化有功绩的中国人是非常敬重的。唐时,日本民间出现过"白乐天神社",王羲之在日本也同样被奉为"书圣",而亡命日本的启蒙思想家朱舜水则成了日本的孔夫子。至于在日本享有"日本文化的大恩人"之誉的鉴真,地位之崇高,就更不用说了。

从上面拉杂写出的例子,可以看出日本实行"拿来主义"确实取得了丰硕的成果,更可以看出日本民族学习中国先进文化的满腔热情和谦虚态度,以及他们从善如流的胸怀。日本学习中国文化的高潮在隋唐时代,那时,一批批遣隋使、遣唐使历尽艰险,渡海来到中国求学,其中不少人中途葬身大海或客死华夏。小野妹子、阿倍仲麻侣就是其中杰出的代表。从这里我们又看到了日本民族为学习先进文化不畏艰险、坚韧不拔的精神。

如此说来,日本是不是从中国什么都学、什么都“拿”呢? 不是。鲁迅曾称赞日本的遣唐使“拿”中国的东西很会“别择”,他说:“日本虽然采取了许多中国文明,刑法上却不用凌迟,宫廷中仍无太监,妇女们也终于不缠足。”而即使是“别择”后拿去的中国文明,也往往要锻炼一番,熔铸进日本特色,创造出灿烂的日本文明。汉字就被改造成了假名文字,华丽的“唐式茶会”也被改造成闲雅的日本茶道。唐朝的“燕乐”和“清乐”被融进日本古乐,形成了新的日本雅乐。空海兼收了王羲之和颜真卿的长处,创出了风格特异的高妙书法。读烂了《文选》,创作出的是和歌《万叶集》。不再囿于模仿汉文学,紫式部写出了世界上第一部长篇小说——纯粹日本风格的《源氏物语》。正像一位日本历史学家所说:日本文化在接受中国文化时,往往使接受的对象发生微妙的变化。这种接受文化的方式,好似表示了日本文化的特质。他说的这种特质,就是日本民族对于世界先进文化的惊人的吸收和消化能力,就是日本民族的创造力。当然,日本的“拿来主义”也并非尽善尽美,比如拿去的儒家思想就曾经对日本产生过消极的影响。

日本在大规模吸收隋唐文化以后,逐渐形成了自己的“国风”文化。宋元明清各代,日本虽仍未间断学习中国文化,但其“国风”文化也已反过来影响中国。到了近代,日本搞明治维新,学欧美获得了成功,成千上万中国留学生便漂洋过海到日本去学习。鲁迅就是其中一个。中国从日本“拿来”的热潮形成了,中国人开始学着日本人的样子,从欧美“拿来”了。历史翻开了新的一页。

说“宗吾”

“宗吾”这两个字出自李宗吾先生的名字。李宗吾是民国时期的四川大学教授、教育家、思想家、同盟会员。他写的《厚黑学》一书名闻天下。

我之所以要说一说“宗吾”这两个字,并非因为李宗吾创立了“厚黑学说”,而是因为“宗吾”这两字中包含着一种可贵的思想,而这种可贵思想又恰恰是我们的国民性中所缺乏的。

李宗吾原名李世楷,字宗儒,后来改字“宗吾”。何以要改叫“宗吾”?他自述道:“儒教不能满我之意,心想与其宗孔子,不如宗我自己,因改字‘宗吾’。这‘宗吾’二字,是我思想独立之旗帜。”原来,这“宗吾”二字中,包含着一种与陈寅恪的“独立之精神,自由之思想”相仿佛的思想。这二字,实为李宗吾对自己所竖的“思想独立之旗帜”的简明概括。李宗吾原本是尊孔宗儒的,思想并不独立,但他决心“宗吾”以后,便由以孔子的思想为思想,变成以自己的头脑来思考问题了。

他说:“自从改字‘宗吾’后,读一切经史,觉得破绽百出,是为发明‘厚黑’之起点。”这表明他发明“厚黑学说”与竖起思想独立的旗帜有莫大的关系。对于《厚黑学》一书,世人评价不一,但都承认作者目光锐利，观察深刻，见解独到，一般读者也都能体味出作者抨击黑暗社会、黑恶势力的文心。

对于“宗吾”二字，我的解读是：尊重自己，相信自己，做自己思想的主人。传统的中国意识却不是这样，而是宗儒、宗圣、宗君、宗神、宗官、宗权势、宗老例，唯独不宗自己，不“宗吾”。韩愈有句名言：“曾经圣人手，议论安敢到？”这是典型的宗儒宗圣而不宗自己的思想。若“宗吾”，便是“曾经圣人手，议论也敢到！”——管他什么天球河图、金人玉佛、三坟五典，两个凡是，就是要用自己的脑子想，要独立思考，要精神自主，要破除迷信，要解放思想。但“宗吾”绝非是妄自尊大，绝非老子天下第一。

立身行事，是否具有“宗吾”意识，结果是迥然不同的。

读书，若有“宗吾”意识，便能“读书得间”，见人所未见，得人所未得。

清代大儒戴震，幼年听塾师讲授儒典《大学章句》“右经一章”以下时，感到怀疑，便问道：“何以知道这就是‘孔子之言而曾子述之’呢？又何以知道这就是‘曾子之意而门人记之’呢？”塾师答道：“这是先儒朱熹夫子所注释的。”他又问：“朱熹夫子是何时人？”塾师答：“南宋。”他又问：“孔子、曾子是何时人？”塾师答：“东周。”他又追问：“宋去周多长时间了？”塾师答：“凡二千年矣！”他又追问：“既然如此，朱子怎么会知道那么清楚呢？”塾师无法回答，惟惊叹这个生徒不凡。

戴震没有宗圣，没有迷信儒典，而是“宗吾”，用自己的头脑下判断，结果发现了儒典存在的大问题。后来，戴震成了大思想家，他提出的“以理杀人”的精辟思想深远地影响了后世。

写文章，若是有“宗吾”意识，便能驱遣六经都来注我，写出自成一格的妙文。明人张岱《快园道古》里有个叫季宾王的人说：

“我不怕杂，诸子百家，一经吾腹，都化为妙物。”此人很有点“宗吾”意识，“吾腹”便是他制作“妙物”的园地。清人袁枚说得更好：“猎取精华，却处处有我在”。这更是自觉的“宗吾”意识。袁枚的无数妙文当皆受惠于他这种“宗吾”意识。

发明创新，“宗吾”意识就更不可少。历史上凡在学术、思想、科学、文化方面有创见的人，必定是“宗吾”者。明代哲学家陆象山说：“自立自重，不可随人脚跟，学人言语。”这句话庄严而深刻，完全可以作为具有“宗吾”意识的创新型学人的“学术宣言”。《太史公书》是司马迁为《史记》取的原名，意在表明这部书是我司马氏的一家之言，是与《孟子》、《荀子》一样的阐发自己思想主张的书。这一定名，也实导源于司马迁的“宗吾”意识。鲁迅是近代最具个性的思想家，他为中国人民提供了大量有重大价值的新思想。他一生“宗吾”，用自己的头脑想问题，按自己的想法写文章，走自己认定的天下本没有的路。

具有“宗吾”意识，能够帮助人冲破思想牢笼，破除各种迷信和盲从。革命家、新闻家恽逸群曾写过一篇反对个人迷信的名文《平凡的真道理》，其中写道：

> 五十年见闻中，有这么几个人物：一个据说是“从未犯过错误的”，叫饶漱石；一个据说“一贯正确”，叫林彪；一个是“天才的领袖”，叫陈绍禹；一个发明创造了两句口号：“信仰主义，要达到迷信程度，服从领袖，要达到盲从程度”，叫做周佛海。为什么要提这些臭货？因为二郎神杨戬手中的照妖镜，是无价之宝哩！

此文若是作于今天，既不新鲜，也无风险，但此文是写于“文革”中的 1973 年，那时还是个人迷信盛行的年代！恽逸群之所以能写出如此雄文,无疑源于他敢于"宗吾",敢于竖起思想独立的旗帜,敢于弘扬在当时并不"趋时"的马克思主义的真精神。

一个知识分子,一个文化人,倘若没有"宗吾"意识,或是丧失掉这种意识,那是很可悲的。夏衍曾痛心于他在"文革"中丧失独立思考的勇气,成了"驯服的工具"。巴金更是痛心疾首地说,盲目崇拜使自己不用脑子思考,变成了任人宰割的牛。觉悟后的巴金,决意做自己头脑的主,于是随己意想,随己意写,终于写成一部力透纸背的《随想录》。

"宗吾",常常是要付出代价的。明代李贽,反对封建礼教,倡平等,讲民本,是个"宗吾"意识极强的思想家。他说,"以孔子的是非为是非,就没有是非了",他决心不宗孔子,而宗自己。(李宗吾说,"与其宗孔子,不如宗我自己",大概受过李贽的影响)结果,他的生平和结局都很悲惨。他自述道:"余唯以不受管束之故,受尽磨难,一生坎坷,将大地为墨,难尽写也。"他最终在黑暗势力的迫害下用剃刀自刎而死。

中国的脊梁,正是李贽、鲁迅、恽逸群这样一些人。他们是真正的民族魂。他们给中国带来希望。

初稿写于1995年,修改稿写于2011年

书山乱叠读《夜语》

一、三字概观

《三平斋夜语》，九思著。灯下读《夜语》，未及半部，脑中蓦然涌出三个评点性词语：读书人、鬼才、神来之笔。细酌三词，不免一笑：竟是人、鬼、神也。

我与九思先生素不相识，询之，谓乃一官员。如今，能跻身官员队伍者，大抵皆“学而优则仕”之人；学而优，按说当然可以称为读书人，但我却以为不可概称之。我眼中所谓读书人，乃是一种葆有纯正书生底色的人，而非那种虽有学历但书生气质早已荡然，身上已发散不出一丝书香气息的人。观《夜语》，雅人深致，满纸书卷气，若非具有深厚的诗书典籍根底者绝然写不出。故我评九思：仕为其表，士乃其里，此君实为一道地读书人也。

才具，向有类别与高下。鬼才者，大才、异才之谓也。我评曰：九思有鬼才。此评绝非溢美，更非阿谀。诚如欧阳修所言，“文章如精金美玉，市有定价，非人所能以口舌定贵贱也。”有《夜语》书在，观之可也。

我观此书，质雅而文美，颇合孔夫子“文质彬彬”之义，每翻一页，精言屡屡，胜义纷出，神来之笔扑向眼帘，一如王子敬从山阴道上行，山川景色，目不暇接。

二、走在古代“清言”的延长线上

此书有一“奇”处：500 篇短章，原稿竟皆为手机短信；此次辑为一编，又竟聚为500 页之大观。古人写短文，初刻于龟板，次书于竹帛，盖因书写工具所限，不得不简短。九思写短文，则是适应时代之需，驭使现代之具，拇指与电波齐飞，创作共传播一体。《夜语》，固九思先生之创获，实亦时代之产儿也。

《夜语》的文体，九思自序称曰“小品”、“格言式随笔”；又谓此种文体古已有之，如《菜根谭》、《呻吟语》、《围炉夜话》之类。此说大体确当。但近些年来，学界倾向于把此种文体定名为“清言”。我也认为叫“清言”更合适些。“清言”，非一般意义的小品，它是“小品之小品”，是“以清词雅言表达提纯了的思想”的小品。

“清言”之主要特征，我以为有四：一曰思精，二曰文美，三曰短制，四曰文风恬静，无烟火气。清言兴盛于明清时代，尤为士隐阶层所乐书。此中人物，多外表淡泊而内心炽热，一纸“清言”，既心系庙堂，又眼观江湖；治乱兴衰、世态炎凉、三教经典、稗官野史，随兴驱遣，百味杂陈。“清言”一体，若单以其清雅精警的文字及深得广众青睐而言，是颇可与《论语》、唐诗、宋词和元曲颉颃一下的。近世，“战斗文体”兴，“清言”遂式微。改革开放以后，“清言”复苏，但能书者不多，质优者尤鲜，视之为正宗事业而苦心经营者更属寥寥。九思则是自觉传承古代“清言”写作传统的写家。读读《菜根谭》，再读读《三平斋夜语》，可以显见其间的承袭痕迹。

《夜语》是走在古代“清言”的延长线上的。

三、睿智的见解

“清言”的高下，首在思想见解，思想要睿智，见解要精警。写作“清言”，夸张些说，颇需要一点思想家的潜质。

《夜语·人生如棋》借弈棋论人生曰：

进退如棋，让一步方见胸襟。
忙闲如棋，投一子必有深意。
轻重如棋，弃一块赢得先手。
忍争如棋，宽一气即是胜机。
穷通如棋，打一劫换来新路。
智愚如棋，少一眼辄困死地。
得失如棋，饶一着实为上策。
成败如棋，了一局人生如戏。

纹枰之上，变化千般，自古以来人们便用棋局譬喻人生，然浅陋之语多，精妙之语少。《夜语·人生如棋》则思精语妙，可谓“几粒黑白子，参得大智慧”，不但发掘出人生隐伏的种种暗象，更指示出前行的路径。

官场向来是尘嚣地、名利场，要做清廉有为的官员，心境必须清静淡泊。此种心境，用佛家的话说，叫作禅心。《夜语·处世惟静》借用佛家禅意论官箴，多有警语。

处事惟静，知足恬淡；身心自在，不随境转。
凝心于静，寂然笃定；机息无争，养拙见性。
静思则明，神闲气定；以静定动，尚独清静。

红尘滚滚，从容淡定；对境不动，寡欲入静。

恩格斯说过，佛教的思维水平是站在人类思维的高处的。（大意）禅理，便大有可取之处。《夜语》提倡置身尘器的官员应有一点禅心，这是睿智的高见。

“清言”文短意长，是厚积薄发的文体，颇像哲理诗。写者若无相当学养，是难以提笔的。九思有学问，熟读诸子，对老庄释道尤有心得，对古代“清言”名著更是娴熟于心，对当今人情物理这部无字之书，也翻得甚熟。

在“世界水日”，他写了一篇《水之四心》，精警地道出儒释道三家的“水观”。

儒讲水之功：逝者如斯，不舍昼夜；载舟覆舟，精进利生。
释讲水之心：水流花开，鸟飞叶落；心如止水，圣洁无生。
道讲水之柔：上善若水，心善如渊；以柔克刚，谦下养生。

“水观”实即人生观、宇宙观。九思熟读三家，经他略一点拨，水的妙谛便凸现在我们眼前。

九思懂辩证法，对于动静、进退、得失等等一系列有关社会人生的矛盾范畴，多有深刻见解。如《动静》论曰：

过动者易躁，过静者易枯。
动中有静，静中有动；藏动有度，动静合宜。
静中真境，淡中本然；处喧见寂，出有入无。
心境宜静，意念宜悠；心地常空，不为欲动。

矛盾、转化、渗透、适中，这些辩证法的观念，都包涵在文中。所谓辩证法，实亦即“生活的辩证法”，不深谙生活，是断然写不出上面这些充溢辩证法意蕴的精言的。

四、文采的邓林

“清言”无文采，则非“清言”。《夜语》允称“清言”。它是一片文采的邓林，雅语、清语、俊语、逸语，随处可见。如《读书九境》云：

> 读文学宜竹，其致清也；读史志宜海，其思远也；读哲理宜山，其观弘也；读经济宜潭，其谋深也；读诗词宜水，其味畅也；读言情宜雨，其韵久也；读武侠宜风，其心旷也；读官箴宜雪，其欲淡也；读小品宜夜，其意隽也。

其见解之独到姑不论也，只论文采，诚可谓斐然焕然。其文字之清俊、雅洁、脱俗，颇有晋人之风致。

《夜语》固有文采，然若高标准要求，自然不可与古代“清言”比肩。古人对于“清言”的创作，向来期许甚高，谓优质之“清言”，必“快（快意）若并州之剪，爽若哀家之梨，雅若钧天之奏，旷若空谷之音”。九思先生若想达此高度，无疑是再需狠狠用一把力的。

九思书斋名曰“三平”，何所取义？闻识者释云：“平凡、平淡、平常心”。细品《夜语》，深觉此书之魂大半就在此“三平”中。读其书，想见其为人，九思先生也一定是一位心境淡泊者。

《三平斋夜语》封面有两方印，印文为大文人纪晓岚书斋联语：

书似青山常乱叠
灯如红豆最相思

九思先生喜欢此联，我也甚喜之，喜欢那境界：坐拥书城，书香满室，万籁静寂，心驰八荒。近日，从乱叠的书堆中挑了《夜语》来读,常读到静夜孤灯。

附记:据著者自序,九思之名取自孔子言:“视思明,听思聪,色思温,貌思恭,言思忠,事思敬,疑思问,忿思难,见得思义。”

“思入风云变态中”

——《三平斋夜语二集》读记

九思先生曾著《三平斋夜语》(初集),流布坊间,甚得好评。今又读到他新版的《三平斋夜语二集》。此集新加了一个主题书名,曰《人生大格局》,标识出人生话题在集子中的分量。前后两书,俨成姊妹篇,血脉相连,又各有韵致。

读两书,特别是读了《夜语二集》后,几个常萦回脑际的问题,觉得豁然明了或增加了理解。例如,什么是“换骨夺胎法”、怎么看佛教对思考人生的作用、怎样理解“人生大格局”、思想的珍贵性等。述之如下。

一、“换骨夺胎法”

九思作《夜语》,大多篇章采用一种独特文体:先援引一段先哲精言,再生发出自铸的新言新意。此种写法,对前人自是一种深化,但主要还是表达己意,看似“接着说”,实质是“自己说”。这种极具匠心的写法,九思自云为“换骨夺胎法”。

考此法,实源自宋人黄庭坚。鉴于晚唐诗人读书少、乏技巧之弊,黄庭坚倡导多读书,多学韩愈、杜甫,倡导以故为新、变俗为雅,于是有“换骨夺胎”及“点石成金”之说。所谓“不易其意而造其语，谓之换骨法；窥其意而形容之，谓之夺胎法”。“换骨夺胎”四字，本于道教说法：吃了金丹，换去凡骨凡胎，便可羽化成仙。

九思显然是熟悉文学史，且深谙此法的，他借古人酒杯，倾入自酿的美酒，写出了新意盎然的《夜语》。

且看《夜语二集》之《治心药》：

> 清·曾国藩《家书》云：“治心，以‘广大’二字为药；治身，以‘不药’二字为药。”治政，以“亲民”二字为药；治吏，以“清慎”二字为药；治家，以“勤敬”二字为药；治学，以“持恒”二字为药；治欲，以“息机”二字为药；治狭，以“容忍”二字为药；治嗔，以“淡泊”二字为药；治争，以“谦退”二字为药。

先引曾氏二语，随之生发自己的精辟新见。表面看是接续曾国藩，实际是表达自己的见解。

使用“换骨夺胎法”有一前提条件，必须胸罗万卷。先哲的精言，往往藏于文献的字缝里，只有披沙才能获金，所以书读少了是不行的。九思是一位坐拥书城的饱读之士，他完全有条件用“换骨夺胎法”著文。

九思以此法著文，透出他对国学的珍重，也显现出他的旧学根底。他征引的文献，经史子集、野乘杂抄、诗词说部、清言官箴，林林总总，像是把中华古文化的百卉千葩捧到我们目前。

以此法著文，九思实际也是在做国学的传承和普及工作。据我观察，九思很有一点国学兴衰，匹夫有责的心胸。他曾说，“国学当与国人同在”，这就把国学当做国人的性命来看了。

二、《夜语》中的佛理

九思在谈论做事做官做人的原则时，常引用佛典和佛学大师的话，常以佛语佛理做论说的由头或根据，这成了九思表达思想的一个法门。

《夜语二集》之《立身处世》云：

> 星云大师说："知己、律己，是立身处世之要道；容他、助他，是人际相处之良津。"读书、藏书，是博闻广识之蹊径；亲民、惠民，是为官从政之正路；修心、养心，是清平明达之坦途；缄默、守默，是慎行自察之契机；知忍、善忍，是涵养冲虚之履步。

星云大师是在用佛理教给僧俗两界的人们怎样立身处世，接人待物。九思拈出其中的佛理精髓，加以申说，延展和升华了星云大师的思想。

这种援入佛教元素的文章作法，应该说是颇有创意和魅力的。但也听闻有读者质疑：这样用佛教来教育人合适吗？宗教可是"人民的鸦片"呀！

这显然是对佛教文化了解不多，对马克思论宗教的"鸦片说"没弄清原义。对此，姑不置辩，还是看看先哲是怎么看待佛教文化的。

恩格斯说过，辩证思维是人类的高级思维，佛教的辩证法思想就属于这种高级思维。梁启超认为佛学"广矣！大矣！深矣！微矣！"章太炎说，"佛教最恨君权"，"佛教最重平等"，道出佛教与民权观念，与近现代平等观念的契合。

鲁迅的思想,佛理(别择后的佛理)是营养源之一。他赞赏舍身求法的玄奘是中国人的脊梁。他的名言,“自己背着因袭的重担,肩住了黑暗的闸门”,导源于佛教的菩萨精神。他肯定佛教对解决人生问题的参考作用,说:“释迦牟尼真是大哲。我平常对人生有许多难以解决的问题,而他居然大部分已明白启示了。”但鲁迅并不信佛,也反对神化佛教。

吸纳佛教精华而用之,是先哲们高明的识见。九思继承了这种识见,将释氏大哲“明白启示了”的道理,当做自己思考和议论人生问题的理论参考之一。这往高一点说,是步履了鲁迅先生的路子。读读九思那些蕴涵佛理的精言,特别是关于解决人生难题的内容,对于意图构筑自己人生大格局的朋友来说,当是一份有益的参考。佛教不是鸦片(鸦片既是药品,也是毒品,但国人多只认鸦片是毒品),佛理大有可观,宗教精华完全可以为精神文明助力。关键是看“拿来”者的本领。九思是有这种本领的人。

三、人生当有大格局

书名“人生大格局”几个字,出自《夜语二集》首篇的题目——《人生当有大格局》。这个题目,实是一个人生哲学的命题,是九思对“人生该怎样过”的一个回答。将此命题用作书名,可见九思对它的看重。

格局者,式样、规模与境界也。何为人生大格局?怎样才能锻造出人生大格局?《夜语二集》之《人生当有大格局》云:

> 星云大师、刘长乐著《修好这颗心》说:“格局是一种志向。大格局会把人带入一个努力向上的全新境界。”大格局之人,志向远、境界新、底蕴厚、胸襟宽。成功自志向中来,智

慧自境界中来，助力自胸襟中来。大付出才有大天地，大作为才有大格局。

志向、境界、底蕴、胸襟，此四词四目，我视之为这段小议的“文眼”，更视其为人生之大天地、大作为、大格局的四根支柱。我想，这段警语，是惟具有大气度且善于思考的“奋斗过来人”才能说得出的，而决非庸人闲客所能生造。听说这段小议用手机发出后，和者、赞者甚众，可见浸入人心矣。

《夜语二集》有不少篇目，虽无“人生格局”字样，谈的却实际是这个问题。这些内容，可以视之为“人生当有大格局”这一总命题的分述。例如，《真精神》有这样几句：

为政从大处着眼，如登高望远，才是一种真识见；做事从小处着手，似瀚海拾贝，才是一番真作为。

这是在说，从政者要想有人生大格局，一定要“大处着眼，小处着手”，既要有宏远的眼光，又能干琐细的事情。说的是从政，实际具有普遍意义。试观各界各业那些轰轰烈烈地度过平生的人物，哪个不是既昂首看远，又埋头做事的人呢？

“人生当有大格局”，九思的这句警语，既能激起有志者以至庸夫闻鸡起舞，奋发向上，也会引发人们对自己的往昔做严肃深沉的反思。

四、“思入风云变态中”

南怀瑾先生为《三平斋夜语》题词：“虽曰小品，大有可观。昔人有言，‘思入风云变态中’，其此之谓也。”这是借古语夸赞《夜语》虽短小却富有思想。

思想，是人类文化的珍稀品。任何文字，思想都是重要的，而议论性文字，思想更是第一位重要。《三平斋夜语》之受好评，归根到底是靠思想取胜。其思想既精且博，可追古之清言家，而所言所论之牵系天下利病，正可用“思入风云变态中”状之。

我臧否文章，首重思想，再看文字，评人亦甚重思想。义理、考据、辞章，我先看义理之高下。古人讲“三不朽”，立德、立功、立言，我尤看重立言，言就是思想。毛泽东《讲堂录》云：有办事之人，有传教之人，前者如诸葛武侯范希文，后者如孔孟朱陆王阳明。又云：帝王一代帝王，圣贤百代帝王。传教之人和圣贤，都是思想高明之人，故对后世影响尤大。我赞《夜语》，首先赞它有思想。

九思是深知思想的珍贵性的。他以古语“九思”为笔名，谅非偶然。他写《夜语》，大半功夫都下在了锻造思想上，推敲文辞之美倒在其次。南怀瑾当然也看重思想，题词“思入风云变态中”可证。

我国民众，历来崇尚实用，较之德意志等擅长思考、爱好哲学的民族，稍乏“善思”的品性，这不利于民族素质的提升。读读《三平斋夜语》一类书，对于养成“善思”的品性，肯定是会有好处的。

厕中援笔赋《三都》

中国文化人的书香精神,有时是在茅厕中体现出的。乍听这有点匪夷所思,实则平平常常。

晋代文学家左思的名作《三都赋》,有不少词句就是在厕所里写的。据载,左思“少博览文史,欲作《三都赋》……遂构思十稔,门庭藩溷,皆著纸笔,遇得一句即疏之”。(《三都赋序》李善注引臧荣绪《晋书》)藩溷,就是厕所。左思为了把随时想到的词句记下来,便在厕所里准备了纸笔,一有灵感,便书之纸上。如此便有了文学史上的名篇《三都赋》。明代有个幽默的文人写了一幅对联,悬之茅厕:“莫道轮回输五谷;可储笔札赋三都。”下联说的就是左思在厕所里写《三都赋》的事。我们今天读着那令人齿颊生香的《三都赋》,可不应该忘记左思在厕所中下的苦功呀!

宋代大文学家欧阳修也曾有过在厕所里著文的经历。他在笔记《归田录》卷二谈到自己的写作生涯时说:“余平生所作文章,多在三上:乃马上、枕上、厕上也。”厕上,即厕所里。原来这位大文学家的传世鸿文,竟也有在厕所里写出的。何以要在厕所里著文呢?欧阳修道:“盖惟此(三上)尤可以属思尔。”属思,即集中思想构思。欧阳修大概觉得,在马上、枕上、厕上构思文章,没有杂事干扰，最易于集中思绪，写出好文章。“属思”云云，似乎也透出这样一个信息，欧阳修所说的于“三上”著文，主要指的是在“三上”构思，并不一定像左思那样，在厕所里铺开纸笔，大书一番。欧阳修就是靠着这“三上”精神，成了一代文学巨匠，为我们留下了珍贵的文化瑰宝。

欧阳修在《归田录》卷二里，还记下了另外两位曾在厕所里下过读书苦功的文化人。

一位名叫钱惟演。他常对同僚说起自己的读书生活：“平生惟好读书。坐则读经史，卧则读小说，上厕则阅小辞。”他根据坐、卧和上厕所的不同特点来分配不同的阅读内容，很有点“读书运筹学”的味道。上厕所读的是“小辞”。小辞当指词、曲一类优美、轻松的简短文字。上厕所读小辞，大概是因为如厕时间短，厕中又无书斋设施，故不宜读大部头的高文典册。

另一位叫宋绶。他“每走厕必挟书以往，讽诵之声琅然，闻于远近”。他不仅读书过眼，还高声朗读，书声达于厕外，人们一听便知道这是宋绶在厕所里用功呢。厕上讽诵，大抵会受到溷气熏染，以今天的卫生观点看，不大合于卫生之道，但由此却可见宋绶笃学苦读的精神。

在茅厕中读书著文，看似有点不雅，实则是大俗大雅。从左思到欧阳修，都没有把在厕上读书著文看作不雅，相反，像欧阳修、钱惟演，还向世人昭示自己的“厕上读书经”。这些古代的文化人，有自己的雅俗观——读破万卷书，便是雅；浅薄无知，才是俗。

镰刀斧头,还是镰刀锤头

黑格尔说,“熟知非真知”,许多人对于中共党徽的了解恐怕就是如此。党徽的图案是什么?是镰刀斧头,还是镰刀锤头?大概即使是中共党员也未必都能回答正确。常有人说,党徽是“镰刀斧头”。但如果看看党旗实物,或是翻一下党章条文,就会豁然明白,党徽并非是镰刀斧头,而是镰刀锤头。中共十七大党章也明确写着:“中国共产党党徽为镰刀和锤头组成的图案”,“中国共产党党旗为旗面缀有金黄色党徽图案的红旗”。

那么,何以许多人常把党徽说成是“镰刀斧头”呢?记忆模糊当然是一个原因。但主要原因恐怕还是受了历史上党徽图案不够规范的影响。

在中共历史早期,党徽常常被画成镰刀斧头。如2008年8月《中国收藏》杂志介绍过一枚徽章,中心图案是镰刀斧头,周围是隶书文字“工农革命军第一团证章”。据文章作者考证,此“工农革命军第一团”,即1927年秋收起义部队工农革命军第一师下辖的第一团,此徽章为该团人员的一种标志物。又如2008年第7期《收藏》杂志介绍过两枚银币,皆为1931年鄂北农民银行所发行,一枚正面图案是马克思像,另一枚是列宁像,两枚银币的背面图案都是镰刀斧头。友人孙伟林告我,他在古田会议(1929 年)纪念馆看到了图案为镰刀斧头的军旗实物。这些徽章、银币和旗帜都证明,当时的党徽是常被画作镰刀斧头的。这样画,在今天看来自然是不规范的,但在当时却显然是被广泛认可的。对于党徽在当时何以被画成镰刀斧头,有人是这样解释的:这是中共在建党早期从半封建半殖民地国情出发,特意将党徽画成镰刀斧头,以斧头代表手工业者,后来随着时间的推移,才把斧头改成了锤头。这一解释,我认为多少有些道理。

那么,镰刀锤头图案是何时出现的? 从现有资料看,至晚在第一次国内革命战争时期,在中华苏维埃政府所发行的纸币上,其党徽图案就是镰刀锤头了。但是,这种纸币上的镰刀锤头图案,还不能证明当时的党徽就已经完全定型为镰刀锤头了。因为,第一,前述镌有镰刀斧头图案的徽章和银币,也出现在第一次国内革命战争时期;第二,及至 1942 年,中共中央政治局所通过的一项关于党旗样式的决议,仍将党徽图案规定为镰刀斧头。决议说:"中共党旗样式为三与二之比,左角上有斧头镰刀,无五角星"。

综合上述情况来看,从第一次国内革命战争时期到 1942 年,在这段时间中,既出现过镰刀斧头图案,也出现过镰刀锤头图案,还有过确定党徽图案为镰刀斧头的决议。这说明,在建党以后相当长的一段时期内,党徽图案一直处在一种变动的、不规范的状态中。

毛泽东曾把"镰刀斧头"写进自己的词作。1927 年他写过一首《西江月·秋收起义》:"军叫工农革命,旗号镰刀斧头。匡庐一带不停留,要向潇湘直进。地主重重压迫,农民个个同仇。秋收时节暮云愁,霹雳一声暴动。"起首两句,写的是秋收起义部队的名称和旗帜,军叫"工农革命军",旗是"镰刀斧头旗"。毛泽东这样写，有人认为是误写。一本名家所著的《毛泽东诗词鉴赏》在注释《西江月·秋收起义》中的“斧头”二字时写道：“斧头：党旗上的锤头当时常被误以为斧头。”（河北人民出版社1985年版）注释者认为，毛词应该把党徽写成“镰刀锤头”才对，写成“镰刀斧头”是因为受了当时错误习惯的影响。

我认为毛词并没有误写。理由是，其一，当时把党徽说成镰刀斧头，乃是一种普遍现象，这说明“镰刀斧头”是被普遍认可的；而且如前所述，当时可能就是那么规定的，不然怎么直到1942年的政治局决议中，还规定党徽图案是“镰刀斧头”呢？其二，从词律上分析，也可以看出毛词不是误写。按照《西江月》的格律，第二句末两个字，都应该是平声，写成“锤头”是正合适的，但毛词却违反格律写成了“斧头”，可见毛泽东是有意那样写的，他认为党徽就是“镰刀斧头”，他是如实摹写军旗的模样。毛词作于秋收起义当年，他对自己所领导的起义军的旗帜，应该是不会记错的。其三，前面曾说到工农革命军第一团的徽章是镰刀斧头，由此可推断当时起义的军旗也应该是镰刀斧头。其四，有文章说，毛泽东当时的部下何长工同志（一说余洒度）曾为秋收起义部队制作过一面军旗，上面的图案就是镰刀斧头。总之，毛词中的“旗号镰刀斧头”一句，并非误写，而是写实。

但是，当后来中共党徽图案已经确定为镰刀锤头（如中共七届二中全会会场悬挂的党旗）之后，毛泽东大概是因为习惯所致，仍然称党徽为“镰刀斧头”。如1949年9月25日他在讨论国旗问题的发言中说：“苏联之斧头镰刀，也不一定代表苏联特征。”（《党的文献》2009年第5期10页）此处虽说的是“苏联之斧头镰刀”，但却表明毛泽东对于中共党徽也是称之为“斧头镰刀”的，因为中共党徽与“苏联之斧头镰刀”完全相同。

不论在历史上还是在现实中，将党徽图案说成是“镰刀斧头”，虽说自有成因，但若从道理上讲，将党徽图案定为镰刀锤头才是最科学的。因为镰刀锤头的寓意，更符合共产党的工人阶级先锋队性质。须知，斧子和锤子，在相当适度上是与不同的生产形态相联系的。斧子，一般是木匠、伐木工、消防员使用的工具，亦即主要是手工业者的工具，与大工业的联系不多；而锤子，除了城乡间的小铁铺多使用外，更多的是大工业中的工人所使用，如钳工、扳金工、锻工等产业工人都离不开锤子这种工具。一份中共早期刊物的封面，就画着一个产业工人手执一把大铁锤。也就是说，斧子实际是手工业的象征物，而锤子是大工业的象征物，斧子和锤子所代表的生产力水平是不一样的，锤子更多地代表着当时的先进生产力。共产党是工人阶级的先锋队，而工人阶级是与大工业相联系的，所以，共产党的党徽采用“镰刀锤头”做标志，才是最合适的。

中共党徽的镰刀锤头图案，并不是中共发明的，而是从发明此图案的俄共（苏共）或者说以俄共（苏共）为核心的共产国际移植来的。曾在中共七届二中全会上负责摄影的程默同志曾这样回忆：会场上悬挂的“镰刀斧头”（应为锤头）旗帜上原本有“中国共产党”字样，会议后期，“中国共产党”字样被去掉了，因为会议中与会者讨论认为，“共产国际的旗帜是镰刀斧头（锤头），我们加上‘中国共产党’不太合适，所以后来就不用有字的了。”（《百年潮》2009 年第 4 期《追寻为七届二中全会摄影的人》）这段材料清楚地说明了中共党旗图案的来源。

俄共设计的这个图案的寓意，一般解释为：工农联盟，实现共产主义。俄共是不会把党徽设计成镰刀斧头的，因为斧头不能代表当时俄国的生产力水平。当时的俄国，资本主义工业水平已达到相当的高度(列宁曾著《俄国资本主义的发展》一书论述之),产业工人的人数也极多,锤子是俄国产业工人手中常用的代表性工具,所以,把锤子设计到党徽中,用以代表工人阶级,是很自然和恰当的。也正是源于此,苏共党员大概极少会有人把本党党徽说成是“镰刀斧头”。

中共第一次将“镰刀锤头”正式确定为党旗党徽的图案,有文章考证,是在1943年5月的一次政治局会议上。

不论中共党徽曾经有过怎样的历史情况,今天,作为一名共产党员,是不应该把党徽说成“镰刀斧头”的。因为这不只是一个名称问题,而是涉及到对共产党的阶级基础和性质的理解问题,更涉及到对“共产党是先进生产力的代表”这个命题的理解问题。所以,应该郑重对待之,应该准确地理解和解说党徽的图案和意义。

最后,还有一个问题。虽然我们说党徽图案是“镰刀锤头”,但严格来说,“锤头”二字并不十分准确。从工艺学上说,锤子是由锤头和锤柄两部分组成的,锤头只是锤子的一部分,但党徽上的图案却是整个锤子,而并非仅仅是锤头。所以,党徽图案的正确解说应该是“镰刀锤子”。建议今后修改党章时将党徽图案的释文改为“镰刀锤子”。

关于江青以“正面形象”出镜问题

一、荧屏上首现江青正面形象

唐国强导演的电视剧《解放》,高扬主旋律,气势恢宏,对观众了解解放战争那段历史,无疑是有益的,值得肯定。但在这主旋律中,也蹦出一点杂音,就是剧中出现了“江青同志”的富有神采的美好形象。这是好端端的《解放》的一个败笔。有家媒体介绍此剧时用了这样一个标题:“《解放》还原历史争议人物,首现江青正面形象”。标题提示观众,这是自江青倒台以后荧屏上首次出现其正面形象。的确,自30年前江青倒台,她就不再具有正面形象了,人们最后一次看到江青,是在荧屏上见到的她被宣判死刑(缓刑二年)时跳踉咆哮的镜头。但这次再看到江青,此人又是正面形象的“江青同志”了。

江青在《解放》中的形象是怎样的呢?电视剧我没看全,网上是这样介绍的:“很纯很天真”,“活泼开朗的性格被重点放大”,“对丈夫崇拜和深情”,“照顾病中的周恩来细心周到”,等等。我只偶尔看过一个镜头:面庞清秀的江青,穿着整洁的军装,正与陈毅笑谈山东的大葱，一会儿毛泽东进了屋，吩咐江青去办什么事了。

如此表现江青，江青无疑是个好同志了。你看她那么照顾领袖们，真是干了不少好事呢。“文革”时，江青常被这样介绍：江青同志是我党一位很优秀的女同志，但人们对她的了解很少。这下好了，唐导这回让人们了解江青同志了。唐导在回答一位记者质疑江青出镜时说：“这是站在唯物主义的历史观上，在特定的革命阶段，展现人物固有性格特征，还原人物的本来面貌。”原来，唐导是在还原江青的本来面貌，而且还是“站在唯物主义的历史观上”呢。

但我却觉得，如此搬演江青的正面形象十分不妥。唐导的答记者问，也属于唬人且似是而非的巧言。

江青是何许人？按照前引媒体标题的说法，江青是个“历史争议人物”。江青果真是个“历史争议人物”吗？众所周知，江青是个历史罪人，是个早已写入凿凿青史的“否定性历史人物”——即完全否定或基本否定的历史人物。媒体此言，不知是出自媒体自身，还是引述唐导的观点？剧中对这样一个“否定性历史人物”，竟安排了那么多让她出彩放光的镜头，竟以浓墨去描画她生平中那点鸡零狗碎的善迹，竟塑造出了江青那么美好的正面形象。如此搬演江青，合适吗？这不能不使观众产生一个强烈印象：这不分明是在给江青评功摆好吗？

二、人物的历史定位与历史剧的人物基调

唐导何以如此搬演江青？我认为主要是他的历史观和戏剧观出了点问题。根本原因，是他缺乏大历史的视野，对江青的历史定

位不对，对江青的整体历史评价的基调不准。

历史剧表现历史人物，首先必须要对所要表现的人物有个基本的历史定位，或曰整体的历史评价，剧中表现这一人物时的基调，是不能离开这一基本的历史定位亦即整体的历史评价的。必须先有对历史人物的正确的整体评价，然后再形成历史剧表现这一历史人物的基调，再后才是考虑表现这一人物的具体细节。

例如，汪精卫早年反清，有过刺杀摄政王的勇敢行为，曾是孙中山信任的同志，但后来当了大汉奸，如果要写反清历史的电视剧，要不要表现汪精卫的正面形象？如果剧情确实需要表现，该怎样表现？这里就有一个对汪精卫做出整体历史评价后的电视剧的基调问题。汪精卫对于中华民族，其罪行是远远大于其早年的那点功劳的。汪精卫是中华民族的罪人，这就是对他的历史定位，对他的整体的历史评价。任何反映汪精卫历史片段的影视作品的基调，都不能离开汪精卫是个大汉奸，是中华民族的罪人这个历史定位。从这一历史定位出发，也从现实爱国主义教育的需要出发，对于汪精卫早年的好表现，我看最好不在影视剧中搬演。退一步说，即使获准可以演了，也必须严格掌握分寸，必须要在对汪精卫做出整体否定的基调下演，而且，演的时候也不应渲染汪精卫刺杀摄政王时“引刀成一快，不负少年头”的勇敢形象。总之，无论怎样搬演汪精卫的早期表现，演出的效果必须是能让观众首先要认定汪精卫是一个十恶不赦的大汉奸，其次才是了解他的那些与其罪过相比已成为细枝末节的好表现。绝不能让观众看了影视以后将汪精卫误解为大英雄而冲淡对其汉奸罪的憎恨。

又如演张国焘。电视剧《长征》处理得比较好。张国焘有功有过，但最终叛党投蒋。对于张国焘的评价和搬演的基调，是绝不能不包含张国焘叛党投蒋这一重大史实的。《长征》的编剧心里是装着这个基调的。《长征》虽然没演张国焘叛党(因不是那时的事),但演张在长征中的表现时显然是顾及了他的最终结局的。试想,如果张国焘没有叛党,那么即使他在长征中有过分裂红军的严重错误,恐怕他的艺术形象也会比在电视剧《长征》中的形象要好些。这就是对张国焘的历史定位即整体的历史评价在起作用。这种作用产生了《长征》表现张国焘的基调。

搬演江青的道理也是一样。首先,要给江青做历史定位,确定对江青的整体的历史评价。从大历史的视野看,江青是人还是鬼?是历史功臣,还是历史罪人?还是功过各占几成?必须在准确定位以后才能确定影视剧的表现基调,才能准确把握褒贬或客观描述的分寸。

此外,还有一个问题需要考虑,就是,如果你想表现解放战争中的江青,那么,必须首先弄清江青在解放战争中处于一种怎样的历史地位,干过哪些关乎当时历史大脉络的事情?如果毫无地位,什么要紧事也没干过,那么表现她有无价值?有无必要?即使可以出镜,是否需要施以浓墨?

三、江青的本来面貌是怎样的

江青是早已盖棺论定的人物。观其一生,此人无疑是一个“否定性历史人物”。不论她当过谁的夫人,也不论她干过哪些琐细的好事,用大历史的眼光看,用唯物论的实事求是的眼光看,她对中国历史的作用,不仅谈不上什么功过几几开的问题,而且无疑是一个必须而且已经被钉在历史耻辱柱上的巨奸、历史罪人。有位老革命身份的作家称其为“亘古丑类”,说的是不错的,名副其实。

江青，早期自然是有过一点革命历史的，尽管其中的罗曼蒂克脂粉气极浓。但在那段经历中，她也曾有过变节行为，对此，康生垂死时曾让王海容、唐闻生代他向毛泽东揭发过。周恩来也亲自向毛泽东面谈过。毛毛在《我的父亲邓小平》一书中写道："毛泽东早就知道江青和张春桥有历史问题。"当年传达的关于"四人帮"罪证的中央文件上也有专节谈到此事，国人尽知之。

"文革"中，江青谋取了高位，与绝大多数老革命家作对，与人民为敌，堕落为反革命集团首犯，对中国共产党，对中华民族，对我国的社会主义事业，造成极大危害，对于领袖本人的声誉也造成极大损害，诚所谓祸国殃民，罄竹难书。叶剑英元帅说："'四人帮'是封建法西斯分子。"江青正是这帮封建法西斯分子及其帮派体系的龙头老大。小平同志在接受意大利记者奥琳埃娜·法拉奇采访时评论江青说："江青坏透了。怎么给'四人帮'定罪都不过分。"(《邓小平文选》第二卷第352页)这是用最严厉的语言来表述对江青及"四人帮"的彻底否定。法拉奇问小平同志："对江青你觉得应该怎么评价，给她打多少分？"小平同志回答："零分以下。"(同上)这就是小平同志对江青的评价——只能打负分。

总之，从总体上来看，江青一生中所做的坏事，是远远大于她做过的那点好事的，她是个不折不扣的反面的历史人物，是个必须否定的历史人物。若按中国传统史学的体例论，她是应该列入《奸臣传》的。对奸臣这类人物，中国传统文艺作品是绝不会歌颂的。特别是大奸，即使身上有善可陈，但只要被基本否定，便不会受到歌颂。这与"功是功，过是过"的事实认定并不矛盾。这是中华民族的爱憎心理的选择，是中国文化的一个优良传统。

例如，对明朝奸相严嵩，旧剧中只有《打严嵩》，而没有为严嵩说好话的剧目。又如，国人喜好收藏古人书法，但秦桧的书法世间却无一纸存留，即使有人藏有秦桧的书法，他也绝不敢拿出来公开鉴赏和拍卖。再如，汪精卫、郑孝胥（伪满国务院总理）都有少见的文才诗才，但没人敢把汪的《双照楼诗词稿》和郑的《海藏楼诗集》请进中国文学史之林。原因何在？香港作家张文达先生说得好："道理很简单：个人可以不要脸，国家民族可是要脸的。"（转引自《吴江文稿·向舒芜先生再进言》）亦即因为他们是大汉奸。这就是我们中华民族的传统文化心理。国外其实也有同样心理。法国有一位贝当元帅，第一次世界大战时是民族英雄，第二次世界大战时向希特勒称臣，当了法奸。战后，法国当局对贝当的历史定位是法奸，而绝不再提起他曾是民族英雄。这反映出法兰西民族的文化心理。自然，江青不是卖国的汉奸，但她是党奸、国家的奸臣。若单论罪恶，论对国家民族的摧残，她比许多汉奸大多了。

江青在解放战争中有无历史地位？这是无须论证的。江青曾吹嘘自己当年如何在陕北跟着毛主席转战，同时讥嘲其他领袖夫人不知躲到哪里去了。意思是她的贡献很大。其实这是昏话。不错，江青确是跟着毛泽东不断转移，但究不过是一随军家属耳，完全谈不上历史贡献。还有一件类似的事：阴谋电影《反击》中有个江青的化身，戴着一副江氏眼镜，一望即会联想到江青，此人向人吹嘘说："我当年在红军的时候如何如何"。引来观众一片讪笑。因为太离谱了。江青在"解放"过程中可谓无尺寸之功，与"解放"这一主题全不搭杠，如此"闲杂人等"，难道可以单凭她是领袖夫人，就堂而皇之地进入《解放》的群英行列吗？就凭她在延安干的那点事儿，也值得进入《解放》这部大作吗？如果江青那点革命经历也算是与"解放"主题有关，那么有关者实在是不可胜计，比她强的人也实在是不可胜计，难道也都需要在《解放》里搬演一番吗？

影视作品若想还原历史人物的本来面貌，是绝对不能全然不顾对人物的总体评价的。还原江青的本来面貌，首先就要考虑这一点。不考虑这一点，且不顾江青在解放战争中的实际地位，便随意拿出江青的某些零碎善迹来表现，还误以为这就是还原了江青的本来面貌，这怎么行呢？如果唐导真的想要还原江青的本来面貌，那么试问您何时还原江青早年的罗曼史、变节史和她在“文革”中祸乱中国的历史原貌呢？

倘若可以像《解放》这样还原江青的所谓本来面貌，或者说，如果“否定性历史人物”的哪一点善迹都可以在影视中还原，那么汪精卫刺杀清廷首脑人物的勇敢表现比起江青来可强多了，张国焘前期也大体不错嘛，也要在影视剧中不顾历史整体评价的基调予以还原吗？截取一点，不顾基调，这样来表现历史人物，来向观众推介历史人物，显然是非常片面的，是不符合辩证唯物论的，在本质上也是不真实的。哪里谈得上什么“站在唯物主义的历史观上”呢？

四、不该忽视影视作品搬演历史人物的特殊性

我认为，影视是不可以轻易搬演“否定性历史人物”的善迹的，如果确有需要，也必须取高度慎重的态度。唐导则比较轻率。何以不可轻易搬演？除了政治方面的原因以外，还由于这是影视自身表达方式的特点决定的。

影视与史书不同，历史剧与历史传记不同。史书、史传是比较能够全面真实地反映历史面貌的，而影视则天然地容易片面地反映历史。所以，拍影视，必须高度重视所拍对象的历史定位及所派生的影视的基调问题。史书、史传写人物，文体的固有要求，是必

须真实、全面,功罪都要写,有多少功劳就写多少功劳,有多少罪过就写多少罪过。人们阅读史书时,可以对传主的功过一览无余,没有片面性的问题,而影视则大不同。影视必然是概而言之,片面演之。历史剧表现人物,不可能像人物传记那样翔实、繁细、周全,而是常常选择人物的某一部分史实加以表现,有时只是挥写一笔而已。但也正是这一部分史实的选择和演绎,正是这一笔点染,便足可表现影视对人物的褒贬和评价,而观众也往往就是从影视给自己的这一点信息中,获得对这个人物的好坏印象。

如果是写《江青传》,那么必须如实把江青写全面,比如江青起初并不坏,就要如实写她不坏的历史;而后来变坏了,又必须要写她变坏了的史实。必须按照事实一分为二地写。绝不能因为江青后来变坏了,就连她起初的好也不提了,也给否定了。那不是唯物辩证法的实事求是的态度,不是太史公式的史家笔法。

但影视不同。影视有一个从总体上把握是褒是贬,褒多少贬多少的问题。这种褒贬是用艺术形式表达的,分寸是微妙的。若把握不准,就会让观众产生“怎么这个坏蛋这么好”或是“怎么把这个好人演得这么坏”的感觉。《解放》里的江青给人的感觉就是:怎么把这个坏蛋搞成了这么美好的形象。这是人们心里对江青评价的基调与唐导处理江青形象的基调发生矛盾的结果。人们有这种感觉,并不是不理智,并不是不知道江青是由好变坏的,而是基于对江青的整体的历史判断,是把江青作为一个完整的历史人物来看待的。这才是真正的“站在唯物主义的历史观上”看人。

影视与史书相比,还有一个很大特点,就是对一般学术文化水平不高的观众影响甚大,导向作用甚大,会影响到他们的历史观、价值观,会把他们引导到导演所指引的方向上去。一般观众在看影视时,不可能再去查史书,再去研究人物历史,你演的人物是什么样，观众就会信是什么样。难道还要观众去找审判江青的案卷来读吗？或是去找“文革”史专著来读吗？江青的历史定位本是个历史罪人，但在《解放》中却那么可爱，你让观众去怎么评价江青呢？你想给观众留下什么印象呢？能给观众留下什么印象呢？特别是会给那些没有经过“文革”的年轻人留下什么印象呢？

五、什么是真正的实事求是

我猜想，唐导拍片，心里肯定总是装着“实事求是”或“唯物主义”这些字眼的。他大抵据此想，江青那时确实很纯净呀，确实照顾过毛周呀，要尊重历史呀。但唐导是否知道，所谓实事求是，是不仅要看到一个豹斑，还要看到全豹的。光“唯物（承认某种事实）”，不“辩证（全面、发展的眼光）”，不是辩证唯物论，因之是不能真正做到实事求是的。只有讲辩证唯物论，看清全豹，才能做到真正的实事求是。否则就是盲人摸象，就是形而上学的“唯物”。如果你非要表现那个豹斑，也必须是在把握全豹基调的基础上表现。诚然，江青确曾照顾过毛周的生活，说不定还真与陈毅谈过大葱问题呢。但这只是江青之一斑，之最不重要的“行状”。不顾她作为“否定性历史人物”的身份和基调，而专去浓墨表现她那点鸡零狗碎的善迹，这哪能叫实事求是呢？此其一。

其二，所谓实事求是，并非仅指要尊重历史事实，还指要按照现实事物的实际情况说话、办事，要从眼下的实际（实事）出发。对于导演来说，就是要考虑你导演的作品在当下的效果。一部重要的言史论政题材的影视作品的播出，往往是会对现实政治和人们的思想见解多少产生一定影响的。做导演的应当考虑这种影响。但唐导似乎考虑欠周。现在，有一股相当强劲的思潮，借着改革开放遇到了困难，为“文革”招魂，为“四人帮”翻案，如网上有人说“江青是伟大的无产阶级革命家”，“对江青的结论没有一个是站得住脚的”，“张春桥是当代最伟大的马克思主义理论家”，等等。邓小平、陈云当年警惕的“江东子弟”也有复萌蠢动的迹象。在这种情况下，在重大革命历史题材的影片中出现江青的正面形象，不是起到了给那些想为“四人帮”说好话的人提气的作用吗？不是给现实政治添乱吗？当然，这是客观上的，唐导主观上绝不会做如是想。再有，“四人帮”祸国殃民，江青害人无算，而唐导如此搬演江青，这又会给那些受害者造成怎样的心理感受呢？这对人们的心理和谐及社会和谐有什么好处呢？要实事求是，就应该考虑这些问题。

六、江青以正面人物出镜造成的逻辑

江青在《解放》中以正面形象出镜，实际造成了一种逻辑，就是：即使像“四人帮”这类祸国殃民的人物，即使是历史罪人，即使是“否定性历史人物”，只要其身上有些许亮点，就可以在影视中得到表现，就可以以正面形象面世。一篇评论《解放》的网文就明确说：“我热切地期待着在以后的剧作中看到康生、谢富治、吴法宪、李作鹏、邱会作等人物的真实记录。”此种主张颇代表了一些人的意见。

此所谓真实，无非是指这些人在历史上做过好事。是的，这些人确实都有过一定功绩，但他们后来都成了历史罪人。对这些人，今天的影视是否可以和需要搬演他们的正面形象呢？比如，搬演康生带领特科红队处决叛徒顾顺章余党，搬演陈谢大军时的谢富治，搬演吴、李、邱在红军时的英勇表现。再比如，搬演陈伯达奋笔疾书《人民公敌蒋介石》,搬演没变坏时的张春桥、姚文元写文章,等等。按照这位网友的意见,是可以搬演而且可以浓墨表现的。他的逻辑是,江青能出镜当正面人物,康生、谢富治,乃至陈伯达、张春桥、姚文元,为什么不能?江青还是首犯呢。的确,按照这位网友的逻辑,康生、谢富治等反革命罪犯,不以正面人物出镜还真是委屈呢,岂能因为江青是领袖夫人,就可以独享在影视中充当正面人物的特权呢?若按这位网友的逻辑推演下去,自然的结论便是:只要某人有优点,就可以如实搬演,哪管他是哪路坏蛋?

对这位网友的主张及逻辑,我不能赞同。理由大体同于上论江青问题。但也应看到,网友所举的人物与江青还是有区别的。同是历史罪人,情况是不尽相同的。谢、吴、李、邱,都是有过战功的,比江青强多了。记得当年毛泽东曾特许关押在秦城监狱的李作鹏等人吃好些,说"他们有资格吃好",便正是考虑到他们有过战功。但至于影视作品是否需要搬演这类历史罪人的善迹,怎样搬演,就大大值得斟酌研究了。我的看法是:不是绝对不能演,但一般不要演,眼下绝不要演,未来演时必须要恰当。

我觉得,邓小平同志在一次审片时下令删掉谢富治的镜头的处理方式,很值得我们参考。沈容《红色记忆》一书里有一小节名为《邓小平审片》,其中写道:小平同志在审查一部反映解放军历史的影片时提了两点意见:一是影片中没有苏兆征的镜头,应加一张他的照片。他说:"苏兆征是在广东最早搞农民运动的"。另一个意见是去掉谢富治正面形象的镜头。他说:"这个谢富治,看了叫人不舒服。去掉他。"所谓"看了叫人不舒服",实际是从对谢富治的整体评价出发,从现实政治出发的,也是从宣传导向上考虑的。因为谢富治是江青反革命集团的要犯,对中国人民犯下了严重罪行,虽然他历史上有战功,也难以抵消其罪行。大批的受害者,特别是许多老干部是不会原谅他的。当时,如果影片没有按照小平的指示删掉谢富治,那么肯定会造成不良影响。我们应该向小平同志思考问题的方式学习。

在中国和世界历史上,类似江青这样的被钉在历史耻辱柱上的巨奸、历史罪人,是很多的。这些人身上,未必就没有优点、亮点,哪怕是一星半点。人之初,性本善嘛。但是,不管他们身上有过哪些优点,曾做过哪些好事,只要他们被历史基本否定,被钉在了历史耻辱柱上,他们的那些优点也就微不足道了,更不值得宣扬和渲染了。这是历史和人民对这些人物的裁判,是历史无情的选择,是真正的辩证唯物论的论定。例如秦桧,没有优点吗?他是状元。汪精卫,没有优点吗?孙中山很信任他,他是《总理遗嘱》的主要起草人(或记录者)之一。陈公博、周佛海,没有优点吗?他们曾是热血青年,是中共一大代表。即便是希特勒,就没有一星半点优点吗?此人是个演讲天才。还有张春桥、姚文元,没有一点优点吗?他们的文章都写得很流利。但是,能因为这些人有那么一点优点,就可以在影视里作为正面形象搬演甚至浓墨表现吗?当然是不可以的。

七、厘清几点误解

某君说,林彪不是频频以正面人物出镜吗?江青为什么不行呢?那我倒要反问:江青与林彪一样吗?江青有林彪那种功绩吗?林彪在革命进程的许多历史事件中有重要作用,江青有吗?凡要表现这些历史事件,就不可能不出现林彪,如拍摄辽沈战役,能不表现林彪吗?而江青在革命史上则是无可称述的。演《解放》,不能不演林彪,但可以不演江青。实际上,直到江青祸乱中国之前,她甚至还够不上是一个真正的历史人物。林彪一生,功过参半。哪像江青,是个基本否定的人物。林彪后来变坏了,于是在影片《周恩来》中,他便被拍成了搞阴谋诡计的叛逃者的形象。

某君说,在反映中共成立的电影《开天辟地》中,陈公博、周佛海曾经出现过。是的,但那只是打个人名字幕而已,绝没有像江青在《解放》里那样活灵活现。但倘若按照唐导的导演思路,陈公博、周佛海也是可以浓墨描画一番的,比如演他们夜读《共产党宣言》,或是设计他们在一大会议上慷慨陈词什么的。

某君说,蒋介石在影视中不是也出现过正面形象吗？是的,那是因为历史上的蒋介石既有罪行,也有功劳。该怎么演就怎么演,有什么错呢？蒋介石以正面形象出镜,表现的都是他在黄埔军校或抗战中某些时期的正面形象,这是符合历史事实的,应该表现。蒋介石作为极重要的历史人物在历史上所起的作用,是正反两方面都有的,他与汪精卫有极大区别,他是个需要几几开的历史人物。在对中国历史所起的作用上,蒋介石与江青的情况是不一样的。

当然,江青也不是绝对不能以正面形象出现在影视中。这就要看导演怎么拿捏分寸了。《建国大业》里其实就有江青的镜头,她骑在马上,跟在转战陕北的毛泽东的身后,只是一晃而过,没有打出名字。若干年前有一部片子,江青出现在延安的一次庆祝会上,镜头很简单,只是淡淡的一笔。这样的处理与《解放》有很大不同,不能算是真正意义的江青的正面形象。我看,这样处理也就够了。

总体来说,我对《解放》这部主旋律电视剧的评价是两句话:整体乐章是好的,宏伟的;杂音是不该出现的,令人遗憾的。

四、吾土吾民

民间的“官魂”

官本位思想，今有之，古亦有之，士人有之，百姓亦有之，实为自古及今中国社会思想、民间思想之大经络。古代的中国是个地道的官本位国家，素有“官国”之称。胡适在《官场现形记》序文里说，中国旧社会里最重要的一种制度与势力，就是官。这句话实际又揭示了产生官本位思想的起因，即做官者最有势力，势力会带来好处。纵观中国史，官这个阶层从来居于社会的高位，仅次于皇帝与王公贵族，若做官者本身就是王公贵族，那就更不得了。官居社会之高位，如元代有“一官、二吏、三僧、四道、五医、六工、七猎、八民、九儒、十丐”之说，颇能反映官在中国封建社会中的尊贵地位。做官者有势力，便有好处，如清谚云：“升官发财”，道出了官与财的关系：要想发财，就要做官，官做得越大，财也就越多。在法律上，官还享有特权，比如，官可以不与平民在公堂上对质，可以不亲自在法官面前答辩。

当官好处多，所以人们纷纷想当官，当官心理成为一种社会心理，整个社会笼罩在思官、求官的气氛之中。鲁迅在《学界的三魂》一文中谈到“官魂”，就揭示了这种现象：“中国人的官瘾实在深，汉重孝廉而有埋儿刻木，宋重理学而有高帽破靴，清重帖括而有‘且夫’‘然则’。总而言之:那魂灵就在做官——行官势,摆官腔,打官话。”当代英国学者李约瑟也注意到了这种现象,他在《中国古代的科学与社会》一文中写道:“当官的概念在中国根深蒂固,大约世界上没有其他任何文明可以与之相比。”与当官心理共生的,还有慕官、敬官、怕官等心理。这些心理,通过人们的社会生活、行为方式、风俗习惯等反映出来。

对于士人(读书人)的当官心理,《儒林外史》、《官场现形记》等小说曾做过生动的描写和深刻的批判,但对于民间特别是一般草民中普遍存在的当官、慕官、敬官、怕官等心理,即官崇拜的心理,则少有专文谈及。这里就着重谈谈后者。

盼望做官,不只是读书人的理想,也是一般国民普遍追求的人生理想。中国传统观念中有所谓“四喜”,即“久旱逢甘霖,他乡遇故知,洞房花烛夜,金榜题名时”,金榜题名也就是做官。这一喜与其他三喜一样,几乎是人人所企盼的。那些没有读过书的农工商贾、贩夫走卒,虽然自己不能金榜题名,但也总是盼望着儿子将来能做官。在生育问题上,盼望生儿子决不只是因为男孩能传宗接代,还因为男孩有做官的希望,能光宗耀祖,而女孩则不能。所谓望子成龙,实际大都是望子成官。这种望子成龙的心理,在“洗三”和“抓周”的习俗上反映得非常明显。

“洗三”是一种人生仪俗,就是在婴儿出生第三天时,用洗澡的方式为婴儿祝福。内容全是祝福婴儿长大以后做官的。词曰:“先洗头,做王侯;后洗腰,一辈倒比一辈高。洗腚蛋,做知县;洗腚沟,做知州。”老舍在自传体小说《正红旗下》中就写到洗三和这段祝词(其中“腚”作“洗”)。“抓周”也是一种人生仪俗,就是在婴儿周岁生日时,摆放各种象征性物品,随其抓取,以试其志向。在摆放的物品中,常有象征做官的东西,这些东西是父母们最盼望婴儿抓取的。据史书记载,宋代武惠王曹彬周岁时,父母以百玩罗于席,观其所取,百玩中有象征权力的大印,象征征伐的干戈,象征礼仪的俎豆——三者或象征当官,或与之有关,结果,曹彬左手执干戈,右手取俎豆,尔后又抓取大印。对曹彬的举动,其父母作何反应,史书未载,但想必是乐不可支的。《红楼梦》里写贾宝玉抓周时只抓些脂粉钗环,惹得贾政非常不快,这是因为贾政是非常盼望儿子走"仕途正路"的。

儿童到了学龄,便要识字发蒙,而蒙学私塾向儿童灌输的,仍不脱做官、求官的一套。《神童诗》开篇就说:"天子重英豪,文章教尔曹;万般皆下品,唯有读书高。少儿须勤学,男儿当自强;满朝朱紫贵,尽是读书郎。"这是典型的做官教育。民国时有人戏改《神童诗》,将"唯有读书高"改为"唯有做官高",点透了这种做官教育的实质。胡适在《官场现形记》序文中说,训蒙私塾是"制造官的工厂",更是精辟之论。学塾之外,很多家庭的教育也是做官教育,教小儿念诗,常是"斗大黄金印,天高白玉堂,不读万卷书,安得见君王","学成文武艺,货与帝王家"之类。

中国民间普遍存在的当官心理在民间故事中也有充分的反映,这就是:诸如金榜题名、升官封爵或嫁与商官显贵之类的故事,在民间故事中占有相当大的比重。中国民间故事的这一特点与欧洲民间故事完全不同——欧洲民间故事大多讲的是男女主人公变成国王和公主,中国民间故事则总是离不开做官。显然,中国民间故事的这一特点,正反映了中国民间当官心理的普遍和根深蒂固。

由于官的社会地位尊贵,一般老百姓便自然产生了羡慕官、尊敬官和以当官为荣的心理。这些心理的一个重要表现,就是唐宋以来社会上普遍流行以官职名称作为职业尊称的习俗。明陆容《菽园杂记》卷二谈到这种现象时说,"吏人称外郎者,古有中郎、外郎，皆台省官，故僭拟以尊之。医人称郎中，镊工称待诏，磨工称博士，师巫称太保，茶酒称院使，皆然。此元时旧俗也。”外郎、郎中、待诏、博士、太保、院使，皆官职名称；“僭拟以尊之”，即以这些超越本分的官职名称作为尊称来表示尊敬。医者称为郎中，不只是“元时旧俗”，宋代已有。宋人洪迈《夷坚志·乙编》里有“赵三郎中”。此书《丁编》里还有“张二大夫”，大夫也是官名。明清时代，南方医者称为郎中，北方称为大夫。镊工即理发匠，称为待诏，据清人周寿昌《思益堂日札》卷九云：“剃发人呼待诏，据黄省曾《吴风录》，则始于张士诚。”张士诚为元末明初起兵将领，其与待诏之关系的典故，俟考。除陆容所举的例子外，此类现象还有不少。如被尊称为博士的职业，不只是磨工，还有茶役、酒保、厨师，即称为茶博士、酒博士、茶饭量酒博士。茶役称为博士，唐人封演《封氏闻见记》中已有记载，可知此称唐代已有。又明人田汝成《西湖游览志余》记茶博士：“杭州先年有酒馆，而无茶坊，然富家燕会，犹有专供茶事之人，谓之茶博士。”《京本通俗小说》记酒博士：“同这酒博士到店内，随上楼梯，到一个阁儿前面。”孟元老《东京梦华录》记茶饭量酒博士：“凡店内卖下酒厨子，谓之‘茶饭量酒博士’。”称为待诏的不只是镊工（理发匠），还有铁匠，《水浒》中鲁智深向铁匠询问说：“兀那待诏，有好钢铁吗？”医生也不只称为大夫、郎中，还称为衙推，衙推也是官职名。此外，还有木、金、石工称为司务，店小二称为都知，算命先生称为巡官，艺人、仆隶称为保义的，皆是以官名作为尊称。周寿昌管这种现象叫“俗从其美称”。俗以官名为美，故用官名来称。人们以上述这类来自官名的称谓相称，便似乎获得一种荣耀和满足。

除以官名作为职业尊称外，宋元明社会上还流行以“官人”作为男子或丈夫的尊称，以“客官”作为旅客尊称，以“看官”作为听书顾客尊称的习俗。如南宋人周密《武林旧事》卷六“诸色伎艺人”一节记杭州:“书会:李大官人;演史:周八官人、陈三官人;使棒:高三官人;说药:乔七官人;捕蛇:戴官人。”又如《水浒》中西门庆被称为西门大官人。官人,本指居官之人,与凡夫平民相对,以“官人”、“官”作为尊称,其心理基础与以官名作为职业尊称是一样的。“徽州朝奉锡夜壶”,这句调侃性的俗话里的朝奉,本为一古代官职名,宋代朝奉大夫是从六品,朝奉郎是正七品。但在徽州,朝奉却成了普通人之间的一种尊称。周寿昌《思益堂日札》卷九“朝奉”条云:“徽州人相称曰朝奉。方回《桐江集》有‘村老呼我老朝奉’之句。”徽州人口中的朝奉、孺人,相当于今人惯用的先生、太太。由于徽州商人极有名,后来朝奉又成了徽商特别是富徽商的专称,再后来又成了当铺掌柜的专称。关于徽州商人称为朝奉的来历,清人艾衲居士《豆棚闲话》里有个传闻:“彼处(徽州府)富家甚多,先朝有几个财主,助饷十万,朝廷封他为朝奉郎,故此相敬,俱称朝奉。”按此说法,朝奉开始只是这几个财主的称谓,但后来循着“俗从其美称”的路子,徽商便都叫作朝奉了。

民间的吉祥物,包括各种器物、图案等,是民间祈福消灾心理的物化表现。在这些吉祥物中,很多都反映了求官、升官的心理。“五瑞图”画有五种象征祥瑞的东西,其中之一是笏,笏是官吏上朝或谒见上司时用的,是做官的标志,五瑞图中有笏表明了以做官为祥瑞,亦即反映出希望做官的心理。“太师少师图”,画有大小两只狮子,狮谐师,太师少师是古代高官,此图象征官运亨通,飞黄腾达。“平升三级图”画有瓶、笙各一和三枝戟,瓶谐平,笙谐升,三戟谐三级,此图也象征官运亨通。吉祥物中常见的反映求官、升官心理的器物还有冠、爵(酒器)、印、斧钺、珊瑚等,冠谐官,爵象征官爵,印象征官的权力,斧钺象征高级武官的官位,珊瑚象征一品大员的珊瑚顶。

官有权、有威，能决定小民的命运，因而民间普遍存在着怕官的心理。清谚云，“无事见官，脱落四两肉”，即反映了这种心理。谚语的意思是：小民本没办错事，并无挨打的缘由，但让官老爷碰上了，就可能挨打受罚，被扒掉一层皮。从这条谚语便可以看出老百姓对官府的恐惧程度之深。鲁迅笔下的阿Q可谓是个怕官的典型。阿Q被捉进衙门后，一见到大堂上坐着个满头剃得精光的老头子，“便知道这人一定有些来历，膝关节立刻自然而然的宽松，便跪了下去。”见到官就“膝关节宽松”，生动地反映出阿Q的怕官心理。阿Q的怕官心理实质上也就是一般国民的怕官心理。与怕官心理相反，民间有时也喜欢官，除了喜欢清官，又如清谚云：“邻舍做官，大家喜欢。”为什么喜欢？因为远亲不如近邻，邻居当了官就可以受到关照。

官场、官吏必然有官气官派，这是题中应有之义，但民间有时也会沾染上官气官派。如旧京琉璃厂的南纸店专做衙门生意，官派十足，对一般顾客的来活儿不愿承担。鲁迅为提倡木刻版画，曾与郑振铎商定在北平摹刻《北平笺谱》和《十竹斋笺谱》，但当郑振铎请琉璃厂一家南纸店承担雕刻时，南纸店却不肯答应。为此鲁迅致信郑振铎，嘱他不要理睬官气十足的南纸店。信中说：“清秘阁一向专走官场，官派十足的，既不愿，去之可也，于《笺谱》并无碍。”又如饭馆食品的名称中有所谓“官派称呼”，也反映出民间的官气，如盛鸭子、海参的大暖锅叫“一品锅”，绵白糖馅的烧饼叫“太师饼”、“一品烧饼”，都是用官名或官级命名的。老舍在《牛天赐传》中还写到牛老太太凡事都要以是否符合“官派”作为标准：她希望丈夫是个“官样”的丈夫，儿子是个“官样”的儿子，吃饭得合乎“官样”，喊仆人时得有“官派”，连给儿子留下的唯一遗嘱也是“作个一官半职的”。

前面讲到,鲁迅说中国人有“官魂”。若加细分,统治者有统治者的“官魂”,民间有民间的“官魂”,读书人有读书人的“官魂”,贩夫走卒有贩夫走卒的“官魂”,表现不一,但本质相同。按马恩的看法,一个社会的统治阶级的思想,也就是这个社会的统治思想。那么,民间的“官魂”,贩夫走卒的“官魂”,无疑都是受着统治阶级的“官魂”所影响,所左右的。只有统治阶级的“官魂”消散了,民间的“官魂”才能绝迹。遥望未来,什么时候中国的为官者都成了真正意义上的公仆,那么,千古以来的中国人身上的“官魂”也就随之消散、绝迹了。

夸饰乡土，非大雅所尚

弘扬地域文化，乃弘扬中华文化之一目，反映出人们的爱乡心和爱国情操，值得肯定。但其中有个现象却难称善美，颇可一议。此即人们多年来所习见的“名人乡籍之争”。譬如，广东、广西争袁崇焕的乡籍，湖北、河南争诸葛亮的躬耕地，湖南、河北争炎黄阪泉之战的纪念地，等等。

从学术角度看，弄清某一名人的乡籍，无疑是必要的，因为这关乎弄清历史真相，关乎对历史人物做出透彻的研究。然而，实际上，很多学者的真正兴趣并不在这里，而在为本乡本土争“乡誉”。在争“乡誉”的论辩中，他们常表现出夸饰乡土的狭隘倾向和虚妄不实的学风。一条脆弱的证据，就可以攀上一位名人做同乡，一条确凿的证据，却又被隐匿起来，不向论敌通报；一位名人祖居某地，又通籍某地，两地本可共享桑梓之荣，但双方却必欲独占而后快；某位名人途经某地，小住而已，却被赫然作为“流寓人物”写入地方志，更甚者，连越南领导人胡志明竟也成了某县的“流寓人物”。炎黄阪泉之战的战场究竟在何处？某学者论道，本乡“有一片开阔地”，“正好作为战场”。这分明是情人眼里出西施。肖克将军曾谈到过党史研究中的争“乡誉”的情况。他在《长征大事典》序言中写道:“记得70年代初,我有幸去井冈山,正遇上两个县的同志在争论一个问题,即毛泽东在何时、何地任命林彪当团长。甲说在甲县,乙说在乙县。双方争论不休,虽然没有说明争论的目的,根据当时的历史背景,大概不外是争点‘光’吧。”这个“光”,亦即“乡誉”。当时,林彪正红得发紫,争论的双方都觉得,林彪在哪儿当的团长,就是哪儿的荣耀,所以一定要争。

“地以人显”,某地出了名人,或是与某位名人有了点瓜葛,此地便因之荣耀起来,这是中国的老例,也是人情之常,自然之事,无可非议。但若对乡土做不实的夸饰和虚妄的论证,便是应当纠正的偏向了。

夸饰乡土,虚妄不实,其源盖出于狭隘的乡曲之心。此种狭隘之心,从古即有,今人不过是袭古人之老谱。明代大才子杨升庵,四川人,囿于乡土私心,评论李杜优劣时便扬李抑杜,又出于乡曲之私,夸饰苏轼兄弟,贬抑朱熹。对此,清代思想家魏源评论说:“升庵以太白为蜀人,遂推之出少陵上,其尊二苏而攻朱子,亦为蜀人故。”杨升庵还曾出于乡曲之私,诋毁北宋改革家王安石是“千古权奸之尤”。对此,钱钟书先生批评道:“升庵之骂荆公,亦有乡里之私心在。”民国学者姚大荣,为了给本乡名人、明末奸臣马士英翻案,写了一篇拙劣的《马阁老洗冤录》,文中置马士英确凿的罪案于不顾,竟说《明史》对马士英的直笔实录是受了戏剧《桃花扇》的影响,结果,经过他的一番所谓“洗冤”,马士英成了“忠武”(姚对马的私谥)的志士。

对于夸饰本乡、贬低他乡这个国人的老毛病,鲁迅先生曾有过讥评:“中国人几乎都是爱护故乡,奚落别处的大英雄,阿Q也很有这脾气。”对于油煎大头鱼的做法,阿Q认定,只有自己家乡未庄的做法,即煎鱼时加葱叶,才是对的,而城里人加葱丝,是绝对错误和可笑的。上述古今学者那种夸饰乡土的毛病,正与“大英雄”阿Q的脾气相仿佛。

学术研究,最应崇尚科学;上下求索,理应为求索真理。但乡曲之私,别有所图,与科学精神扞格不入。有了乡曲之私,其所谓研究成果便大可怀疑。钱钟书在评论楚人邓湘皋鉴赏竟陵派时所持的陋见时说:“乡曲之私,非能真赏。”即是说乡曲之私影响了学术鉴评的科学性。郭沫若乃一代才人、史学大师,却也曾为乡曲之私所蔽,他曾把本非出生于四川广元的武则天硬往四川广元拉,结果所写的论文颇多漏洞,令识者叹惋。姚大荣的学问本来也是不错的,但出于乡曲之私写成的《马阁老洗冤录》,却违背了考史的基本方法,而使用诬指之法,乱罪他人,结果此文写得一团糟,被人形容为“犹如一位低能律师的辩护状”。

我觉得,某地出了名人,固然属于该地的荣光,但也应该懂得,这位名人首先是“中国的”,其次才是“某地的”。我还认为,如果某位名人的籍贯一时确定不了,则不应过于较真,非弄个水落石出,争个你死我活不可,而是应抱着一种宽容、豁达的态度。成都武侯祠有副对联写的好:“心在朝廷,原无论先主后主;名高天下,何必辨襄阳南阳。”下联说出一种观点,对于诸葛亮的躬耕地究竟是南阳还是襄阳,是无须争执的。这无疑是一种豁达的态度。对于袁崇焕的乡籍之辩,清代有个叫何寿谦的,也发表过公允、通达的议论。他说:“督师(袁崇焕)之鞠躬尽瘁,死而后已,诚一代之英雄豪杰,岂一乡一邑之可得而私者?”这番议论,眼光是弘通和有见识的,他称袁崇焕为“一代之英雄豪杰”,也就是把袁崇焕视为“中国的”;既为“中国的”,自然非一乡一邑可以独占。常言道,“爱国自爱家乡始”,这话当然不错。但爱乡决不应被“乡”字所囿,一乡障目,不见中国。爱国主义是分层次的,“乡土爱国主义”

毕竟属于较低的一层。

古人、今人同是为家乡争名人,目的却不尽相同。古人大抵只是为了博取“乡誉”,脸上有光;今人则除此目的以外,还企望名人能佑助本乡经济的发展,所谓“历史搭台,经济唱戏”。“搭台唱戏”,本来不错,但决不应抽掉科学精神这个魂,否则便真成了搭台唱戏——学人变成了“艺人”,论文变成了“戏文”。

对于夸饰乡土的习气,先贤明哲曾有过不少批评性的意见。刘知几曾批评某些地方志赞誉乡邦时浮夸失真:“地理书者,……人自以为乐土,家自以为名都,竞美所居,谈过其实。”又曾批评《会稽典录》一书“矜其州里”,所载“五俊”(五位有才德的人)俱为“虚誉”。清人沈钦韩还曾批评《后汉书》的作者写到自己的乡先辈王充时,“务欲矜夸”。对于刘知几和沈钦韩的批评,鲁迅先生非常重视,他在《会稽郡故书杂集·序言》中写道:“闻明哲之论,以为夸饰乡土,非大雅所尚。”所说的“明哲之论”,指的就是刘知几、沈钦韩所谈的意见。鲁迅认为,“夸饰乡土”,对家乡做不实的吹嘘,乃俗人之举,是不该提倡的。那么,鲁迅提到的“大雅”又是怎样的呢?他没有细说。我觉得,在弘扬地域文化的时候,应当具备科学的精神、求实的态度、弘通的眼光、豁达的气度,这些,便是我们应当崇尚的大雅。

中国的学术需要大雅之士。愿大雅之士日增,愿阿Q式的“大英雄”敛迹。

做“中国人”，不做“乡曲人”

“夸饰乡土，非大雅所尚”，这是鲁迅先生在《会稽郡故书杂集》序文里说的话，我曾援引作为一篇文章的标题，以批评那种囿于偏狭的乡曲之心而为故乡争虚荣，争名人归属权的习气。最近，在《中国史研究》杂志上看到社会史家陈支平先生写的一篇论文，批评了史学研究中那种囿于乡曲之心，而“把好人归为自家，把坏人推给别人”的作法，深感切中时弊。文章举了个例子：福建兴化出了两个姓蔡的名人，一个蔡襄，是大书法家，一个蔡京，是大奸臣，有的同乡研究者便只对蔡襄津津乐道，而对蔡京则遮遮掩掩。陈支平说的这种现象，其实是很普遍的，不仅是福建一地的事。但是，这种现象又很自然：露巧藏拙，夸美掩丑，不仅使乡土荣光，自己脸上也有光彩，似乎是合乎一般人情的。但是，如果用这种态度来做学术研究，那就根本无科学性可言，而与庸陋浮浅的书场说史差不多了。

不受狭隘的乡曲之心的局限，才能以平正的态度评论一地人物的优劣、一地风俗的淳薄。自然，这种态度，人们在评论他乡时最容易做到。但理性、大度的人，不论是评论本乡，或是外乡，都是能够做到持平公论而不计本乡虚荣的。这种人是胸怀着大中国的

“中国人”,而不是只怀着乡曲的“乡曲人”。这样的人,历代有不少。明末思想家顾亭林是江苏昆山人,属南方人,但他并不避忌对南方人的缺点的批评。他在《日知录》卷十三《南北学者之病》条中,对南方学者和北方学者的学风这样评论:“‘饱食终日,无所用心,难矣哉’,今日北方之学者是也。‘群居终日,言不及义,好行小慧,难矣哉’,今日南方之学者是也。”顾氏评论中所引的话,出自《论语》。在顾氏眼里,南方和北方的学者都有自己的毛病,南方学者并不比北方学者高明。顾氏说的这些话,是没有乡曲之见的。他是地道的胸怀中国的“中国人”。鲁迅先生也是这样的“中国人”。他在《北人与南人》一文中说:“据我所见,北人的优点是厚重,南人的优点是机灵。但厚重之弊也愚,机灵之弊也狡。”他把北方人和南方人的优点、缺点都说了。鲁迅自己是南方人,但他并不回避说南方人的机灵也有狡猾的一面。

实际上,任何一个地方,都有自己的长处和短处,都是既出过好人,也出过坏人,风俗民性也往往是美丑并存。这就是生活本身的辩证法。许多古人是很尊重这一生活的辩证法的,他们在谈到某一地方时,常能做如同今人那样的一分为二的分析。比如论风俗民性——

《管子》云:燕地“民愚戆而好贞”。这是说,燕地之民愚笨不聪明,但刚直,重操守。

《汉书·地理志》云:“燕俗愚悍少虑,轻薄无威,亦有所长,敢于急人,燕丹遗风也。”班固也认为燕地之民不聪明,而且轻佻浮薄无威仪,但他又认为燕民有一大长处,就是敢于急人所难,乐于助人。他认为,这是与荆轲共谋刺秦的燕太子丹留下的遗风。

清孙承泽《天府广记》引《隋志》云:“冀州……人性多敦厚,务在农桑,好尚儒学,而伤于迟重。”这是说,冀州之民虽然为人厚道，恪守本业(不务商贾末业)，还崇尚儒学，但不敏捷、不聪慧。

上面这些古人对燕冀之民即古代北京人、河北人的评述，都是一分为二的，既言其优长，又言其短处，颇显出一种公平公正的态度。我是北京人，父祖辈是河北人，我有地道的燕冀之民的血统。我知道，上面古人所说的，都是距今已千百年的古代的燕冀之民的民性，但衡之今日，从我的观察和感觉看，他们说的是颇有些道理的，说我燕冀之民有燕丹荆轲刚劲助人之风，我承认，说我燕冀之民有愚戆迟重之气，我也承认。

一部旧《浙江通志》这样写浙东和浙西的民性："浙东多山，故刚劲而邻于亢，浙西近泽，故文秀而失之靡。"这当中说到的浙东和浙西的民性的成因是否准确，姑且不去管它，观其对两地民性的评述，可见方志的编纂者是持有一种一分为二的分析眼光的。"刚劲而邻于亢"，是说浙东人有刚劲的优点，但往往流于高傲；"文秀而失之靡"，是说浙西人文雅秀气，有时却过于华丽细腻。这种评论不知浙江人是否认可。但我想是与实际情况差不多的。因为编纂某一地方志的人士，一般主要是该地方的学者贤达，他们对本地最熟悉，如果不是有意夸饰或回避什么，一般来说，所记是可靠的。上引这部旧《浙江通志》的编纂者，肯定是浙江人为多，他们能对本乡人做两面的分析，而不是一味夸赞，是很可贵的。他们行文的语言，也有些像鲁迅。鲁迅说："厚重之弊也愚"，"机灵之弊也狡"。《通志》说："刚劲而邻于亢"，"文秀而失之靡。"内容、语言都相近，思想方法也相似，都是一种辩证求实的思想方法。

学者兼作家、报人曹聚仁先生在他的游记性质的书《万里行记》卷七《闽学》中，评论过福建的近现代人物，也是采取的尊重生活辩证法的态度。他写道：

在我的意识中，晚清译介欧西自然科学、社会科学的严复

(几道),译介欧西文学的林纾(琴南)以及中体西用的辜鸿铭,再加上海军,这都属于新闽学圈子中事。不过,一般人对于福州人的民族观念颇有微辞。那几位有名的诗人,如郑孝胥、梁鸿志、黄秋岳都是汉字号头儿脑儿,自不免一棒打死一船人。我呢,曾经举了林孟工先生为例,因为八·一三战役,在黄浦江上,用自制水雷去袭击出云舰的便是他,而他正是林则徐的曾孙。我在福建到处找寻林文忠公的遗迹,瞻拜林氏的祠庙。林氏毕竟是有关近百年间国家最高政略与战略的决策人。

一般人在谈到福建的乡土人物时,有些人出于夸赞福建的动机,多是爱举出严复、林纾、辜鸿铭这些著名的福建籍文化人,以图壮大福建的声望,也有些非福建籍人士因为郑孝胥、梁鸿志、黄秋岳这几个大汉奸都是福建人,便怀疑整个福建人的民族意识。曹聚仁先生则站得高,用全面的,一分为二的眼光来看福建人物,他赞赏福建出过严复等大文化人,也明白地谈到福建出过郑孝胥等大汉奸,同时他也提醒人们福建还出过林则徐这样的大民族英雄,林则徐的曾孙林孟工也是抵抗外侮的英勇战士。他把两方面的情况都说到了。正面人物,反面人物,英雄,汉奸,都是福建人,所以谈到福建时都要说。曹聚仁这种评论一地事物之优良的辩证态度和方法,颇值得那些只讲一方面,一边儿倒的人们师法。

对于某一地方的看法不全面,或是持有乡曲之见,其成因,并不都是由于乡曲私心所致,也有眼界局限的问题。清朝《日下旧闻考》的编纂者(于敏中等)说了一段话,很有道理,文云:“燕俗自古言者不一,或以为愚戆而贞,或以为勇义而悫,或以为轻薄无威,或以为沈鸷多材,其说各不相同。然皆往昔方隅之见,而非宅中揆教之定论也。”方隅之见,就是眼界受到了局限特别是受到了地理局限而发表的意见。眼界受到局限，不仅在交通、信息闭塞的古代是不可避免的，就是在现代也不能完全避免。但即使眼界受到了局限，只要无乡曲私心，又尊重生活的辩证法，就自然会做出一分为二的观察和分析，不会只言一面，不言另一面的。就说《管子》所说的燕民"愚戆而好贞"吧，虽然此说没有概括出燕冀之民的民性的全部，可说只是一种"方隅之见"，但这种说法却有着两分法的因素。总之，要想持公允平正的看法，最关键的是无乡曲私心。若有，则即使在交通便利、信息畅达，眼界并不受到多少局限的今天，也还是会有夸饰乡土或贬低他乡的庸陋的乡曲之见。不做"乡曲人"，要做"中国人"，这不仅是学者在做学术研究时所应具备的态度，就是做一个讲究科学理性、大气大度的普通人，也应该如此。

师法北方之强、燕赵之风

一地人有一地人的性情和风格，大而言之，南人有南人之风，北人有北人之风，小而言之，各地人又有各地人之风，如燕赵之风，荆楚之风。这种情形，古代尤甚。其成因，大抵系于山川阻隔，交通不便，自然环境与经济类型各异等因素，班固《汉书·地理志》所说的民性“刚柔缓急，音声不同，系水土之风气”，大体就是这个意思。

南人与北人之间的差别，各地人之间的差别，常见于古书旧籍中。班固《汉书·地理志》记云，秦民有先王遗风，好稼穑，务本业；燕俗愚悍少虑，轻薄无威，亦有所长，敢于急人。这里说的秦民与燕人，都是北方人。又记云，巴蜀民食稻鱼，无凶年忧，俗不愁苦，而轻易淫泆，柔弱褊阨；吴民好用剑，轻死易发。这里说的巴蜀民和吴民，都是南方人。唐代魏征等撰《隋书·地理志》又记，荆楚之人劲悍决烈，喜祭鬼神；吴越之人个性躁动，风气果决；鲁南之人尚气任侠，阔达多智；燕赵之人性多敦厚，伤于迟重。其中所说的荆楚、吴越之人皆南方人，鲁南、燕赵之人皆北方人。古书中的这些记载，反映了古人对古时情况的看法。

古书旧籍中又常有“南人”和“北人”的称谓，并有南人如何，北人如何的许多记录。鲁迅专门写过一篇文章，就叫《北人与南人》，其中说："北人的优点是厚重，南人的优点是机灵。但厚重之弊也愚，机灵之弊也狡。"还有一位学者曹聚仁说："南人文胜质，北人质胜文。"鲁迅和曹聚仁这种对北人和南人的概括，并不十分准确，只是一种大概其的说法，但又确有道理。从历史变迁的角度看，南人与北人的性情和风格，总是在变化着，而不是古来一成不变。但这种变化又是相对稳定中的变化。南人与北人在性情和风格上，各有自己的优点和不足，鲁迅、曹聚仁是这样说的，实际情况也是如此。具体到一个人，则有可能或优点居多，或缺点居多，不可一概而论的。

青年毛泽东曾写过一篇名文《体育之研究》，发表在陈独秀主编的《新青年》杂志上，署名"二十八画生"。文中，毛泽东写了这样一段话：

> 惟北方之强，任(衽)金革，死而不厌；燕赵多悲歌慷慨之士；烈士武臣，多出凉州。清之初世，颜习斋、李刚主文而兼武。习斋远跋千里之外，学击剑之术于塞北，与勇士角而胜焉。故其言曰："文武缺一岂道乎？"顾炎武，南人也，好居于北，不喜乘船而喜乘马。此数古人者，皆可师者也。(中共中央文献研究室等编《毛泽东早期文稿》第68页)

这篇文章，虽是研究体育的，但青年毛泽东的许多哲学和文化观念贯穿其中，特别是文章表达了作者提倡勇武世风和坚忍奋斗的精神的意向。这种意向的表达，反映出了青年毛泽东的一些性情、风格和文化好尚。这些从上面的引文中，特别可以看出一些来。

青年毛泽东在这段话里标举了五种他认为可以师法的对象，其中涉及到三地三人。三地是：北方、燕赵、凉州；三人是：颜习斋、李刚主、顾炎武。燕赵与凉州，都是北方之地；颜习斋和李刚主，都是北方之人；顾炎武则是南人有北人之风。总起来看，青年毛泽东在这里所激赏的，所认为可以师法的，都是北人，北人之风。下面分别来谈这五种可以师法者，以及这种师法带给毛泽东的一些影响。

一、北方之强。青年毛泽东所说的“北方之强，任（衽）金革，死而不厌”一语，出自儒家经典《中庸》，原文是：“子曰：南方之强与？北方之强与？……宽柔以教，不报无道：南方之强也，君子居之。衽金革，死而不厌：北方之强也。”这是孔子在评说南方人的坚强与北方人的坚强各自的特点。孔子说，用宽和柔顺的精神感化别人，对于横逆无道也不报复，这是南方人的坚强，君子信守这种强；用兵器甲胄当枕席，死了也不后悔，这是北方人的坚强，强力者信守这种强。孔子所说的南方之强，在今天我们看来，似应称为弱，或柔，但在孔子眼里，却是一种似柔实刚、外柔内刚的强。但青年毛泽东似乎不认可孔子的这种“君子”之强，至少是不取而为师。相反，在青年毛泽东眼里，值得肯定并尊之为师的，是尚武尚勇不怕死的北方之强。青年毛泽东欲师法的这种北方之强、北人之风，对毛泽东是发生一定影响的。毛泽东一生尚武尚勇，是伟大的军事家，这当中自有马列暴力革命思想在起作用，也有“扎硬寨、打死仗”的勇武刚劲的湖湘文化性格的影响，但师法北方之强，恐怕也是一个原因。

二、燕赵慷慨悲歌之士。青年毛泽东所言“燕赵多悲歌慷慨之士”一语，源出韩愈《送董邵南序》开篇第一句：“燕赵古称多感慨悲歌之士”。其中的“感慨”二字，后人改为“慷慨”，如明人沈榜《宛署杂记·民风》：“燕赵多慷慨悲歌之士”。韩愈这句话的意思是：自古以来，人们便说燕赵一带多有慷慨悲歌的豪侠之士。宋人苏东坡也说过类似的话：“幽燕之地，自古号多豪杰，名于国史者往往而是。”清人孙承泽《天府广记》中也写道：“自古言勇侠者皆推幽并。”的确，古燕赵之地，产生过一批享大名于中国历史的豪杰侠士，如豫让、燕丹、荆轲、高渐离，就是其中的代表人物。“风萧萧兮易水寒，壮士一去兮不复还”，其悲歌慷慨之气，成为燕赵豪侠轻死急人、视死如归的性格的写照。青年毛泽东引出韩愈的话，实际上表明了他对燕赵慷慨悲歌之士的倾慕，对燕赵古风中的豪侠之气的喜爱。在毛泽东的身上，也时能看到慷慨悲歌的义士之风——革命者的大勇大义的义士之风。毛泽东赴重庆谈判，有虎口拔须之险，但他义无返顾，极有慷慨悲歌的壮伟气概。毛泽东在讲演词《为人民服务》中说，“中国古时候有个叫作司马迁的说过，‘人固有一死，或重于泰山，或轻于鸿毛’……”相传荆轲也说过这样的话。《燕丹子》卷下记荆轲云：“今轲常侍君子之侧，闻烈士之节。死有重于泰山，有轻于鸿毛者，但问用之所在耳。”这种生死观，不仅是司马迁的，大概更是燕赵慷慨悲歌之士的。

三、凉州的烈士武臣。青年毛泽东的原话是：“烈士武臣，多出凉州”。凉州，即今甘肃西南武威、永昌、古浪、民勤、永登、天祝等县一带，明朝初年曾设凉州卫。唐人李荃《太白阴经》云：“凉陇之人勇。”凉州一带历来民风刚勇强悍，出过许多武将和刚烈之士。从青年毛泽东的话可以看出，他对此地的勇武刚烈之士非常仰慕。前面已经说过，青年毛泽东赞赏北方之强，尚武尚力，这里，毛泽东又赞赏凉州的烈士武臣。实际上赞赏的对象是一样的，都是在赞赏北人的勇武之风，崇尚勇武和刚烈。

四、颜习斋，李刚主。颜为河北博野人，李为河北蠡县人，皆燕赵之士。二人皆为杰出的思想家，为“颜李之学”的代表人物。清朝《日下旧闻考·风俗》记燕人性情有“耐劳苦”，“尚勇力”，“坚悍不屈”的特点，颜李二人即如此。史载，颜习斋平生勤劳作，苦筋骨,忍嗜欲,讲世务,重实践,文而兼武。青年毛泽东在文中记下了他的习武之事:“远跋千里之外,学击剑之术于塞北,与勇士角而胜焉。”颜李二人尚武学剑,实际是幽燕之地尚武古风的表现。《蔡中郎集》有这样的话:“幽州突骑,冀州强弩,天下精兵,国家瞻仗,四方有事,未尝不取办于二州也。”道出了幽燕之地的雄强勇武之风。颜习斋曾写过一首《望荆轲山》诗,从中能看出他的慷慨悲歌之气,看出他与荆轲之刚勇的一脉相承:“峰顶浮图挂晓晴,当年匕首入强嬴。燕图未染秦王血,山色于今尚不平。”青年毛泽东对颜李两位燕赵之士钦敬有加,非常推崇,在行动上也大概受到过他们的尚勇武、忍嗜欲、重实务这些行为特点的影响。毛泽东一生尚武尚勇,年轻时尤重筋骨和毅力的锻炼,常在日光下、大风里、大雨中,赤身听凭日晒、风吹、雨淋,自谓这是“日浴”、“风浴”、“雨浴”。从《体育之研究》关于颜李二人的议论看,青年毛泽东确曾受过颜李的影响,毛身上也确有颜李式的燕赵尚武之风。鲁迅说北人厚重;燕赵之人更多具有实而不华的特点。颜李学派的重世务,重实践,就是北人特别是燕赵之人这种“厚”、“实”特点的表现。李刚主有句名言:“纸上之阅历多,则世事之阅历少;笔墨之精神多,则经济之精神少。宋、明之亡以此。”毛泽东一生重实践,写有《实践论》,晚年时有不主张多读书的议论,如认为“书读得越多越蠢”,恐怕都与颜李的影响不无关系。

五、顾炎武。青年毛泽东在谈到伟大的爱国思想家顾炎武时,特别标明了顾是“南人”(他是江苏昆山人),因为毛在前面谈到的四种可以师法者皆为北人。但青年毛泽东在这里所强调的却是顾炎武这个南人的北人之风,即“好居于北”,“不喜乘船而喜乘马”。实际上,顾炎武不仅喜欢在北方居住,也比较喜欢北方人。他曾对南方学者下过一句考语:“群居终日,言不及义”,意思是有轻浮之病;他对北方学者下的考语是:“饱食终日,无所用心”,意思是有迟钝之弊。但两相比较,他似乎还是对北人较有好感。他觉得,南人文胜质,北人质胜文,他还是比较喜欢质胜文。他的《日知录》,就是质胜文的有北人之气的著作。顾炎武喜欢乘马,是北人之俗。史志载,“冀州(今河北一带)人,性劲悍,习于戎马”,民谚云:“北人骑马,南人乘船。”顾炎武则是南人骑马。青年毛泽东赞赏和欲师法顾炎武,自己也确颇似顾炎武,他长期的戎马生涯可以说就是在马背上度过的。

青年毛泽东写《体育之研究》这篇文章,提倡师法北方之强、燕赵之风,实出于一种爱国强种的立意。据我的好友尹韵公先生研究,这篇文章是青年毛泽东为了响应陈独秀提倡的以勇武角胜世界之林的思想主张而写的。(《党的文献》2006 年第 3 期)陈独秀曾在《新青年》上发表过一篇《今日之教育方针》的文章,说每见中国的青年,“手无缚鸡之力,心无一夫之雄,白面纤腰,妩媚若处子;畏寒怯热,柔弱若病夫”,他担心这样的青年,当政治家不能百折不回,当军人不能百战不屈,当实业家不能排难冒险。因此,他提倡应当以勇武立国,恢弘国力,以免受列强欺侮。青年毛泽东对陈独秀这种主张非常赞同,他在《体育之研究》一文中响应道:“近人有言曰:‘文明其精神,野蛮其体魄。’此言是也。”所谓“文明其精神,野蛮其体魄”,就是说,要让中国人的精神脱离封建愚昧,文明起来,同时,要使中国人的体魄强健(即所谓“野蛮”)起来,抛掉“东亚病夫”的帽子。

对比青年毛泽东和陈独秀的两篇文章,特别是细读本文所引的毛泽东文章中的那段话,确实可以看出青年毛泽东所提倡的师法北方之强、燕赵之风的主张,与陈独秀所提倡的以勇武角胜世界之林的思想之间的联系。

《狂人日记》背后的真史

鲁迅悟出“中国人尚是食人民族”

大家都知道,鲁迅先生借狂人之口说过一句名言,说写满“仁义道德”的史书中,实际上字缝里都是“吃人”二字。在《灯下漫笔》一文里,鲁迅把中国文明称为“不过是安排给阔人享用的人肉筵宴”,又把中国称为“不过是安排这人肉筵宴的厨师”。鲁迅在这里所说的“吃人”,当然不是指真吃人,而是一种文学意象,是虚拟性的。但是,这个虚拟性的意象的缘起,却与鲁迅对实有的人吃人的历史的了解,大有关系。

这可以从鲁迅谈《狂人日记》的创作缘起看出来。鲁迅在给友人许寿裳的一封信里写道:“《狂人日记》实为拙作,……偶阅《通鉴》,乃悟中国人尚是食人民族,因成此篇。”《通鉴》,就是《资治通鉴》,内中记载了很多吃人史料,鲁迅大概就是看了这些史料之后,悟出了“中国人尚是食人民族”。鲁迅对于自己的这个发现,相当的看重,他在给许寿裳的信中,接着笔者刚才援引的那段话写道:“此种发现,关系亦甚大,而知者尚寥寥也。”鲁迅一方面认为自己的发现极为重要,一方面又感慨了解和懂得此种发现的人太少。的确,即使到了半个多世纪之后的今天,知道和真正懂得鲁迅先生这一重要发现的人又有多少呢?

对于鲁迅所说的"乃悟中国人尚是食人民族"这句话,我觉得可以有两种理解。一是,这是鲁迅在说自己发现了中国历史上存在着一部实有的食人史;另一种理解是,鲁迅"所悟",既指发现了实有的食人史,又指发现了"仁义道德吃人"的历史。我感觉,鲁迅这句话主要是指从《资治通鉴》中看到的实有的人吃人的历史。

鲁迅在《资治通鉴》里看到了怎样的吃人史呢? 为寻找答案,我翻检了厚厚的《资治通鉴》。我想看看,究竟是哪些史事,刺激了鲁迅,引发鲁迅写出了撼人心魄的《狂人日记》,创作出了"吃人"这个具有强烈震撼力且高度凝练的文学意象。果然,从《资治通鉴》里我翻捡出了许多条吃人史料,那可真是"史不绝书",而且是惊心动魄啊! 限于篇幅,这里只举其中四条材料。

> 关中大饥,米斛万钱,人相食。令民就食蜀汉。(卷九,汉纪一,高帝二年)
>
> 三辅大饥,人相食,城郭皆空,白骨蔽野,遗民往往聚为营保,各坚壁清野。(卷四十,汉纪三十二,光武帝建武二年)
>
> 曜攻陷长安外城,……内外断绝,城中饥甚,米斗直金二两,人相食,死者太半。(卷八十九,晋纪十一,愍帝建兴四年)
>
> 长安城中食尽,取妇女、幼稚为军粮,日计数而给之,每犒军,辄屠数百人,如羊豕法。(卷二百八十六,后汉纪三,隐帝乾祐二年)

鲁迅在《资治通鉴》里看到的吃人史料,应该就是这类记载。

这当中每一条材料，虽然都只有寥寥数十字，却都包含着一段惨绝人寰的痛史，都是一幅令人伤心惨目的图画。正是这些惨绝人寰的吃人痛史，让鲁迅悟出了“中国人尚是食人民族”，从而引发了《狂人日记》的创作。

周作人与鲁迅一样，也有中国人是食人民族的看法。但不知这是他自己悟出的、还是附议兄长的意见。他在一篇名为《吃烈士》的散文里写道：“中国人本来是食人族，象征性地说有吃人的礼教，遇见要证据的实验派可以请他看历史的事实。”周作人是从虚拟与历史两个方面来解释中国人是食人民族的，但他所着重强调的，还是作为历史事实的食人。他举的史例是“吃烈士”：“前清时捉到行刺的革命党，正法后其心脏大都为官兵所炒而分吃，这在现在看去大有吃烈士的意味……”此所谓“吃烈士”，指的当是民主革命志士徐锡麟被恩铭的卫士吃掉心肝一类的事。从周作人这篇《吃烈士》可以看出，周氏兄弟在“中国人尚是食人民族”这一命题上，是有着完全的共识的。

人肉被当作商品

载有吃人史料的文献，《资治通鉴》只是其中之一。实际上，二十五史、野史杂著、小说诗文等等，都有很多关于人吃人的记录。鲁迅所见到过的吃人史料，实际上也绝不只《资治通鉴》一种。

就我所看到的史书杂著上所记的吃人史事来说，大致可以分为两大类：商业性吃人与非商业性吃人。商业性的吃人，即拿人肉来卖，食者要花钱买；非商业性的吃人，即人肉不进入流通领域，只吃不卖。

商业性的吃人，多发生在大饥荒的年代。由于没有粮食，饿极了眼的饥民便把同类当作食物,而人肉一旦成为食物,也便有了价格,成了商品。关于商业性吃人的史料很多,南宋庄季裕《鸡肋编》上有一条材料最为典型。

> 自靖康丙午岁,金狄乱华,六七年间,山东、京西、淮南等路,荆榛千里,斗米至数千,且不可得。盗贼、官兵以至居民,更互相食,人肉之价,贱于犬豕,肥壮者一枚不过十五千,全躯曝以为腊。登州范温率忠义之人,绍兴癸丑岁(1133年)泛海到钱塘,有持至行在犹食者。老瘦男子谓之“饶把火”,妇女少艾者名之“下羹羊”,小儿呼为“和骨烂”,又通目为“两脚羊”。

这里所记录的,是北宋末代皇帝钦宗靖康元年的事。由于金兵南侵,华域糜烂,造成了人吃人的惨剧,不但盗贼和普通居民人相食,身为国家机器的官兵也参加进了人相食的行列。人肉已公开上市标价出售,价格比狗肉、猪肉要便宜。肥壮者的肉比羸瘦者的要昂贵些,但也卖不了几个钱,比大米不知要便宜多少。人肉还常常被晾制成腊肉出卖。有个叫范温的山东人带领一群所谓忠义之人到浙江去,路上带的食物就是人腊,到了杭州(行在)以后,仍以人腊为食。由于人肉已经上市,男女老少不同的人的肉也便被分出等级来,并各自有了专称,也就是专用商品名。老瘦的男子叫“饶把火”,饶者多也,大概是由于烹熟这种肉质已变老了的男人很费火,故名。妇女年轻好看些的,取名为“下羹羊”,意思是可以做成肉羹的“羊”。小儿叫“和骨烂”,大概缘于小孩的骨肉嫩,好炖易烂。所有这些被贩卖的人肉,有个统名,叫做“两脚羊”。这真是个令人呼天抢地、痛极哀极的名字——人一旦被宰杀而卖到市场上,便决不再被视为人类,而只被视之为两只脚的羊!这时,人肉已完全按照商品流通的规则来买卖：一是以物论价，人肉不如猪狗和谷米的价格高，二是人肉本身的质量也有优劣等差。

清代，出现过专门卖人肉的“菜人市”。清人汪洪度《菜人市诗序》（引自《清人诗文集总目提要·戴逸序》）有这样一段文字：

> 岁大饥，人卖身割肉于市，曰菜人。有客此乡者，赘某家，其妇忽持钱三千与夫，劝速归，已含泪而去。客怒不言，寻复踌躇，迹妇所往，已断手臂悬菜人市矣。向所持钱，乃以身售价助夫归途费者。

这种“菜人市”，与清代各地市场中常见的“猪市”、“羊市”、“骡马市”等等，毫无二致，是地道的名副其实的人肉市场。活人可以割自己的肉去卖，这种人便被称为“菜人”，顾名思义，就是被用来做菜的人。文中所说的那位妇女就是“菜人”，他为了筹措丈夫的旅途盘缠，竟将自己的一只手臂砍下卖掉，这是多么悲哉痛哉的事！

在中国古典小说中，也常能见到有关吃人的描写，这些描写实际都是社会实况的反映。《水浒传》中的这类描写颇多，其中既有商业性的吃人，也有非商业性的吃人。商业性的吃人，如菜园子张青的黑店卖人肉包子。第二十六回写道，张青的小店在江湖上颇有名声，武松初来店时，对张青说：“我从来走江湖上，多听得人说道：‘大树十字坡客，人谁敢那里过？肥的切做馒头馅，瘦的却把去填河。’”武松的耳闻，说明张青的黑店早已名闻遐迩。张青是怎样卖人肉包子的？且看他向武松做的自我介绍：

> 城里怎地住得？只得依旧来此间盖些草屋，卖酒为生；实是只等客商过往，有那入眼的，便把些蒙汗药与他吃了便死。将大块好肉，切做黄牛肉卖；零碎小肉，做馅子包馒头。小人每日也挑些去村里卖，如此度日。

张青合盘托出了卖人肉包子的黑幕。原来,张青卖酒倒在其次,而是主要经营人肉制品的买卖。他把人肉分成两类,大块儿的好肉当黄牛肉卖,零碎小块儿的剁成包子馅卖,不但在店里卖,还公然挑上挑子到各村去卖。张青与武松拜识后,便引武松来参观他的人肉作坊:“武松到人肉作坊里看时,见壁上绷着几张人皮,梁上吊着五七条人腿”。人皮自然是不会用来做馅的,显然是单卖,梁上的人腿看来算是好部位,大概是要当作黄牛肉来卖的。

张青和他的老婆母夜叉孙二娘,都是所谓梁山好汉,但从他们开的这个黑店看,哪里能算什么好汉?完全是匪类恶徒!对于这类卖人肉的黑店,我原来总以为这只是小说家的手笔,未必是真的历史事实。但翻览过许多吃人史料以后,我就不再那么认为了。因为,在历史上,把人肉当作商品来买卖,根本就不是什么稀奇的事,既然有“两脚羊”的买卖,有“菜人市”的生意,怎么就不会有卖人肉包子的黑店呢?

人肉被当作军粮和美食

非商业性的吃人,据我的考查,主要有四种情形,一是大饥荒时易子而食,一是断粮的军队以人肉作军粮,一是嗜人肉者以人肉为美味,一是所谓“食肉寝皮”,吃掉自己所憎恨的人。

“易子而食”,就是换着孩子吃,盖因不忍心吃掉自己的亲生骨肉。这种伤心惨目的事,在历史上发生的极多,因而在古籍里,“易子而食”之类的字眼,出现的频率极高。

以人肉做军粮,是中国古代战争中经常发生的惨烈之事。曹操进攻袁绍时,曾以少量粮食杂以人肉干作为军粮。唐代安史之乱中,名将张巡固守睢阳城,看到将士们军粮已断,便杀掉自己的妾让将士们充饥，由此开端，城中妇女都被吃掉，妇女吃光后，又吃男人老少，最终竟有二三万人被当作军粮吃掉了。对于张巡的铁骨节操，我是十分佩服的，我也知道文天祥把张巡写入了《正气歌》——“为张睢阳齿”，但我总觉得张巡杀妾作粮并引发大规模吃人，实在是太残忍而有悖于人道了。

唐末黄巢，也曾以人肉作军粮。《旧唐书·黄巢传》上说他“俘人而食”，亦即把俘虏杀掉当军粮吃。鲁迅在《“抄靶子”》一文中，谈到过黄巢的军队吃人的事：“黄巢造反，以人为粮，但若说他吃人，是不对的，他所吃的物事，叫作‘两脚羊’。”这是鲁迅在讽刺和抨击黄巢没人性，拿人当作羊来吃。“两脚羊”一词的来历，前面已经谈到过，鲁迅在这里是把它当作典故来用的。

清代有个叫罗思举的有名的武将，也曾以人肉作军粮。大概因为他吃人吃出了名，周作人在小品文《吃人肉的方法》里曾提到了他。文中说，罗思举在自述中曾谈到过吃人的经历，说军中缺粮时，便杀教匪俘虏为食；又介绍说，人身整个可吃，唯阴茎煮不烂，嚼不碎，有如败絮。周作人对此议论说，罗思举的话有点幽默。我看了罗思举的话，则一点也不感觉幽默，而是只觉得血淋淋的，觉得罗思举野蛮无道。周作人作小品文，常善于从血泊中寻出闲适来，这篇小品文算是一个例子。

吃人肉本是违反天理的事，不逢大灾大乱、不是万般无奈，谁肯吃人？但也竟然有把人肉当作美食，把吃人肉当成乐趣的兽心之人。齐桓公喜食蒸婴儿，善于溜须的易牙便把儿子烹了送上。后赵的石邃以美女肉混合牛羊肉蒸食，认为是至美之味。唐代军阀朱粲，食人欲极旺，曾说：“食之美者宁过于人肉乎？”五代时有个叫赵思绾的，好食人肝人胆，曾对人说：“吞胆千数，则胆无敌矣。”真不知齐桓公等人的兽性口味是怎么养成的，竟有如此之嗜好！现代非洲有个叫博萨卡的皇帝，也喜欢人肉的味道，也是齐桓公一类人物。

梁山泊好汉王矮虎，也有吃人肉的癖好，主要是吃人心人肝。《水浒传》第三十一回写道：宋江被清风山小喽罗误捉后，绑在柱子上准备杀掉食用，这时——

> 王矮虎便道："孩儿们快动手，取下这牛子心肝来，造三分醒酒酸辣汤来。"只见一个小喽罗掇一大铜盆水来，放在宋江面前。又一个小喽罗卷起袖子，手中明晃晃拿着一把剜心尖刀。那个掇水的小喽罗，便把双手泼起水来，浇那宋江心窝里。原来，但凡人心都是热血裹着，把这冷水泼散了热血，取出心肝来时，便脆了好吃。

对于吃人肉的方法，周作人曾说，中国固有的方法如何，似乎文献上无可考查。但看看王矮虎的方法，便可知周作人所说是不确的。王矮虎吃人，是很专业、很讲究的，他把要吃的人唤作"牛子"，即视之为牲畜；要做的菜，以人心作主料，取名为"醒酒酸辣汤"。所用的刀唤做"剜心尖刀"，看来是专门用来剜人心的。王矮虎爱吃脆生的人心，所以要用冷水泼在心脏部位，其理论是："人心是热血裹着的，用冷水可将热血泼散"。这大概用的是热胀冷缩的原理，心脏受冷一紧缩，吃着就觉得脆生了。明代一位《水浒》评点家，对这种冷水泼心之法，有个解释："掇水泼心窝者，人心都是热血裹着，把冷水泼散热血，心肝好取。"他的这个解释，主要是从挖取心肝难易的角度去考虑的。我以为，还是应当遵从《水浒》原著的说法，用冷水泼心是为了"脆了好吃"。也就是说，这种冷水泼心之法，实质是一种烹调方法，而不是屠宰方法。

"食肉寝皮"的泄恨法

"食肉寝皮"类的吃人,乃是出于极端愤恨,而并非拿人肉当食品,所以吃起来往往是边吃边骂,咬牙切齿。这种吃人法,在中国历史上也是频频发生的。五代时有个叫王宗弼的人,得罪了士卒百姓,被诛后,"蜀人争食宗弼之肉"。明末爱国将领袁崇焕被诬为通敌遭冤杀后,不明真相的百姓"争啖其肉"。农民领袖李自成攻陷洛阳后,杀福王朱常洵,用其肉与鹿肉一起烹煮,赏给部下食用,名曰"福禄宴"。恩铭的卫士吃掉徐锡麟的心肝,也属于"食肉寝皮"的吃人法。民国时,国民党军中发生过多起为惩罚逃兵而食其肉的事件。如徐文烈主撰的《民主同盟军一年来的改造工作》记载,"士兵刘家禄说,在云南补训团时,连长叫吃逃兵的肉,刘不吃,连长说:'你们当班长的不吃,就吃你的肉。'"士兵江源涛还揭发,他所在的分队共有四名士兵"被压迫吃过人肉或喝过人血"。(引自《香港传真》2009 年 26 期高戈里《灵魂裂变之旅——188 万国民党起义投诚部队改造述要》)这是"国军"中的极黑暗的一面。

中国自古这种恨则食之的心理,似乎至今也并未尽去,人们说到恨某个人时,仍然常常要说:"恨不得生吞活剥了他!"最近,中央电视台等许多媒体披露了一件惊天血案:杀人狂魔邱兴华连杀十人,其中一个他最仇恨的人,被他挖出心肝来喂狗。这可以说是古代"食肉寝皮"吃人法的现代版。也是变形版:自己不吃,让狗来吃。然而,却有人怀疑邱兴华有精神病,觉得如果没有病怎么可能干出这等残忍的事?这种看法实大谬矣!倘若看一看自古以来的食人史——特别是"食人寝皮"的吃人法,就不会感觉邱兴华的残忍手段不好理解了。

天下大乱之时，向来是食人事件最易发生的时期，古代是这样，现代亦复如此。这个“大乱”，不仅仅是指大饥荒没饭吃的时候，也指虽有饭吃但政治局势大动乱的时候。“文革”中，天下大乱，除了逼死人命、武斗死人之外，竟也发生过多起吃人事件。仅举发生在云南的两个例子。一是，1968 年 6 月 10 日，巧家县“新店区贫下中农审判大会”宣判农民周明太死刑，周立即被处死。这时，凶手杨国有等把周的心脏挖出示众，又把周的脑袋砍开，取走脑髓，并割去周的舌头，凶手许大发割去周的生殖器，另一凶手颜家申将生殖器煮食。二是，1968 年 6 月 14 日，复员军人丁万开被土手雷炸死后，凶手王会祥、刘启富等割下丁万开的腿肉三块约三斤，拿到生产队炒食。这两个例子，听来真是令人震惊！或许有人会怀疑这是否真实——毋庸置疑，这都是真的！这两个例子，皆见于人民出版社 2006 年出版的《康生与“赵健民案”》一书中。此书是一部严肃的“文革”史研究专著，薄一波题写了书名，昆明军区原司令员张铚秀将军、中共中央党史研究室原副主任廖盖隆撰写了序言，此书所记史事皆确凿无疑，绝非无根的传言，更非向壁虚造。人们常说，“文革”是封建遗毒的大发作，这话真是一点也不错。连封建社会中常发生的人吃人的恶俗都克隆出来了，更莫说株连、抄家、万岁万万岁之类的丑陋物事了。

余话

中国的吃人史，实在是人间绝顶的惨史。书于汗青，足令观史者涔涔汗下，发指眦裂。鲁迅以一句“中国人尚是食人民族”，道出了他对中国吃人史的巨大悲愤。由此为原点，生发开去，他写出了以《狂人日记》为代表的许多声讨“人肉筵宴”的伟大作品。有浅薄者看了鲁迅的这类作品,觉得鲁迅说话太刻毒。对于这种评价,我倒觉得也并不错。鲁迅对于人吃人的旧制度、旧文明,确实是刻毒得很,这种刻毒,实际也就是匕首投枪般的锐利与深刻。

鲁迅所创造的“吃人”意象,源于吃人的真史,这让我每读到鲁迅关于“人肉筵宴”的议论时,脑海里总是浮现出史书上写着的那些“人相食”的记录。我总有个感觉,鲁迅所说的“吃人”,虽然主要是个虚拟性的意象,但又不仅仅如此,它又是完全可以坐实的,是有着大量的人吃人的史实,可以为之作笺注、当佐证的。

流言家

何谓流言家？古来并无确解。对于流言的解释也有种种，其中以胡三省注《资治通鉴》对流言的解释最能抓住其主要特征，即“放言于外以诬人曰流言”。据此推知，制造、散播流谤之言的专门家，便是流言家。

流言家与谣言家有所不同，流言家以谤人为主，谣言家则未必都谤人，还有其他杂务。流言家与一般讲闲言碎语者也有不同，闲言碎语虽多指向人，但未必都是谤，所以也远不如流言家之专门。

流言家虽称“家”，却并无诸子百家那样的学问和师承关系，只能算“未入流”的一家。但即便如此，流言家仍有不少值得自豪之处：历史的悠久，“无类”的流品，独到的战法，巨大的成效，等等。

考其历史悠久，上可溯先秦，下可迄今日。以《尚书》记载为例：“武王既丧，管叔及其群弟，乃流言于国曰：公将不利于孺子。”这是说，成王年幼，周公摄政，管氏兄弟诽谤周公有篡位之心。以后历代每有流言，人们便常提起这段先朝故事以资谈助，这也算是管氏兄弟作为著名流言家的历史地位吧。又据唐刘肃《大唐新语》卷七记载，某流言家因恶其上司明察，便放流言曰：“崔子(上司姓崔)曲如钩,随时待封侯。"诬其上司居官不正,觊觎高位。结果这位流言家谤人未逞,自己反被拿问。这算是一段流言家晦气的轶事。古时流言家很多,若网罗散佚,或可纂成一部《流言家列传》,但要紧的不在其多,而在其代有传人,延及今日。每每翻阅报章,与友闲淡,常可见流言家昭彰劣迹,痛感流言家生机之顽强。

再考流言家的流品,可发现流言家"无类"。上有惯施阴谋的王公贵戚,腐败官僚,下有品行卑劣的市侩小人,巫婆神汉。只要精于流言诬人一艺,便算加入了流言家的行列。流言家除流品杂以外,制造流言的心理和目的也因人而异:或憎恨,或嫉妒,或报复,或挑唆,或贪权位,或谋名利。但有一点,流言家们往往不谋而合,即最爱光顾贤能之士,古人所谓"为恶者皆流言谤毁贤者","有才能者多致飞语"的世评,即是此意。

流言家虽"未入流",但却有自己独到、高明的战法。流言家最重舆论,深通"三人成虎"之道,最知"流言惑众"的威力,又深知世上多好事、猎奇者,流言一出,自会不胫而走,自己只须静候"那人完蛋了"的佳音。流言家又很讲究"流言艺术",惯用真真假假、似是而非之辞,"可能"、"大概"、"据说",由人遐想发挥,自己全无干系。流言家还擅长打探他人隐私,尤以男女之事诬人见长,往往所获效益甚高。

流言家的这些战法固然独到,但却猥琐卑下之至。既无纵横家之气概,又无清淡家之风雅,实属"动口"的小人。但唯其如此,可获奇效。轻则叫人名誉扫地,如曾参蒙"杀人"之冤;重则置人死地,如阮玲玉含愤自杀。自古及今,被流言家"口诛"了的,真难以胜计!对于流言家的危害,先人多有精辟之论。《吕氏春秋·离谓》称流言为"乱国之俗",鲁迅先生也曾说过这样沉痛的话:"我一生中,给我大的损害的并非书贾,并非兵匪,更不是旗帜鲜明的小人,乃是所谓流言。”流言家能量至大,却也有天敌。这天敌,一是荀子所谓“流言止于知(智)者”的智者,尤其是善于明察的掌权者中的智者,二是法律武器,流言家大都怕够上“诽谤罪”的格而受到制裁。《大唐新语》里提到的那位晦气的流言家就遇到了这两个天敌。今天,如果这两个天敌能日见强大的话,那么终将会使流言家逐渐绝迹。

清谈只宜闲散人

——一条清人笔记的注议

清人龚炜所著《巢林笔谈续编》卷上有一“清谈”条目,文甚短,凡十一字,却很耐人寻味。文曰:“清谈最有致,但只宜闲散人”。

“清谈”一词,源于魏晋,特指当时风靡士林的崇尚老庄、空谈玄理的风气,以后便泛指空谈。“有致”,即有情致,讲究清谈艺法。说“清谈最有致”,确是不假。魏晋时,清谈是极雅的事,或在华屋,或于林下,执麈啜茗,娓娓道来。所谈或老庄玄学、或易经哲理、或佛教禅机,高深得很,唯不涉及世务。清谈很讲究“言约旨远”的技巧,所以应对“每多妙谛”。清谈出色的,便是清谈家。清谈家一多,就有人搜集他们的事迹和经验,编写出了《世说新语》这部清谈专著。清谈有致,可作谋官之术,诚如鲁迅所论:“晋人尚清谈,讲标格,常以寥寥数言,立致通显。”(《六朝小说和唐代传奇文有怎样的区别》)对《世说新语》,鲁迅评之为“其实是借口舌取名位的入门书”。(同上)

后世的清谈,又有后世的情致。宋儒以高谈道学、不尚时务为清雅,明学以“束书不观,游谈无根”为特色,现今那些游山玩水的会议和内容空洞的文牍,也都有各自的“情趣”和讲究。

清谈虽有致,但并非人人都有清谈的资格。龚炜笔记的后半句说得好:"(清谈)只宜闲散人。"闲散人,既闲且散,不干正事者也。魏晋清谈家崇尚的清谈祖师老子就是一个大闲散人。鲁迅说他"尚柔",并"以柔退走",是个"一事不做,徒作大言的空谈家"(《出关的"关"》)。魏晋时何充勤于政务,忙于披览文书,清谈家王蒙、刘惔等人请其"摆拨常务,应对玄言",何充答道:我若不办正事,你等闲人怎样生存?(《世说·政事》)可见王蒙等人俱属闲散。明宪宗时,官僚们形成了一个闲散阶层,光拿俸禄,不干实事。某御史竟以连篇废话写成奏章。说什么:"近来京城地方,车辆骡驴,街上杂走,骡性快力强,驴性缓力小,一处奔驰,物情不便,乞要分别改正。"(引自《菊部轶闻》)这些废话真可谓"最有致"的清谈之词了。

清代也有一个闲散阶层,就是八旗子弟。八旗子弟又分为有职事(作官或当兵)和无职事的两种,其中无职事的都赋闲在家,没有任何一点正经营生可作,因而得到一个官称:"闲散"。此称行于清朝正式文书,并非戏称。龚炜在笔记中使用"闲散"一词,正与八旗"闲散"暗合(抑或由此而来),甚妙,可谓极尽清谈家之情状。八旗子弟有"铁杆庄稼"钱粮可吃,自然也就有了清谈的资格,泡茶馆高谈阔论便成了他们突出的生活特色。

闲散人在旧时代是让人羡慕的,但要当闲散人就必须有铁饭碗,诸如按品拿俸,"铁杆庄稼"之类。这一层道理,龚炜是没有提到的。但这一点至关重要,试想,要不是我们社会中还有一些铁饭碗,那些光说不练、光吃不干的闲散人怎么活呢?

1986 年 3 月

恶武侠乱少年心

侠很复杂。侠与匪,有时边界并不那么清晰,有的侠,匪气很重,有的匪,也有些侠气。单说侠,也是有优劣等差的,有刚正之侠,也有恶侠,即古人所谓“末流之侠”。侠多善行,但也有行恶者,“末流之侠”的恶就更多。因之,决非一沾“侠”字,便纯然一尊英雄,就必是大仁大义。

为何要辨析这个“侠”字?因为当下盲目拜侠者极多,仿行者也极多,特别是一些低文化者和青少年。他们开口“江湖”,闭口“龙头老大”,身刺青花,结成帮伙,甚至怀揣利刃,杀人如戏,犯下惊天血案。从其犯罪的狠辣用心和手段上看,曾深受武侠作品(包括网络)杀戮情节的影响,当是重要原因之一。明史学者王春瑜在《〈论语〉新编》一文中有“恶武侠乱少年心”一语,洵为此类怪现状之写照。

这就需要对武侠作品中的毒素做些考察。

遥想二十年前,左倾罡风尚有余烈,人们常把武侠与色情并提,且欲一并扫除之。后来拨乱反正,杀出个金庸大侠,武侠作品便仿佛冤案被昭雪了一样,迅即在文学史上谋了一个不错的位置。但事情其实并未完结,这拨乱反正也并没反得恰到好处。一个明显问题,就是对武侠作品中反人道的暴力杀戮情节认识和否定得很不够。就说《水浒传》吧,人们常常只盛赞它是四大名著之一,是武侠精品,只称颂它是“农民起义的教科书”(此说并不确),而对梁山好汉杀人如麻、残忍暴戾的反人道暴行,却很少给予理性的分析和必要的谴责。

鲁迅先生则不然。先生的头脑极清醒,态度也极公正,他对李逵抡起板斧向无辜的看客排头砍去颇为不满。他评论梁山好汉说:“他们所打劫的是平民,不是将相。”(《流氓的变迁》)对于中国古来的侠客,鲁迅又以历史的辩证的眼光视之,不光看到了侠在源起时本为好东西,也看到了侠的变迁与不祥,看到了侠是流氓的祖宗。他说:墨子之徒,就是侠,与儒本来都是好东西,“可是后来他们的思想一堕落,就慢慢地演成了所谓流氓。”(讲演词《流氓与文学》)流氓,乃匪类之一种,匪类身上有残忍或嗜杀的匪气是自然的。闻一多先生也对侠与匪的联系及其人格特质做过精辟的概括,归纳出了“墨—侠—匪”这一精神路线。(《关于儒·道·土匪》,《闻一多全集》第二卷)

有看官问:真有梁山好汉那么残忍暴戾吗?有的。还是让施耐庵来回答吧。

请看,病关索扬雄是怎样杀潘巧云的:

> 扬雄割两条裙带来,亲自用手把妇人绑在树上。……扬雄向前,把刀先挖出舌头,一刀便割了,且教那妇人叫不得。扬雄却指着骂道:“……我想你这婆娘心肚五脏怎地生着?我且看一看!”一刀从心窝里直割到小肚子下,取出心肝五脏,挂在松树上,扬雄又将这妇人七事件分开了……(第四十五回)

再看,李逵是怎样杀黄文炳的:

> 李逵拿起尖刀,……先从腿上割起,拣好的,就当面炭火上炙来下酒。割一块,炙一块,无片时,割了黄文炳。李逵方才把刀割开胸膛,取出心肝,把来与众头领做醒酒汤。(第四十回)

还是这个李逵,在赚朱仝上梁山时,把朱仝怀抱的小衙内,头颅劈成两半。(第五十回)

还有十字坡张青、孙二娘开的夫妻黑店,剥人皮,剐人肉,包人肉馅包子,店内人肉作坊里设有专门剥人皮的长凳,谓之“剥人凳”,“武松到人肉作坊里看时,见壁上绷着几张人皮,梁上吊着五七条人腿”。(第二十六回)

这类残忍且令人作呕的杀人情节还有不少,无须再抄录了。看官请注意,这些残忍的杀戮行为,并非是在两军对阵,相互厮杀中发生的,而皆是针对俘虏、弱者和无辜百姓的,采用的杀人手法也极端反人道,是把人当作牲口,当作猪羊一般来处置的。黄文炳即使该杀,他也不是牲口,无须“割一块,炙一块”,如同杀猪宰羊。潘巧云有多大罪过?竟也被屠宰掉了。那十字坡的黑店,更不知吃掉了多少无辜百姓。那个小衙内,四岁孩童也,无辜更无反抗力,竟也被李逵残杀。周作人在《知堂回想录》里说:“设计赚朱仝上梁山那时,李逵在林子里杀了小衙内,把他梳着双丫角的头劈成两半,这件事我是始终觉得不可饶恕的。”想必凡有点慈悲心的读者,也都不会饶恕李逵。

李逵之流何以如此残忍?盖因在他们脑子里,人与牲口是分得不那么清的,他们不把人当人,而把人当成牲口。这种极端丑恶的文化心理,实际上正是《水浒传》及众多武侠作品之暴力虐杀情节的最本质的东西,也正是这些作品最有害的毒素。

有看官又会问：区区小说、网络，何至有那么大影响力？所谓“恶武侠乱少年心”云云，是否高抬了小说、网络的作用？答曰：确实如此，并未高抬。历史经验和现实经验都告诉我们，武侠小说特别是网络武侠，对于那些血气未定的青少年是极具诱惑力的，他们最爱仿行那些富有刺激性和攻击性的情节，尤其欣赏和喜爱模仿“和尚打伞，无法无天”。这种阅读心态在心理学上是得到证明的。

从历史上看，普通民众受小说影响，甚至当成生活的教科书，是极普遍的事。他们从《三国演义》中学来了智谋；从《封神演义》中抬出了膜拜的神灵；张献忠手下不少将领的名字来自《水浒》绰号；青红帮的许多规矩，源自桃园三结义；民谣有云：“看了三国爱使诈，看了水浒爱打架”，等等。对于此类现象，梁启超曾总结说：中国人的江湖盗贼思想、妖巫狐鬼思想，堪舆、相命、卜筮、祈禳、阖族械斗、迎神赛会等等陋习劣行都来自小说，因而要进行小说革命。

旧小说的负面影响的确是相当厉害的。历史和现实都在提醒我们，不能小觑武侠作品对普通民众的影响力，特别是坏作品对青少年的蛊惑力。

面对铺天盖地而来的剑客、杀手、暴力、杀戮，我们该怎么办？第一，要辨析之，第二，要扬弃之。决不能逢侠便拜，不能盲从施耐庵，对金大侠也不能搞“凡是”。第三，要参照梁启超的意见，搞新式“小说革命”，再加上“网络管理革命”。决不能让武侠的血腥气弥漫在社会中。

文末，姑以韵语四句作结：

小说网络，匝地盈天。
侠之匪气，乱我少年。
梁氏革命，允称卓见。
鲁迅论侠，作则作典。

刺青:刻进肌肤的“水浒气”

混浊的“水浒气”

中国社会有“三国气”和“水浒气”——这是鲁迅先生的名言,更是他的一个卓越的发现。何谓“三国气”和“水浒气”?鲁迅没有细说。但从他的杂文里可以看出来,那“三国气”和“水浒气”,大抵就是指权谋气、忠义气、游民气、流氓气之类。若再具体言之,单说“水浒气”,大体是指“大秤分金银,大碗吃酒肉”的山寨生活,“欺师灭祖,三刀六洞”的团伙纪律,“哥不大,弟不小”,哥们义气的人际关系,“有奶就是娘”、“该出手时就出手”的行事法则,“皇帝轮流做,明年到我家”的最高理想,等等。“水浒气”也就是“游民气”。我的朋友兼师长王学泰先生是研究游民问题的大名家,他又说,游民气也就是流氓气。我赞赏学泰先生巨眼的犀利和深刻,把一个模模糊糊的问题一下子说穿了。但我又觉得要说游民都是流氓好像不大稳妥,把水浒气、游民气、流氓气三者完全画等号似乎也不够周全。水浒气、游民气中确有浓烈的流氓气,但也不只是流氓气,还有豪侠气。《水浒传》社会里,既有鲁智深、李逵,也有飞天蜈蚣、李鬼。李逵身上,便既有豪侠气,又有流氓气。“水浒气”,实际是一团浑浊不清,浊中带清,清中藏浊的混杂之气。

“水浒气”,尚无人细细地、条分缕析地研究过,但“水浒气”又确是可以举出许多细目来。我这里要举出一个细目,就是:“刺青”。刺青是“水浒气”的一大表现。刺青又可以叫作文身,现在人们习惯上也这么说,但实际上文身这个概念要比刺青广。文身还包括“雕题”,即在额头上刺花,包括“黥面”,即在脸颊上刺字,再有,就是包括“刺青”,即在脖子以下的部位刺花或刺字。刺青是文身中流行最广泛的一种,简直可以做为文身的代表。游民中的文身,主要是刺青。刺青还有一些别称:“雕青”、“镂身”、“镂臂”、“札青”、“札刺”、“文刺”、“点青”、“肤札”之类。文身并非都可以算作是游民气、水浒气,更绝非都是流氓气。古越人的“断发文身”,是为了“辟蛟龙之害”,乃是一种反抗自然灾害的图腾模拟。《墨子·公孟篇》上说,越王勾践曾“翦发文身”。古代少数部族文身的更多,如僮族,柳宗元在柳州时曾写过“共来百越文身地”的诗句,海南黎族的文身尤为著称,周去非《岭外代答》里有“海南黎女以绣面为饰……工(致)极佳”的记载。记得郭沫若还写过咏海南黎族人文身的诗。岳母刺字也是一种文身,反映的情操是极高尚的。“男儿脸刻黄金印,一笑心轻白虎堂”(聂绀弩诗),林冲被刺面,也是文身,这是刑徒的印记。文身还是世界性的现象,如澳大利亚土人的文身,古希腊人的文身,格陵兰人的文身,都是很著名的。古希腊历史学家希罗多德在笔记里甚至写道:“没有文身的人就不是好出身。”文身,实际是人类精神史的一个内涵丰富的现象,其中包含了人类精神现象学需要研究的许多复杂信息。

刺青与《水浒传》人物

话扯远了，还是回过头来说刺青，说作为游民文化表现之一的游民的刺青，以窥见中国社会“水浒气”之一斑。《水浒传》里最惹眼的刺青人物有两位，一个是九纹龙史进，一个是浪子燕青。史进绰号九纹龙，就是因为他身上刺了一身青龙。《水浒传》第一回“王教头私走延安府，九纹龙大闹史家村”写道：“只见空地上一个后生脱膊着，刺着一身青龙，银盘也似一个面皮，约有十八九岁，拿着捧在那里使。”儿时看《水浒》连环画，开篇就看到了史进的一身花绣，那蜿蜒飞腾的青龙至今犹在脑际。浪子燕青的刺青，给人的印象就更深了。《水浒传》写燕青：“一身雪练也是白肉，卢俊义叫一个高手匠人，与他刺了这一身遍体花绣，却似玉亭柱上铺着软翠。若赛锦体，由你是谁，都输与他。”燕青刺的好像是花鸟之类。“凤凰踏碎玉玲珑，孔雀斜穿花错落。”有人考证，“玉玲珑”是复瓣水仙花。所谓“赛锦体”，就是比赛谁刺青刺得好，有点像今天的健美比赛，但赛的不是肌肉，而是花绣。由此赛事，可以推断出《水浒传》时代刺青之兴盛。燕青所刺，似乎比史进的龙纹更复杂美观，像是一幅活动的花鸟画，在东岳庙与人打擂时，他脱得只剩下一条熟绢水裤儿，浑身花绣毕露，赢得众人连声喝彩。

除了史、燕两位，《水浒传》中还有两位刺青人物不大为人注意，一位是花和尚鲁智深，一位是病关索扬雄。鲁智深之有名，主要缘于他倒拔垂杨柳，打死镇关西，而他身上有刺青，却往往被人忽略。鲁智深绰号花和尚，这“花”字何来？就是因为他身上有刺花。《水浒传》第十六回鲁智深有段自我介绍，云：“人家见洒家背上有花绣，都叫俺做花和尚鲁智深。”第二十六回施耐庵又介绍了一次:“因他脊梁上有花绣,江湖上都呼他做花和尚鲁智深。”究竟这位花和尚身上刺的是什么花绣,鲁智深本人和施耐庵都没有详说,不得而知,但想必不比史、燕二人更惹眼。以往人们理解花和尚这个绰号的含义,常常以为是因为鲁智深吃狗肉,打烂山门,不守寺规,很“花”,故名,实际上不是这样,而是源于他“背上有花绣”。扬雄身上有刺青,见于《水浒传》第四十三回对他的介绍:“那人生得好表人物,露出蓝靛般一身花绣……”这一身花绣刺的是什么,施耐庵也没有细说,只是用“蓝靛般”三字写出了花绣色泽的耀人眼目。可以肯定,游民刺青在《水浒传》时代是一种很流行的风气,前文说过的“赛锦体”便是明证,史、燕、鲁、杨四位好汉则是这种风气的四个典型。飞天蜈蚣、李鬼之流是否也曾刺青?施耐庵没有介绍,但可以由当时的风气推定出,这些游民中的恶徒无赖也是少不了刺青者的,风气使然也。

游民无赖刺青小史

关于游民阶层的刺青,不但《水浒传》这样的小说中有描写,文献史料上也能找到许多史证。《水浒传》可以证史,史料也可以证实《水浒传》。

从史料上看,唐代特别是唐末五代,是游民阶层尤其是无赖恶徒刺青赛锦的一个高峰。唐段成式在笔记《酉阳杂俎》前集卷八中记载了多条有关材料。他写道:“上都街肆恶少,率髡面肤札,备众物形状。恃诸军,张拳强劫,至有以蛇集酒家,捉羊胛击人者。”唐上都,在今陕西长安县,当时是个人稠繁华的所在。上都的大街上,常可见剃了光头(髡),身上刺青(肤札)的恶少们横行肆为,大打出手,劫人财货。他们刺青的图案各式各样,所谓“备众物形状”也。段成式还举例说，大宁坊“力者”（体壮凶横者）张干，札左膊曰“生不怕京兆尹”，右膊曰“死不畏阎罗王”。又记蜀市人赵高好斗，常入狱，满背镂刺毗沙门天王，刑吏欲杖其背，见之辄止，赵高“恃此转为坊市患害”。又记蜀“小将”（少年孔武敢闯者）韦少卿，少不喜书，嗜好札青，其季父尝令其解衣视之，胸上刺一树，树梢集鸟数十。段成式在《酉阳杂俎》前集卷八里还记了一个更奇特的刺青恶徒：“荆州街子葛清，勇不肤挠，自颈以下，遍刺白居易舍人诗……凡刻三十余首，体无完肤。”宋人陶谷《清异录》也提供了类似材料：“自唐末无赖男子以札刺相高，或铺郡川图一本，或砌白乐天、罗隐二人诗百首，至有以生平所历郡县，饮酒蒱博之事，所交妇人姓名、年齿、行第、坊巷、形貌之详，一一标表者，时人号为针史。”（引自孟森《金圣叹考·附罗隐秀才》，载《心史丛刊》）这几个例子中的张干、赵高、葛清，都是不折不扣的流氓恶棍，他们刺青的内容便反映出他们的好尚、情趣和匪气。“生不怕京兆尹”，“死不畏阎罗王”，分明是公然向法制挑战，将妇人姓名及酗酒赌博等事刺于身上更是无耻之尤，而刺上白居易、罗隐诗，则反映出恶徒将雅化俗，拿大诗人打镲的无赖相。后周太祖郭威，本也是流窜作案、盗墓掘塚的恶徒无赖，此人也好刺青，被人称为“雕青天子”。据张舜民《画墁录》载，郭威“项右作雀，左作谷粟”。即脖子右边刺鸟雀，左边刺五谷之类。郭威因此又被人称作“郭雀儿”。皇帝刺青，上有所好，下必甚焉，想来后周一朝在“雕青天子”的统治下，刺青之风一定是颇为兴盛的。

后周之下，就是宋元明三朝的游民刺青之风。《水浒传》里所描写的实际就反映了宋元明的游民刺青之风。将小说描写证之史料，可知其所写之不虚。宋人庄绰《鸡肋编》记云：“张俊一军，择卒之少壮者，自臀而下，文刺至足，谓之花腿。京师旧日浮浪辈以此为夸。"所记为宋代之俗。军中刺青,搞成满腿皆花儿,实极不严肃,谈何战斗力?所谓"浮浪辈",即游民及流氓恶少一流人物,他们更是以刺青花纹的新奇自吹自夸。明太仓人陆容在《菽园杂记》里引一耆老的话说:元时豪侠子弟"两臂皆刺龙凤花草,以繁细者为胜"。明人王明清在《挥麈录》里记载:"李质少不俭,文其身,赐号锦体谪仙。"此明人两书所说的豪侠子弟和名叫李质的"不俭"者,显然也都是游民闲汉一流人物。这些刺青的人物,实际也就是《水浒传》里一身青龙的史进和遍体花绣的燕青的生活原型。明代下层社会游民中盛行刺青,还可以在明人田艺衡的《留青日札》"文身"条中得到证明。田氏写道:"余始祖闻氏……家丁健儿五百余口。悉刺为花拳绣腿,以龙凤蛇虫,别其贵贱之分。……余幼时犹及见。会城住房客孙禄者,父子兄弟,各于两臂背足,刺为花卉葫芦鸟兽之形。"田艺衡这里所记的是他的亲眼所见,从中可以看出:一是刺青者人数极多,二是以刺青之纹样区别贵贱身份,三是有一家数口皆刺青者。由田氏记载,遥想当时情景,那五百余家丁健儿全都身刺青花,舞拳弄脚,该是怎样一种让人眼晕心惊的场面啊!上边几条材料,都是宋代以来文人所记录的宋元降至明代的游民阶层刺青风气的史实,较之《水浒传》更具有历史真实性,由此也可以看出,宋元明游民刺青,是唐五代游民刺青的继续和发展,其花样翻新,人数规模,显然都在唐五代之上。

明清时期,北京的游民无赖还选择了五月初五这一天作为专门的刺青日。据清朝《日下旧闻考》卷一四七《风俗》引《北京岁华记》记载:"端午……无赖子弟以是日刺臂作字,或木石鸟兽形。"选择端午节这一天作为刺青日,大概是出于趋吉避凶的心理,认为这一天最吉利,但我推测未必全年只有在这一天刺青。究竟为何要选择端午节作为刺青日,《北京岁华记》未做解释,不得确解。

但从中可以看出，当时北京的无赖子弟已有相对统一的刺青行为，这是他们的团伙意识、物类意识的一种表现，很可能也是一种团伙标志。清代降至民国，游民无赖刺青之风兴盛不衰，特别是秘密社会、流氓团伙成员，常常以刺青为集团标记，如天津的混星子（混混儿）就是以臂刺一条青龙为记。这种刺法，大概是从九纹龙史进那里学来的。

近二十年来，中国社会大变，万象更新，万物复苏，文身之俗也呈复苏更新之势。其中类如古之游民刺青性质的文身也沉渣泛起，杂糅其中。这种新游民性质的刺青，与普通爱美人士的文身不同，它有浓厚的游民意识乃至流氓意识浸透其中，是一种很低级的趣味，一种陋俗。北京一家文身店署名“刺客纹身工作室”，明文昭示着店主对古代刺客的向往，对游侠一类游民的生活方式的追慕。笔者曾先后见过几个民工，臂上刺着“忍”字，其中一人的“忍”字外又加一方框，我问何意，答曰“方框代表忍耐是有限的”。又见一民工竟于臂上虎头处刺一毛泽东侧面像，问其何意，答曰“就跟的哥挂毛主席像一样，用来避邪保佑的。”这很像古越人断发文身，“以避蛟龙之害”。但这究竟是古俗之孑遗呢，还是个人崇拜的余韵呢，也许都是，但它更是一种失落情绪和追求怪诞的游民意识的表现。我还调查过其他一些民工为什么刺青，他们多不正面回答，而是表情赧然，有的则答曰“好玩”。此“好玩”者，实玩世不恭也。九纹龙史进、浪子燕青的刺青，大概都有“好玩”的意思，二人皆玩世不恭之徒。由上述这些民工中的刺青之举，可见其身上沾染的游民气、水浒气。在新游民性质的刺青风气中，流氓无赖的刺青占了很大一部分。如《北京晚报》2005 年 5 月 31 日《北苑路昨晚被堵 3 小时》一文报道，这次北苑路被堵，起因是“刺青歹徒狂砍民工”。记者写道，民工们反映当时的现场情况是：“晚上6时许，我们正准备吃晚饭，突然闯进八九个人，他们全都光着上身，胸前胳膊上都有刺青，每人手里都拎着长刀、斧头、铁棒，见人就砍。”这些刺青恶棍，与前文所举的唐代刺青恶徒张干、赵高、葛清、李质完全是一类人物，但从其赤膊文身、使刀弄棒的外貌看，又有几分九纹龙史进“脱膊着，刺着一身青龙”的模样，当然，他们决不是史进式的侠，而是飞天蜈蚣式的匪。从他们身上，我们真切地看到了游民气、水浒气、流氓气。北京电视台《法制进行时》栏目2005年8月24日播出了这样一个节目：一个迟姓窃贼偷窃竟偷到了公安局宿舍，公安局审问他时，见他胸前刺着关公像，问他：“你觉得关公能保佑你吗？”答曰：“心里有一点安慰吧。”又问：“为什么要刺在胸前呢？”答曰：“（刺在后背）背不起。”这是一个当代恶徒刺青心理的绝好自供，可见其水浒气和三国气杂糅的行为方式和犯罪心态。

刺青与流氓意识

流氓恶棍，他们在选择刺青图案时，都是经过细心考虑的，其内容一般都与他们的流氓意识有关，或为惊人，或为吓人，或为自炫，或为言志，或为逞雄建威，或是作为组织标记，或是显示自己桀骜不训、叛逆狂野，或为求得神灵保佑，等等，古今大致是相同的。上面所举的多条古今游民恶徒刺青的材料，都可以作为这种种刺青动机的例证。诚然，不能说刺青者皆是歹人或沾染有流氓气，但此类人物确属不少，也是不可抹煞的事实。也许正是因为刺青者中鱼龙混杂，所以现今征兵条例中有一项规定，凡是刺青者，皆不能入伍。这项规定的立意，显然是为了防止油滑流气之徒混入解放军，以保持解放军传统的庄严诚朴之气不被破坏，使解放军部队成为真正的文明之师。这项规定,从它的社会意义来说,实际是对刺青这种陋俗的抵制和否定,对于净化社会风气,倡导社会文明,有着积极的引导作用。实际上,即使在古代,对于作为文身之末流的游民恶徒中盛行的刺青之风,执法严肃的政府都是采取取缔甚至镇压的措施的。如《酉阳杂俎》前集卷八记唐代京都长官薛元赏下令,“市有点青者,皆灸灭之”,即见到刺青的游民,便用火烧掉他的刺青图案;又命令里长秘密逮捕了三十余名刺青的恶徒,“悉杖杀,尸于市”。处罚是非常严厉的。

没有人统计过当今刺青的人有多少,特别是其中属于流氓恶徒性质的刺青又有多少。也许人们认为这种统计没有必要;也许根本无法统计,因为,刺青者总是在变动着(趋势是增长)。但这实际是个社会学的题目,如果真能大致统计出来,那么我们就可以从这个角度看出当今中国社会的游民气、水浒气和流氓气的分量,我们会更深切地体会到鲁迅所说的“中国社会有三国气、水浒气”的话之不虚。

人兽之间一层纸

一

中国的骂人话，真是多样，近世以来出现频率最高的，恐怕就是“他妈的”了。鲁迅写过《论“他妈的”》一文，称这句詈语为“国骂”。由“他妈的”，鲁迅又谈到古籍中出现过的骂人话：

> 这“他妈的”的由来以及始于何代，我也不明白。经史上所见骂人的话，无非是“役夫”，“奴”，“死公”；较厉害的，有“老狗”，“貉子”；更厉害的，涉及先代的，也不外乎“而母婢也”，“赘阉遗丑”罢了！

鲁迅把古代的骂人话分为三级：一般的、较厉害的、更厉害的。其中“较厉害的”一级，实际是骂人“不是人”，是“禽兽”，这种骂法，我以为是极厉害的。我甚至感觉，它比“而母婢也”和“赘阉遗丑”还厉害，因为婢者、阉者毕竟还是人。

在中国人的骂詈之语中，骂人“不是人”，是“禽兽”，应该说是至辱之词。平时人们骂人，常骂某人是“小人”、“奸人”、“恶人”，虽也很厉害,但毕竟还承认他是人,但若骂他“不是人”,是“禽兽”,或是更进一步骂为“禽兽不如”,那么,也就是说此人坏到头了,应该被开除出人类了。这实际反映出中国人的一种传统的道德观、荣辱观:全无德行的人简直不能算人,而只能与禽兽同类。

《后汉书·刘宽传》中有一条材料,很能说明骂人“不是人”,是“禽兽”的厉害程度。传载:

> 宽简略嗜酒,不好盥浴,京师以为谚。尝坐客,遣苍头市酒,迂久,大醉而还。客不堪之,骂曰:“畜产。”宽须臾遣人视奴,疑必自杀。顾左右曰:“此人也,骂言畜产,辱孰甚焉!故吾惧其死也。”

这段记载颇为有趣,也颇能说明问题。刘宽,东汉灵帝时曾任太尉,性宽厚,好饮酒,其奴仆则更有嗜酒之好,被遣买酒时,竟先痛饮一番,大醉而归。客人忍受不了这个奴仆的醉态和误事,遂大骂其为“畜产”。“畜产”即畜牲、禽兽的意思,换句话说,就是“不是人”。客人骂便骂了,刘宽却担起心来,他生怕这个仆人自杀。何以一句詈语,就可能让人自杀呢?刘宽解释了原因:“苍头是人,却骂他是畜生,还有什么比这更厉害的吗?”刘宽知道,奴仆虽然身份卑贱,但若辱其不是人,他也会羞愤至极,感到难以忍受。从《刘宽传》的这条材料可以看出,在东汉,骂人“不是人”,是“禽兽”,是多么严重的骂詈之词,是极可能造成严重后果的。

二

这类骂詈之语起自何时,我不得确知,但先秦的文献中已经出现,是可以肯定的。《列子》说,夏桀、殷纣虽状貌七窍,皆同于人,但有禽兽之心。《孟子》、《荀子》、《管子》中都提到"禽兽"这句詈语。以后历代,此类骂人话更是绵延不绝。鲁迅所举的"老狗"和"貉子",分别出自汉代班固的《汉孝武故事》和南朝宋刘义庆的《世说新语·惑溺》。前书记栗姬骂景帝为"老狗",武帝深恨之。后书记晋武帝时人孙秀的妻子蒯氏骂孙秀为"貉子",孙秀大怒。隋代,隋文帝杨坚曾骂太子杨广:"畜生何足付大事!"(《隋书·宣华夫人陈氏传》)清代,雍正皇帝骂年羹尧:"如年羹尧这样禽兽不如之才,要他何用!朕再不料他是此等狗彘之类人也。"雍正还给与他争皇位的两个兄弟分别改名为"阿其那"和"塞思黑",意思是猪和狗。抗战时期,陶行知先生在一次著名的演讲中,骂汪精卫、周佛海等汪伪政权头目是"衣冠禽兽",反共顽固派还被我党领袖毛泽东骂为"不齿于人类的狗屎堆"。"文革"期间,国人相骂甚剧,此类骂詈之词也高频率地出现,如骂人为"一丘之貉"(疑从晋人蒯氏所骂的"貉子"而来),成为许多造反英雄的口头语。又如,"不齿于人类的狗屎堆",被专门用来骂挨整的各类分子们——这句骂人话实在是厉害,因为这不但骂你不是人,是禽兽,而且将你目之为禽兽所遗之矢,还有比这更厉害的吗?

关于"不是人"这句詈语发生的缘由,我说不很清楚,但我想它一定来源于古来人们在日常生活中的感受,即:畜生、禽兽不如人,没人性;同时,人们还悟出,在人性中,实际也包含着某种兽性因子,从而促使人做出全无道德的禽兽行。关于人性中包含兽性因子,恩格斯有一个透彻的看法:因为人是从动物界来的,所以天然地或多或少保留着一些兽性因子。

另外,这句詈语的形成和普遍化,大概还与先秦哲人的"人兽之辨"有直接关系。孟子曾提出过"人之所以异于禽兽者"的哲学命题,认为一个人如果不合乎人的规定性,那他就是禽兽而不是人了。什么是人的规定性呢？孟子的解释是，人必须讲道德，知礼义，否则便是禽兽。孟子说："人之有道也，饱食暖衣，逸居而无教，则近于禽兽。"(《孟子·滕文公上》)意思是说，人所以为人，有其规定性，如果只是吃饱、穿暖、住得舒适，但不给予道德教化，就与禽兽相近了。确实，禽兽是不懂得道德礼义的。孟子曾骂杨朱、墨翟为禽兽，理由是"杨氏为我，是无君也；墨氏兼爱，是无父也。无父无君，是禽兽也。"(《孟子·滕文公下》)在这里，他把君臣父子之礼视为"人之所以异于禽兽"的重要标志。荀子也说过，人若无礼义，便同禽兽无异。《管子》云，"倍(背弃)人伦而禽兽行，十年而灭"。也把违背人伦视为禽兽之行。总之，孟、荀、《管子》都把是否遵守礼义人伦作为人兽之别的标志。当然，他们所目为禽兽者，并非真的禽兽，而是"人中之禽兽"。他们的人兽之辨，对后世人们的文化心理影响很大，表现在詈语里，便是"不是人"、"是禽兽"这类詈语的普及和强势化。冯友兰先生曾推断骂人为"禽兽"可能是从孟子那句"人之所以异于禽兽者"的命题中逻辑地推出来的。这一推断，甚是有理。

"不是人"这句詈语的形成和流行，又可能与中国古典文化中存在的珍稀的人文精神有关。《尚书·泰誓》云，"惟天地万物父母，惟人万物之灵"；《礼运》云，"人者，集天地之德，……五行之秀也"；《春秋繁露》云，"天地之精，所以生物者，莫贵于人"。清代思想家颜习斋说："古人云：'天地之性人为贵'。我们在万物中做个人，是至尊贵的。"(《存人编·唤迷途》)这些话，都反映了中国古典文化中存在着的人文精神的因素，即肯定人的价值，赞美人的宝贵，把人看得很重。正因为把人看得很重，所以，"不是人"、"是禽兽"才成为最严厉的辱骂之词，才用以表示极大的鄙夷、蔑视和厌恶。反之，如果不是把人看得很重，而是看得很轻，那么，说某人

"不是人",某人也就恬然无所谓了。正是因为刘宽及奴仆把人看得很重,所以奴仆才有可能自杀,刘宽也才可能疑其自杀。所以,可以说,"不是人"这一詈语,实隐含着古典人文精神的背景和元素。

"不是人"这句詈语,还包含着一种中国传统的"群体生命观"。钱穆先生曾经论道:中国人骂人,说你真不是人,实有深意存在。圆颅方趾,五官四肢俱全,就中国人观点言,有时不算是一个人。此似无理,实是有理。人须进入大群,但有人则不入群。正如山水花鸟不入画,便不在画家笔下。中国人言人,乃指群体生命之全体而言,不专指个别一躯体言。钱先生这番话,意思是说,中国人所常说的"人",往往不是指个体的人,而是指人之群体,即"大群",詈语"不是人"的"人"字,指的是符合人群道德标准和群体要求的人,如不符合,则虽具躯体,也不算人。

三

中国的古人是极重做人的。《三字经》的第一个字,就是"人"字,经文也多谈做人之道。陆九渊有名言云,"若某则不识一字,亦须还我堂堂地做个人"。清官施世纶,即那位被写入《施公案》的施公,貌极丑,人笑之,施公总是正色道:"人面兽心,可恶耳;我兽面人心,何害焉!"(清·龚炜《巢林笔谈》)朱熹曾经教导门徒:"圣人千言万语,只是教人做人"。"教人做人"四字,第一个"人"字指肉体之人,第二个"人"字指区别于禽兽的、有人群道德标准的人。一个人如果完全不懂"做人"之道,即便有人的躯体,也同于禽兽。近代湖湘文化的著名人物唐鉴、曾国藩,还说过这样的话:"不为圣贤,便为禽兽"。圣贤与禽兽,有时确实就隔着一层纸。这层纸是什么？就是道德底线，在很多时候，就是一个“耻”字。动物是不讲耻，没有荣辱观念的，但人有。如果人不知耻，便与禽兽无异。比如，一件丑恶可耻之事，你不去做，你就是有尊严的“圣贤”，做了，就是可耻的“禽兽”。

正是：

人兽之间一层纸，
詈语如风吹破之。
大千阅尽人为贵，
圣贤论辨重如石。

《论“他妈的”》之余论

“他妈的”这句詈语,颇有些不凡,竟引得大文豪鲁迅做了一篇专题杂文《论“他妈的”》。迅翁惊叹“他妈的”之普及性,遂引古语“犹河汉而无极也”形容之,并讥称之曰“国骂”。据迅翁分析,这个“他妈的”,本是一个完整句子,经缩简,“削去一个动词和一个名词”,便成了短促简略的三字句。

迅翁对这一“国骂”的分析,让我不禁想起一个与之相类,且有“第二代国骂”之称的口头禅,这就是近些年来在球场上常能听到的那个“傻×”。这个只好用“塔布”(禁忌)的办法避去的字,正是迅翁文中所说的“削去”的那个名词。有人称这句詈语为“京骂”,我以为不够准确,因为它早已漫出京城,普及于异地了。按照语言学家的分类,这句詈语属于“性丑语”,基于此,我想把它称之为“秽骂”。

考“秽骂”之起源,约略可溯至上世纪90年代,发明人大抵是几个球痞。迅翁说:“最先发明这一句‘他妈的’的人物,确要算一个天才,——然而是一个卑劣的天才。”“秽骂”之发明人,无疑正是这种卑劣的天才。几声最初的“秽骂”,竟演化为大批量红男绿女排山倒海声震九霄的骂詈,若非始作俑者有几分卑劣的天才,哪会造成这种奇哉怪哉的局面?

起初,闻球场"秽骂"事,我总度之为好事者瞎编的段子,然而竟是真的!我愀然顿生奇耻大辱之感。

性丑语,依我文明之邦的老例,总是应该尽力避讳的,特别是于正规场合,于稠人广众间。"他妈的",其实也正是部分避讳的结果:尽管脏字犹存,但毕竟稍稍干净些。古来江湖上有所谓"切口",即隐语,也总是力避性秽语。记录"切口"的书,宋代《绮谈市语》有"身体门",称眉毛为"春山",肾为"幽关",决无秽语,且文雅有致。明代《行院声嗽》也有"身体门",称尿为"碎鱼儿",放屁为"撒迸",也并不让人觉得肮脏。民国吴汉痴所编《切口大辞典》,记有很多娼妓业"切口",如"八大胡同妓院之切口"、"长三书寓之切口"、"雉妓之切口"等等,但决不直言"秽骂"中的那个字。

再阅中国古典小说,除去张南庄那部描摹鬼物世界的《何典》用过几次"×"字外,大多数提到男女性事时,都不用那个字。连素有所谓"淫书"之称的《金瓶梅》,甚至也有避秽就雅的考虑,如所言"王鸾儿"、"那话"之类就是男根的隐语。《红楼梦》乃爱情小说,自然要写性爱,但写到床笫之事时却总以"云雨"等隐语来表达,如"贾宝玉初试云雨情"、"王熙凤毒设相思局"两回皆如此。只是第二十八回写到众人行"女儿酒令"时,雪芹先生才让薛蟠说了句口无遮拦的下流话,但那是为刻画薛蟠这个呆霸王的无赖相。

看到先人竟是如此力避淫秽,至少是遮蔽淫秽,再反观一下而今那秽声"直上干云霄"的骂詈,真不知时光是向前走还是倒着转。在古人面前,我深感羞辱,倘若平康里的风尘女子嘲笑我们不如她们"含蓄",我们又复何言!

那些造字和编字书的古圣先贤们,对于性丑语,造不造,收不收,恐怕也从秽洁的角度考虑过,对于那种实在污人眼目的脏字秽语如何处置,他们大抵也是很为难的。《淮南子》云,仓颉造字时,“天雨粟,鬼夜哭”。据博识家推断,这是仓颉造脏字时的情形——圣人不安,一切反常,连鬼神也怆然泣下。许慎老先生著《说文解字》时,恐怕也曾为是否收入一些性丑语犯过难。秽骂里的那个字,从尸,必衣切,但《说文》“尸”部里却没有。莫非是汉朝还没有出现那个词?我猜想,更可能的是许老先生羞于收那个字。

敦煌卷子里有篇《天地阴阳交欢大乐赋》,里面有不少粗口荤段,敦煌学家为研讨古时社会生活,拟从古来字书里查出这些粗口荤段,但是查不到。很可能是字书编纂家在避秽趋洁。打从仓颉造字,避秽趋洁恐怕就是中国造字家、字典家的一个风尚,甚或是一个行规,其中起支配作用的观念,大概就是一个耻字。

遥想古圣先贤造字编书时的苦心孤诣之状,我又为今人多了一层耻辱感。固然,我们不会编字书,但我们是识文断字有文化的人呀,怎么就喊得出那个斯文扫地的字眼呢!

外国人是否也有类似我们的骂詈?迅翁在《论“他妈的”》里考察过这个问题。他说,就闻见所及,挪威小说家哈姆生写的小说《饥饿》,粗野的口吻很多,但不见“他妈的”及相类的话,高尔基的小说中多无赖汉,也没有这类骂法。唯有个叫阿尔志跋绥夫的俄国小说家写的《工人绥惠略夫》里,有一句“你妈的”。迅翁的看法是,外国人是不大骂“他妈的”一类脏话的。北大李零教授写过一篇《天下脏话是一家》,举出外国也有类似“秽骂”的话,如美国人有个词是 Stupidcunt,就是球场“秽骂”那个意思。但是,词义虽相同,美国人却没有在看球时大喊大叫那个词。看来,在“秽骂”问题上,我们的月亮还真不如外国的圆。这令我戚然怅然久矣,深感在洋人面前抬不起头来。华人与狗不许进公园,国人视为国耻,然

“秽骂”干云，难道就不是国耻么？

以“国骂”辱人，最易陷入自辱之境。迅翁在杂文结尾处写道：“我曾在家乡看见乡农父子一同午饭，儿子指一碗菜向他父亲说：‘这不坏，妈的你尝尝看！’那父亲回答道：‘我不要吃。妈的你吃去罢！’则简直已经醇化为现在时行的‘我的亲爱的’的意思了。”这一双父子，初意自然不是辱骂对方，甚至还是想昵称对方，但一用性丑语，便造成了实质上的辱人兼自辱状态。“妈的你尝尝看”——这位公子也不思忖一下，你对父亲说“妈的”，你不就成了乱伦一族了吗？这不是自取其辱又是什么？

球场“秽骂”，其实也正与这双父子相仿佛，看似辱人，实则自辱。此“秽骂”原本是标准的既黄色又粗野的江湖秽语、流氓语言，其原始含义中含有浓烈的性犯罪倾向，而骂者竟于稠人广众之中，光天化日之下嘶之喊之，这不是自取其辱又是什么？

近些年来，街痞主义肆行，粗口淫语大有涓涓细流汇为排空浊浪之势，不只在球场，网络、手机上的各种性丑语，也如害河决堤，九州乱注。以往只流行于贩夫走卒土棍无赖之口的口头禅，如今成了众多衣冠人士钟爱的“绝妙好词”。耻字，在芸芸国民中黯然褪色。

今天提倡“八荣八耻”，善哉！倡导知耻，自古而然。古代大政治家管仲认为，“礼义廉耻，国之四维”。四维者，四根立国的大准绳、大精神支柱也。此虽为古代标准，却不失现代意义。四维之中，我以为耻是底线，按照孟子的说法，人若无耻，便与禽兽无异。

鲁迅先生的忠告

日本文化是“杂种文化”,杂以“西”,杂以“中”,向西方学习,向中国学习,先脱愚入唐,再脱亚入欧,结果强健了日本的肌体,小小岛国成了世界强国。

在日本的国民性中,拿来主义已渗透了骨髓。他们不怕拿来,好的就拿,管他来自何方。美国投它两颗原子弹,但美国的好东西,它照拿不误。日本人把敌人与敌人的好东西,区分得清楚极了。

但反观吾民一些愤青,却缺乏这种区分。他们常把日寇与日本文明混同,把孙子辈的人民与爷爷辈的鬼子混同。

鲁迅先生对待日本是何种态度?我认为二语可以蔽之:抵抗其侵略,学习其优长,即抗日、学日也。“九一八”事变后,国人愤怒,焚烧日店,詈为“贼邦”,发生欲打翻全部日本文明的倾向,鲁迅却说:“在这排日声中,我敢坚决的向中国的青年进一个忠告,就是:日本人是很有值得我们效法之处的。”鲁迅还说:“即使排斥日本的全部,它那认真的精神这味药,也还是不得不买的。”他还说过:“日本人是做事是做事,做戏是做戏,绝不混合起来。”

认真二字,我视为日本的国粹。我游日本,满耳是日本人说

“确认”、“确认”，这是他们办事一丝不苟的表现。吾民则一向有办事马虎凑合不认真的陋习。鲁迅曾批评国人：“中国实在是太不认真。”就说一个“卫生死角”，竟伴随了共和国60年而犹存。我们确实应该像鲁迅所忠告的，拿来日本的“认真”这味药服一下。日本九级地震，其校舍的稳固，灾民的冷静、秩序和沉稳，也都很值得我们学习。

拿来主义的一个精义，是要会“别择”，就是别瞎拿，拿好的。日本人就极会别择。鲁迅说：“日本虽然采取了许多中国文明，刑法上却不用凌迟，宫庭中仍无太监，妇女们也终于不缠足。”有个叫桑原骘藏的日本人写过一篇题为《中国的宦官》的长文，对本国没有学中国的太监制度颇为自豪，他说：“独我国自隋唐以来广泛采用中国的制度文物，但惟有宦官制度不拿来，这不能不说实在是好事。”

从遣隋唐使开始，日本人不知学去了我国多少好东西，但就是不学凌迟、太监和缠足这些丑陋的中国文化。他们也处死罪犯，但用的是比凌迟文明些的法子，他们不给天皇宫庭的男人去势，更不让妇人们受裹小脚的苦。他们真会别择中国文化，把其中的坏东西拦在了国门之外。反观吾国，竟把凌迟、太监和缠足一直用到清末，直到改革党费了好大劲才在一百多年前废掉它们。

有位学者对日本宫庭无太监的原因做了分析，说那是因为他们是吃米吃鱼的民族，畜牧业不发达，所以不关心阉割，不会骟牲口，也不会骟人，终于没有骟出太监来。这个说法，颇有点遮蔽日本人长处的意味。

愤青多爱国。但一味反日（九级地震还称好）并不可取。套一句鲁迅的话做忠告：即使排斥了日本的全部，它的那些优长，我们还是要学的。

床头杂记

床头是多思之地。我常常斜依床头，做无拘无束的杂想。有时想到床头本身，觉得个中颇多人生况味。

床公床婆

失眠是人生的苦事，所以古时的老百姓有供奉床神的习俗，为的是祈求“终岁安寝”。床神俗呼床公、床婆，类如土地公公、土地婆婆，是夫妻两个。供品放在寝室内，床公用茶，床婆用酒，谓之“男茶女酒”。古人认为，觉是否睡得安稳，是由床神管着的。中国人造神、敬神，大都是为了实用，为了自己切身的利益，床公床婆之祀就是一个典型的例子。床公、床婆虽是神，但也很务实，要匹配成双，要有茶酒喝，这是老百姓的务实精神使神灵得到的好处。

床头训夫

曾见到一幅清人画作，画的是一个悍妇坐在床头，正在训斥跪在床边的丈夫。无独有偶，明清民间小调《怕老婆》也是类似的内容,小调是用丈夫的口气唱的:“天不怕来地不怕,怕只怕的小子他妈一进门,不是打来就是骂。无奈何,双膝跪在床沿下,头顶着尿盆,手执着家法,哀告小子他妈:‘哎哟,哀告老婆妈,从今再不敢犯你家法。哎哟,任凭你随便打俺几百下,从今后,你要怎么便怎么。’”(清·华广生编《白雪遗音》卷二)这位丈夫不仅在床边下跪,而且头顶尿盆,真够苦的,是个地道的古代“妻管严”。有的学者说,这个小调反映了一部分劳动妇女挣脱了夫权压迫。我觉得此说过于乐观。古时候怕老婆的故事很多,怕老婆的原因也有种种,未必都表明了夫权的动摇。武则天当了皇帝,慈禧太后说一不二,都没有动摇夫权。夫权的真正动摇是在大工业发展以后。

理想的夫妻关系是彼此尊重人格的平等,床头训夫是值不得称颂的。床头训夫是把夫权换成了妇权,把男尊女卑变成了女尊男卑,把尼采说的“到女人那里去,切莫忘记带鞭子”中的“女人”换成了“男人”。时下颇流行“妻管严”一语,若是玩笑话则罢,若真的搬演起床头训夫一类的活剧,那就无疑是畸形的、滑稽的夫妻关系了。

床头捉刀人

曹操要接见匈奴使节,但感到自己的体貌不够俊伟,不能威服匈奴,便找了个叫崔琰的做替身,自己捉刀立在床头。后来匈奴使节谈到观感时说:“魏王雅望非常,然床头捉刀人,此乃英雄也。”这是个很有名的故事,见于《世说新语·容止》。匈奴所说的魏王实际是崔琰,床头捉刀人才是曹操本人。匈奴使节虽然不知个中底细,但其实是很有眼力的,一眼就看出了曹操的英雄气象,曹操本人倒是有些“无自知之明”了。

曹操或许不清楚，一个人除了体貌的俊伟丑陋之外，还表现出一种气象，或曰气概，这种气象是人格的外在表现，是一种人格美。气象有多种，如英雄气象、名士气象、君子气象、帝王气象、仁者气象、圣人气象、哲人气象、丈夫气象、侠士气象，等等。匈奴使节看出了曹操的英雄气象，是很难得的。鲁迅曾说，曹操至少是个英雄，也涉及到了曹操的英雄气象。时下电影电视屏幕上常可见到容貌姣好，但缺少魅力的演员，所缺者，盖某种气象也。此种演员，类如曹操的替身崔琰，虽有形貌，但不足观，难免为观众所轻。

由曹操床头捉刀，衍出了成语“捉刀代笔”。官场捉刀代笔之风，由来久矣，清朝的书启师爷便是县官的捉刀人。书启师爷后来演变为秘书。秘书代笔，势所难免，但若是连“学习《邓选》体会”之类都让秘书代笔，则有些说不过去，若是将秘书写的“接下页”也念出来，或是将彼会之用稿在此会上宣读，就更加可笑亦复可悲。这里所说的“若是”云云，其实都是已经发生过的当代官场掌故，这些掌故即使是让有令人捉刀之癖的清朝县官们听了，大概也是会讪笑的。

叠被铺床

“若共他多情的小姐同鸳帐，怎舍得他叠被铺床。”这是《西厢记》里的名句，张生的话。另一个版本作：“我共你多情小姐同鸳帐，我不教你叠被铺床。”张生的意思是，如果与莺莺结了婚，怎忍得让红娘叠被铺床。

这句曲词写得高妙。叠被铺床本是丫环分内之事，不让红娘来做，实际是不让红娘再当丫环，正如金圣叹批点此句所云：“将欲写阿红（红娘）不是叠被铺床人物。”这句曲词极为生动传神地道出了张生祈望红娘帮助他与莺莺结为夫妻的急迫心情,反映了张生对莺莺的炽烈的爱。“叠被铺床”是口语入曲,宛如天籁,有一种本色自然之美。我第一次读到它时就被吸引住了。王国维说:“元曲之佳处何在?一言以蔽之曰:‘自然而已矣。’”“叠被铺床”就是个显例。所谓自然,实质上就是个“真”字,我们不是天天真的都在叠被铺床么?这种口语化的文字,乃是一种俗中见雅,大俗大雅的文字。

叠被铺床是夫妻日常生活中的必有事项,由此我想到,夫妇之间,究竟谁来叠被铺床,有时是颇能看出双方的关系和地位的。大致说来,倘若总是男的叠被铺床,那么夫妻关系多趋向平等;倘若总是女的叠被铺床,那么会有两种可能,或是双方平等,或是男尊女卑,叠被铺床虽属生活末节,但到底还是有一点认识价值的,郭沫若在《旋乾转坤论》一文中就曾用张生不让红娘叠被铺床,来说明男子在婚前的“卑己自牧”的态度。

床头起义

在政治运动热火朝天的年代,常常发生夫妻间“大义灭亲”,互相揭发的事,有人戏名之曰“床头起义”。真是绝妙好词。起义,本是正义的、庄严的政治行为,夫妻间互相倾陷而名之曰“起义”,又冠以“床头”两字,便把其行为的荒谬性和滑稽可笑概括得十分精当和传神。“床头起义”,实在不是什么起义,而是原汁原味的窝里斗。家,床头,说俗了也就是窝。“床头起义”是当代政治史上的笑料,也是婚姻史上的奇观。不仅仅引人发笑,也令人心酸。

床头与政治的联系,有时还表现为夫人政治,枕边决策。这与床头起义相比,并非窝里斗,而是夫妻“共谋大业”,是夫人领导下的丈夫负责制。

床前明月光

床前是多思之地,特别是文人,更喜欢床头独思。月朗星稀,一片静谧,正是独依床头的文人们思绪最活跃的时候。难怪欧阳修说,诗文多得于“三上”——马上、枕上和厕上。如此看来,床头简直是文人作品的摇篮了。“床前明月光,疑是地上霜。举头望明月,低头思故乡。”李白这首诗,八成就是他斜靠在床头上,触景生情写成的。

床头有利于作诗文,因为得益于一个“静”字,四周静,心也静,正是脑筋“动”的时候。鲁迅先生创作时有好静的癖性,即使轻细的脚步声,也会使他丢下笔。可知静对于文人的写作是多么重要。渴望有一间能安静写作的书房,这几乎是所有文人的理想,但面对扰攘的红尘,还是先把心静下来才好。

“床前明月光”,“低头思故乡”,床头也是引人思乡思亲的地方。曹丕的《燕歌行》有句云:“明月皎皎照我床,星汉西流夜未央。牵牛织女遥相望,尔独何辜限河梁。”这是写一位独居的妻子,在月光洒在床头时,更加思念远行的丈夫,愁不成眠。常言道“每逢佳节倍思亲”,对与亲人久别的人来说,大概还是“每依床头倍思亲”吧。床头入诗,看来不是偶然的。

床上俗谣

有一种带猥亵色彩的俗谣,近年来颇为风行,内容都是涉及床上做爱的,所以我把它叫作“床上俗谣”。比如,“工资基本不动,烟酒基本靠送,工作基本是哄,老婆基本不用”,最后一句就带有猥亵色彩。此类俗谣大抵有一个程式,就是“包袱”都在最后一句,这个“包袱”也就是猥亵的内容。这类俗谣的作者都是无名氏,讲说者则各色人物皆有,其中绝不乏正派文雅之士。我觉得,这类俗谣是很能反映人们的性心理的。若归总来说,它是压抑后的宣泄,或是对放纵的渴求。总之,反映了性事上存在着问题,是一种不祥之音。

古时王者为观风俗而采集民间歌谣,谓之“采风”,周作人、钱玄同、常惠曾联合署名发表《征求猥亵的歌谣启》,以图“窥测中国民众的性的心理”,可知从俗谣中观察世风民心早就为先人所重视。现今的俗谣也是很值得社会心理学家、民俗学家和政治家重视和研究的。既要心理健康,又要世风高尚,既不要性禁锢,又不要性混乱,既不要冯小青,也不要西门庆,这个火候要掌握得好,确是一门艺术。这门艺术发达了,床上俗谣便会逐渐萎缩。

大丈夫小札

大丈夫,是个久已令我神往的称呼和境界,近又读范文澜《大丈夫》一书,遂生片断思绪,写成此篇。

何为大丈夫?孟子曰:“富贵不能淫,贫贱不能移,威武不能屈,此之谓大丈夫。”此说最著名,也最为高格之论,但大丈夫的思想行为并不局限于此。世事纷纭,人间万象,可观大丈夫之思想行为处,多矣。

孟子褒扬大丈夫,同时又贬斥“小丈夫”、“贱丈夫”,两相对照,可以更加明了孟子的大丈夫观。所谓“小丈夫”,是指目光短浅、器量狭小的小人,“贱丈夫”,是指卑鄙贪婪之人。世间多有大丈夫,也多有小丈夫、贱丈夫。

圣人、哲人、英雄、名士,非人人可以做得,大丈夫却人人可以做得,一如“人人皆可为尧舜”。

轰轰烈烈做事的未必都是大丈夫,堂堂正正做人的定是大丈夫。

小人物中有大丈夫,大人物中有小丈夫。

明代哲学家吕坤说:“大丈夫不怕人,只怕理。”引申一下,则是:大丈夫越是顶天立地,越是情愿拜服真理。其实,也正是因为

“怕理”,才成了大丈夫。

大丈夫不怕祸,只怕愧。晚明学者孙夏峰闻知有人以文字狱相倾陷,从容说道:“天下事只论有愧无愧,不论有祸无祸。”孙夏峰正是不怕祸、只怕愧的大丈夫。

大丈夫贵在自立,不可有依人情结。

大丈夫只图名,不盗名。

古人云:“大刀阔斧是丈夫见识。”此话不假,但一味大刀阔斧,只能算是莽丈夫见识,若补以细针密线,方成了大丈夫见识。

孤军最需要大丈夫气概。

能破自己心中贼者,方为大丈夫。

达时兼善天下是大丈夫,穷时独善其身也是大丈夫。

是否为大丈夫,逆境是最严格、最无情面、最准确的考官和试金石,正是:沧海横流,方显出大丈夫本色。沧海横流,亦显出小丈夫本色。

死谏之臣是大丈夫,纳谏之君也是大丈夫。死谏固为不易,纳谏又谈何容易?有道是“自古君王不认错”,认错纳谏的君王便是大丈夫。魏征死谏,固然是大丈夫;唐太宗纳谏,也无愧是大丈夫。

能治国者是大丈夫,能治家者也是大丈夫,能治国而不能治家者是残缺的大丈夫。曾国藩说:“绝大学问即在家庭日用之间”,他教子有方,乃是治家的大丈夫。

侠客固非大丈夫,但侠气中,天然带着几分大丈夫气。

战场上勇陷敌阵的是大丈夫,刑场上不皱眉头的是大丈夫,官场上不偏心、不爱钱的是大丈夫,商场上不取不义之财的是大丈夫,文场上敢说真话、不做昧心之文的是大丈夫,会场上雄辩而不骄人的是大丈夫,舞场上不动淫心的是大丈夫,情场上失恋不失态的是大丈夫。

杀敌是大丈夫，自杀有时也是大丈夫。屈原投江，陈天华蹈海，老舍沉湖，都是大丈夫以身殉道的壮举。

大丈夫与亡命徒皆不畏死，区别在于亡命徒视死如土，大丈夫看重的是死得其所。

有时敢死是大丈夫，有时敢活下去是大丈夫。

闻知自己患的是重病、绝症后不失眠，便是大丈夫。

武松是“威武不能屈”的大丈夫，又是“女色不能淫”的大丈夫。潘金莲轻薄之，武松睁起眼来道：“武二是个顶天立地噙齿戴发男子汉，不是那等败坏风俗没人伦的猪狗，嫂嫂休要这般不识廉耻！”这真乃一篇“女色不能淫”的大丈夫宣言。

朱熹说：“大丈夫当容人，勿为人所容。”本此，大肚子弥勒佛乃大丈夫无疑。有楹联咏此佛云：“大肚能容，容天下难容之事；笑口常开，笑天下可笑之人。”欲作大丈夫，当学学弥勒佛。不能容人，便是可笑之人，是小丈夫。

论事功，周郎乃大丈夫；论器量，周郎乃小丈夫。

武大郎如果允许穆铁柱进店当伙计，即使个头再矮些，也算得上是大丈夫。

一箪食，一瓢饮，居陋巷，不改其乐，是大丈夫；居广厦，乘轿车，当美食家，不改苦斗精神，也是大丈夫。

新民谚云：“书少非君子，无读不丈夫。”前一句未必，后一句信然。此为崇尚知识的新时代之大丈夫观。

须眉中常有人满身脂粉气，裙衩中常有刚烈的大丈夫。明末清初的钱、柳夫妇正是这样两类人物。钱牧斋枉作了七尺男儿，柳如是却顶天立地，气雄万夫。

“生当做人杰，死亦为鬼雄；至今思项羽，不肯过江东。”李清照这首诗，是女性所作的喷涌着大丈夫豪气的壮伟诗篇。

自谓“心却比男儿烈”的鉴湖女侠秋瑾，是既具大丈夫气概又葆女性之美的典范。

杨子只“为我”，拔一毛而利天下却不肯做，绝对是个小丈夫。墨子摩顶放踵而利天下，纯然是一个大丈夫。

司马迁受了阉刑，却成了一个真正的大丈夫。

鲁迅所说的“中国的脊梁”，都是天地间的大丈夫，是中国大丈夫的代表。鲁迅本人又是这“脊梁”的伟大代表。在近代以降的文化人中，鲁迅堪称第一大丈夫。

自首书的作者一定不是大丈夫，检讨书的作者却未必不是大丈夫。《瓮中杂俎》是廖沫沙的检讨集，实则是一个大丈夫的抗辩书。

老王写故人

一、老王擅写人物

从古以来,写人物的好文章多矣。史传要推司马迁,轶事笔记要推《世说新语》。现代作家写人物,孙犁、张中行,我尤推重。还有一位擅写人物的王春瑜先生,我也甚为推重。

我管王先生叫"老王"。这是20多年前,他微时我对他的称谓,现在他有了大名,我仍未改旧制。我常常回想起当年在他的"土地庙"(他给陋居取的嘉名)里与他相识的情景,有点温馨,也有点苍凉。

老王擅写的人物,不在历史名人,而在故交、亲人、师长、同事,都是亲密者、身边人,多数是已经故去的人物。过去读老王写人物的文章,都是散见的零篇,如《学林漫录》收入的《秋夜话谢老》,《人民日报》刊载的《望断南天——怀念谭其骧师》。最近,商务印书馆出版了老王的《悠悠山河故人情》一书,收进了到目前为止他所写的所有怀想故人的文章。这是阅读老王这类文章的最好文本。

老王是史学家,他写人物,有厚重的沧桑感,有结实的评骘;他又是作家,文中总透出才气,时时挥洒出绝妙好词。他是鲁迅文章的热烈读者,又有过“文革”中因“炮打”张春桥而经历的磨难,故文章风格有骨力,行文中见思想。老王会看人,品鉴人物有独到的识力,能做出睿智的判断。老王记性好,常能克隆过往故人的历史细节,这使其文章有了一定文献价值。老王对鲁迅的“无情未必真豪杰”一语高度认同,他自己便是一个至情至性之人。读他这本书,我感觉他的亲情、乡情、友情和爱国情,犹如旺泉,从字缝里汩汩流出。

二、一部“新儒林外史”

老王写故人的文章,最大宗的是写师,写友。这些人物绝大多数是儒林中人,有教授学者、名家耆宿,也有三家村学究、落魄小知识分子。合而观之,仿佛是一部“新儒林外史”。吴敬梓的《儒林外史》是讽刺士人的,钱钟书的《围城》,也是揶揄读书人的,可谓“后儒林外史”。王朔就更是经常调侃知识分子。文坛上以乎曾有过一种风气,谁爱挖苦读书人,谁就会有名气。

老王写儒林则大不同。他尊师,真的是把恩师先哲放在了“天地君亲”后面的那个崇高位置去景仰。《师情》是他书里的一大章,写了十几位老师,既有大名家,也有发蒙老师。在为陈守实先生百岁诞辰写的文章中,他写了“献吾师”四言诗:“小子不敏,幸立门墙;辱承亲炙,恩泽难忘。师之高风,烛照煌煌;师之亮节,山高水长。”对其他的老师,他也抱着同样的敬重态度。老王也重友谊,《友情》在书里也占一大章。他对朋友,用土话讲,叫作“够朋友”,文雅一点说,叫作“有点侠骨柔肠”,他爱替别人讲公道话,帮人于艰难之中，对师友的滴水之恩绝不忘报答。老王对师对友，完全是一派孔孟之道。

中国士人有许多优良传统，自强不息，求真求实，忧天下，有骨气；但也有糟糕的一面，奴性、卑怯等。老王笔下，这些都写到了。这些文字，我认为极可贵，因为记的都是史事，是实例，不是空论，不是小说家言。这是中国士人好坏传统的实证。

士可杀不可辱，看重自己人格的士人，都会坚守这条高贵的原则。陈守实即如此。《守老二三事》记云，50 年代，有位“左”的干部要陈守实交代所谓反动思想，“守老当场拍台子说：‘你就是用手枪对准我，我也不会交代！’”这很像是闻一多。但这种情形，在经过若干年的政情变迁之后，在知识界就很少见了。这条材料，反映出陈先生的骨气，也是当时中国知识界政治生态的一帧侧影。

《忆周予同先生》记云，周先生几次在课堂上笑着说：“中华民族的特点是什么？我看是吃饭、养儿子。”闻者大笑。周先生说：“我不是随便说的。中国儒家最讲究‘民以食为天’、‘不孝有三，无后为大’，这两点对中国历史影响太大了，确实成了中华民族的特点。”这本是实事求是的深刻见解，但在“文革”中却被扣上“污蔑中华民族”的帽子。周先生这种语言风格其实很像鲁迅，举重若轻，片言解惑，没有什么不好，而是很好。要是扣“污蔑中华民族”的帽子，那《阿 Q 正传》就该查禁了。

老王也记下了某些士人的缺点。黄仁宇先生，大名鼎鼎，抗战时在抗日名将阙汉骞麾下当过少尉排长，学术上很有成就，但并非完人。老王在《忆黄仁宇先生》一文里，写了与黄先生的友好交往，也恰当评价了他的学术成就，但也写到了他的毛病。老王曾与他在哈尔滨开过一次国际明史研讨会，在会上他不谈明史，却大谈所谓“五百年大循环”的“大历史观”，听者甚感无味。别人反驳他的某些观点,他竟跳起来,蹲在沙发上侃侃而谈。吃饭时,又为一件小事大发脾气。老王说,似黄先生这般言谈举止,在国际学术会议上从未见过,真是大开眼界。但是,当有的参会者酷评"黄仁宇简直是个兵痞"时,老王写道:"这有失温柔敦厚之旨,我不赞同。"

在文末,老王是这样写的:"哈尔滨会议一别,与黄仁宇竟成永诀。人是复杂的。在我的片断印象中,黄仁宇是一个保留着旧军人不良习气的性情中人——尽管他在史学上有不少建树。"我非常看重老王的这篇文章,因为写的是亲历亲见,且瑕瑜并书,这才是真实的黄仁宇。我认为,这篇文章可以作为评述人物的一个范例。

三、笔下人物可入《世说》

《世说新语》写魏晋人物,寥寥几笔,人物的性格、神态、思想,跃然纸上。其中尤以人物语言最能见人风貌。在老王笔下,一些人物的语言,也颇有《世说》人物语言的魅力,简直可以补入《世说新语》,可以作为"新《世说》"来读。

尹达先生曾论"文革"曰:"'文革'是什么?就是让我们洗澡,互相都看见了,原来你有一个鸟,我也有一个鸟!"有人说这是"恶攻",老王则评曰"石破天惊,可以传世"。若依《世说》的分类,此言可以归入《捷悟》类。

谭其骧先生对"左"深恶痛绝,老王曾问他对三位故人的评价,他分别回答:"左","也左","更左"。虽一二字之评,却力可入骨。"左",不一定人不好,但如果确是"左",也不必讳言。依《世说》,此评可以归入《识鉴》类。

周谷城先生曾给复旦学生讲过他会见毛泽东的情景,谈及对毛的印象,赞曰:"主席生龙活虎般的姿态!于学无所不窥!"虽只二语,却描画出毛泽东当年之风神。依《世说》,此语可归入《容止》类。

王毓铨先生是当年响应周总理号召归国参加新中国建设的海外知识分子,回国前,他的老师胡适先生告诫他:"你回国后,第一件要做的事,就是批判我,否则你难以立足。"这是典型的胡适风格,清醒、大度,殷殷爱护自己的学生。依《世说》,此言可以归入《雅量》类或《政事》类。

尹达先生故去,老王著文曰:"作为后辈,我要向九泉之下的尹老说:放宽心,好生安息。不要为'左'过、整过人难过,那个年头,不'左'、不整人的不就成了国宝?"悼文直言死者过失,实不多见,然入情入理,死者形象不降反升。依《世说》,既可以入《伤逝》类,也可入《政事》类。

老王常记下与他交往过的一些台港人的言谈,使我们得以窥见隔膜已久的同胞的一些情状。一位台湾退伍的国军老营长对老王说:"什么红军二万五千里长征,爬雪山,过草地,是根本没有的事!实际上,就是在我老家大别山里转来转去而已。"老王闻后大笑,惊其迂腐,也感叹两岸隔膜之深。此国军营长之言,依《世说》,可入《简傲》类或《轻诋》类。

名人咳唾,常似珠玉,若随风而逝,甚为可惜。老王拾珠摭玉,让我们仿佛亲聆到名人的谈话,阅读到现代《世说新语》。

四、把死者埋在活人心中

读老王怀想故人的文章,曾几度欲堕泪。为人物的遭遇,为人物的悲剧性格,也因老王那泛着淡淡哀伤的文字。古人说,读《陈情表》不流泪为不孝，读《出师表》不流泪为不忠。我觉得，若读了老王笔下那些感人憾人的情节而不为所动，则至少是个情感稀薄的人。

顾诚先生是一位甚有成就的明史学者，老王的至交，因做学问太苦而短寿。老王曾劝他戒烟，改掉夜间工作、白天睡觉的习惯，谏言说得很重："毛泽东也是阴阳颠倒，夜里不睡白天睡。但人家是'老子天下第一'，你有他的条件吗？你甚至没有鲁迅的生活条件，而鲁迅活多久，你是很清楚的。"但顾诚"听不进去，继续在熬夜、浓茶、抽烟、失眠、安眠药中恶性循环。"一次开学术会，老王与顾诚同室，老王回忆说："我夜半醒来，他还没睡着，静静地躺在床上，看上去，真是形容枯槁，他有时剧烈地咳嗽着，表情痛苦，我很揪心，但又无可奈何。"顾诚先生我是见过的，确是形容枯槁。老王这段文字，连同我见过的顾先生，长久地留存在我的脑海里，令我辛酸。其实，中国的很多知识分子都是如此，都像鲁迅和顾诚那样，不享受，光用功，有成就，但短寿，成就是拿命换来的。

老王写人写得那么细致，我总琢磨，他怎么就能记住那么多事呢？记忆力好，当然是重要原因。但我想还有两条，一是老王是史家，"闻事辄录，史家之学"（文廷式《闻尘偶记》），他有记事的素养；再有，就是老王心里总装着别人。我与老王交往多年，这点是深深感受到了的。记着别人，才能写出关于别人的细腻文字。

老王怀想故人的文章，末尾部分往往最撄我心，令我戚然，叹喟，遐想。这部分文字，大概因为是全文情绪的总括，故往往情至深，文至美，值得吟味再三。

《送别何满子先生》末尾写道："何老走了。据说天堂的路很遥远。我看何老未必在乎天堂。如果他地下有知，一定庆幸与他的知友王元化、贾植芳二老重聚，把酒论文坛，论天下，剧谈终宵，

‘不知东方之既白’。”伤感之中含着魏晋人的旷达。这种旷达，其实既是何老的，也是老王的。

《忆周谷城先生》的末尾：“周谷老是史学家，也是哲学家。得知他逝世的消息，我的第一个感觉就是哲人不再。是的，像一片叶落，像大海退潮，像星辰隐去，像钟声渐远，周谷老走了，走得那样平静。他永远离开了这个世界，但永远也不会从这个世界消失。”不只是文辞美，更是境界美。的确，周谷老的大名确如悠远的钟声，不断地飘入人们的耳鼓。

古代的谀墓文，拔高墓主，强作悲伤，透出一股迂腐气息。现代的悼词也常常透出八股气，或是竟写上“享受副局级医疗待遇”之类的官气文字。老王的悼亡文章则是情真意切的美文。在一篇悼文中，老王引用了鲁迅先生这样一句话：死者如不埋在活人的心中，那就真正死掉了。老王是真心想让他所写的人物能埋在活人心里的。

五、谈笑多鸿儒，往来有白丁

老王虽是个高级知识分子，但平民意识颇重。他对权势人物从无卑顺心态，对小人物则表现出足够的尊重。老王写人物，除了写精英人物，也常写小人物，写得还很用心，文字间倾注了深情。正可谓谈笑多鸿儒，往来有白丁。

在《韦大先生》一文里，老王写了一位乡村塾师，在 1960 年的饥馑年代，招待过自己一顿饭，令自己终生难忘。“桌上摆着两碗大麦片饭，一碗咸肉，一盘炒韭菜，一碗蛏干汤。韦大师娘不上桌，却一再要我多吃菜，韦先生则连连说：‘菲薄甚矣，又无酒，务望海涵。’”老王知道，“这一碗饭就得花去老两口的一天多口粮！”饭后，韦先生叹息说："我将与草木同朽。"并做了一副自挽联贴在家中。不久便真的死去了。"他终于未能走出那个特殊年代的死亡线。"读着老王这些感人的文字，一个穷苦、善良和潦倒的乡村塾师的模样，呈现在我眼前。这是一个时代的留影！写小人物的文章，还有《哀小陈》、《新四军大哥》等多篇，都是感人的文字。

老王何以平民意识重，尊重平头百姓？我想，这首先因为他懂得唯物史观。《韦大先生》第一句话是："人民是历史的主体。但人民的绝大多数，从来都是默默无闻的。"老王便有意识地把平民百姓的事迹留在载记之中。他平民意识重，还与他本身就是农家子弟有关。老王在书里详写过他贫寒的家境，这种家境使他对下层人民有一种天然的感情，有更多的了解。所以，他笔下的小人物都是有血有肉的形象。老王能以一介农家子弟成为有成就的史学家、作家，这让我想起杨昌济先生的一句话："农家多出异材。"老王该算是这种情况吧。

六、侠义文章侠义人

我与老王相交多年，深感他是个有侠骨的人。什么是侠骨？就是有正义感，疾恶如仇，遇不平事敢于拍案而起。读老王的文章，常能感到一股侠义之气。

老王读了《王元化先生学术年表》所记的彭柏山事略以后，感慨系之，在一篇关于彭柏山佚文的按语中，他激愤地写道："走笔至此，眼前不禁又浮现出郭猛烈士庄严、巍峨的纪念碑。可是，又有谁会为他的出生入死、军功卓著、后蒙冤而死的战友彭柏山立纪念碑呢？我看柏山还不如当年与郭猛一起战死在日寇的枪口下呢！呜呼，柏山忠魂何处觅？思之不胜感喟，又何言哉。"这是在为英杰讨说法，为冤魂鸣不平。如此仗义文字，一如路遇强人凌弱，挺朴刀就上！想必读此文者都会为彭柏山的命运悲叹。

老王曾写过一篇杂文《新编孟子》，王元化先生读后告诉老王："正感到很闷气，你的这篇杂文，真给我出了一口闷气！"我未读过此文，但从标题和王元化的话可以想见，这必是一篇扬正斥邪的鲁迅式杂文。老王当年反张春桥，后来又写出警世文章《万岁考》，也都是他有侠骨的表现。

老王所以有侠骨，我看与他的底色有关。他的父亲"性耿直，急公好义"，母亲"怜贫惜幼"，"曾为新四军做鞋"。（《父母碑文》）老王自然受到父母熏陶。老王家乡驻过新四军，幼年老王不仅亲身受过新四军的呵护，也受到了革命影响。9 岁时他曾在抗日儿童团成立大会上讲演，并当选为儿童团文娱委员。由此可见，老王不仅出身贫寒，是我党基本群众，还是个抗日的"老革命"呢。老王虽非中共党员，但相信马克思主义。他曾与我说过，历史评价需要马克思主义。这些经历和思想背景，都构成了老王"泛红"的底色，构成他一生耿直、有侠骨的基础。

七、文化的自觉

读这本《悠悠山河故人情》，最好能配读他的《中国人的情谊》一书（陕西人民出版社出版）。这是一本研究历史上中国人交谊传统和交际状态的学术著作。两书的区别是，《悠悠》全是记事，且是老王的亲历亲闻，《情谊》则主要是对历史材料的分析和论说。老王是肖克将军主持的《中国文化通志·交谊志》的著者，在研究交谊史方面，老王是个领先的专家。读了《情谊》，我能看出，老王为人处世的许多表现，都是继承了中国人优良的交谊传统的，而且是自觉地继承的——这是一种“文化的自觉”。

附记：王春瑜先生是中国社会科学院研究员、明史专家，中国作家协会会员，杂文、随笔作家。著述甚丰。

《前尘忆》补忆

在我万册藏书中,有一册《前尘忆》我格外珍爱,因为它的作者是我的父亲。父亲名叫李蒴,是北京市公安局副局级离休干部。《前尘忆》是父亲离休后写的一部回忆录,回忆先辈、家族和自己的亲身经历。

现在坊间流行的回忆录,大都是"革命回忆录"或"事业回忆录",以回忆家族史和个人琐细经历为主要内容的回忆录很少见。《前尘忆》则正是这种回忆录。这种回忆录若作为一种史料来分类,应该属于"社会史史料"。胡适先生很重视"社会史史料",认为对于历史研究有相当的用处,所以他提倡人们记录个人的经历和所见所闻。《前尘忆》作为一种"社会史史料",既是一个家族的史料,也是一个普通人的史料。

周恩来总理曾号召统战人物写三亲(亲历亲见亲闻)史料,正式名称叫作"文史资料",结果留存下一大批对于研究近现代史极有价值的"文史资料"。最早的一批"文史资料"被编辑为《文史资料选辑》,由全国政协下属的文史资料出版社出版,但没有公开发行,只作为内部参考,是一种所谓"灰皮书"。父亲经常寻找这些《文史资料选辑》来读,废寝忘食,还常向我说起书里的一些人物和史事。我总感觉，父亲写这本《前尘忆》，似乎多少受到过一点《文史资料选辑》的影响。我看，《前尘忆》实际也是可以算作一本"文史资料"的。

《前尘忆》包括"我的家乡"、"家系传承"、"恒裕堂"、"求学与流亡"四部分，时间跨度大致从清代写到抗战时期，抗战后的情况写得很少，只是零星提及。书里所记述的许多情况，我原先都是闻所未闻的。比如，我家祖先是历史上有名的山西洪洞县大槐树移民，我本是个大槐树移民的后代。我的祖辈，最早可以追溯到清朝中叶，这位祖辈是一位穷秀才，仕途不利，转而从医，后来致富。到了曾祖一代，成为安肃县(后改名徐水县)有名的富户。爷爷曾当过徐水县商会会长。"文革"时讲出身，查三代，我入党时党委说"你爷爷是剥削阶级，你要警惕"，我"唯唯"相对。但从这本书里我了解到，爷爷在抗战和解放战争期间，曾利用商会会长身份，掩护过国民党派到京津保地区的抗日地下工作人员，也掩护过共产党的地下人员，还参与过从日寇魔掌中营救一位我党的女抗日干部。由此我了解到，爷爷虽是富户，剥削过别人，但更是一位有爱国心、有正义感的堂堂正正的中国人。

《前尘忆》对解放战争以来的事情记述很少，这是很大的遗憾。但父亲平时口头上也谈到过一些这个时期的重要往事，多少可以弥补一些遗憾。比如，父亲前不久曾较为详细地讲述过他为我党做情报工作的一些往事。我把这些讲述，看做是父亲对《前尘忆》的补忆。

许多年前，我就曾听父亲说过，他和我二伯曾为我党做过情报工作。但具体情况如何，我没问过，他也没跟我们子女详谈过。

大伯李庄去世后，大娘送了我一套《李庄文集》，一次闲读，在《回忆录编下》137、138 页看到这样一段话：

1949年2月4日，我从范长江处开会回来，高飞同志对我说，你的弟弟来找你，我接待的，他留下一个条子，说你的一家人都在北平。……我最关心两个弟弟的政治面貌，得知两人都是我冀东情报站的成员，一块石头落了地，话就好说了。冀东情报站负责人姓刘，同王姓妻子都精通俄文，解放后调到人民日报社工作，今年逾七十，双双健在。

从这段话里，我知道了父亲所说的曾为党做过情报工作，是指在我党领导的冀东情报站当情报员。从此，“冀东情报站”这几个字印在了我的脑海里。近一段时间，电视里总是播放国共情报战电视剧《潜伏》，里边总说到“北平情报站”、“天津情报站”之类的字眼，这引起了我的注意。这不都是发生在河北一带的事情吗？父亲所在的冀东情报站不也在河北吗？父亲在冀东情报站是怎样做情报工作的呢？带着一堆问题，我与父亲做了一次长谈。

父亲说，他是我党冀东情报总站天津站北平分站的情报人员，做情报工作是在47、48年间，天津站的负责人姓陈，已忘记叫什么，此人工作出色，发展了很多情报员。父亲说他的直接领导人叫刘竞昌，刘的爱人叫王英秀，解放后，刘竞昌改名为刘竞，在中国科学院社会科学部做研究工作，王英秀在《人民日报》当编辑。父亲的这些话，可与大伯李庄在回忆录里说的情况相印证，只是大伯说的是“冀东情报站”，父亲说的是“冀东情报总站”，多了一个“总”字，父亲是亲历者，说的应该是对的。父亲说，那时口头上不怎么挂着“情报员”几个字，多说“做地下工作”。我想，这是做秘密工作的需要和一种习惯。我从历史资料上看到，解放前在晋冀鲁豫、平津一带，我党有好几个情报系统，比较纷杂，分别属于许建国、杨奇清、冯基平和安林等同志领导。我问父亲，您属于哪个情报系统？最高领导人是谁？父亲说，那时完全不知道上边的领导人是谁，只知道直接领导人，也只服从直接领导人，他就是刘竞昌。我查到一份资料，说“中社部”系统的晋察冀社会部（部长许建国）领导着平西、平北、满城、石门、太原、冀中、冀东等7个情报站。我不知父亲的工作系统与这个冀东情报站有无关系。父亲的直接领导人刘竞昌和他的爱人王英秀，我都见过，七八十年代他们曾多次来过我家，记得刘竞昌特别慈祥，总爱笑，王英秀做过新闻学研究生导师。

父亲说，他从事我党情报工作，颇得益于一个在军统局（后易名保密局）里任职的小同乡，通过这个小同乡，他得到了一些情报，然后将情报汇报给情报站。

父亲说，这个小同乡与自己同为徐水县大因村人，又是自己在徐水县第一高小念书时的同班同学，但后来两人选择了不同的政治道路。此人名叫焦敏，参加军统后对外叫焦文飞，是北平炮局监狱军统文书档案资料组的组长，大致相当于现在的办公室主任一类角色。父亲说，军统的机构起名爱往小了起，叫“组”，用现在的话说，叫低调。焦文飞手里掌握着关在炮局监狱里的我方被捕人员的档案，这些人员的动态，谁是怎样表现的，他都很清楚。

父亲说，这个焦文飞平时不穿军装，对外也不讲自己的真实身份。他也知道我可能与共产党有点关系，但不认为有多深，因为是同乡、同学，所以也没深究过。那时，敌我双方你中有我，我中有你，斗争是很复杂激烈的。我实际是利用焦文飞为我方做事，并拿他来掩护我。我因与他有同乡同学关系，所以能说上话，情报站让我通过他了解炮局监狱里的情况，特别是我被捕人员的情况。焦文飞说话谨慎，你问他事，他有的说，有的不说，但还是向我漏过一些我被捕人员的表现和动态。但总的来说，谈得不多。他讲的一些情况，我都向直接上级刘竞昌做了汇报。我获取有关炮局监狱的情报，主要是通过这个焦文飞。

父亲说，从焦文飞那里，还了解到，军统局纪律很严，毛人凤对下属既严格又保护、照顾，在军统内部威信很高。炮局里也关押过军统里犯纪律的人。

可能是因为父亲做过情报工作，所以，北平一解放，父亲就进了新政权的北平（北京）市公安局。父亲说，他是1949年3月3日到公安局报到的，被分配的第一个岗位是接管科（当时公安局只有这一个科），任科员，直接参加了接管旧北平警察局的工作，领导接管工作的是曾在中央社会部任过情报保卫干部训练班副主任兼总支书记的刘涌同志。父亲说，我母亲当时也在接管科，比他还早去了一天，他们就是在接管科认识的。刘涌，“文革”后曾到我家居住的西堂子胡同公安局宿舍看望过干警，记得先后两次到过我家，他听力很差，谈话有时要在纸上写，被称为“刘聋子”。

父亲说，他进公安局后不久当了内勤股股长，有时可以见到军统被捕人员。那个军统组长焦文飞，北平解放时没跑，说“既然干了这个，就这样了”，被我方逮捕。后来，父亲在劳改处看见过他，他正在队列中，彼此点了点头。五处的一位同志知道父亲原来搞过情报，曾赞佩地对父亲说，“你还认识焦文飞呀”，意思是情报来源不简单。父亲说，焦文飞是个正牌的军统特务，文笔不错，正式铅印的军统资料上有他的名字。他后来是被从严处理的，去了大西北。我党对于军统人员组长以上的，大都要从严处理。

父亲说他发展过一个情报员，也只发展过一个，就是我的二伯李蓁。上面提到，大伯在回忆录里说他“最关心两个弟弟的政治面貌，得知两人都是我冀东情报站的成员，一块石头落了地”。所说的两个弟弟，一个是我父亲，另一个就是我二伯李蓁。李蓁开始也在市公安局接管科，后来去了市交通局，前些年故去了。

听了父亲谈的情况，我又想到了电视剧《潜伏》。父亲做情报工作是在解放战争时期，做情报工作的地点是在平津一带，工作中与北平的军统特务打过交道，这几点情况，与《潜伏》所讲故事的背景大体是相同的。父亲当然不是潜伏到军统里去的，他只是通过一个军统特务获得了一些情报，父亲只是我党情报战线的一个最基层、最普通的情报员，他只干了一些普通的情报工作。但父亲毕竟为中国人民的解放事业出过一点力，所以我还是为父亲感到自豪。

父亲今年87岁了，我曾担心他年老记忆力衰退，所谈的情况不够准确，但我反复看了谈话记录后确认，父亲的头脑是清楚的。记录提到了我北平（北京）市公安局刚成立时的一些负责干部的名字和职务，即：谭政文，市公安局局长；刘涌，一处处长；冯基平，二处处长；赵苍璧，三处处长；曲日新，四处处长。我将此与我查到的一些有关资料加以对比核实，可知父亲说的都是准确的。这说明父亲的远期记忆力不错，与我谈话的内容是可靠的。

《前尘忆》是我家自印本，不想也不可能出版。但还是可能印制增订本的。父亲讲的这段做情报工作的经历，将会增补到增订本中。

后 记

今年初春，一次政协会上，老政协委员、人民出版社的老编辑张秀平老师对我说："我们社可以给你出一本随笔集，你够格"。我听了颇感惊异，以为听错了，我真够格吗？人民出版社，或是它的副牌子东方出版社，那可是出大书的地方，是我一向仰视的出版社啊！但我感到，张老师是真诚的，她那信任的目光，果断的语气，既让我有些惶恐，更让我兴奋和感激。我高兴地接受了张老师的雅意。

我与张老师相识有年，总隐约感到她身上有一点我曾交往过的另一位资格更老的人民社老编辑戴文葆先生的影子。我感觉，他们身上都有一种共同的难以言述的气质，我想称之为"人民社的大气"。他们都是有眼力，有学问，肯诚心提携作者，策划和编辑过许多蜚声读书界的好书的编辑家。戴先生曾为我的一本研究中国民众造神史的学术书写过序言，那是一篇相当漂亮的学术性序言。前几年，戴先生故去了，我每翻读这篇序言，总生出一缕莫名的惆怅。但我又幸遇了张老师。我仿佛觉得戴先生还在。

收入这本集子里的文章，绝大多数在报刊上发表过，有的文章曾受到名家的好评，有的获过奖，有的收进了《中国新文学大系》

和《中华活页文选》,也有些文章,发表时看着不错,后来就觉得平庸了。但无论怎样,这些文章总归是表达了一点思想和看法,留下了一点时代印记和历史信息,有的文章还多少有一点学术味道。所以,把它们收集起来出一下也还是有点意义的。

自序是我对自己这二十年来写作随笔的思想脉络和方法所做的一点回望、梳理和再思考。其中总结了多年来我写文章的一贯立意。但这个立意,我平时写文章时并没有刻意地去想它,也许这已经成了我的一种顽强的潜意识了。要民主与科学,不要专制与愚昧,要社会主义,不要封建主义,我的爱憎和取舍是很分明的。这应该与我爱看鲁迅先生的书有关。上中学时,我读过一本《鲁迅语录》,算是读鲁迅的发蒙。上大学时,李文海教授说,无论如何要读两种书,一个是《红楼梦》,一个是《鲁迅全集》。我就真的认真读了《鲁迅全集》,尽管不少文章半懂不懂。我觉得从鲁迅先生那里获益极大,特别是先生反封建反奴性反愚昧的态度和见解对我有深刻的感召和影响。

翻看这几十篇随笔的清样,我又想到一个关于文体的问题。现在报刊上,大多数的议论性文字,都是新闻评论和时评性杂文,这类文章往往能够干预和影响现实,有的甚至能促使国家的某项政策和法规的改变,作用是很大的。我佩服能写这类文字的写家,觉得他们脑子快,有捷才,自如地驱遣文字从键盘下汩汩流出,真不可及也。我虽是个报人,却不擅长写这类文字。我写的随笔,大多不是专门谈现实中的某一个问题的,而是从现实考虑出发,谈古今皆有的某一类现象;常常是对现实问题有了一点看法之后,再向纵深看,往古远看,鸟瞰着看,抽象着看,用一些材料作谈资,并用自己的思考和观点统驭这些材料,进而写成文章。我觉得这样写,文章可能会更耐读一些,影响也会稍久远一点。

老话说,“文章千古事”,但真正千古的文章并没有多少,太难了!但这却是中国文人从古以来的一种执著的追求。我不敢妄生这种追求。我对这本书的最高期望是,读者若买了这本书,翻一翻后,说一声“还行”,我就很满足了。

李乔

写于仄斋之南窗下

2011 年 9 月 12 日